KySS by rowohlt POLARIS

TESSA BAILEY

DUTY & Desire

Verdächtig nah

ROMAN

Aus dem Englischen
von Christiane Meyer

Kyss

Die Originalausgabe erschien 2018 unter dem Titel «Disturbing his Peace»
bei Avon/HarperCollins Publishers, New York.

Deutsche Erstausgabe
Veröffentlicht im Rowohlt Taschenbuch Verlag, Hamburg, April 2020

Redaktion Anita Hirtreiter, München
Covergestaltung ZERO Werbeagentur, München
Coverabbildung Studio13lights, Alim Yakubov/Shutterstock
Satz aus der Berkeley
bei Pinkuin Satz und Datentechnik, Berlin
Druck und Bindung CPI books GmbH, Leck, Germany
ISBN 978-3-499-27578-4

KAPITEL 1

Danika

Der Boden erbebt, als er hereinkommt.

Seltsam, dass das außer mir anscheinend niemandem auffällt.

Gut, vielleicht bin ich doch nicht die Einzige. Drei andere Rekrutinnen, die sich an die Wand der Sporthalle gelehnt haben, richten ihre Blicke auf Lieutenant Greer Burns' festen Hintern und schütteln die Köpfe, als wären sie irgendwie sauer deswegen. Den Typen, die um mich herum auf der Matte liegen, ist er hingegen völlig egal. Sie leben und sterben für die Trillerpfeife des Lieutenants, aber bis er hineinbläst, sind sie völlig versunken in ihre eigene Welt aus Baseball, Frauen und Eierkraulen.

Ach ja, die Akademie. Immer dasselbe.

Zweimal in der Woche gibt es da diesen kurzen Moment, den ich genauso sehr hasse wie liebe. Wenn Greer dran ist, uns, den Polizeinachwuchs von New York, in Form zu bringen, genieße – oder doch eher verabscheue? – ich die zirka fünf Sekunden, bevor er in die Trillerpfeife bläst, um mit der Inspektion der Rekruten zu starten. In diesen fünf Sekunden steckt er sich ganz langsam die Trillerpfeife zwischen Lippen, bei deren

Anblick sich Großmütter wünschten, sie wären wieder jung. Und er sieht mich dabei an. Ein kühler Blick aus diesen blauen Augen, mit denen er mich von der Spitze meiner Sportschuhe bis zu meinem Pferdeschwanz mustert.

Wenn er bei meinem Gesicht angekommen ist, bin ich so weit, ihm mit meinem Blick zu sagen, dass er mich mal kann.

Es ist kompliziert zwischen uns.

Jeden anderen würde er für diese Aufsässigkeit vermutlich suspendieren. Warum also lässt er mir das durchgehen?

Und was noch ärgerlicher ist: Wieso freue ich mich auf diese fünf Sekunden?

Greer ist noch nicht einmal vorn in der Sporthalle angekommen, und trotzdem schießt ein heißer Strom gespannter Erwartung durch meinen Körper. Ich straffe die Schultern und presse die Kiefer aufeinander, wobei ich versuche, mir einzubläuen, dass ich ihm dieses Mal nicht in die Augen sehen werde. Mein innerliches Selbstgespräch wird jäh unterbrochen, als sich ein männlicher Rekrut neben mir auf die Matte fallen lässt und mir die Sicht auf den sich nähernden Lieutenant raubt. Das Timing ist entweder schrecklich oder perfekt. Mein Körper ist derzeit zu verwirrt, um das entscheiden zu können.

«Hey, Silva.»

«Levi.» Ich werfe unserem Sonnyboy, der die ganze Zeit strahlt und Komplimente verteilt, ein angestrengtes Lächeln zu. «Was gibt's?»

Über seine Schulter hinweg fange ich den amüsierten Blick meines besten Freundes Jack auf, der mit den Wimpern klimpert wie ein liebeskranker Trottel. Ich schätze, er will damit Levi nachahmen, der mit mir flirtet, seit wir die Ausbildung auf der Akademie begonnen haben, aber noch immer nicht den Mut hatte, mich um ein Date zu bitten.

Wenn er es tun würde, wüsste ich allerdings nicht, was ich antworten soll.

«Wie fandest du das COBRA-Training gestern?», will Levi wissen, packt über seinem Kopf mit einer Hand den Ellbogen seines anderen Arms und dehnt sich. «Ziemlich schwer, oder?»

Er bezieht sich auf das *Chemical Ordinance, Biological and Radiological Awareness*-Training, bei dem es um das Verständnis und den Umgang mit chemischen, biologischen und nuklearen Bedrohungen geht und das wir in den letzten Tagen beendet haben.

«Ja.» Jack tut inzwischen so, als würde er mit sich selbst rummachen, und ich verkneife mir ein Lachen. «Vor allem die Schutzanzüge. Wie soll man es in diesem Outfit schaffen, gut auszusehen?»

«Ach, ich weiß nicht.» Levi wirft mir einen vielsagenden Blick zu. «Ich finde, du hast das problemlos hinbekommen.»

Beeindruckend. Zehn Punkte für Levi. Ich sollte eigentlich ihn um ein Date bitten. Er ist genau mein Typ. Da ich mit mehreren Onkeln und Cousins aufgewachsen bin, gehörte ich irgendwie immer zu den Jungs. Ich war eine von ihnen. Sie haben sich nicht zurückgehalten, wenn sie mit mir im Park Football gespielt oder meine Kleider für den jährlichen Abschlussball mit jeder Menge Sarkasmus kritisiert haben. Meine Mutter war – ist – großartig darin, mit mir Mädchenkram zu machen, wenn ich es brauche, doch vor den Männern der Familie gibt es kein Entkommen. Daher fühle ich mich zu Künstlertypen mit sanften Stimmen hingezogen, die mich wie eine Dame behandeln. Und daher sollte mich der Anblick des Lieutenants, der sich eine Trillerpfeife zwischen die Lippen steckt, auch nicht so … berühren, keine solche Wirkung auf mich haben. Denn dieser Mann ist alles andere als sanft.

Als Levi leise lacht, wird mir bewusst, dass ich in die Gegend gestarrt habe. *Tolle Reaktion auf ein Kompliment, Danika.* «Äh … Danke. Du …» Ich boxe ihm leicht gegen die Schulter. «Du bist dem Teil auch gerecht geworden. Wirklich.»

Jack bewahrt mich davor, mich mit den Nachwehen meines jämmerlichen Flirtversuchs auseinandersetzen zu müssen. Er stößt Levi von hinten an und macht ein lautes Buzzer-Geräusch. «Game over, Mann. Ich habe dir jetzt gute zwei Minuten Zeit gelassen, um die Sache klarzumachen. Das war mehr als genug.» Er zwinkert mir zu und gibt mir zu verstehen, dass ich ihm für sein Eingreifen etwas schulde. «Danika hat für heute Abend sowieso schon Pläne. Sie muss Kuchen testen.»

Mein Magen knurrt und erinnert mich daran, dass ich das Frühstück habe ausfallen lassen. «Ach ja?»

Jack nickt. «Es zahlt sich aus, die Lady zu kennen, die für das Catering auf der Abschlussfeier verantwortlich ist.»

Ich weiß nicht, was in dem Wasser ist, das hier auf der Akademie aus den Trinkbrunnen sprudelt, aber meine beiden Mitbewohner Jack und Charlie sind, seit wir die Ausbildung begonnen haben, von dieser Sache namens Liebe überwältigt worden. Und ich spreche nicht über die prickelnde, unbeschwerte «Lass uns was zusammen trinken gehen»-Art von Liebe, sondern über die allumfassende, hingebungsvolle «Ich will ein Kind von dir»-Art. Es ist ein bisschen frustrierend, weil mir geeignete Kandidaten fehlen, während ich durch die sehr dünnen Wände unserer Wohnung mit anhören muss, was sie mit ihren Auserwählten anstellen. Und zwar jede Nacht. Mein Leid scheint sich allerdings endlich auszuzahlen, denn immerhin wurden die Worte «Kuchen» und «testen» geäußert. «Ich bin dabei …»

Ein schriller Pfeifton erklingt.

Alle zweihundert Rekruten springen auf und bilden Reihen. Schultern werden gestrafft, frei nach dem Motto «Brust raus,

Bauch rein». Die Inspektion ist doppelt so streng, wenn Greer sie übernimmt, weil er nicht nur einfach eine Liste durchgeht. Nein, er prüft jeden von uns auf Herz und Nieren. Man munkelt, dass er einen Rekruten von der 20th Street nach Hause in die Bronx hat laufen lassen, damit der seine vergessene Uniform-Turnhose holt. Von dem Rekruten hat man nie wieder etwas gesehen oder gehört.

Aus den Augenwinkeln beobachte ich, wie sich der Lieutenant nähert. Mein Blick wandert nach unten, und ich nehme meine eigene kleine Inspektion des Objekts meiner ungewollten Begierde vor. Diese Schenkel, die – gegen meinen Willen – dafür verantwortlich sind, dass ich nicht mehr auf Künstlertypen stehe, sondern auf muskulöse, raue Kerle, die sich durchsetzen können. Diese Muskeln fordern, ernst genommen zu werden. Genau wie ihr Besitzer. Durch den steifen marineblauen Stoff der Uniformhose kann man jede harte Wölbung seiner Schenkel erkennen. In schwachen Momenten ertappe ich mich dabei, dass ich mich frage, ob sie wohl haarig oder glatt sind. Oder er dort kitzelig ist? Kann ein solcher Mann überhaupt eine so alberne Schwäche haben, wie kitzelig zu sein?

Nein. Auf keinen Fall.

Lieutenant Greer Burns hat überhaupt keine Schwächen. Als er bei seiner Inspektion die Reihen abschreitet, malen die summenden Halogenlichter über ihm Schatten auf sein Gesicht, und Dunkelheit legt sich auf die stets präsenten steilen Falten zwischen seinen Augenbrauen. Als sein Blick auf mich fällt, presst er die Kiefer aufeinander. Wann tut er das nicht? Diese Anspannung muss der Grund dafür sein, dass meine Augen von seinen vollen Lippen angezogen werden, die streng und brutal wirken.

Er verlässt mein Blickfeld. Unter seinen Stiefeln quietscht die Matte, als er um mich herumgeht, und ich bin nicht – ganz bestimmt nicht – enttäuscht, dass ich mein Fünf-Sekunden-Blickduell mit Greer heute versäumt habe. Ich bin nicht sauer auf Levi und Jack, weil sie mich abgelenkt haben. Nein. Neihein.

Greer steht direkt hinter mir, als er sagt: «Ich werde heute Morgen einen neuen Griff demonstrieren, um einen Verdächtigen unschädlich zu machen.» Ich spüre seinen Blick in meinem Nacken und fühle, wie sich die Haut dort zu erwärmen scheint. «Freiwillige?»

Meine Hand schießt nach oben. Wie immer. Obwohl er mich nie auswählt. Nie. Ich rede mir ein, dass der Gedanke albern ist, er könnte Angst davor haben, mich zu berühren.

Und meine Theorie wird tatsächlich in der nächsten Sekunde widerlegt.

«Silva, vortreten!»

GREER

Was zum Teufel machst du da?

Ich kann nicht einmal an diese Frau denken, ohne eine Erektion zu bekommen. Und jetzt will ich sie vor zweihundert Rekruten auf die Matte werfen?

Silva dreht langsam den Kopf. Ihr überraschter Blick trifft mich. Und nicht zum ersten Mal bin ich hin- und hergerissen zwischen dem Wunsch, sie zu berühren, von Kopf bis Fuß … und dem Bedürfnis, ihr zu sagen, dass das graue Uniform-T-Shirt ihre Augen verdammt gut zur Geltung bringt.

Idiot. Du verdammter Idiot.

Das hier würde jetzt nicht passieren, wenn sie sich einfach

an unsere Abmachung gehalten hätte. Es ist ganz simpel. Bevor ich in die Trillerpfeife blase, um mit der Inspektion zu beginnen und ihr Ausbilder zu werden, schenkt sie mir ein paar Sekunden ihrer ungeteilten Aufmerksamkeit. Natürlich haben wir diese Abmachung niemals laut ausgesprochen. Wie hätte dieses Gespräch auch beginnen sollen? Doch es ist das Einzige, worauf ich mich in letzter Zeit gefreut habe.

Selbst wenn sie mich hasst.

Und warum sollte sie mich auch nicht hassen? Der Betriebsmodus, der bei mir voreingestellt zu sein scheint, ist der des unausstehlichen Arschlochs. Das hier ist meine Stadt, und man hat mir die Aufgabe übertragen, aus dieser Gruppe junger Leute fähige Mitglieder des Gesetzesvollzugs zu machen. Ich nehme diese Verantwortung sehr ernst. Also, wieso gefällt es mir derart, mich Silvas verächtlichen Blicken auszusetzen? Warum lasse ich sie damit durchkommen? Ich kann ihr nicht sagen, dass sie … wichtig ist. Etwas Besonderes. Obwohl mir die Worte auf der Zunge liegen, wenn sie in der Nähe ist, und sich mein Magen verknotet wie eine Brezel. Also befriedige ich mein Verlangen, indem ich ihr diesen Blick durchgehen lasse und hoffe, dass sie meine sinnlose Schwärmerei für sie nicht spürt.

Allerdings dürfte sie etwas bemerken, wenn ich sie auf den Boden werfe und mein Schwanz ersten Körperkontakt mit ihr hat. Gott, wie wird sie sich unter mir anfühlen?

Silva ist nicht die Einzige, die schockiert darüber ist, dass ich sie für die Demonstration ausgewählt habe. Mein Bruder Charlie schüttelt hektisch den Kopf, als wollte er mir sagen: *Ganz schlechte Idee. Ganz schlecht.* Ich frage mich, ob er mich irgendwann dabei erwischt hat, dass ich seine Mitbewohnerin wie ein Trottel anglotze. Wenn dem so ist, muss ich vorsichtiger sein. Rekruten sind tabu. In der Vergangenheit hatte ich nie ein Problem damit, mich an diese Regel zu halten. Kein Stück. Alle Rekruten waren für mich bloß Uniformen mit unterschiedlichen Fähigkeiten. Bis sie aufgetaucht ist.

Irgendein Idiot zwei Reihen weiter hinten flüstert ziemlich unüberhörbar, dass er nichts dagegen hätte, Silva selbst mal auf die Matte zu legen. Diese Bemerkung holt mich schlagartig in die Gegenwart zurück. Herrgott, das war natürlich der Trottel, der ständig die Pilotenbrille trägt. Er wird kreidebleich, als ich mich umdrehe und ihn mit leicht zusammengekniffenen Augen anblicke. «Ich hoffe, es macht Ihnen nichts aus, heute eine Stunde länger zu bleiben und die Matten zu reinigen, denn genau *so* werden Sie Ihren heutigen Abend verbringen», belle ich. «Und wenn Sie schon mal auf dem Boden rumkriechen, können Sie bei der Gelegenheit gleich Ihren Respekt suchen, den Sie ja offensichtlich verloren haben.»

«Ja, Sir.»

Mann, ich bin nicht nur scharf auf eine Frau, die tabu sein sollte, sondern auch noch ein verdammter Heuchler. Habe ich Danika etwa nicht für die Demonstration ausgewählt, weil ich es nicht ertragen konnte, dass sie mit jemand anderem flirtet? Und weil es mir auch nichts ausmachen würde, sie auf die Matte zu legen? Um es mal vorsichtig auszudrücken? Ja. *Verdammt, ja.* Und dieser Moment der Schwäche wird mich einiges kosten, denn in ein paar Minuten werden sich ihre Kurven an mich pressen. Ich werde sie unter mir haben. Sie ist die Einzige innerhalb dieser vier Wände, die meine Professionalität bei etwas so Simplem wie einer Nahkampfübung ins Wanken bringen kann – und ich habe mich mit meiner Eifersucht selbst in diese Lage gebracht.

«Habe ich mich unklar ausgedrückt?» Mein Selbstekel lässt meine Stimme hart klingen, als ich mich drehe, um Silva wieder anzusehen. «Vortreten.»

Als sie zusammenzuckt, versetzt mir das einen Stich ins Herz. Bevor ich sie angeschrien habe, standen für den Bruchteil einer Sekunde Staunen und vielleicht sogar Dankbarkeit in ihrem Blick. Weil ich für sie eingetreten bin? Der Gedanke weckt in mir den Wunsch, ich hätte den Rekruten, von dem die Bemerkung kam, suspendiert. Oder ihn auf einen Marsch nach Montauk geschickt. Wie hätte sie mich in dem Fall wohl angeblickt?

Aber es spielt jetzt keine Rolle mehr, da ich den Moment kaputt gemacht habe.

Wie ich mich selbst gleich zerstören werde.

Ich folge Silva nach vorn und kann nicht anders, als den frischen Duft nach Grapefruit einzuatmen, der sie umweht. Ich weiß es nicht mit Sicherheit, doch es könnte ihr Shampoo sein, das so verführerisch duftet. Na toll, jetzt muss ich krampfhaft versuchen, mir nicht vorzustellen, wie sie sich unter der Dusche die schwarzen Haare wäscht, die sie immer zu einem Zopf zusammenbindet. Ich versuche, mir nicht vorzustellen, wie der Dampf ihre vollen Lippen streift, über die so oft bissige Bemerkungen kommen, und ihre wundervoll straffe Haut umhüllt. Echt prima Bilder, die ich da vor mir sehe – vor allem angesichts der Tatsache, dass ich mich gleich vor einer großen Gruppe Zuschauer mit ihr auf einer Matte wälzen werde.

Es herrscht völlige Stille. Nur die Lampen über unseren Köpfen surren leise, und ab und zu hustet jemand. Innerlich schreie ich allerdings. Werde ich je wieder mit dem fünf Sekunden andauernden Blickkontakt zufrieden sein, wenn ich sie erst einmal unter mir gespürt habe? Natürlich nicht. Verdammt, das bin ich noch nicht einmal jetzt.

«Wie Sie alle wissen, sollte ein Officer nie auf dem Boden landen, aber gehen wir einmal davon aus …» Ich schaue in die Runde. «Ihre Waffe ist in dem Fall auch für jemand anderen zugänglich und nicht bloß für Sie. Sie können sich nicht frei bewegen, und es besteht die Möglichkeit, dass Sie von dem Täter überwältigt werden. Mit anderen Worten: Das hier ist ein Worst-Case-Szenario.»

Ich bin schon halb fertig mit meiner Einleitung, als mir bewusst wird, dass die Technik, die ich demonstrieren will, wahrscheinlich die intimste Übung ist, die ich mir hätte aussuchen können. Ich habe meinen Plan nicht absichtlich geändert, nachdem ich Silva als Freiwillige gewählt habe. Diese Technik hatte ich mir einfach für heute Morgen vorgenommen – und nun ist es zu spät, um es sich noch einmal anders zu überlegen.

Silva steht neben mir und versucht, so zu tun, als würde ihr das alles überhaupt nichts ausmachen, aber ich kann an ihrem Hals ihren Pulsschlag hämmern sehen. In ihren braunen Augen strahlt Begeisterung darüber, etwas Neues zu lernen. Diese Entschlossenheit, diesen Mut zu sehen, lässt meinen Puls ebenfalls schneller schlagen. Dass sie derart für ihren Beruf brennt, ist nur einer der Gründe dafür, dass ich ständig an sie denken muss.

«Das Ziel dieser Technik ist es, die Kontrolle über die Situation wiederzuerlangen und dem Tatverdächtigen Handschellen anzulegen – und das alles so schnell wie möglich, damit Sie selbst nicht überwältigt werden oder Schlimmeres passiert. Verstanden?» Ich warte auf die gemeinschaftliche Antwort: «Ja, Sir.» Dann lege ich mich auf den Rücken. Die Rekruten haben mich bereits einige Male auf dem Rücken liegen sehen, wenn ich ihnen Bewegungsabläufe gezeigt habe – dieses Training ist ein entscheidender Teil ihrer Ausbildung. Ich versuche, mich daran zu erinnern und mich auf die Übung und die Vermittlung des Stoffs zu konzentrieren – aber es gelingt mir nicht. Wie soll es das auch, wenn Silva mich mit offenem Mund anstarrt. «Okay, greifen Sie an, Silva.»

«Äh … Sie?», flüstert sie.

«Ja.» Sie ist nervös. Bevor ich die bewusste Entscheidung überhaupt treffe, nimmt der Wunsch, sie zu ermutigen, überhand. «Es ist so weit. Ihre Chance ist endlich gekommen. Verpassen Sie mir eine.»

Die Rekruten lachen, und es scheint sie zu erden. Ich dagegen bin alles andere als geerdet, als Silva sich zwischen meinen gespreizten Beinen auf die Knie sinken lässt. Ihre Brüste hüpfen noch immer, als sie sich mit der Zungenspitze über die Lippen fährt, und ich bin geliefert. Natürlich macht sich mein Schwanz bemerkbar. *Gott.* Es ist jetzt schon die reinste Qual, und mir bleibt nichts anderes übrig, als ihr noch näher zu kommen. An jedem anderen Tag hätte ich vom Boden aus weitergesprochen, doch ich kann es nicht. Ich muss das hier so schnell wie möglich hinter mich bringen.

Ihre Wangen sind knallrot, als sie sich über mich beugt. Sie hat die Fäuste erhoben und schlägt in die Luft knapp über mir. Ich schlucke ein letztes Mal schwer und schließe dann meine Beine um ihre Taille. Mit einem Griff ziehe ich ihren Kopf an meinen Hals, um den vermeintlichen Angriff zu beenden. Danach stelle ich einen Fuß neben ihr Knie und nutze den Boden als Hebel, um sie umzudrehen und unter mich zu bringen.

Es ist der Laut, der ihr über die vollen Lippen kommt, der mir den Rest gibt.

Es ist ein Stöhnen.

Das – und die Art, wie sie die Augen verdreht und den Mund leicht öffnet.

Es sind Lust, Aufregung und Verlangen, die sich alle zu diesem kleinen erstickten Laut vereinen, der mich wohl für alle Zeiten in jedem wachen Moment verfolgen wird.

Gefällt es ihr etwa, auf die Matte gedrückt zu werden?

Ein paar Sekunden lang kann ich bloß in ihr errötetes Gesicht starren, auf ihren Körper, der zwischen meinen Schenkeln gefangen ist, und mir wünschen, dass wir allein wären, damit ich …

Damit ich was tun kann?

Ich lasse mich nicht auf Frauen ein. Aus sehr triftigen Gründen. Es ist eine Regel, die mir gute Dienste geleistet hat. Alle Regeln leisten mir gute Dienste, und ich breche sie in diesem Moment, weil ich mein Gewicht viel länger als nötig auf Danika ruhen liegen lasse.

Ich drücke mich ein kleines Stück hoch. «Suchen Sie sich einen Partner und üben Sie die Technik», rufe ich in den Raum hinein. Noch immer kann ich nicht damit aufhören, Silva anzublicken. «Ich werde herumgehen und Sie korrigieren – was sicher notwendig sein wird.»

Die Rekruten setzen sich in Bewegung. Und auch Silva rührt sich, schiebt sich rückwärts unter mir hervor, rollt sich zur Seite und kommt auf die Beine. Ich stehe ebenfalls auf und sehe sie an. Das Blut rauscht in meinen Ohren, als sie zögert. Sie scheint etwas sagen zu wollen, umklammert mit den Fingern den Stoff ihres T-Shirts. Doch sie sagt nichts, dreht sich stattdessen um und läuft los, um sich mit einer der anderen weiblichen Auszubildenden zusammenzutun. Es ist gut, dass mein Bruder genau in diesem Moment zu mir kommt und mir den Ellbogen in die Rippen stößt. Sonst wäre ich ihr wahrscheinlich hinterhergerannt und hätte mich entschuldigt. Oder sie gefragt, ob ich sie mal wieder … flachlegen darf. Gott, was hat diese Frau bloß an sich?

Ihr Stöhnen hallt in meinem Kopf wider, und ich beiße die Zähne zusammen, als ich mich zu Charlie umdrehe. «Was?»

Nichts kann Charlie die gute Laune verderben. Nicht einmal ich. «Nichts. Nur … Bist du dir sicher, dass das die beste Art war, ihr näherzukommen?» Bevor ich etwas erwidern kann, hebt er abwehrend die Hände. «Vergiss es. Ich habe nichts gesagt. Ich bin bloß hier, um dich einzuladen.»

Er hätte mir genauso gut einen Blumenstrauß überreichen können. «Wie bitte?»

«Du machst es mir wirklich nicht leicht, was?» Charlie kratzt sich den Nacken. «Ever backt heute Abend verschiedene Kuchen zur Auswahl, und wir dürfen sie probieren.» Ich sage nichts darauf. «Ever ist meine Freundin … Sie betreibt das Catering-Unternehmen, das auf unserer Abschlussfeier für …»

Mein Seufzen unterbricht ihn. «Ich weiß, wer sie ist und was sie tut.»

«Da die Einladung ihre Idee war, wird sie sich freuen, wenn du kommst.»

Das lässt mich innehalten. Und ärgerlicherweise wird mir in der Nähe des Herzens sogar ein bisschen warm. «Heute Abend? Wo findet das Ganze denn statt, und wer kommt alles?»

«In Brooklyn. Ich kann dir die Adresse per SMS schicken. Außer mir kommen noch Jack, Danika …»

Den Rest höre ich gar nicht mehr. Ich bin raus. Es ist schon schwer genug für mich, auf der Akademie in Silvas Nähe zu sein. Sie allerdings außerhalb dieser Mauern in normalen Klamotten ohne die sichtbare Mahnung zu sehen, dass ich mich ihr als ihr Ausbilder nicht nähern sollte, ist keine gute Idee.

Aber während Charlie zurück zu den anderen Rekruten schlendert, suche ich bereits nach einer Ausrede, um später über die Brücke nach Brooklyn zu fahren.

KAPITEL 2

Danika

Es geht doch nichts über Kuchen, um den Schmerz der Demütigung zu lindern.

Glücklicherweise hat keiner meiner Freunde das Stöhnen erwähnt, das für alle Welt zu hören war. Das Stöhnen, das über meine Lippen kam, als ich unter Lieutenant Greer Burns lag. Gott sei Dank! Es fällt mir schon schwer genug zu kapieren, was überhaupt passiert ist, ohne dass ich den anderen irgendetwas erklären muss. Es gibt vermutlich gar keine Erklärung für die Tatsache, dass irgendetwas in meinem Innersten klick gemacht hat, als Greer mich auf die Matte gedrückt hat. Ich kann es nicht einmal auf meine momentane Durststrecke in Bezug auf Sex schieben, weil ich schon seit Monaten mit anderen männlichen Rekruten zusammen trainiere. Und nicht einmal ist etwas in der Art passiert. Eher im Gegenteil: Ich hatte den einen oder anderen verschwitzten Schritt viel zu nahe vor meinem Gesicht und habe Dinge gerochen, die keine Frau riechen sollte. Ich bin fest davon überzeugt, dass es Teil der Ausbildung ist, eine gewisse olfaktorische Toleranz zu entwickeln.

Ich sollte mich also nicht angeturnt fühlen. Schon gar nicht von einem Mann, den ich nicht ausstehen kann.

Greer ist wie ein Paar Designerschuhe in einem Schaufenster. Ich kann sie bewundern und ein bisschen dafür hassen, dass sie meine Aufmerksamkeit so auf sich gezogen haben, aber ich sollte sie unter keinen Umständen anprobieren. Aber an diesem Nachmittag bin ich praktisch von der Straße in den Shop gezerrt, auf die Kasse geworfen und dort festgehalten worden. Und, Mann, würde ich die Schuhe jetzt gern kaufen. Es hat mir viel zu sehr gefallen, seine Kraft zu spüren.

Es ist ärgerlich. Vor allem, weil ich ein echter Kontrollfreak bin. Fragt meine Familie. Ich würde eher schuften, bis ich umfalle, als irgendwelche Aufgaben zu delegieren. Ich liebe es, der Mensch zu sein, auf den meine Familie sich verlässt. Es ist der Grund, warum ich Polizistin werde. Die Befriedigung, die es mir gibt, wenn andere auf mich bauen – vor allem, wenn es später sozusagen eine ganze Stadt ist –, ist das, was ich mir erträume.

Dass mir heute für einen kurzen Moment die Kontrolle geraubt wurde, das … hat mir gefallen. Es hat mir *wirklich* gefallen. Sobald ich von der Akademie nach Hause kam, vergrub ich mich unter meiner Bettdecke und schickte meinen Vibrator in den Einsatz. Auch wenn mein Verstand sich dagegen wehrte, stellte ich mir dabei Greer vor. Sollte es mir Angst machen, dass der Lieutenant in mir den Wunsch geweckt hat, etwas Neues und Aufregendes zu erforschen? Wahrscheinlich. Doch wird mich das aufhalten?

Ich verabscheue Greer. Nicht nur, weil er sich den Rekruten gegenüber wie ein Arsch verhält. Oder weil er Lob so sparsam verteilt, als würde es ihn buchstäblich umbringen, das zu tun. O nein. Ich habe ein gutes Gedächtnis. So gut, dass ich mich noch genau an den Nachmittag erinnere, als er sein wahres Gesicht gezeigt und etwas über Jack gesagt hat, das ich ihm nicht verzeihen kann. Sobald ich also Gefahr laufe, bei ihm schwach zu werden, rufe ich mir in Erinnerung, dass er keinerlei Respekt vor meinem besten Freund hat.

Ich bin mir nicht sicher, warum ich so nachtragend bin, denn meine Mutter ist eine sehr nachsichtige Katholikin, und mein Vater folgt auch der Maxime «Schwamm drüber!». Doch es ist, wie es ist. Ich vergesse nichts. Glücklicherweise mache ich es auf andere Weise wett, so nachtragend zu sein. Für meine Familie und meine Freunde würde ich alles tun und jedes Problem lösen – ohne dafür eine Gegenleistung zu erwarten. Das ist einfach mein Ding. Wenn irgendjemand sie auch nur schief ansieht, will ich derjenige sein, an den sie sich als Erstes wenden.

Aus diesen Gründen habe ich Lieutenant Greer Burns noch immer nicht vergeben.

Ihn aus meinem Kopf zu verbannen – vor allem nach dem heutigen Tag –, stellt sich allerdings als ziemlich schwierig heraus.

Das Zuschlagen einer Ofentür reißt mich aus meinen Gedanken.

«Macht eure Geschmacksknospen bereit. Es geht los, Leute!» Auf der anderen Seite der industriellen Küche vollführt Charlies Freundin Ever eine perfekte Pirouette und hält dabei eine Platte mit Kuchen in jeder Hand. Sie kommt zu uns, stellt sie mit einem Knicks ab und entlockt der Gruppe, zu der auch Jack und seine neue Freundin Katie zählen, damit begeisterte Ohs und Ahs.

Richtig erkannt – ich bin hier das fünfte Rad am Wagen. Sobald der Abschluss an der Polizeiakademie geschafft ist, werde ich mich um das kleine Versäumnis des Universums kümmern und mir einen Mann suchen. Greer wird dann außer Sichtweite sein, und ich werde mich wieder auf vernünftige Kerle konzentrieren. Mit normalen Oberschenkeln.

Charlie reibt sich die Hände und grinst. «Sag uns, was zur Auswahl steht, Süße.»

«Meine Antwort steht jetzt schon fest: beide.» Jack hat den Arm um Katie gelegt. «Du wirst eine Horde von Rekruten versorgen, die seit Monaten von nichts als Pizza lebt. Du musst dir über den Geschmack keine Sorgen machen, sondern eher darüber, dass es zu Schlägereien kommt, wenn alle versuchen, einen Nachschlag zu bekommen.»

Evers Catering-Unternehmen *Hot Damn Caterers* hat Räumlichkeiten in Williamsburg. Dort haben wir uns heute Abend getroffen, um die Testesser zu spielen. Ein Privileg, das absolut wettmacht, dass ich das fünfte Rad am Wagen bin. «Jack hat recht.» Ich nehme ein Messer und schneide ein kleines Stück von dem Karottenkuchen ab, der mitten auf dem Tisch steht. Daneben steht ein *Red-Velvet-Cake* – ein Kuchen, der den Namen seiner rötlichen Farbe und samtigen Beschaffenheit zu verdanken hat. «Die reißen dir eher die Tabletts aus den Händen, als dass du Beschwerden hören wirst.»

«Etwaige Kritiker könnt ihr direkt zu mir schicken.» Charlie säbelt sich eine riesige Portion des *Red-Velvet-Cake* ab und zwinkert Ever zu. «Als würde es die überhaupt geben.»

Ever beugt sich vor, um ihrem Freund einen Kuss auf die Wange zu geben, und geht dann zum Herd zurück, auf dem noch weitere Gemische blubbern und köcheln. «Ihr seid aber nicht die Einzigen, die auf der Abschlussfeier meinen Kuchen essen werden. Charlies Vater wird ebenfalls dort sein und mit ihm zusammen noch andere hochrangige Vertreter des NYPD. Eltern. Eine Reihe von *New York One*-Nachrichtensprechern …»

Katie schnappt nach Luft. «Ich liebe *New York One*. Vor allem diese Sendung, wo sie erzählen, was an diesem Tag in der Vergangenheit passiert ist. Letzte Woche war es die Hinrichtung von Blue Eyes Duffy durch die Mafia.» Sie nimmt den Bissen vom Karottenkuchen, den Jack ihr in den Mund steckt, und kaut versonnen. «Sie wiederholen zwar den ganzen Vormittag über die immer gleichen Nachrichten, doch ich schaue trotzdem gern zu.»

«Aber nur, weil ich dich nicht lange genug aus dem Bett lasse, um die Fernbedienung zu holen», sagt Jack gedehnt. «Du hast gar keine andere Wahl.»

«Das ist nicht der einzige Grund», flüstert Katie mit ihrem melodischen irischen Akzent und errötet leicht. «Die Wiederholung beruhigt mich irgendwie. Und … Ich weiß gern, wie das Wetter wird.»

Jack zuckt mit einer Schulter. «Egal wie das Wetter wird, in unserem Bett ist es immer warm.»

Ich knülle eine Serviette zusammen und werfe sie Jack an den Kopf. «Nicht, wenn du das arme Mädchen weiter quälst.»

Ganz ehrlich? Ich liebe Katie. Nicht nur, weil sie ehrlich, fleißig und nett ist – ganz zu schweigen davon, dass sie eine der besten Schützinnen der Welt ist. Nein, auch weil sie meinen besten Freund gerettet hat, als meine Hilfe nicht genug war. Jack hat ein Alkoholproblem, macht allerdings jeden Tag Fortschritte. Es ist sein Kampf. Doch bevor er Katie traf, wollte er ihn nie ernsthaft ausfechten. Also werde ich für den Rest ihres Lebens hinter ihr stehen.

Jeder in dieser Küche gehört für mich mittlerweile zur Familie. Und Familie ist mein Ein und Alles. Meine Eltern, Tanten, Cousins und Cousinen, die alle noch in Hell's Kitchen leben, zählen in vielerlei Hinsicht auf mich. Es vergeht kein Tag, an dem mein Telefon nicht klingelt und jemand mich um einen Gefallen oder um einen Ratschlag bittet oder darum, dass ich ihm aus der Patsche helfe – ob es nun um einen Streit mit dem Vermieter geht oder ein angeheiratetes Familienmitglied. Ja, es nervt mich manchmal, dass ich so viele Dinge gleichzeitig tun und so viel Verantwortung übernehmen muss. Aber wie soll ich sichergehen, dass ein Problem richtig gelöst wird, wenn ich mich nicht persönlich darum kümmere?

«Ich bin für den *Red-Velvet-Cake*», verkündet Charlie. «Nein, Moment ... Doch für den Karottenkuchen. Nein, Augenblick ...»

«Ich weiß es auch nicht», sagt Katie. «Sie schmecken beide großartig.»

Jack hebt kapitulierend die Hände. «Ich bin auch raus.»

Mein Seufzen klingt übertrieben. «Na toll, überlasst die Entscheidung ruhig mir.» Ich tippe mit der Kuchengabel an meine geschürzten Lippen. «Ich entscheide mich für ...»

Ich bekomme nicht die Gelegenheit, meinen Satz zu beenden, denn die rostige Seitentür zur Küche geht langsam auf. Ich erblicke einen Körper, den ich nach der heutigen Trainingseinheit nur zu gut kenne. Er füllt den Türrahmen genauso aus wie meinen Kopf. Mein Pulsschlag schießt in die Höhe, als ich wieder daran denken muss, wie er sich auf mir angefühlt hat, wie es war, mich sekundenlang nicht bewegen zu können, weil er mich mit seinem Gewicht auf die Matte gepresst hat. *Hör auf, darüber nachzudenken.* Was macht er hier?

«Hey, großer Bruder», ruft Charlie gut gelaunt wie immer. «Ich war mir nicht sicher, ob du kommen würdest.»

Es ist mir neu, dass Charlie seinen Bruder eingeladen hat. Aber wahrscheinlich sollte es das nicht sein. Charlie hat sich im vergangenen Monat ein Bein ausgerissen, um die Beziehung zu Greer und seinem Vater, einem hohen Tier bei der Truppe, zu verbessern. Die Burns-Familie ist eine Polizei-Dynastie, hält viel von Arbeitsethik und wenig davon, Emotionen zu zeigen. Zuzusehen, wie mein Mitbewohner sich abmüht und dabei kaum etwas von Greer zurückbekommt, ist einer der Gründe, warum ich dem dämlichen Lieutenant gern einen Kinnhaken verpassen möchte. Allerdings nicht der Hauptgrund.

Mein Job ist es nicht, Kindermädchen zu spielen, McCoy. Mein Job ist es, diese Männer zu Teamplayern zu formen. Sie auszubilden, damit sie für etwas Größeres kämpfen als für sich selbst. Einzelgänger verlieren ihre Partner – so wie mein Partner getötet wurde. Und genau das ist Jack Garrett. Ein Einzelgänger ohne Respekt. Und deshalb habe ich auch keinen Respekt vor ihm.

Bevor ich letzte Woche in die Unterhaltung zwischen Greer und Katie platzte, mochte ich den Lieutenant schon nicht besonders. Aber nach diesen Worten war alles klar. Sicher, Greer half Katie mit einem Arbeitsvisum, das es ihr erlaubt, in New York bei Jack zu bleiben. Außerdem hat er aufgehört, meinen besten Freund zu behandeln, als gehöre er nicht auf die Akademie.

Doch wie ich schon sagte, habe ich ein sehr gutes Gedächtnis. Meine Mutter würde sagen, ich sollte ihm auch die andere Wange hinhalten, aber als Lieutenant Burns zum Tisch kommt und die beiden Kuchen betrachtet, als wären sie eine kümmerliche Gabe, die ihm als König präsentiert werden, ist das der letzte Gedanke, der mir kommt. Ich neige den Kopf und blicke in ein Paar gelangweilte, hartherzige Augen.

«Wenn ich gewusst hätte, dass Sie kommen», sage ich so leise, dass nur er mich hören kann, «hätte ich vorgeschlagen, einen *Devil's-Food-Cake* mit in die Auswahl zu nehmen.»

KAPITEL 3

GREER

Es ist offensichtlich, dass sich an Silvas Hass auf mich nichts geändert hat, weil ich sie vorhin auf die Matte geworfen habe. Gut. Ich habe mir ganz sicher auch nichts anderes erhofft.

Angesichts der Art, wie sie mich nun beäugt, könnte man meinen, ich hätte mir das heisere Stöhnen und das Flattern ihrer Wimpern heute Nachmittag bloß eingebildet. Oder das Zusammenziehen ihrer Oberschenkelmuskeln. Aber nein. Mein Verstand denkt sich solche Dinge ganz bestimmt nicht einfach aus. Und ich habe in den letzten Stunden viel zu viel Zeit damit verbracht, darüber nachzugrübeln, was sie bedeuten könnten. Eins ist allerdings klar: Silvas harte Haltung mir gegenüber hat sich dadurch nicht geändert.

Ich weigere mich, mir einzugestehen, dass ich enttäuscht bin, und wiederhole innerlich, was ich mir schon auf der Fahrt hierher bestimmt tausendmal gesagt habe. Meine Aufgabe ist es, aus dieser hitzköpfigen kleinen Göre eine anständige Polizistin zu machen. Danach werde ich nichts mehr mit ihr zu tun haben. Ich werde ihr nicht länger im Flur der Akademie begegnen oder einer Horde von zwanzigjährigen Vollpfosten dabei zusehen müssen, wie sie sich darum schlagen, ihr Trainingspartner zu sein. Vermutlich habe ich noch nie so ungeduldig darauf gewartet, dass eine Klasse von Rekruten den Abschluss macht, aber kann mir das irgendjemand verübeln? Sie haben meine Geduld bei jeder Gelegenheit herausgefordert.

Zuerst verliert Charlie wegen der blonden Köchin, die sich gerade eingehend mit einer Schale mit pinkfarbenem Frosting beschäftigt, den Verstand, wird zu einem verletzten Bambi und verschandelt damit beinahe seine makellose Akte. Als Nächstes taucht die irische Unschuld auf, um einen Kurs in Waffenkunde zu geben, und bringt mich dazu, mir viel zu viele Gedanken darüber zu machen, wie ich Jack Garrett beurteilt habe. Ich habe mir letzte Woche frustriert Luft gemacht, als Danika in mein Büro platzte. Jetzt habe ich eine angepisste Rekrutin, die mich mit den … unglaublichsten braunen Augen, die ich je gesehen habe, erdolcht.

Bei diesem Gedanken knurre ich leise, und Silva verengt besagte Augen zu schmalen Schlitzen. Sie wartet offensichtlich darauf, dass ich auf ihre spitze Bemerkung reagiere. *Devil's-Food-Cake.* Nicht schlecht. Obwohl mir von Verhafteten und auch von Kollegen schon schlimmere Dinge an den Kopf geworfen wurden. Niemand mag den Arsch, der jeden zur Verantwortung zieht, und damit kann ich umgehen. Es macht mir nichts aus, allein zu sein.

In meinen dreißig Lebensjahren hat es mich nie gekümmert, was andere von mir denken. Oder was sie von meinem Unterrichtsstil halten – es sei denn, man zählt meinen Vater dazu, der mir alles über die Polizeiarbeit beigebracht hat. Wieso also sollte ich auch nur überlegen, mein Verhalten zu ändern, um dieses unbeherrschte … wunderschöne, leidenschaftliche Mädchen glücklich zu machen …

Verflucht.

Aus irgendeinem Grund will ich Silva nicht enttäuschen,

sondern sie zufrieden sehen. Daher habe ich versucht, für all das, was ich bei dem Treffen über Jack gesagt habe, Wiedergutmachung zu leisten, indem ich nun, sooft ich kann, seine Fortschritte prüfe. Und es hat keinen Zweck, so zu tun, als wäre sie nicht der Grund, warum ich heute Abend nach Brooklyn rausgefahren bin.

Ich versuche, mir einzureden, dass ich Charlie durch mein Auftauchen hier zumindest den Eindruck vermitteln will, dass unsere Familie eine klitzekleine Chance hat, zu funktionieren. Wie auch immer meine Version von Liebe aussehen mag – ich empfinde so für Charlie. Der Junge ist ganz anders als ich. Er ist zum Beispiel optimistisch. Er hat die Fähigkeit, den Menschen in seiner Nähe das Gefühl zu geben, dass sie mit einbezogen werden. Verdammt noch mal, er hat eine Gruppe von knallharten Polizisten dazu überredet, bei einem Flashmob mitzumachen, um das Mädchen mit dem pinkfarbenen Frosting zurückzugewinnen.

Tief in meinem Innersten weiß ich jedoch, dass ich heute Abend vor allem hier erschienen bin, weil ich Silva wiedersehen wollte. Ich wollte mich mit eigenen Augen davon überzeugen, dass es ihr gutgeht und sie in Sicherheit ist. Da ich in Manhattan arbeite, wusste ich nicht, wie die Gegend, in der sich die Küche des Catering-Unternehmens befindet, so ist, also bin ich gekommen, um mir selbst ein Bild davon zu machen. Nachdem ich jetzt weiß, dass es keine kranken Irren in der Nähe gibt, die Macheten schwingend durch die Straßen laufen, sollte ich wahrscheinlich einfach wieder verschwinden.

Aber meine Füße bewegen sich nicht, sondern bleiben dort stehen, wo sie sind – nur wenige Zentimeter von Silvas Stiefelspitzen entfernt. Stiefel von der zierlichen Sorte, die an den Knöcheln enden und die Beine einer Frau noch besser aussehen lassen als in einer engen Sporthose. Die Tatsache, dass

Silva irgendwie Kontrolle über meinen sonst so eisernen Willen hat, weckt in mir Ungeduld. Ungeduld und das Bedürfnis, die Oberhand zurückzugewinnen. Ohne einen Laut von mir zu geben, nehme ich ihren Duft in mich auf und lasse meinen Blick ganz langsam über sie gleiten, wie ich es für gewöhnlich bei der morgendlichen Inspektion mache. Wenn ich in Silva keine Freude wecken kann, dann gebe ich mich eben damit zufrieden, sie wütend zu machen.

«Jemand hätte für Sie einen *Angel-Food-Cake* backen sollen», sage ich, und meine Stimme klingt etwas kratzig, weil ich so lange geschwiegen habe. Ihr steigt Röte in die Wangen, während sie nach Luft ringt. Da wir so nahe voreinanderstehen, spürt mein Körper, wie ihrer sich entspannt, und macht das Gegenteil. Es wirkt wie eine widerwillige Einladung auf mich. Zu … irgendetwas. Wie heute auf der Matte. Mir gefällt ihre Reaktion so gut, dass ich es einfach nicht dabei belassen kann. «Vielleicht wären Sie dann etwas leichtfüßiger – anstatt sich wie heute durchs Training zu schleppen.»

«Oh», zischt sie. «Wenn ich mich durchs Training geschleppt habe, dann nur, weil Sie mich nicht motivieren konnten, Lieutenant.» Ihr Lächeln wirkt täuschend freundlich. «Sie sollten vielleicht lernen, Ihren Mund besser einzusetzen.»

Als sie hört, was sie da grad gesagt hat, schlägt sie die Hände vors Gesicht und stöhnt angesichts ihres verbalen Missgriffs auf. Ich verspüre den seltsamen Drang, laut loszulachen. Den Drang, ihre Hände von ihrem Gesicht zu nehmen und mir ihre Miene anzusehen. Der gestohlene Moment vor der Inspektion ist das Highlight meiner Woche geworden. Weiter als den Blickkontakt, der nur wenige Sekunden dauert, sind wir allerdings nie gegangen. Ich habe nie eine zweideutige Bemerkung gemacht. Ich bin ihr Ausbilder, und ich werde meine Autorität nicht missbrauchen.

Also müssen ein vorübergehender Aussetzer meines Hirns oder die Art, wie sie heute unter mir dahingeschmolzen ist, für meine nächsten leisen Worte verantwortlich sein. «Melden Sie sich freiwillig, um mir dabei zu helfen?»

Silva macht einen Satz zurück und stößt gegen den Tisch. Das Besteck klappert. Die anderen vier Menschen im Raum, die entweder nichts von der Unterhaltung mitbekommen oder undurchdringlichere Mienen haben, als ich es ihnen zugetraut hätte, strecken die Arme aus, um sie aufzufangen, doch ich komme ihnen zuvor. Ich packe sie am Ellbogen und halte sie fest. Der körperliche Kontakt jagt Hitze meinen Rücken hinauf. Meine Zunge fühlt sich schwer an. Alles, was ich will, ist, diese Frau an mich zu ziehen. Ich will meine Hand in ihrem Haar vergraben und mit den Lippen darüberstreichen. Ich will ihr Haar über meinen Hals und meine Brust streichen spüren. Gott.

Abrupt zieht sie ihren Arm zurück, und ich zwinge mich, mich zu sammeln. Nicht zum ersten Mal frage ich mich, was diese Frau an sich hat. Seit sie auf die Akademie gekommen ist, folgt mein Blick ihr überallhin. Sie beherrscht meine Gedanken, wenn ich mich nachts meinen Bedürfnissen hingebe. Wenn ich meine Hand in meine Boxershorts schiebe, mich auf den Bauch drehe und es mir selbst besorge. Wenn es nur sexuelles Interesse wäre, könnte ich die nächsten vier Wochen einfach abwarten. Kein Problem. Sie wäre weg, und die Schwärmerei würde verschwinden.

Aber hier bin ich – in Brooklyn, besorgt um ihre Sicherheit.

Mir Gedanken darüber machend, was sie denkt.

Die Tatsache hassend, dass sie mit angehört hat, wie ich etwas Blödes gesagt habe, und nun sauer auf mich ist.

Ich muss laufen. Während ich renne, beruhigen sich meine albernen Gefühle. Zumindest bis zum Morgen. Bis ich sie wiedersehe.

«Äh … ja …» Charlies Stimme dringt in mein Bewusstsein vor. «Wir probieren hier gerade zwei von Evers Kuchen, und Danika wollte gerade ihre Frau stehen und das endgültige Urteil verkünden.»

Es gelingt mir, meinen Blick von Danika zu lösen, die offensichtlich noch immer über meine Worte schockiert ist. Willkommen im Club, Baby. *Baby?* «Was haben Sie ausgewählt, Silva?»

«Ich würde sagen … äh …»

Sie braucht einen kleinen Anstoß, um aus ihrer Erstarrung zu erwachen, also gebe ich ihr einen. «Heute noch, bitte.»

Ich bemerke, wie sie einen Stiefel hebt, als wollte sie mir auf den Fuß treten, und ich hoffe beinahe, dass sie es tut, denn dann hätte ich eine Ausrede, sie ebenfalls noch mal zu berühren. Doch sie gibt mir stattdessen nur kühl Antwort: «Den *Red-Velvet-Cake.*»

Ich nehme eine Gabel, koste beide Kuchen und muss zugeben, dass sie gut sind. Ich habe eigentlich gedacht, dass mein Bruder nur so über die Kochkünste seiner Freundin schwärmt, weil er unter dem Pantoffel steht, aber er hat tatsächlich nicht übertrieben. «Ich würde mich für den Karottenkuchen entscheiden.»

Vier Augenpaare wandern zu Silva, die aussieht, als müsste sie sich sehr zusammenreißen, um mich nicht mit ihrer Gabel zu erstechen, Ever ergreift allerdings das Wort, ehe Silva die Chance dazu bekommt. «Dann ist es entschieden», verkündet sie ein bisschen zu fröhlich. «Wir nehmen einfach …»

«Das schreit doch geradezu nach einem Wettkampf», unterbricht Silva sie und hebt das Kinn leicht an. «Oder meinen Sie nicht, Lieutenant?»

Der freche Unterton, in dem sie meinen Dienstgrad ausspricht, macht mich wahnsinnig. Was würde sie sagen, wenn sie es wüsste … Wenn sie wüsste, dass sie dasselbe Wort in meinen Träumen stöhnt? Zusammen mit meinem Namen? Laut? Und jede Nacht? «Schwebt Ihnen da etwas Spezielles vor?»

«Ja. Natürlich.»

«Dann lassen Sie mal hören.»

«Da Sie meine Performance heute so enttäuscht hat …» Sie zuckt beiläufig mit den Schultern, aber ich nehme wahr, wie nervös sie eigentlich ist. «Fragen Sie mich nach Abkürzungen. Fünf Einsatzcodes. Wenn ich sie richtig nennen kann, nehmen wir den *Red-Velvet-Cake*. Wenn nicht, können wir Ihren langweiligen Karottenkuchen nehmen. Nichts für ungut, Ever. Ich stehe einfach nur nicht auf Gemüse.»

«Schon gut», murmelt die Köchin.

Es gefällt mir nicht, dass Silva dem Irrglauben unterliegt, sie hätte meine Erwartungen nicht erfüllt. Sie hat mich noch nie enttäuscht. Das kann sie gar nicht. Sie gehört zu den herausragendsten Rekruten auf der Akademie – ob nun männlich oder weiblich. Sie ist konzentriert bei der Arbeit, beklagt sich nicht, wenn sie erschöpft ist, und macht jeden Tag Fortschritte. Natürlich kann ich ihr das so nicht sagen. Wenn sie mir gegenüber weicher werden würde – auch nur das kleinste bisschen –, würde ich mich nicht mehr zurückhalten können. Es ist allerdings unerlässlich, dass ich genau das tue. Das einzig Beständige in meinem Leben ist mein Job. Freunde, Frauen und, verdammt, selbst Familienmitglieder kommen und gehen.

Jeden Tag gibt es Menschen, die andere Menschen verlieren. Eltern, Kinder, Ehemann oder Ehefrau. Ich bekomme es in meinem Beruf ständig mit. Betrug, Verlassenwerden, Tod. Das Ende ist immer gleich: Einsamkeit. Nur, dass man dazu noch weiß, wie sich Liebe und Geborgenheit angefühlt haben. Ich fühle mich der Stadt New York verbunden, weil die Verbindung echt und stark ist. Wir verlassen einander nicht, wie

Leute dauernd ihre Liebsten im Stich lassen. Wenigstens habe ich diese Lektion schon früh im Leben gelernt, sodass ich es mir ersparen konnte, es immer und immer wieder erleben zu müssen – wie in *Und täglich grüßt das Murmeltier.*

Da wir gerade davon sprechen … Wieder mal bin ich in Gedanken versunken, während Silvas Fehdehandschuh noch immer zwischen uns liegt. «Die Wette gilt», antworte ich schließlich. Die unterschiedlichsten Funk-Codes schießen mir durch den Kopf. «Zehn-zweiundfünfzig F.»

«Auseinandersetzung mit Schusswaffengebrauch.»

Ich tue mein Bestes, um gelangweilt zu wirken, doch ich finde Gefallen an dem Spiel. Es mag an der Tatsache liegen, dass sie mich anlächelt. Es ist ein freches Lächeln. Wenn ich bedenke, wie mein Puls jagt, scheint es mein Lieblingslächeln zu sein. «Korrekt. Zehn-vierundachtzig.»

«Am Tatort angekommen.»

«Ja. Zehn-achtzehn.»

Bei diesem Code gerät sie kurz ins Stocken, und ich ertappe mich dabei, mir zu wünschen, ich könnte ihr die Antwort durch Gedankenübertragung vorsagen. «Prüfung, ob ein Haftbefehl vorliegt … Aktiver Haftbefehl.»

Ich nicke knapp. «Zehn-zehn S.»

«Mögliches Verbrechen. Schüsse.»

Der letzte Code. Gott, ich spüre, wie mein Schwanz sich regt. Sie sieht mich an, als wollte sie unbedingt eine Herausforderung, also gebe ich ihr einen besonders schwierigen Code. «Zehn-neunundfünfzig N.»

Ihr Lächeln beginnt zu zittern und erstirbt schließlich auf ihren Lippen. Ich sehe in die Runde, um zu checken, ob jemand den Code kennt. Nur Charlie sieht mich mit einem wissenden Blick an und gibt mir zu verstehen, dass ich ein Arschloch bin, weil ich Silva diesen Code – aktives Buschfeuer – gegeben habe.

Seit Gründung des NYPD hat es in Manhattan kein Buschfeuer gegeben, und somit ist der Code auch nicht Teil des Lehrplans. Ich kann meine Frage allerdings nicht zurücknehmen. Sie ist nun einmal gestellt, und Silva hat daran zu knabbern wie an einem sehr zähen Steak.

«Äh …» Sie wippt auf den Fußballen vor und zurück. «Zweiter Ruf nach einem Krankenwagen.»

Scheiße. Ich mache den Mund auf, um ihr zu sagen, dass sie falschliegt. Doch stattdessen sage ich: «Tja, ich schätze, wir werden auf der Abschlussfeier den *Red-Velvet-Cake* essen.»

Die Mädchen beginnen, laut zu jubeln, Charlie zieht die Augenbrauen bis zum Haaransatz hoch, und Silva atmet erleichtert aus. Ein leises zufriedenes Lächeln spielt um ihre Mundwinkel, und das dämliche Organ in meinem Brustkorb pocht wie wild. Es gefällt mir viel zu sehr, sie glücklich zu sehen. Und noch mehr gefällt mir der Gedanke, dass ich derjenige war, der sie so glücklich gemacht hat – auch wenn ich dafür in Kauf nehmen musste, unrecht zu haben. Was die Polizeiarbeit betrifft. Mein Leben.

Was nicht gut ist. Gar nicht gut.

Ich wende mich dem Ausgang zu. «Ich überlasse den Rest Ihnen.»

«Moment», ruft Ever und rammt Charlie, der mich nach wie vor mit unerträglicher Faszination anstarrt, den Ellbogen in die Seite. «Wollen Sie nicht noch Ihre Meinung zum Frosting abgeben?»

«Alles, nur nicht pink.» Ich mache die Tür auf und kann mir einen letzten Blick zu Silva bloß mit Mühe verkneifen. «Sie haben morgen früh Training. Es liegt bei Ihnen, ob Sie früh kommen und ein Zeichen setzen oder ob Sie als Letzte auftauchen, vollgestopft mit Kuchen, und alle auf Ihr Level herunterziehen.»

«Da ist ja der Lieutenant, den ich kenne», brummt Charlie.

Silva schnaubt. «War er denn je weg?»

Ja, für ungefähr eine Sekunde war ich weg. Ich war plötzlich jemand, den die Gefühle anderer kümmern … Jemand, dem etwas an einem anderen Menschen liegt. Jemand, der anders darüber denkt, recht zu haben. Das darf mir nicht noch einmal passieren.

Die Tür fällt hinter mir ins Schloss.

KAPITEL 4

Danika

Ich gehe nach einem wahnsinnig anstrengenden Tag auf der Akademie – also ein Tag wie immer – gerade zu Fuß nach Hause, als eine rote Ampel mir die Chance gibt, mich zu bücken und meine schmerzhaft pochenden Unterschenkelmuskeln zu massieren. Der Verkehr rast an mir vorbei.

Früh beim Training aufzutauchen, um ein gutes Beispiel für die anderen Rekruten abzugeben, hat auch seine Nachteile.

Erstens das beifällige Nicken des Lieutenants, als wäre der einzige Grund, zwanzig Minuten vor der Inspektion zu erscheinen, für mich gewesen, ihn stolz zu machen. Dieser egozentrische Mistkerl. Noch ärgerlicher war allerdings dieses kurze Gefühl der Befriedigung, als er sich etwas auf seinem Clipboard notierte, als ich in die Sporthalle kam. Es ist jetzt nicht unbedingt verrückt, wenn ein Rekrut sich über das Lob des Ausbilders freut – auch wenn es dürftig ausfällt. Aber ich will nicht, dass er irgendwie Kontrolle über mich hat. Nach Monaten, in denen ich seinen herablassenden Unterrichtsstil ertragen musste, und nachdem ich mit angehört habe, was er über Jack gesagt hat, sollte mir sein Urteil völlig egal sein.

Und doch ist es das nicht. Dass ich gestern Abend die Wette

gewonnen habe, ließ mich heute etwas schneller laufen, etwas genauer zuhören, die Jungs mit etwas mehr Einsatz und Hingabe auf die Matte werfen. Ich war mit mehr Herzblut bei der Sache.

Die Akademie bedeutet harte Arbeit. Es ist aufregend, zu wissen, dass wir die Fähigkeiten, die wir hier erlernen, eines Tages auch in der Praxis anwenden werden, aber die tagtägliche Plackerei kann schon monoton und ermüdend sein. Mein Sieg im Quiz der Funk-Codes hat mich daran erinnert, warum ich unbedingt Polizistin werden will. Ich will meine Familie stolz machen. Und immer die richtige Antwort zu haben, eine Lösung zu kennen, ist genau das, was dazu nötig ist.

Ich bin die älteste unter uns Cousins und Cousinen. Ich musste stets mit gutem Beispiel vorangehen. Das ist wahrscheinlich der Grund dafür, dass mich Greers letzte Bemerkung gestern dazu gebracht hat, mir den Wecker heute besonders früh zu stellen. Meine Mom zieht mich immer damit auf, dass ich die geborene Mutter wäre und keine Tochter – und ich schätze, damit hat sie recht. Seht euch nur an, wie ich Jack durch das Junior College gebracht habe und anschließend auf die Akademie.

Gern geschehen.

Meine Eltern sind in den achtziger Jahren von Kolumbien nach New York gekommen, und nachdem sie sich hier eingelebt hatten, sind nach und nach auch unsere Verwandten nachgezogen. Ich bin die Erstgeborene dieser neuen Generation. Bevor meine Cousins und Cousinen kamen, richtete meine gesamte Familie alle Aufmerksamkeit ausschließlich auf mich. Was würde ich tun? Und wie schnell könnte ich es schaffen? Dieser Druck blieb, und ich gewöhnte mich daran. Jetzt kommt praktisch jeder aus der Familie mit seinen Problemen zu mir. Wenn meine Mutter einen Reparaturtermin mit dem Hausmeister vereinbaren will oder ein Gespräch mit der Bank führen muss, dann wendet sie sich an mich. Wenn meine Cousins oder meine Cousinen Hilfe bei den Hausaufgaben brauchen, dann bin ich diejenige, auf die sie zukommen. Mir gefällt es, diese Verantwortung zu übernehmen, und oft warte ich gar nicht ab, bis man mich um Unterstützung bittet, sondern werde gleich aktiv. Wenn ich mich nicht um alles kümmern würde, was ansteht, wer denn dann?

Was mich zum zweiten Nachteil bringt, so früh beim Training aufzutauchen: Noch mehr Zeit mit Ausfallschritten und zusätzlichen Laufrunden zu verbringen, macht mich zu einem humpelnden Pflegefall, der den Gehweg entlangwatschelt. Sobald ich nach Hause komme, werde ich das Bad in Beschlag nehmen und so heiß duschen, dass mir die Haut vom Körper pellt. Danach werde ich verschlingen, was auch immer ich im Kühlschrank finde, und mich anschließend aufs Ohr hauen. Morgen werde ich dann pünktlich zum Training gehen und keine Sekunde früher – Lieutenant Burns wird schon damit klarkommen.

Noch während ich mir das alles schwöre, weiß ich, dass ich diesen Schwur brechen werde.

Als in der Tasche meines Kapuzenpullis mein Handy klingelt, hole ich es hervor und blicke stirnrunzelnd auf das Display. Der Name meines Cousins – Robbie – blinkt auf. «Hey», melde ich mich lachend, «ich habe gerade an dich gedacht. Wie läuft's bei der Arbeit?»

Robbie ist mein jüngster Cousin väterlicherseits und steht kurz vor dem Highschool-Abschluss. Vor ein paar Wochen habe ich ihm dabei geholfen, einen Bewerbungsbogen für einen Job in einem Frozen-Yogurt-Laden auszufüllen, der in seiner Straße aufgemacht hat. Ich war so stolz auf ihn, als er die Stelle bekommen hat.

Dieser Junge redet normalerweise ohne Punkt und Komma.

Im Moment atmet er allerdings nur bedächtig ein und aus. Im Hintergrund sind Schritte zu hören. Ich brauche drei Sekunden, um zu kapieren, dass etwas nicht stimmt.

«Was ist los?»

«Danny, ich wollte nicht … Ich schwöre, dass es nicht meine Idee war …»

Ich bleibe stehen, drehe mich um und gehe zurück zu der Straße, die ich gerade überquert habe, um ein Taxi zu suchen. «Was war nicht deine Idee?»

Sein Seufzen klingt zittrig. «Ein paar Jungs aus der Schule haben herausgefunden, dass ich diesen Job an Land gezogen habe, und angefangen, mir Fragen zu stellen. Wann wir schließen. Ob ich schon nervige Kunden hatte. Solche Sachen eben.» Die Panik in seiner Stimme lässt sie höher klingen als sonst. «Aber gestern haben sie mich gefragt, ob ich allein arbeite. Ob der Geschäftsführer immer da ist. Ich wusste, dass etwas nicht stimmt. Diese Typen … Jeder weiß, dass das Möchtegern-Gangster sind.»

Es ist Rushhour, und es kommt mir vor, als wäre jedes verdammte Taxi besetzt. Irgendwann finde ich endlich eines, das gerade seine Fahrgäste absetzt, und stürme hin. «Hast du ihre Fragen beantwortet?»

«Ja», stöhnt er. «Die beiden kann man nicht einfach so ignorieren, verstehst du? Und ich konnte sie auch nicht anlügen. Was, wenn sie das herausgefunden hätten?»

«Ecke Fifty-Second und Ninth», rufe ich dem Fahrer durch die Trennscheibe zu. Ich hoffe, dass der Verkehr ausnahmsweise mal wie durch ein Wunder nicht höllisch ist.

«Du … Du kannst nicht hierherkommen, Danny.»

«Sprich einfach weiter.» Ich muss mich bemühen, dass meine Stimme ruhig bleibt. «Was ist passiert, nachdem du ihre Fragen beantwortet hast?»

Es dauert eine Weile, bevor er weiterspricht. So lange, dass ich die Verbindung überprüfe, die Uhr, die die Anrufdauer anzeigt, tickt allerdings noch. «Sie haben gesagt, dass sie heute Abend kommen. Sie meinten, ich soll einfach mitziehen, bei allem … Und sie würden mich am Gewinn beteiligen.» Ich kann durch das Telefon hören, wie er schluckt. «Ich habe ihnen gesagt, dass ich das nicht will, aber sie haben nur gelacht.»

Nein. Das kann nicht wahr sein. Diese Punks werden meinen Cousin nicht in Schwierigkeiten bringen. Robbie arbeitet hart in der Schule und will im Ausland studieren. Er will die Welt außerhalb Manhattans kennenlernen. Ich werde nicht zulassen, dass ein paar Kids aus der Gegend, die es auf etwas Taschengeld anlegen, seine Träume zerstören.

Greer könnte mit dieser Situation umgehen. Er hätte bestimmt eine Lösung.

Ein Instinkt, der mir zuvor nicht bewusst war, meldet sich und sagt mir, dass er sofort alles stehen und liegen lassen und zu mir in den Frozen-Yogurt-Laden kommen würde. Er würde die Kids in Angst und Schrecken versetzen, weil sie den Laden überfallen und meinen Cousin mit in die Sache hineingezogen haben. Der Lieutenant mag ein Idiot sein, aber er steht auf der Seite der Gerechtigkeit. Wie ein Superheld, dessen Superkraft es ist, ein Schwachkopf erster Güte zu sein.

Wenn ich ihn anrufe … Wenn ich ihn um Hilfe bitte, dann stünde ich in seiner Schuld. Wahrscheinlich für immer, denn wobei sollte der unzerstörbare Lieutenant als Wiedergutmachung wohl meine Hilfe brauchen?

Verdammt, was soll ich tun? Mein Magen zieht sich schmerzhaft zusammen. Mein Stolz kämpft mit der Sorge um meinen Cousin.

«Danny?» Robbies Stimme holt mich in den Moment zurück. «Ich glaube nicht, dass du in die Sache verwickelt werden solltest. Du willst Polizistin werden. Vielleicht hätte ich einfach Dad anrufen sollen …»

«Nein. Nein, ich kümmere mich darum.» Ich schiebe meine Vorbehalte beiseite und konzentriere mich darauf, die Angelegenheit für meinen Cousin in Ordnung zu bringen. Wie ich es immer tue. Verbringe ich nicht jeden einzelnen Tag damit, zu trainieren, wie ich Probleme wie dieses meistere? Bis ich im Laden ankomme, ist es wichtig, meinen Cousin zu beruhigen, damit er am Ende nicht etwas Unvernünftiges oder Gefährliches tut. «Hör mal, ich bin mit solchen Typen zur Schule gegangen. Sie sind nicht so stark und so böse, wie sie glauben.»

Das Taxi rast über eine gelbe Ampel, und ich schätze, wir sind noch etwa drei Minuten von dem Geschäft entfernt. Wenn ich die Polizei rufen würde, dann würde Robbies Wort gegen das der zwei Kerle stehen. Sie könnten übereinstimmend aussagen, dass Robbie die Sache ausgeheckt hat – und mein Cousin hat bereits jede Chance, unschuldig zu wirken, verspielt, indem er ihre Fragen beantwortet hat. Im besten Fall würde Robbie seinen Job verlieren und vermutlich sogar einen Eintrag in sein polizeiliches Führungszeugnis bekommen. Nicht gut. Ich werde die Situation allerdings erst einschätzen können, wenn ich vor Ort bin. Es wird leichter, das Erlernte abzurufen, wenn ich weiß, woran ich bin.

Sobald das Taxi vor dem Laden hält, werfe ich einen Zwanziger durch die Öffnung in der Abtrennung zwischen Fahrer und Rücksitz und renne dann zum Eingang. Die Schmerzen in meinen Beinen sind vergessen.

Mein Cousin steht hinter dem Verkaufstresen, und ich bin erleichtert, festzustellen, dass keine Kunden in Sicht sind. «Haben sie gesagt, wann sie kommen?»

«Halb sechs oder sechs.» Robbie fährt sich mit beiden Händen durch sein dunkles Haar. «Ich kann nicht glauben, dass das alles wirklich passiert. Ich hätte niemandem von diesem Job erzählen sollen.»

«Darüber reden wir später noch. Im Moment musst du erst einmal hinter dem Tresen bleiben und bereit sein, den Notruf zu wählen, wenn die Typen versuchen, die Sache durchzuziehen.»

«Ist das dein Ernst? Ich kann den Kerlen nicht die Polizei auf den Hals hetzen. Es ist schon schlimm genug, dass ich dir Bescheid gesagt habe. Sie werden mir das Leben zur Hölle machen, Danny. Und dir auch.» Er blickt zur Decke und stöhnt. «Ich kann das alles einfach nicht glauben.»

«Ich kümmere mich darum.» Wie oft in meinem Leben habe ich diese Worte schon ausgesprochen? «Bitte beruhige dich und tu, was ich dir sage.»

Er nickt und befolgt meine Anweisungen, doch er ist nicht glücklich darüber. Es sind erst ungefähr zwei Minuten vergangen, seit ich das Geschäft betreten habe, als zwei Kids – sie dürften siebzehn oder achtzehn sein – sich in den Laden drängen. Die Hände haben sie in den Hosentaschen vergraben. Einer von ihnen hat sich die Kapuze seines Pullis tief ins Gesicht gezogen, aber den anderen kann ich gut erkennen. Rissige Lippen, schmutzig blonde Haare, nervöser Blick. Mit abgewandten Gesichtern und hochgezogenen Schultern nehmen sie in der Nähe der Tür Platz und warten offensichtlich darauf, dass ich verschwinde. Damit sie meinem Cousin die Tageseinnahmen abnehmen können. Und das wird nicht das letzte Mal sein. O nein. Sie werden es nächste Woche wieder genauso machen wollen.

Ich will mich ihnen nähern, als ich etwas bemerke. In der Tasche eines der Jungen blitzt Stahl auf. Es ist eine Waffe. Sofort biege ich zu einem Tisch ab und bemühe mich, so lässig wie nur möglich zu wirken. Während mir das Herz bis zum Hals schlägt, nehme ich mein Handy und schreibe meinem Cousin, dass er die Polizei rufen soll. Sofort.

Robbie verschwindet im Hinterzimmer. Die beiden Kids setzen sich auf und wechseln einen Blick. Es gefällt ihnen nicht, dass Robbie nicht mehr in Sichtweite ist. Die Anspannung ist beinahe mit Händen greifbar. Langsam dreht sich einer der Jungen zu mir um. Wahrscheinlich fällt ihm in diesem Moment die Ähnlichkeit zwischen Robbie und mir auf.

«Hey, du …»

Zu meiner Linken tauchen Blaulichter auf, und Reifen quietschen. Fahrzeuge des NYPD. Drei Stück. Allerdings sind sie viel zu schnell hier. Das können nicht die Polizisten sein, die Robbie angefordert hat, oder? Das ist unmöglich. Also, wer hat die Cops gerufen?

Zwei Officer in Uniform springen aus dem ersten Wagen und nähern sich dem Laden. Sie haben die Waffen gezogen. Ich denke nicht nach, sondern hebe einfach die Hände. O Gott. O Gott. Das ist nicht gut. Nein, das ist schrecklich.

«Robbie, leg das Telefon weg!», schreie ich, ohne den Blick von den Polizisten abzuwenden. Ich hoffe, ich kann ihnen stumm eine Nachricht vermitteln. *Ich gehöre zu den Guten.* «Heb die Hände und komm zu mir. Ohne das Telefon in der Hand, hast du verstanden?»

Als mein Cousin mit erhobenen Händen nach vorn kommt und die Polizei sieht, wirkt er so verängstigt, dass mir schlecht wird. Das Gespräch darüber, vorsichtig zu sein, wird eindeutig nicht mehr nötig sein. Er ist fürs Leben gezeichnet.

Zu den beiden Polizisten auf dem Gehsteig haben sich noch weitere Officer gesellt. Angesichts der Blaulichter und der Zahl der Cops sind die Möchtegern-Räuber zur Vernunft gekommen und haben ebenfalls die Hände erhoben. Einer der Polizisten kommt in den Laden. Sein Partner folgt ihm. Die beiden brüllen, dass alle sich auf den Boden legen sollen. Keiner von uns zögert auch nur eine Sekunde lang. Als wir liegen, als unsere Wangen den Boden berühren und mir Handschellen angelegt werden, fange ich an, am ganzen Körper zu zittern.

KAPITEL 5

GREER

Mir dröhnt es in den Ohren. Geräusche, die ich für gewöhnlich als beruhigend empfinde – klappernde Schlüssel, Aktenschränke, die geöffnet werden –, greifen jetzt meine Trommelfelle an und reizen sie. An einem normalen Tag scheinen die Leute sich schon unglaublich langsam zu bewegen, wenn ich versuche, irgendetwas zu erledigen. In diesem Moment allerdings, während ich im *Empfangsbereich* des Manhattan Detention Complex darauf warte, in ein Hinterzimmer geführt zu werden, ist diese Lethargie für mich kaum noch zu ertragen.

«Ich brauche keine Eskorte», presse ich zwischen zusammengebissenen Zähnen hervor und funkele den Arsch hinter dem Empfangstresen der Haftanstalt zornig an. Als ich hier ankam, zeigte ich ihm mein Abzeichen, und er machte sich beinahe in die Hose und rief einen Vorgesetzten an, um den Tour-Guide für mich zu spielen. Als wäre das notwendig. Ich habe es mir zur Aufgabe gemacht, sämtliche Arbeitsabläufe in- und auswendig zu kennen, und ich kann durch jede Tür gehen, durch die ich gehen will, wenn ich es für nötig halte.

Und das ist genau das, was ich jetzt tun muss. Ich muss

durch die Tür an den Ort, wo Silva festgehalten wird. Damit ich eine Erklärung verlangen und sie dann anschreien kann – egal, wie vernünftig die auch klingen mag.

«Rufen Sie noch mal an. Ich habe es eilig.»

Er fummelt an der Gegensprechanlage herum. «Ja, Sir.»

Vor einer halben Stunde saß ich an meinem Schreibtisch und erledigte gerade Papierkram, als mein Telefon klingelte. Ein Anruf von einem anderen Revier, der mich höflicherweise informierte, dass eine freche hübsche Rekrutin – verdammt, dass mir das immer in den Sinn kommt – in Gewahrsam genommen wurde und nun verlangt, mich so schnell wie möglich zu sehen. In dem Augenblick begann das Dröhnen in meinen Ohren, und bisher hat es nicht wieder aufgehört, sondern ist während meiner Fahrt in die Innenstadt nur noch lauter geworden. Gott, sobald ich sie sehe, werde ich …

Sichergehen, dass es ihr gutgeht.

Ja, Mann. Das wird ihr eine Lehre sein.

Ich stelle mir gerade vor, wie ich ihr zärtlich über den Rücken streichele, als ein schmallippiger Polizist zu mir kommt und mir die Hand entgegenstreckt. «Lieutenant Burns, entschuldigen Sie bitte, dass Sie so lange warten mussten. Folgen Sie mir.»

Wir gehen durch eine Reihe von Korridoren, von denen einer dunkler und stickiger ist als der nächste. Je weiter wir in die Tiefen der Haftanstalt eindringen, desto ungeduldiger werde ich, endlich Silva zu sehen. Sie sollte jetzt lieber sauer sein oder vorlaut reagieren, denn ich bin mir nicht sicher, ob ich etwas anderes als ihre typisch freche Art ertragen könnte. Nicht, wenn sie die letzten Stunden eingesperrt in diesen Mauern verbracht hat.

«Klären Sie mich auf», knurre ich.

«Ja, Sir.» Der Officer biegt um eine weitere Ecke und führt

mich noch einen Flur entlang. Allmählich werde ich wütend. «Ein paar Teenager in Hell's Kitchen hatten vor, ein Frozen-Yogurt-Geschäft auszunehmen. Sie hätten es vielleicht auch geschafft, wenn sie nicht auf Facebook auf ihre Pläne hingewiesen hätten. Sie haben Bilder von sich mit Masken gepostet. Echte Trottel.»

«Gott.»

«Sie sagen es. Eine der Mütter hat das nächste Polizeirevier angerufen. Einige Cops sind den beiden Jungs zu dem Laden gefolgt. Sie hätten wahrscheinlich keine Verstärkung gerufen und die beiden nicht mal festgenommen, wenn sie nicht eine Waffe entdeckt hätten. Eine Kaliber .22. Sie gehört dem Vater eines der Jungen, ist aber nicht registriert.»

Falls dem Officer aufgefallen sein sollte, dass ich kurz ins Stocken geraten bin, lässt er sich nichts anmerken. Wie zur Hölle ist Silva in eine Situation geraten, bei der ihre Sicherheit in Gefahr war? Ich brauche Antworten, und zwar sofort, oder ich werde anfangen, Feuer zu spucken. Ich will die Antworten aber von ihr.

«Dieselbe Mutter, die die Polizei gewarnt hat, beklagt sich jetzt darüber, wie lange es dauert, die beiden Blödmänner durch Kaution aus dem Gefängnis zu holen … Wenn das mal keine Ironie ist.» Er seufzt. «Unterdessen scheint das Mädchen bloß eine unbeteiligte Zuschauerin gewesen zu sein. Wahrscheinlich hätte man sie vor Ort befragt und dann gehen lassen, aber sie hat sich geweigert, ihren Cousin allein zu lassen.»

«Ihren Cousin?»

«Ja. Der Junge, der hinter dem Tresen im Geschäft gearbeitet hat. Sie hat einen Riesenaufstand gemacht, als wir hier ankamen und sie und ihren Cousin getrennt haben.»

«Komisch, das klingt gar nicht nach ihr», murre ich. Wir bleiben vor einer verschlossenen Tür stehen, und ich beiße mir auf die Innenseite meiner Wange, als der Officer in aller Seelenruhe den passenden Schlüssel von der Schlüsselkette sucht und die Tür aufsperrt. «Ich werde die Papiere für ihre sofortige Entlassung unterzeichnen. Machen Sie alles Nötige so schnell wie möglich fertig.»

«Ja, Sir.»

Er stößt die Tür auf. Und da ist Silva, die in dem kalten grauen Raum vollkommen verloren wirkt. Als sie mich erblickt, schlägt sie die Augen nieder, scheint sich aber im nächsten Moment dafür zu hassen. Doch nicht so sehr wie sonst, denn vor allem ist sie … aufgelöst. Ihre Unterlippe ist ganz rot, weil sie darauf herumgekaut hat. In ihrer Hand hält sie ein zerknülltes Papiertaschentuch. Verdammt. Mir nichts, dir nichts finde ich mich im Niemandsland wieder. In einem Land, in dem traurige Mädchen wohnen, die eine andere Sprache sprechen.

Mir fällt auf, dass ich schon lange nichts mehr gesagt habe, und ich räuspere mich. «Danke. Ich übernehme ab hier.»

Das klang beinahe überzeugend.

Die Stille, die herrscht, nachdem die Tür geschlossen wurde, ist ohrenbetäubend. Ich rechne damit, dass Silva mit ihrer Erklärung beginnt, aber sie schweigt. Sie steht einfach bloß da, am anderen Ende des Raumes, wippt auf den Fußballen auf und nieder und knetet das Papiertaschentuch in der Hand. Die Sache hätte noch viel schlimmer ausgehen können. Ich weiß das nur zu gut. Die Lektion habe ich gelernt und werde sie nie mehr vergessen. Nie mehr. Ich will sie anschreien, bis ich heiser bin, doch stattdessen ertappe ich mich dabei, wie ich vorsichtig auf sie zugehe. Vielleicht bekomme ich später ja noch die Gelegenheit, sie anzubrüllen, aber das Bild, wie ich ihr zärtlich über den Rücken streichele, lässt mich einfach nicht mehr los.

Ich nähere mich ihr auf einen Meter. Sie wendet sich ab, sodass ich bloß noch ihr Profil betrachten kann. Ich sehe die feinen Härchen, die sich hinter ihren Ohren kräuseln. Das bringt mich dazu, noch einen Schritt auf sie zu zu gehen. Und noch einen. Bis ihre Körperwärme sich mit meiner vermischt. Wir berühren uns zwar nicht, aber ihr Atem streicht über meinen Hals und unsere Fingerspitzen sind gefährlich kurz davor, sich zu streifen.

«Geht es Ihnen … gut?»

«Ja», flüstert sie. «Danke. Fürs Kommen.»

Mein Blick fällt auf ihren Mund, auf den Schwung ihrer Oberlippe, auf die Vertiefung in der Mitte ihrer Unterlippe. Ich verspüre den verrückten Wunsch, mit der Hand ganz sacht über diesen Mund zu streicheln und ihr Kinn zu umfassen. Mit den Fingern ihren Hals hinabzufahren. Und dann ihren Ellbogen zu packen und sie voller Leidenschaft an mich zu ziehen.

Ich habe nie dazu geneigt, Frauen zu dominieren, auch wenn es eine Tatsache ist, dass ich derjenige bin, der die Dinge vorantreibt. Es liegt mir im Blut, die Führung zu übernehmen. Und seit ich Silva auf die Matte geworfen, ihr verdammtes Stöhnen gehört und realisiert habe, dass sie diese Art von Intensität anmacht, haben meine Phantasien von ihr sich grundlegend verändert. Vorher waren sie unanständig und schmutzig, doch jetzt will ich sie … verzehren. Der Hunger, diese Phantasien Wirklichkeit werden zu lassen, zwingt mich dazu, einen Schritt zurück zu machen. Aber plötzlich ihre Wärme nicht mehr zu spüren ist … schrecklich. «Sie sollten lieber eine gute Erklärung dafür haben, wieso Sie am Tatort eines versuchten Raubüberfalls waren, Silva.»

«Die habe ich, Lieutenant.» Sie sieht mich an. Ihr ist nicht länger anzumerken, wie aufgewühlt sie gerade noch war. «Es war schwer genug, Sie um Hilfe zu bitten. Bitte, machen Sie es nicht noch schlimmer, indem Sie mich runtermachen. Nur dieses eine Mal.»

Es war schwer für sie, mich um Hilfe zu bitten? Das gefällt mir nicht. Überhaupt nicht. «Warum war es schwer?»

«Ich …» Sie macht den Mund auf und wieder zu. «Weil Sie jetzt den Retter in der Not für das arme kleine Mädchen spielen und mir das auf alle Ewigkeit vorhalten werden.» Sie sieht mich einen Moment lang forschend an. «Oder etwa nicht?»

«Nein.»

«Wirklich nicht?»

Mein Knurren ist alles andere als eloquent, doch ich fühle mich … irritiert. Es ist anders als der reizbare Zustand, in dem ich mich sonst immer befinde. Es trifft mich tiefer. Ich habe das Gefühl, als wäre ich mit voller Wucht gegen ein sich verklemmendes Drehkreuz gerannt. «Was heute passiert ist, wird vermutlich in irgendeiner Weise Konsequenzen haben, aber nachdem Sie mir eine Erklärung geliefert haben, werden wir nie wieder darüber reden. Sind Sie damit einverstanden, Rekrut?»

Vielleicht spreche ich eine fremde Sprache. So starrt sie mich jedenfalls an. «Warum sollten Sie das tun?»

Weil ich zwischen all der Panik, die ich verspürt habe, seit ich den Telefonanruf bekam, auch Befriedigung empfinde, dass sie nach mir verlangt hat. Weil sie sich entschlossen hat, sich in dieser Zeit der Not auf mich zu verlassen. «Warum? Damit Sie nicht noch etwas Dummes anstellen und das nächste Mal durch Ihren Stolz lieber in einer Gefängniszelle verrotten, als mich anzurufen. Darum.»

In ihren Augen stehen lodernde Flammen. «Ich mache es mir nicht zur Gewohnheit, dumme Dinge zu tun. Aber wie auch immer: Ich brauche Sie nicht, um hier rauszukommen.»

«Ich sehe hier niemand anderen.»

«Tja …» Ihr Kinn zittert leicht, bevor sie sich wieder zusammenreißt. «Ich Glückliche, was?»

Sie will sich im nächsten Moment für ihre sarkastische Bemerkung entschuldigen, doch ich schüttele den Kopf, um sie wissen zu lassen, dass es nicht nötig ist. Nicht, wenn ihr Kinn zittert. «Was wollten Sie in dem Geschäft?» Ich hatte das Training am Morgen überwacht, aber die Rekruten am Nachmittag in die Hände eines anderen Ausbilders gegeben. «Der Unterricht kann nicht mehr als zwanzig Minuten vorbei gewesen sein, als sich die ganze Sache abspielte.»

«Ich habe mir ein Taxi genommen.» Sie lehnt sich an den Metalltisch. «Mein Cousin Robbie arbeitet in dem Frozen-Yogurt-Laden. Er hat mir gesagt, was die Jungs planen. Er hatte Angst.»

«War er an dem Raub beteiligt?»

«Nein. Nicht bewusst jedenfalls. Die beiden haben ihn bedrängt, um die Informationen zu bekommen, die sie brauchten. Bevor er überhaupt wusste, wie ihm geschah, hatte er ihnen schon geholfen, aber, Greer ...» Wir erstarren beide, weil sie meinen Vornamen benutzt hat – zum ersten Mal überhaupt. Möge Gott meinem Schwanz heute Nacht beistehen. Ich werde es mir selbst besorgen, während ich mich an diesen Klang erinnere. Und zwar so richtig. Als Silva ... Als Danika weiterspricht, klingt sie etwas ruhiger. «Ich meine, Lieutenant. Er ist ein toller Junge. Hat gute Noten in der Schule. Er hat eine Zukunft.»

«Eine der Mütter der Täter hat die Polizei gerufen. Und Sie?»

«Zuerst nicht.» Sie schließt die Augen. «Ich dachte, ich könnte mit ein paar Jungen aus der Gegend hier allein fertigwerden. Ich wollte nicht, dass sie lügen und meinen Cousin in die Sache mit reinziehen.»

Mein Blut beginnt zu kochen. Jeder Muskel in meinem Körper schreit danach, sie in meine Arme zu reißen, meinen Mund an ihr Ohr zu pressen und die Konsequenzen ihres Handelns aufzuzählen. Jedes grausige Detail – bis sie nie mehr versuchen wird, eine gefährliche Situation allein durchzustehen. Es kribbelt mir in den Fingern, ihr den Hintern zu versohlen. Harte, nüchterne Schläge. Fünf auf jede Seite. Nicht nur, um sie dafür zu bestrafen, so leichtsinnig gewesen zu sein, sondern … um sie anschließend zu beruhigen und zu trösten. Uns beide. Ihr Körper ist angespannt wie meiner, und meine Intuition, dieses neue Bewusstsein für sie, flüstert mir Ideen ein, um diese Anspannung zu lösen. Doch ich bin mir nicht sicher, ob ich dem trauen kann. Nicht, wenn Danika mich dazu bringt, jede Regel zu hinterfragen, nach der ich bisher gelebt habe. Habe ich das, was während des Nahkampftrainings passiert ist, viel zu sehr aufgebauscht? Ist es verrückt, wegen der Bilder in meinem Kopf zu glauben, dass sie sich dasselbe wünschen könnte?

«Sie müssen mir keinen Vortrag halten. Ich weiß, dass ich eine sehr gefährliche Entscheidung getroffen habe.» Einen Vortrag halten? Ich muss fast darüber lachen, für wie harmlos sie meine Gedankengänge hält. «Wenn ich für Robbie die Verantwortung für diese Sache übernehmen muss, dann ist es eben so.»

«Sie übernehmen hier gar keine Verantwortung für irgendetwas», knurre ich. Weil ich sexuell frustriert bin. Weil sie so edelmütig ist und ich sie dafür nur noch mehr mag. Oder vielleicht bin ich nach wie vor verärgert, weil sie in Gefahr war, obwohl sie das nicht hätte sein müssen. Alles zusammen. «Sie machen gerade die Papiere fertig. Sie können innerhalb der nächsten Stunde gehen. Beide. Ich werde dafür sorgen, dass nichts davon in Ihrer Akte auftaucht.»

«Wirklich?» Danika richtet sich auf, ihre Miene erhellt sich. «Danke, Lieutenant.»

Ich könnte es damit gut sein lassen und mich mit dem Gedanken zufriedengeben, dass sie mir dankbar ist. Ich könnte es. Doch ich werde es nicht. So bin ich nicht. «Danken Sie mir noch nicht.»

«Oh, oh.»

Ein Summen vibriert in meinem Hals, als ich zum anderen Ende des Raumes schlendere. «Es gibt einen Grund, warum die Rekruten mich Lieutenant Hard-Ass nennen, wenn sie glauben, dass ich es nicht mitbekomme.» Ich warte darauf, dass sie es abstreitet, aber sie errötet nur leicht. «Der Spitzname passt. Ich bin ein harter Arsch.»

Sie hebt fragend die Augenbrauen. «Wollen Sie mich be strafen?»

Ich knurre leise, und meine Hände ballen sich von allein zu Fäusten, ehe sie sich wieder entspannen. Gott, der Wunsch, ihr den Hintern zu versohlen, wird zu einem drängenden Verlangen. Dem Bedürfnis, mich … durchzusetzen. Ihr bewusst zu machen, dass sie mich um den Verstand bringt. Und das scheint nicht mal mit dem Verlangen in Konflikt zu stehen, sie zufriedenzustellen. Nein, diese beiden Wünsche überschneiden sich genau in der Mitte. «Sie mögen es als Strafe betrachten, aber ich schlage vor, dass Sie es als Erfahrung verbuchen.»

«Also doch eine Strafe.»

Ich seufze. «Ich besitze genügend Einfluss, um das alles hier unter den Teppich zu kehren. Gefallen haben in diesem Department einen höheren Stellenwert, als ich zugeben möchte. Niemand würde mich hinterfragen. Aber ich tue nicht einfach Gefallen. Nicht ohne Konsequenzen. Wenn alle für ihre Entscheidungen auch die Konsequenzen tragen müssten, dann würden sie zweimal nachdenken, bevor sie handeln. Und als Ihr Ausbilder bin ich dafür verantwortlich, sicherzustellen, dass Sie beim nächsten Mal eine bessere Entscheidung treffen. Das Gleiche gilt für Ihren Cousin.»

Ihre Lippen bewegen sich, als sie versucht, zu begreifen, was das heißt. «Was haben Sie vor?»

«Ihr Cousin wird in meinem Bezirk gemeinnützige Arbeit verrichten.» Ich hole meinen Notizblock hervor und schreibe mir eine entsprechende Notiz. «Er wird Graffiti entfernen oder alten Damen über die Straße helfen. Wir werden uns etwas überlegen. Das Ziel ist, ihm beizubringen, dass jede Handlung auch Auswirkungen hat. Das ist meine Bedingung, damit ich die Sache aus der Welt schaffe.»

«Gut. Ich stimme Ihnen zu», sagt sie und überrascht mich damit. «Ich hätte mich damit zufriedengegeben, ihn jeden Tag, bis er aufs College geht, anzurufen und zu nörgeln, aber Ihr Plan ist natürlich besser.»

Meine Lippen zucken, als sie das Wort «nörgeln» benutzt. Wie wäre es, von ihr angerufen zu werden? Nett. Ermutigend. Provozierend. All das zusammen. «Was Sie betrifft, Silva ...» Ich klappe meinen Notizblock zu. «Bis zu Ihrem Abschluss sind Sie auf Bewährung.»

Ihr klappt die Kinnlade hinunter. «Auf Bewährung?» Sie sieht sich im Raum um, als könnte sie dort irgendwelche Antworten finden. «Wie soll das funktionieren?»

«Sie werden weiterhin trainieren. Daran wird sich nichts ändern. Aber an den Tagen, wenn ich den Unterricht nicht leite, werden Sie sich bei mir melden und berichten. Persönlich, wenn ich Zeit habe. Am Telefon, wenn ich zu viel zu tun habe.» Man sieht ihr an, dass sich in ihrem Kopf die Gedanken überschlagen. Fragt sie sich auch, wie es wohl sein mag, mit mir zu telefonieren? «Ich werde auch ein paar Termine arrangieren, bei denen Sie mich zum Einsatz begleiten.»

Mit einem Mal wird mir bewusst, dass ich uns beide damit zwinge, in ständigem Kontakt zu stehen. Habe ich komplett den Verstand verloren? Mein Mund spricht offensichtlich Entscheidungen aus, ohne mein Gehirn vorher um seine Meinung zu fragen. Habe ich mein Verlangen für sie unter Kontrolle? Stopp. Der Gedanke, dass ich jegliche Disziplin verliere, ist völlig inakzeptabel. Das hier muss sein. Die Bewährung ist der einzige Weg, wie ich meinen Einsatz dafür rechtfertigen kann, dass nichts von der ganzen Angelegenheit in ihrer Akte auftaucht. Das ist alles.

«Der Täter hätte heute das Feuer auf die Polizei eröffnen können. Die Polizisten hätten in dem Fall zurückgeschossen. Sie und Ihr Cousin hätten heute sterben können.» Es dauert einen Moment, bis sich meine Kehle, die mit einem Mal wie zugeschnürt ist, wieder entspannt und ich fortfahren kann. «Ich will Vertrauen in Sie haben können, wenn ich Ihnen das Abzeichen anstecke. Ich will, dass auch Sie Vertrauen in das Department haben, zu dem Sie gehören werden, damit Sie sich nie wieder allein aufmachen und unnötige Risiken eingehen. Wenn Sie sich bei mir melden müssen, wird alles, was heute passiert ist, nicht so schnell in Vergessenheit geraten. Und vielleicht werden Sie auch noch das eine oder andere lernen, wenn ich Sie mit zum Einsatz nehme.» Wieder zweifele ich meine geistige Gesundheit an. Ich werde ihren Duft oder die Erinnerung daran, wie sie auf meinem Beifahrersitz gesessen hat, nie mehr vergessen. Was wird das mit mir machen, wenn die Bewährung vorüber ist und sie den Abschluss macht? «Haben wir einen Deal?»

Sie sucht nach einem Ausweg, und ich kann es ihr nicht verübeln. Ich bin schon ein kaum zu ertragendes Arschloch, wenn man mich in kleinen Dosen genießt. Aber jetzt werde ich ein fester Bestandteil ihres Lebens sein. Nach einem Moment nickt sie jedoch, und mir fällt ein Stein vom Herzen. «Ja, aber …»

«Aber was?»

Angesichts meines scharfen Tons blitzen ihre Augen auf. «Ich habe Ihre Nummer nicht.»

«Oh. Richtig.» Ich hole meinen Notizblock noch einmal hervor, kritzele meine Nummer auf ein Blatt und reiche es ihr. «Wir beginnen morgen.» Sie starrt auf das Blatt Papier in ihrer Hand, und ich bin … unsicher? Ist das Unsicherheit, die ich empfinde? Scheiße. Ich gehe zur Tür und reiße sie auf. «Ich werde mal sehen, was die Papiere machen.»

«Lieutenant.»

Ich drehe mich um und bemühe mich, gelangweilt zu wirken. «Ja?»

Sie scheint noch etwas Bestimmtes sagen zu wollen, aber entschließt sich dann ganz offensichtlich, etwas anderes zu sagen. Sie steckt den Zettel in ihre hintere Hosentasche und zuckt frech mit den Schultern. «Lieutenant Hard-Ass ist nicht der einzige Spitzname, den Sie auf der Akademie haben.» Der Anflug eines Lächelns spielt um ihre Mundwinkel, bevor sie sich abwendet. «Ich persönlich bevorzuge ja: der Sensenmann.»

Ich muss mich echt zusammenreißen, um nicht zu grinsen, als ich zum Empfang zurückkehre.

Bis mir wieder einfällt, dass ich mich gerade freiwillig dazu verpflichtet habe, Höllenqualen auszuhalten.

KAPITEL 6

Danika

Verdammt, ich bin schon wieder zu früh da.

Wenigstens ist Greer heute nicht der Trainingsleiter. Nicht dass ich ihm nach der Vereinbarung, die ich gestern mit dem Teufel getroffen habe, aus dem Weg gehen könnte. Aber ich will versuchen, ihn so lange wie möglich zu meiden. Ob nun aus Furcht oder … Neugierde kann ich nicht sagen, doch ich konnte nicht anders, als heute Morgen unter der Dusche unser erstes Telefonat zu üben. Zuerst war ich fest entschlossen, ohne Begrüßung meinen Aufenthaltsort zu nennen und ihm dann zu versichern, dass ich nicht in Schwierigkeiten stecke – wie schon in den vergangenen sechsundzwanzig Jahren –, ehe ich auflegen würde, ohne eine Antwort von ihm abzuwarten.

Doch damit rechnet der Lieutenant, oder?

Als das Wasser schließlich kälter wurde, beschloss ich also, nicht so berechenbar zu sein. Ich werde nach dem heutigen Training auf sein Revier marschieren und dafür sorgen, dass er nicht länger diesen selbstzufriedenen Gesichtsausdruck hat.

Genau.

Ich sollte bei dem Gedanken, ihn zu schockieren, innerlich triumphieren. Und das tue ich auch. Immerhin habe ich mich vor dem Mann erniedrigt, habe zugegeben, dass ich einen Fehler begangen habe, und ihn um Hilfe gebeten. Mein Stolz hat dadurch ziemlich gelitten. Es war nicht leicht für mich, und er wusste das. Statt etwas nachsichtig mit mir zu sein, hat er sich selbst für den nächsten Monat zu meinem Babysitter ernannt. Meinem mehr als anspruchsvollen Ausbilder gegenüber in meiner Freizeit Rechenschaft über jeden meiner Schritte abzulegen, stand so was von nicht auf meiner To-do-Liste.

Aber irgendwie habe ich mir das selbst zuzuschreiben, oder? Und dieser Gedanke bremst meine Zufriedenheit darüber, ihn zu nerven. Viele der Dinge, die er gestern gesagt hat, waren … vernünftig. Ich hatte fast den Eindruck, es wäre ihm wichtig, dass ich seine Methoden verstehe. Seine Regeln. Ich habe immer angenommen, dass er einfach bloß das geborene Arschloch wäre, doch ich habe mich heute Nacht in meinem Bett hin und her gewälzt und mich gefragt, ob ich vielleicht etwas übersehen habe.

Nicht nur, was Greer betrifft, sondern auch, was mich angeht. Es war alles in Ordnung, als ich meine Faszination für den Lieutenant noch allein auf seine starken Muskeln schieben konnte. Aber ich bin diesen Moment bei der Nahkampfübung beängstigend oft im Kopf noch mal durchgegangen, und dabei habe ich noch anderes entdeckt … und gefühlt. Es hat mir gefallen, wie er mich angesehen hat, die Kiefer wie die Schultern angespannt. Mir hat es gefallen, wie er mich auf die Matte geworfen hat und zu wissen, dass er erst von mir ablassen würde, wenn er bereit dazu wäre. Und dass ich bis dahin nichts tun oder kontrollieren konnte.

Das sieht mir nicht ähnlich. Oder?

Unter dem Strich heißt das auf jeden Fall: Je schneller diese vier Wochen vorüber sind, desto besser.

Das einzige Geräusch in den Fluren der Akademie sind

meine Schritte, als ich zur Umkleidekabine gehe. Ich bin eine von ungefähr einem Dutzend weiblicher Rekruten, und keine von den anderen Frauen ist schon hier, also bin ich im Umkleideraum allein zwischen den unterschiedlichen Gerüchen und tropfenden Wasserhähnen. Schnell und effizient ziehe ich mir meine graue Yogahose, mein graues Uniform-T-Shirt und meine Sneakers an. Das Knallen der Spindtür hängt noch in der Luft, als ich in den Flur zurückgehe und zur Sporthalle laufe.

Im Eingang zur Halle bleibe ich stehen. An einem Stapel Matten lehnt Greer und betrachtet stirnrunzelnd das Clipboard in seinen Händen. Als ich reinkomme, sieht er hoch. Sein Blick wandert für den Bruchteil einer Sekunde zu meinen Beinen, bevor er wieder auf mein Gesicht fällt.

«Lieutenant.» Ich muss mir ein gequältes Wimmern verkneifen, als mir bewusst wird, wie atemlos ich klinge. «Ich bin gerannt. Darum bin ich so außer Atem. Also.»

Er starrt mich nur an.

«Sie sollten eigentlich gar nicht hier sein.»

«Ja, das ist mir klar, Silva. Der andere Ausbilder ist krank geworden.» Seine Zungenspitze blitzt in seinem Mundwinkel hervor und lenkt mich ab. Viel zu sehr. «Danke, dass Sie meinen Terminkalender so aufmerksam verfolgen.»

Von einer Sekunde auf die andere befinden wir uns wieder auf vertrautem Terrain. Nur dass es doch anders ist als vorher. Er hat mich in einem verzweifelten Moment erlebt und mich aus der Haft geholt. Es würde mich nicht umbringen, zumindest ein klitzekleines bisschen zu versuchen, ihm meine Dankbarkeit zu zeigen. Auf meine ganz eigene, unverwechselbare Art und Weise natürlich. «Warum so schlecht gelaunt? War heute Morgen Ihr Proteinshake ausverkauft?»

«Den mache ich mir selbst.» Er tippt mit dem Clipboard an seinen Oberschenkel. «Klugscheißerin.»

Das Lachen platzt aus mir heraus, bevor ich etwas dagegen tun kann. Das Geräusch scheint ihn zu überraschen, ja, zu erschrecken – als wäre es eine widerwärtige, geflügelte Kreatur, die an seinem Gesicht vorbeiflattert. «Also kommen Sie sogar früher, wenn ich nicht hier bin.»

«Das stimmt.» Ich ziehe meinen rechten Knöchel an meinen Po und stöhne auf, als ich durch die Bewegung meinen schmerzenden Oberschenkelmuskel spüre. «Ich komme früher, weil ich es so will. Nicht wegen der Notizen, die Sie sich auf dem Clipboard machen.» Bilde ich mir das nur ein, oder wirkt er tatsächlich etwas enttäuscht? «Laufen Sie auch bei sich zu Hause mit dem Ding in der Hand herum?» Ich senke die Stimme und versuche, seinen tiefen, rauen Tonfall nachzuahmen. «Zwei Punkte Abzug, Wollmäuse. Beim nächsten Erscheinen stellen Sie sich bitte gleichmäßiger auf.»

Sein Mundwinkel – der Mundwinkel, in dem gerade kurz seine Zungenspitze zu sehen war – zuckt und verzieht sich nach oben. «Sie gehen davon aus, dass ich nie andere Personen in meiner Wohnung habe, um sie zu bewerten.»

Ich habe es nicht kommen sehen. Das muss der Grund sein, warum mich die Eifersucht wie ein Volleyball mit Spikes in den Magen trifft. Greer und Frauen. Frauen und Greer. Wie viele von ihnen gibt es? Wie oft und wie regelmäßig trifft er sich mit ihnen? Ist es mit einer von ihnen etwas Ernstes? Plötzlich ist es mühsam, die richtigen Worte zu finden und auszusprechen. «Ich wollte nicht … Ich meinte nicht …»

«Mein Buchclub.» Er sagt das mit einem Seufzen, als würde ihn die Unterhaltung langweilen. Doch seine Augen sind auf mich gerichtet, als wäre er ein Falke. «Manchmal kommt mein Buchclub vorbei.»

Die Eifersucht lässt nicht sofort nach, sondern bleibt spürbar – wie heiße Nadeln, die in meinen Schultern und meinem

Hals stecken. Aber … sie ebbt ab, als ich begreife, was er da gerade gesagt hat. «Sie sind Mitglied in einem Buchclub?» Er macht sich wieder Notizen auf seinem Clipboard. Ein Schrank von einem Polizisten, der Mitglied in einem Buchclub ist. «Ist es bloß eine Ausrede, um Wein zu trinken? Wie bei der Lesegruppe meiner Mutter? Oder diskutieren Sie tatsächlich über Bücher?»

«Stellen Sie sich mal vor, wie ich Wein trinke, Silva.»

«Sie haben recht, das war ziemlich weit hergeholt. Bier?»

Ein knappes Nicken. «Wenn ich am nächsten Morgen nicht arbeiten muss.»

«Selbstverständlich», entgegne ich übertrieben ernst. «Etwas anderes hätte ich auch nicht erwartet.»

«Gut. Das sollten Sie auch nicht.»

Verdammt, die Eifersucht sticht noch immer. Ich muss sie loswerden. Ich habe keine andere Wahl. «Was für Leute gehören denn zu diesem Buchclub? Sind es ausschließlich Männer oder …»

Er schweigt einen Moment lang und sieht mich bloß an. «Wir sollten an Ihrer Verhörtechnik feilen, wenn Sie schon mal auf Bewährung sind.» Scheiße. Das habe ich verdient. Im nächsten Moment bin ich dermaßen erleichtert, dass er nicht weiter nachhakt und wissen will, warum ich diese Frage gestellt habe. Zumal ich das selbst nicht mal weiß … «Ja, wir diskutieren wirklich über Bücher. Für gewöhnlich über die Thriller, die wir gerade gelesen haben. Oder in meinem Fall: über die Thriller, die wir uns angehört haben.» Sein Ton wird tiefer. «Die meisten Mitglieder sind Cops. Polizisten, die noch im Dienst sind, aber auch Kollegen, die bereits in den Ruhestand gegangen sind.» Er macht eine Pause. «Ausschließlich Männer, Danika.»

Ich hole tief Luft und starre auf die Matte. Ich bemühe mich, mir nichts anmerken zu lassen, weil er mich mit dem Vornamen angesprochen hat. Aber meine Nippel sind alles andere als cool. Sie sind empfindlich und richten sich in meinem Sport-BH auf, als hätte der Lieutenant viel mehr getan, als nur meinen Namen zu sagen. Das kann doch nicht alles sein, was er tun muss, damit ich … heiß werde. Aber es ist so. Ich bin heiß auf den Lieutenant. Und das alles bloß, weil er meinen Vornamen gesagt hat. So wie ich gestern seinen Vornamen benutzt habe. Als würden wir einen Insiderwitz machen, der nicht lustig ist. Vielleicht liegt es auch an seinem Blick, den ich auf mir spüre. Den blauen Augen, die unter meine Klamotten zu dringen scheinen, sodass mir fast unangenehm warm wird.

Die Tür zur Sporthalle fliegt auf, und zwei Rekruten kommen herein. Ich werde aus unserer mentalen Stripshow gerissen. Einer der Rekruten ist der entschlossen wirkende Levi. Mein aufkeimender Polizistensinn sagt mir, dass ich heute nicht davonkommen werde, bevor er mich nach einem Date fragt. Mein Magen zieht sich bei dem Gedanken, dass Greer es mitbekommen könnte, schmerzhaft zusammen. Das ist natürlich lächerlich, also schüttele ich das Gefühl ab. Hinter Levi kommt sein Freund Nick in die Halle. Er sagt nie viel, scheint sich wohl in Levis Schatten zu fühlen. Auch wenn er nicht wirklich hineinpasst, wenn man bedenkt, dass er doppelt so schwer und einige Zentimeter größer ist als Levi.

«Hey», sagt Levi und lässt sich neben mich auf die Matte fallen, «wie früh genau müssen wir hier eigentlich auftauchen, damit du uns nicht immer alt aussehen lässt?»

Ich bin mir sehr bewusst, dass Greer in Hörweite ist. Warum? Dann hat er mich eben mit dem Vornamen angesprochen. Das bedeutet doch nicht, dass ich mich nicht mehr mit anderen Männern unterhalten darf. Oder dass er sich wünscht, ich würde mich nicht mehr mit anderen Männern unterhalten. Dieses neue Bewusstsein muss weg, oder es werden ein paar sehr unangenehme Wochen. «Ich könnte es dir sagen, aber dann müsste ich dich töten», entgegne ich. «Oder ich überrunde dich wieder beim Cardio. Mal sehen.»

«Autsch. Halt dich wegen mir nicht zurück», zieht Levi mich auf. Er flirtet mit mir. Schon wieder. Warum macht mir das so viel aus? Bevor Lieutenant Verdammt-diese-Oberschenkel in mein Leben getreten ist, wäre ich sofort auf Levis Annäherungsversuche eingegangen. Er hat Sinn für Humor und das Lächeln eines Disney-Prinzen. Verdammt, er lächelt überhaupt. Punkt. «Heute ist der große Tag, Silva», fährt Levi fort und holt mich in die Wirklichkeit zurück. «Du wirst endlich meinem außer Kontrolle geratenen Charme erliegen und zustimmen, mit mir auszugehen.»

Hinter Levi schüttelt Nick den Kopf. «Shakespeare dreht sich gerade im Grabe herum.»

Levi gibt seinem Freund einen Tritt gegen das Schienbein, und Nick scheint ein Lächeln zu unterdrücken. «Komm schon, Silva», sagt Levi gedehnt und zwinkert mir zu. «Erlöse mich von meinen Qualen.»

Ich will ihn gerade abweisen, als die anderen Rekruten in die Halle strömen. Von jetzt auf gleich herrscht ohrenbetäubender Lärm. Levi ist einen Moment lang abgelenkt, und ich nutze die Gelegenheit und werfe einen unauffälligen Blick zu Greer. Doch die Intensität, mit der er mich vorher betrachtet hat, ist nicht mehr zu erkennen. Habe ich mir das alles nur eingebildet?

Ja. Selbstverständlich hat es sich nur in meiner Phantasie abgespielt.

Dann hat er mich eben Danika genannt. Wir werden viel Zeit miteinander verbringen. Wahrscheinlich hat er bloß gedacht, dass es an der Zeit wäre, auf den Vornamen umzusteigen. Ich wohne immerhin mit seinem Bruder zusammen.

Dass der Lieutenant jetzt wieder so reserviert ist, sollte

mich eigentlich nicht so enttäuschen. Ich schwärme hier für jemanden, der unerreichbar ist. Jemanden, der nicht an mir als Freundin interessiert ist – ganz zu schweigen von … anderen Dingen.

Die Tatsache, dass ich überhaupt über Greers Grad von Interesse an mir nachgrübele, versetzt mich derart in Panik, dass ich die Einladung zum Date annehme. «Okay? Ja», antworte ich Levi schließlich. «Samstag? Wie wär's mit Pizzaessen?»

«Echt jetzt?» Er räuspert sich geräuschvoll. «Ich meine … Cool. Ich habe mit keiner anderen Antwort von dir gerechnet.»

Jack tritt in mein Blickfeld. Charlie folgt ihm. Sie gleichen zwei riesigen Jagdhunden, die gerade eine Ente eingekreist haben. «Hast du etwa gerade Ja zu einem Date gesagt?»

Ich boxe meinem besten Freund gegen die Schulter und unterdrücke den Drang, wieder zu Greer zu blicken. «Sag das doch noch ein bisschen lauter. Ich glaube, in Australien haben dich noch nicht alle Leute gehört.»

Er legt die Hände wie einen Trichter an den Mund und hat offensichtlich vor, meine Pläne in alle Welt hinauszuposaunen, aber in dem Moment erklingt die Trillerpfeife. Laut und knapp. Wir springen auf und stellen uns innerhalb weniger Sekunden in Reihen auf – wie Sklaven unseres motorischen Gedächtnisses –, um die Inspektion über uns ergehen zu lassen.

Dass Greer sich ungefähr doppelt so lange Zeit lässt, um sich Levi genauer anzusehen, bilde ich mir bestimmt nur ein.

Ganz bestimmt.

KAPITEL 7

GREER

Das heiße Wasser verbrüht mir fast den Nacken. Normalerweise benutze ich die Duschen in der Umkleide der Akademie nicht, aber ich habe keine Zeit, um noch nach Hause zu fahren, ehe ich auf dem Revier erscheinen muss. Das hier sind die letzten Minuten Ruhe, die mir bleiben, bevor meine Zwölf-Stunden-Schicht beginnt. Sobald ich durch die Eingangstür des Reviers trete, wird jeder Officer in der Nähe wie durch Zauberhand vergessen, wie man eigene Entscheidungen fällt. Mein Handy wird ständig klingeln … Verdammt, es summt ja auch dauernd, wenn ich nicht bei der Arbeit bin, oder? Das ist das Leben eines Lieutenants. Wie jedes Mal bitte ich das Schicksal um eine ruhige Schicht ohne Gewalt, doch dieser Wunsch wird nicht in Erfüllung gehen. In diesem Moment geschieht schon irgendwo ein Einbruch, ein Raubüberfall, oder ein Fußgänger wird von einem Auto erfasst. Häusliche Gewalt. Ein seltsamer strenger Geruch, der aus der Nachbarwohnung dringt.

Bevor man mir einen Partner zuteilte, ging ich die Fälle ganz cool und überlegt an. Es gab für alles ein Prozedere. Ein Protokoll. Mein Job bestand darin, dieses Protokoll einzuhalten und anschließend den notwendigen Papierkram zu erledigen. Für mich gab es bei der Polizeiarbeit keine Grauzonen. Für mich gab es nur Schwarz oder Weiß. Richtig oder falsch. Mein Partner Griffin zwang mich dazu, dieses Denken über Bord zu werfen – zumindest ein bisschen. Aber für mich war dieses Loslassen des Regelbuches, an das ich mich geklammert hatte, schon ein großer Schritt.

Als ich wieder allein arbeitete, ging ich damit um, indem ich in das alte Muster verfiel. Die Macht der Gewohnheit eben. Auf diese Weise war es am einfachsten, zu vergessen, zu welchem Menschen ich geworden war. Ich schwor mir, nie wieder so unachtsam zu werden und mich so angreifbar zu machen. Denn wenn die Regeln derart ignoriert werden, passieren schlimme Dinge. Sich Wort für Wort an das Gesetz zu halten ist der einzige Weg, um ein erfolgreicher Polizist zu sein. Ein Polizist, der auch am Leben bleibt.

Doch in letzter Zeit ist es schwierig, dieses Level an Konzentration und Fokussierung aufrechtzuerhalten. Ich bin nicht in der Lage, cool zu bleiben und mich an das Skript zu halten. Ich bin betroffener als früher, wenn ich an einen Tatort gerufen werde. Die Gesichter, die Geräusche … All das verfolgt mich länger. Meine Worte, die Reden, die ich schon unzählige Male gehalten habe, wirken hohl und leer. Worte, die in den Wind gesprochen werden.

Liegt es an Danika? Verliere ich die Fähigkeit, mich zu verschließen, mich abzuschotten, weil ich ihr gegenüber so … offen bin? Wann immer sie in der Nähe ist, ist es unmöglich, mich vor dem Chaos zu verschließen, das sie in mir auslöst. Dadurch empfinde ich in allen Bereichen des Lebens mehr. Vor allem im Job. Und das ist nicht gut. Nicht in meiner Branche, wenn es den Untergang bedeutet, den Scheiß mit nach Hause zu nehmen, den man am Tag erlebt hat. Und trotzdem fällt es mir immer schwerer, die schlechten Erfahrungen und Eindrücke des Tages abzuschütteln.

Es gibt einen Ausdruck für das Phänomen, das ich gerade erlebe: Burn-out. Niemand würde vermuten, dass ich einem solch klischeehaften Mist zum Opfer falle – und das wird auch nie jemand. Wenn ich zugebe, dass ich nicht unfehlbar bin und genauso ein Burn-out erleiden kann wie jeder andere auch, kann ich gleich meine Dienstmarke abgeben, weil ich dann den Respekt verlieren werde, den ich mir so hart erarbeitet habe. In diesem Job ist der Respekt das Allerwichtigste. Das Lebenselixier. Ohne Respekt bin ich tot.

Das ist alles, was ich habe. Ich habe mich für die Einsamkeit entschieden, habe andere Menschen von mir ferngehalten. Und so habe ich nicht das, wonach andere Cops sich sehnen, was sie begehren. Familie. Jemanden, der sie warm hält, wenn die Kälte dieser Stadt ihnen in die Knochen zieht. Selbst Charlie hat jetzt jemanden an seiner Seite, auch wenn unser Vater uns jeden Tag unserer Jugend davor gewarnt und uns eingebläut hat, welche Ablenkung Beziehungen bedeuten.

Als unsere Mutter ohne Vorwarnung vor einer Ewigkeit verschwunden ist, hinterließ sie eine stille Leere. Eine Leere, die nie wieder gefüllt wurde und über die auch nie mehr gesprochen wurde. Charlie ist es gelungen, die Erinnerung an dieses Gefühl zu überwinden. An das Gefühl, im Stich gelassen zu werden.

Doch er weiß nicht, was ich über das Leben meiner Mutter weiß, nachdem sie New York verlassen hat. Und er weiß auch nichts über den Schmerz, einen Partner zu verlieren, den zu schützen man geschworen hat. Ich hoffe, er wird so etwas niemals erleben, aber ich kann ihn nicht davor bewahren. Ich kann einfach bloß hoffen, dass ich der einzige von uns Brüdern sein werde, der diese Last auf seinen Schultern tragen muss.

Seit Danika in der Orientierungsphase durch die Tür in die

Sporthalle gekommen ist, ist der Beinahe-Kontakt, den ich gestern in der Haftanstalt mit ihr erlebt habe, das, was der Berührung eines anderen Menschen außerhalb des Trainings für mich am nächsten kommt. Einmal abgesehen von einem Handschlag zur Begrüßung oder dem Kampf mit einem Tatverdächtigen. Vorher gab es ab und zu mal eine bedeutungslose Affäre, und das war okay für mich.

Okay.

In der vergangenen Nacht bin ich in ein Lebensmittelgeschäft gegangen und habe Schokoriegel und Süßigkeiten gekauft. Erklärt mir das mal. Zu Hause ließ ich sie in meine Besteckschublade fallen, als würden sie in Flammen stehen, und schob die Lade mit Nachdruck zu. Was wäre, wenn Charlie mit seinen Freunden vorbeikommen würde? Dieser lächerliche Gedanke kommt mir immer wieder. Die Chance ist sehr gering, da mein Bruder mich bisher vielleicht, wenn es hochkommt, zweimal in meiner Wohnung besucht hat, aber … Was wäre, wenn? Was würde ich ihnen anbieten? Was würde ich ihr anbieten? Alles kreist immer wieder um meine freche, geistreiche Rekrutin. Sie ist der Grund, warum ich die Schokoriegel zu meinem restlichen Einkauf auf das Band gelegt und dann im letzten Moment auch noch *Reese's Peanut Butter Cups* mitgenommen habe.

Idiot. Ich kann noch immer hören, wie sie in der Sporthalle mit einem anderen Rekruten geflirtet und sich mit ihm für Samstagabend verabredet hat. Die Süßigkeiten werden in den Mülleimer wandern, sobald ich morgen früh wieder zu Hause bin. Zusammen mit den Gedanken, die mir in letzter Zeit so durch den Kopf gegangen sind. Ist meine Wohnung zu langweilig eingerichtet? Wen um alles in der Welt interessiert's?

Entschlossen hämmere ich auf den Knopf in der Dusche, und das Wasser versiegt. Mein Handtuch hängt über der gekachelten halbhohen Wand. Ich drehe mich um, um es zu nehmen – und erstarre, als in diesem Moment die Tür zur Umkleidekabine aufgeht. Meine Reaktionszeiten sind herausragend, aber ich mache keine Anstalten, mir das Handtuch zu greifen. Es um meine Hüften zu schlingen. Stattdessen beobachte ich fasziniert, wie Danika zwei Schritte in den Raum hinein macht und dann wie angewurzelt stehen bleibt. Der überraschte Blick aus ihren braunen Augen fällt auf meinen nackten Schwanz.

«Scheiße», bringt Danika hervor und fährt herum. «Ich … Ich dachte, es wäre niemand mehr hier.»

Das verhindert nicht, dass mein Blut nach unten strömt. Überhaupt nicht. Ich hätte mich selbst nie für einen Exhibitionisten gehalten, doch in diesem Moment wird mein Schwanz hart und schreit nach ihrer Aufmerksamkeit. Gott weiß, dass ich den Regeln folgen will, aber in meinem Inneren kämpfen die Gefühle miteinander. Sie ist eine Rekrutin – eine Frau –, also sollte ich mein bestes Stück verdecken und so tun, als wäre das alles hier nie passiert. Doch ich habe gemeint, was ich gestern über Taten und ihre Konsequenzen gesagt habe. Sie ist in der Männerumkleide, einem Ort, an dem sie nicht sein sollte, und ignoriert wieder die Regeln, als würden sie für sie einfach nicht gelten. Also lasse ich das Handtuch dort, wo es ist.

«Brauchen Sie etwas?»

Sie wirft – wahrscheinlich in der Annahme, dass ich inzwischen meine Blöße bedeckt habe – einen Blick über die Schulter. Als sie sieht, dass ich nach wie vor nackt bin, reißt sie die Augen auf. «Ich bin etwas länger geblieben, damit ich noch eine Runde laufen kann. Morgen wird Theorie unterrichtet, und ich wollte mich nicht schlecht fühlen, weil ich mir den ganzen Tag im Klassenzimmer den Hintern plattsitze. Allerdings habe ich mein Handtuch zu Hause vergessen, deshalb wollte ich stattdessen Papierhandtücher benutzen, um mich nach der Dusche abzutrocknen, aber in der Damenumkleide waren keine mehr, also …»

Ich habe sie noch nie zuvor so daherplappern gehört. Doch zu wissen, dass sie nervös ist, lindert den schmerzhaften Stich, den mir meine Eifersucht versetzt, überhaupt nicht. Tatsächlich facht es die Eifersucht in mir noch weiter an. Es macht alles noch intensiver. Die Selbstverachtung für den Süßigkeitenvorrat in meiner Wohnung. Die Zeit, die ich damit verbracht habe, mir vorzustellen, wie ihr warmer Körper sich angefühlt hat. Wie ich mich durch sie jemandem verbunden gefühlt habe – zumindest für ein paar Sekunden. Seit sie mit ihrer frechen Art, den provozierenden Blicken und den großen braunen Augen aufgetaucht ist, nimmt meine Zufriedenheit mit meinem bisherigen Leben immer mehr ab. Wie kann sie es wagen?

«Sie sind hierhergekommen, um Papierhandtücher zu besorgen?»

Sie strafft die Schultern und ballt die Hände zu Fäusten. «Ja, genau.»

Ich stemme die Hände in die Hüften. «Dann sollten Sie sie holen.»

Ohne ihr Gesicht erkennen zu können, weiß ich, dass sie sich gerade überlegt, wie sie am besten zum Waschbecken gelangt. Sie muss an der Dusche vorbei, in der ich immer noch stehe – nackt, wie Gott mich schuf – und mich weiterhin weigere, meine Blöße mit dem Handtuch zu bedecken. Ehrlich, ich habe keine Ahnung, was zum Teufel mit mir los ist. Das ist ein wahnsinniger Protokollbruch. Aber ich bin derart erschöpft und so wütend auf mich selbst – und auf sie –, weil ich mir tief in meinem Innersten eigentlich nur wünsche, die Wärme ihres Körpers noch einmal zu spüren.

«Würde es Ihnen etwas ausmachen, sich vielleicht ein Handtuch umzubinden?»

Wenn ich die Vorstellung, dass sie Angst vor mir haben könnte, nicht hassen würde, dann würde ich mich schon aus Prinzip weiterhin weigern – das hier ist schließlich die Umkleide der Männer, und sie ist der Eindringling. Doch ich werde nicht ihr Vertrauen in mich opfern, um ihr eine Lektion zu erteilen.

Allerdings muss ich jetzt wieder an die andere Lektion denken. Die, bei der sie flach unter mir lag und mir so nahe war. Nahe genug, dass ich mich zwischen ihre Schenkel hätte drängen und ihre Hitze hätte spüren können. Plötzlich will ich beweisen, dass ich mir das, was an dem Morgen passiert ist, nicht nur eingebildet habe. Dass ich es nicht falsch verstanden habe, dass ihr Körper darauf reagiert hat, dass ich so grob war. Kann ich diesen Beweis antreten, ohne sie zu verängstigen? Ich würde eher sterben, als ihr Angst zu machen. Aber ich glaube auch, dass ich sterben muss, wenn noch eine Minute vergeht, ohne dass ich ihr nahe sein kann.

Nachdem ich das Handtuch um meine Hüften geschlungen habe, knurre ich, um ihr zu verstehen zu geben, dass die Gefahr nun vorüber ist. Sie wirft wieder einen Blick über ihre Schulter und fährt sich mit der Zungenspitze über die Lippen. Dann rast sie blitzschnell in Richtung Waschbecken. Bevor sie dort jedoch ankommt, habe ich mich ihr schon in den Weg gestellt. An den Spinden halte ich sie zwischen meinen Armen gefangen.

Sie stößt wieder diesen verdammten Laut aus. Den Laut, den ich immer wieder in meinen Träumen höre. Er ist etwas zwischen einem Stöhnen und einem leisen Aufschrei. Das Geräusch ist kehlig und derart ehrlich, dass ich es tief in meinem Bauch spüre. «Was machen Sie da?»

Ich nehme so viel von deiner Wärme in mir auf, wie ich kann, bevor ich wieder in die Kälte hinausgestoßen werde.

«Genau genommen stellt das Betreten der Umkleidekabine

der Männer eine Verletzung der Bewährung dar.» Ich stütze mich mit den flachen Händen an den Spinden ab. Unsere Körper berühren sich fast. «Es ist Ihnen nicht erlaubt, hier zu sein.»

Ich rechne damit, dass sie einen Streit beginnt oder mich wegstößt. Wenn sie Letzteres tun sollte, werde ich sofort gehen. Aber stattdessen schenkt sie mir ein unsicheres Lächeln. «Und trotzdem schienen Sie sich ziemlich darüber zu freuen, mich zu sehen.»

Lust durchströmt mich wie eine Flutwelle, erfüllt meinen ganzen Körper. Sie schärft meine Sinne und lässt meine Frustration noch ein bisschen weiter ansteigen. Dass Danika meine Erregung zur Kenntnis genommen hat, tut beinahe weh. Ich brauche – hier, umhüllt von ihrer wohltuenden Wärme – ein Zeichen, nur ein kleines Zeichen, das beweist, dass ich nicht ganz allein bin. Dass ich nicht nur ein verrückter Mann bin, der Süßigkeiten kauft, nach Brooklyn fährt und sämtliche Geschwindigkeitsbegrenzungen übertritt, um zum Manhattan Detention Complex und zu einer Frau zu gelangen, die in ihm nicht mehr als ihren Ausbilder sieht.

Diese Frage ist gefährlich, aber, verdammt, ich will es wissen.

«Freust du dich auch, mich zu sehen, Danika? So wie jetzt?» Ich weiche bloß ein winziges Stück zurück, damit sie meinen Oberkörper besser erkennen kann, der nicht von dem Handtuch bedeckt wird. Ich unterdrücke ein Stöhnen, während ich beobachte, wie sie ihren Blick neugierig über meine Bauchmuskeln und weiter hinunter gleiten lässt … bis hin zu der Erektion, die sich deutlich unter meinem Handtuch abzeichnet. «Vielleicht sollten wir die Fakten analysieren, da du anscheinend nicht gewillt bist, meine Frage zu beantworten.»

Ihr schneller Pulsschlag ist an ihrem Hals zu erkennen. «Und … wie?»

Kann ich das als Ermutigung verstehen? Sie mustert noch immer unter ihren Wimpern hervor meinen Körper … Gott, vielleicht bin ich wirklich nicht der Einzige, der so fixiert ist?
«Mal sehen.» Zum ersten Mal wende ich meine Aufmerksamkeit von ihrem Gesicht auf den Rest ihres Körpers. Mein Blick wandert über ihre Brüste, die sich angesichts meiner genauen Prüfung aufzurichten scheinen. Als könnte sie nicht anders, als den Rücken leicht durchzubiegen. Die harten Spitzen verraten ihre Erregung, und zwischen meinen Beinen reckt sich mein Schwanz noch ein wenig weiter nach oben. «Harte Nippel sind ein sehr eindeutiges Beweisstück.»

«Hier ist es kalt», entgegnet sie mit rauer Stimme.

Es ist glühend heiß – zumindest in der aufgeheizten Seifenblase, in der wir uns befinden –, und das Flackern in ihrem Blick sagt mir, dass sie sich ihrer Lüge bewusst ist. «Würdest du dich gern etwas aufwärmen?»

Wieder erklingt dieser Laut. Er kommt ihr über die Lippen – halb Schluchzen, halb Stöhnen. Wir berühren uns nach wie vor nicht, doch ich kann spüren, dass sie zittert. Noch immer hat sie das Kinn leicht angehoben. Es ist eine Geste, die ihren Mut zeigt und die mich nachts um den Schlaf bringt. Eine Geste, mit der sie meinen Blick gefangen hält, wann auch immer wir im selben Raum sind. «Was meinen Sie mit … aufwärmen?», flüstert sie. Ihr Ton lässt vermuten, dass sie selbst nicht glauben kann, diese Frage gestellt zu haben.

Da sind wir schon zu zweit. Aber diese Ermutigung, weiterzumachen, weiter so mit ihr zu reden, lässt mein Verlangen deutlich ansteigen. Irgendetwas hält mich davon ab, sie zu berühren. Es ist so etwas wie ein Selbstschutzmechanismus. Denn ich bin grad alles andere als unbeteiligt. Meine Haut prickelt vom Kopf bis zu den Zehenspitzen, ich will mich von ihr umhüllen lassen, mich mit ihr hinlegen, aber das Gespräch, die Gewissheit, dass ich nicht allein bin … Das wird reichen müssen. Muss es einfach.

Was zur Hölle würde ich tun, wenn mehr passierte?

Ich erlaube es meinem Mund, die Locken hinter ihren Ohren zu streifen. Das Gefühl ist so intensiv, dass meine Stimme nicht mehr ist als ein raues Flüstern, als ich ihr antworte: «Ich spreche von Sex, Baby. Das weißt du.» Meine Zunge hat anscheinend ihren eigenen Willen, denn sie leckt über den Rand ihres Ohrs. Meine Erinnerung schließt den kleinen Laut, den sie ausstößt, ein und verwahrt ihn gut. «Du spreizt die Beine, damit ich in dich stoßen kann, während du deine Fingernägel so fest in meine Haut gräbst, dass mir Blut über den Rücken läuft. Ich schätze, das würde dich verdammt noch mal aufwärmen.»

Sie atmet tief ein, und ihre Beine scheinen den Dienst zu versagen, da sie in den Knien leicht einsackt. Ich dränge nach vorn. Mein Körper und mein Verstand sind darauf konditioniert, sie vor einem Sturz zu bewahren. Die Regel, Rekruten – und vor allem diese Rekrutin – nicht zu berühren, hat keine Gültigkeit mehr. Wir sind von der Brust abwärts aneinandergepresst. Mein Becken presst sich gegen ihren Bauch, unsere Schenkel stoßen zusammen, meine Hände packen ihre Hüften, damit sie das Gleichgewicht nicht verliert. Gott. Verflucht. Ihr Mund ganz nah vor mir ist wie eine Reklametafel für die verbotene Frucht. Ihre Lippen sind üppig, leicht geöffnet und glänzend, weil sie mit der Zungenspitze darübergefahren ist. Ich kann nicht. Ich kann nicht. Sie zu küssen wäre so, als würde ich von einer Klippe springen und keine Ahnung haben, wie der Boden darunter aussieht.

«Greer …»

Als ich höre, wie sie meinen Namen murmelt und wie ihre Stimme dabei zittert, balle ich die Hände zu Fäusten, mit dem

Stoff der engen grauen Hose darin, mit der sie mich schon den ganzen Tag reizt. «Wir könnten die hier ausziehen. Und den letzten Beweis sammeln, dass du dich genauso sehr freust, mich zu sehen, wie umgekehrt.» Nur ein wenig ziehe ich den Baumwollstoff herunter und halte unterhalb ihrer Hüftknochen inne. Ihr Stöhnen und die Art, wie sie den Kopf in den Nacken wirft, verlocken mich dazu, die Hose noch ein paar Zentimeter nach unten zu ziehen. Bloß noch ein paar. «Du bist feucht, nicht wahr? Und du wirst immer feuchter, seit du hier hereingekommen bist. Stimmt das?»

«Ja», keucht sie, ringt nach Luft und windet sich in meiner Umarmung. «Okay? Ja.»

Als ich die Antwort höre, wache ich schlagartig aus einer Art Trance auf. Denn es sind exakt die gleichen Worte, die sie benutzt hat, als sie heute Morgen mit dem Rekruten das Date vereinbart hat. Selbst der Tonfall ist ähnlich. Als wollte sie mich beschwichtigen. Damit das, was hier passiert, endlich vorbei ist. Vielleicht weil sie sich wünscht, ich würde endlich den Mund halten und sie richtig berühren, doch ich kann mich nur auf eines konzentrieren. Sie wird sich mit einem anderen Kerl treffen. Sie hat das Date in meinem Beisein, vor meinen Augen vereinbart.

Die Intimität der Umkleide, unserer Körper, die sich aneinanderschmiegen – all das verschwindet plötzlich. Meine Eifersucht gewinnt die Oberhand, füllt mein Innerstes aus, vergiftet meine Lust. Ich war dumm, zu glauben, wir hätten heute Morgen eine Verbindung zwischen uns geschaffen. Schon im nächsten Moment wurde klar, wie sehr ich mich damit geirrt habe. Dieser Fehler hat mich den Rest des Tages verfolgt. Und auch jetzt wäre ich dumm, zu glauben, dass das, was hier passiert, etwas Besonderes ist. «Dann sollten Sie jetzt die Papierhandtücher holen.»

Ich bereue die Worte in der Sekunde, als sie mir über die Lippen kommen. Aber es ist zu spät, um sie zurückzunehmen. Danika zuckt zusammen. Die Begierde, die ich in ihr ausgelöst habe, verschwindet aus ihrem Blick und wird ersetzt durch … Scham. Scheiße. Nur das nicht. Diese Frau ihres Stolzes zu berauben, ist unverzeihlich.

«Danika …»

Sie stößt mich gegen die Brust, und ich mache einen Schritt zurück, erhebe die Hände und zwinge mich dazu, keinen Blick mehr auf ihren noch immer erregten Körper zu werfen. «Arschloch», bringt sie atemlos hervor. Sie wartet meine Reaktion nicht mehr ab, bevor sie sich umdreht und aus der Umkleidekabine läuft. Ohne die Papierhandtücher.

Die Reue lastet auf mir, als ich mich anziehe und darauf vorbereite, wieder in die Kälte hinauszutreten.

KAPITEL 8

Danika

Ich balanciere eine Tüte mit Lebensmitteln auf meiner Hüfte und klopfe mit der freien Hand an die Tür meiner Eltern. In der Wohnung wird der Fernseher leiser gedreht, und mein Vater brüllt meiner Mutter zu, die Tür aufzumachen. Meine schmerzenden Oberarmmuskeln sind nicht begeistert.

Ganz ehrlich? Meine Eltern sind die Besten. Sie haben mir trotz ihrer begrenzten Mittel eine glückliche Kindheit voller Geborgenheit geschenkt. Sie haben mich ermutigt und zum Lachen gebracht. Ich liebe sie. Das tue ich wirklich. Aber ich bin noch nicht einmal in der Wohnung und weiß jetzt schon, dass heute wieder einer dieser Tage ist, an denen alle an mir zerren werden. Und ich behalte recht. Kurz nachdem ich die Lebensmittel verstaut und danach bei *Con Edison* angerufen habe, um Widerspruch gegen eine Gebühr einzulegen, die auf der Stromrechnung aufgeführt wird, liege ich ausgestreckt auf dem Wohnzimmerfußboden und versuche, den Staubsauger meiner Mutter zu reparieren.

«Wie geht es Jack?», fragt meine Mutter, die in der Küche werkelt. «Er kommt gar nicht mehr zu Besuch hierher. Sag ihm, dass ich das nicht gut finde.»

«Das mach ich gern.» Ich wähle aus den Werkzeugen, die in einer alten Kaffeedose aufbewahrt werden, einen Schraubenzieher aus. «Du bist gegen ein irisches Mädchen eingetauscht worden. Das muss weh tun.»

Meine Mutter winkt ab. «Solange sie ihn gut behandelt …» Sie nimmt eine drohende Haltung ein. «Andernfalls wird es Ärger geben.»

Ein Lachen rumpelt in meinem Bauch, und die Sehnsucht nach der Vergangenheit stürmt auf mich ein. Wenn man im Wohnzimmer seiner Eltern bäuchlings auf dem Boden liegt und kichert, fühlt es sich an, als wäre die Zeit stehengeblieben. Diese vier Wände stecken so voller Erinnerungen. Wie ich zum Beispiel an verregneten Tagen Filme geschaut habe und eine riesige Schüssel Eiscreme auf den Knien stehen hatte. Wie ich morgens manchmal aus meinem Zimmer kam, Jack auf der Couch schlafen sah und wusste, dass seine Mutter gerade mit einem Freier in der Wohnung unter uns war. Noch ein weiterer Grund, warum ich meine Eltern so sehr liebe. Sie gaben Jack einen Schlüssel, hießen ihn in der Familie willkommen und sprachen nie darüber, warum es überhaupt nötig war, dass er zu uns flüchtete.

Aus all diesen und noch mehr Gründen bin ich samstags immer hier, um meiner Mutter beim Putzen zu helfen. Um auf das Baby von Robbies Schwester aufzupassen. Um die Termine für die Krankengymnastik meines Vaters zu organisieren. Um den Kühlschrank aufzufüllen, die Rechnungen zu sortieren, die Haushaltsgeräte zu reparieren. Das macht man schließlich für die Menschen, die man liebt, oder?

Ich lege heute keine zusätzliche Energie in meinen Besuch hier, um mich abzulenken. Nein, das tue ich nicht.

Es ist zwei Tage her, dass Greer mich von einer verknallten Frau in den Zwanzigern in eine sexgierige, hormongesteuerte

Irre verwandelt hat. Da der Ausbilder, der krank war, inzwischen wieder gesund ist, habe ich Greer in den letzten beiden Tagen nicht gesehen. Oder mit ihm gesprochen.

Er kann nicht ernsthaft von mir verlangen, dass ich nach allem, was passiert ist, mit dieser Bewährungssache weitermache. Wir müssen beide in der Umkleidekabine einen unerklärlichen psychotischen Aussetzer erlebt haben. Es gibt keine andere Erklärung dafür, dass der Lieutenant mich durch ein paar gutplatzierte Sätze beinahe zum Höhepunkt gebracht hätte. Obwohl es auch einige gutplatzierte Muskeln gab. Sehr gut platziert, wenn wir mal ehrlich sind.

Und dann ist da noch sein Penis.

Wohlgeformt, groß – wie aus dem Bilderbuch. Oh mein Gott. Ich kann die Augen nicht schließen, ohne vor mir zu sehen, wie dieser Schwanz sich aufrichtete, wie die Haut straffer wurde, wie die Adern hervortraten.

Alles nur meinetwegen. Der unbesiegbare Lieutenant war meinetwegen erregt.

«Danny, kannst du mir, wenn du damit fertig bist, kurz helfen, das Bügelbrett aus dem obersten Regal meines Schranks zu holen?»

«Ja, Mom.»

«Und ich brauche Briefmarken, um die Checks für die Rechnungen zu verschicken.»

«Ich habe sie dabei erwischt, dass sie sich ein paar Marken aus deiner Sammlung stibitzen wollte», meldet mein Vater sich zu Wort und beteiligt sich endlich an der Unterhaltung, die schon seit zwanzig Minuten um ihn herum geführt wird. «Keine Sorge. Ich konnte sie davon abhalten.»

Meine Mom zieht eine Schulter hoch, als wollte sie sich dahinter verstecken. «Ich war verzweifelt!»

Mein Vater schnaubt. «Zu deiner Sammlung ist schon seit

einiger Zeit keine neue Marke mehr hinzugekommen, oder, Danika? Hast du vor, dir die neue Elvis-Edition zu besorgen? Sie erscheint nächste Woche.»

Elvis? Ich bin zu konzentriert auf die Briefmarken, die meine Mutter braucht, um über … ein wunderschönes viereckiges Kunstwerk nachzudenken, das den King zeigt.

«Ich … äh …» Anspannung ergreift mich. Das passiert immer, wenn mir allmählich alles zu viel wird, doch ich schüttele das Gefühl ab. Sicher, ich könnte zu den Bitten meiner Mutter einfach Nein sagen und erklären, dass ich meine Samstage lieber mit meinen Freunden verbringen würde. Oder ich könnte einige der Aufgaben an meine Cousins und Cousinen delegieren. Aber ich hasse es, zugeben zu müssen, dass ich etwas nicht allein schaffe. Es sind doch nur ein paar Erledigungen. Keine große Sache. Manchmal gerate ich allerdings ins Grübeln. Würden sie mich auch noch in ihrer Nähe haben wollen, wenn ich keine Dinge für sie erledigen würde? «Ich kann eben schnell in den kleinen Laden gehen, um Briefmarken zu holen. In der Post ist es wahrscheinlich sehr voll.»

«Danke, mein Engel.» Sie schweigt einen Moment lang. Der Sparschäler bewegt sich mit schwindelerregender Geschwindigkeit, und Kartoffelschalen fliegen in die Spüle. «Ich müsste auch noch Anzeige erstatten.»

Mir fällt der Schraubenzieher aus der Hand. «Was?»

«Das Fahrrad deiner Mutter wurde gestohlen», sagt mein Vater. «Sie hat es nicht abgeschlossen.»

«Das Fahrrad, das wir dir zum Geburtstag geschenkt haben?»

«Ja.» Meine Mutter wirkt zerknirscht. «Ich habe es in den Hausflur geschoben, weil ich mich auf der anderen Straßenseite noch kurz mit Pearl unterhalten wollte. Sie wollte mir das Kleidchen zeigen, das sie für ihre kleine Enkeltochter gestrickt hat.»

Mein Vater schnaubt wütend. «Sie war fast zwei Stunden drüben. Das Fahrrad hatte sie ganz vergessen.»

«Ich hatte es nicht vergessen, ich wurde nur abgelenkt.» Sie macht eine scheuchende Bewegung mit der Hand. «Guck dir weiter deinen Sport an, alter Mann.»

Wir haben meiner Mutter das Fahrrad besorgt, weil sie sich in der Wohnung eingesperrt fühlte. Seit sie angefangen hat, mit dem Fahrrad am Fluss entlangzufahren, sind ihre Wangen viel rosiger und ihr Gang viel beschwingter geworden. Doch ich werde mir in nächster Zeit keinen Ersatz leisten können. Mein Geld geht für die Miete und Lebensmittel drauf. Ich seufze und hebe den Schraubenzieher wieder auf. «Ich werde die Anzeige aufnehmen. Aber es tut mir leid, Mom, ich glaube nicht, dass du das Fahrrad je wiedersehen wirst.»

«Das ist schon in Ordnung», entgegnet sie leise. Ich habe gar nicht mitbekommen, dass sie das Zimmer durchquert hat, bis sie sich bückt und mein Kinn umfasst. «Du bist ein gutes Mädchen, Danny. So verantwortungsbewusst.»

«Danke, Mom.»

Plötzlich fühle ich mich wie ein Hochstapler. Bin ich verantwortungsbewusst? Ich habe mich seit Mittwoch – seit ich Greer in seiner ganzen Pracht erblickt habe – nicht mehr bei ihm gemeldet. Gut, er hat sich in der Kabine wie ein kompletter Idiot aufgeführt, doch nichtsdestotrotz hat er mir aus der Patsche geholfen. Ganz zu schweigen davon, dass dank ihm Robbie im Programm des NYPD für gemeinnützige Dienste arbeiten darf. Gestern hat Robbie Schmierereien von einer örtlichen Grundschule entfernt. Ich konnte ihm am Telefon anhören, wie stolz er war, etwas Positives tun zu können, um seine negative Tat wiedergutzumachen. Um Verantwortung zu übernehmen.

Das bedeutet, dass die Lektion vom Sensenmann etwas gebracht hat.

Und ich erfülle meinen Teil der Abmachung gerade nicht.

Ich atme aus und ziehe die letzte Schraube an, ehe ich den Staubsauger noch einmal teste. «Mom, lass uns das Bügelbrett holen. Dann besorge ich die Briefmarken. Danach muss ich kurz gehen.» Ich springe auf und klopfe meine Jeans ab. «Ich komme später wieder, um auf das Baby aufzupassen, aber ich kann nicht lange bleiben. Ich habe ein Date.»

Meine Mutter sieht aus, als hätte sie gerade erfahren, dass der Papst spontan zum Abendbrot vorbeischaut. «Ein Date?»

«Sozusagen.» Obwohl es sich nicht so anfühlt. Eher wie eine Verpflichtung. «Wir gehen nur Pizza essen.»

Vorher habe ich allerdings noch eine Verabredung mit dem Teufel.

Ich war noch nie auf dem 9. Revier, wo Greer arbeitet, doch ich gebe zu, dass ich ab und zu einen anderen Weg einschlage, damit ich an dem grauen Gebäude vorbeigehen kann. Neben dem Eingang mit der großen beeindruckenden Stahltür befinden sich an beiden Seiten grüne Leuchten, die jedem, der durch die Tür geht, klarmachen, dass in diesem Gebäude etwas Wichtiges vor sich geht. Aber mir ist nicht bewusst, wie wichtig das alles wirklich wirkt, bis ich das Revier betrete. Meine Schuhe quietschen auf dem blankpolierten Marmorfußboden.

Es ist nicht laut oder chaotisch. Vielmehr ist die Atmosphäre hier sehr konzentriert. Zwei Polizisten rennen mich beinahe um, als sie in ein Gespräch vertieft durchs Foyer gehen. Ihre leise Unterhaltung wird von präzisen, knappen Gesten begleitet. Ich habe viel Zeit damit verbracht, mir vorzustellen, wie ich ein Revier betrete, die Stechuhr betätige und mit erfahrenen Polizisten, aber auch mit blutigen Anfängern zusammenkomme. Plötzlich kommt es mir allerdings vor, als würde das noch in ferner Zukunft liegen.

Ich schüttele die Bedenken ab und gehe zum Empfangstresen. Geduldig warte ich, bis die Polizistin sich mir zuwendet. Sie mustert mich mit einem Blick, mit dem man sich sonst seltsame Flecke auf einem Trinkglas ansieht. «Ja?»

«Ich bin hier, um mit Lieutenant Burns zu sprechen.»

Zumindest wirkt sie jetzt interessiert. «Und welchen Grund hat Ihr Besuch?»

«Nichts Besonderes. Ich bin nur …» Nur was? Eine Rekrutin auf Bewährung? Das ist vielleicht die Wahrheit, aber ich bin mir nicht sicher, ob es angemessen ist, dass ich meinen Ausbilder an meinem freien Tag besuche. Ich hätte mir definitiv mehr Gedanken darüber machen müssen. Ich beschließe, wieder zu gehen und Greer stattdessen übers Handy anzurufen. Rückwärts bewege ich mich Richtung Ausgang. «Hören Sie, ich werde einfach …»

«Name», seufzt sie.

Mist. «Silva.»

Sie nimmt den Telefonhörer in die Hand und drückt ein paar Knöpfe. Ein paar Sekunden verstreichen, ehe sie wieder auflegt. «Er ist noch in einer Besprechung. Nehmen Sie doch bitte Platz.»

Ihr nüchterner, entschiedener Tonfall lässt mir keine andere Wahl, und so setze ich mich ans andere Ende des Wartebereichs und klemme die Hände unter die Schenkel. Als die Empfangsdame ein paar Minuten später aufsteht und die Tür zum Flur öffnet, ist Greers Stimme – gut, sein Bellen – deutlich zu hören. Unvermittelt straffe ich die Schultern. Alles, was ich hören kann, sind einzelne Worte, bevor die Tür wieder zugeht. Allerdings ist jetzt meine Neugierde geweckt. Wie sieht der Lieutenant wohl in Aktion aus? Haben die Kollegen genauso viel Angst vor ihm wie wir Rekruten? An welchem Fall arbeitet er gerade?

Ich schätze, mir bleiben noch zwei Minuten, bevor die Polizistin vom Empfang an ihren Platz zurückkehrt. Ich schleiche mich zur Tür und mache sie auf, um einen heimlichen Blick in den Flur zu werfen. Ungefähr fünfzehn Meter weiter auf der linken Seite kann ich Greer durch eine Tür sehen, die zu einem Besprechungszimmer führt. Er steht vor einem Whiteboard. Schon bevor wir in der Umkleide aufeinandertrafen, verspürte ich immer ein Kribbeln, wenn der Lieutenant in der Nähe war. Ich war mir seiner Anwesenheit bewusst, fühlte mich empfindsam. Doch seit er zu mir «Ich spreche von Sex, Baby!» sagte, kann der Begriff «Kribbeln» das Gefühl, das mich erfasst, als ich ihn nun wiedersehe, nicht einmal annähernd umschreiben.

Diese intimen Muskeln in meinem Inneren spannen sich an, meine Nippel richten sich auf. In meinen Schuhen verkrampfen sich meine Zehen. Und mit einem Mal atme ich durch den Mund.

Es ist nicht wirklich hilfreich, dass er noch zehnmal einschüchternder wirkt, wenn er ein Team-Meeting leitet. Er steht leicht über einen Schreibtisch gebeugt und stützt sich auf seine Fäuste. Sein Stirnrunzeln ist furchteinflößend. Jedes Mal, wenn er die Stimme erhebt, zucke ich ein bisschen zusammen, weil er so intensiv klingt, so entschlossen alle Fragen beantwortet.

Mein Blick gleitet über seine breiten Schultern, seinen Rücken hinab und bleibt an seinem Po hängen. Verdammt. Er ist rund. Definitiv muskulös, aber nicht klein. Ich sehe plötzlich vor mir, wie Greer im Spiegel des Fitnessstudios seinen Hintern checkt und angesichts der Tatsache, dass er diese Rundung nicht wegtrainiert kriegt, missmutig knurrt. Und in diesem Moment passiert es: Ich muss kichern.

Blaue Augen richten sich so schnell auf mich, dass ich wie ein plumper Elch im Fadenkreuz eines Jägers erstarre. Das ist die einzige Reaktion, die ich vom Lieutenant bekomme, ehe er sich wieder auf die Besprechung konzentriert, Aufgaben delegiert und am Whiteboard mit dem Fingerknöchel auf Dinge hinweist. Schließlich zwinge ich mich dazu, die Tür zum Flur zuzumachen und mich wieder hinzusetzen. Allerdings spiele ich nun mit dem Gedanken, die Flucht zu ergreifen. Ich kann ihn jetzt schon hören. *Jemanden zu belauschen ist eine Verletzung der Bewährung.*

Aber ich habe bereits gegen die Bewährung verstoßen, indem ich in den letzten zwei Tagen meine Verantwortung nicht erfüllt habe. Diese Tatsache und meine Entschlossenheit, meinen Fehler wettzumachen, sind die Gründe dafür, warum ich auf dem Plastikstuhl sitzen bleibe.

Als der Lieutenant zehn Minuten später wie ein erzürnter König die Tür zum Flur aufreißt, den Finger krümmt und mich zu sich heranlockt, beginne ich doch, an meiner Entscheidung zu zweifeln.

KAPITEL 9

GREER

Als Danika hinter mir mein Büro betritt, kommt es mir so vor, als würde ich es zum ersten Mal sehen.

Gott, es ist verdammt langweilig.

Gut, es hängen gerahmte Bilder von mir an der Wand – zum Beispiel, wie ich dem Bürgermeister die Hand schüttele – und daneben Belobigungen, Abschlüsse und Auszeichnungen. Aber hier befindet sich nichts Persönliches. Keine Familienfotos. Keine Bilder, die die Kinder mit Fingerfarben gemalt haben. Keine dieser kleinen Dinge, die die anderen Cops nutzen, um nicht zu vergessen, dass sich nicht die ganze Welt innerhalb dieser öden grauen Mauern befindet, wo über Themen wie Körperverletzung, Totschlag und verdächtige Pakete gesprochen wird wie über das Wetter. Auf meinem Schreibtisch steht ein Briefbeschwerer – ein Geburtstagsgeschenk von Charlie –, auf dem steht: *Ich bin nicht herrschsüchtig. Ich weiß einfach bloß, was du tun solltest.* Aber das ist auch schon alles.

Himmel, das ist doch lächerlich! Ich habe gerade eine Team-Besprechung mit einer Gruppe von abgestumpften, harten Polizisten geleitet, in der es um einen flüchtigen Tatverdächtigen ging, dem vorgeworfen wird, einen bewaffneten Überfall begangen zu haben. Und jetzt beginnen meine Hände wegen dieser jungen Frau, die nur halb so groß ist wie ich, zu schwitzen. Ich gehe zur anderen Seite meines Schreibtisches und gebe Danika ein Zeichen, sich zu setzen. Unwillkürlich frage ich mich, wie lange der Duft ihres Haars wohl noch im Büro wahrzunehmen sein wird, nachdem sie gegangen ist. Vielleicht kann das meine Version eines Bildes mit Fingerfarben sein. Bloß für eine Weile.

«Was machen Sie hier?»

Sie nimmt Platz. Ihre braunen Augen huschen zwischen mir und den Bildern an der Wand hin und her. «Ich will Meldung machen, Lieutenant.»

Ich bemühe mich, mir meine Überraschung nicht anmerken zu lassen, doch meine Kehle ist mit einem Mal wie zugeschnürt. Seit sie meinetwegen aus der Umkleide gestürmt ist, habe ich mir jeglichen Hoffnungsschimmer versagt, dass sie freiwillig wieder zu mir kommen könnte. Verdammt, sie sollte auch gar nicht freiwillig zu mir kommen. Ich kann mein Arschloch-Verhalten nicht einmal abstellen, wenn die Frau, die meine Träume beherrscht – und zwar nackt –, mir die Erlaubnis dazu erteilt. Ich schwankte zwischen einem Glückwunsch an mich selbst, weil ich eine unangemessene Situation beendet hatte, und dem Wunsch, mir in den Hintern treten zu können. Zwei nicht so schöne Tage.

«Ich habe angenommen, es wäre klar, nachdem …» Finster starre ich auf den Papierstapel auf meinem Schreibtisch und schiebe ihn mit großer Geste zurecht, damit ich eine Wiederholung der Demütigung vermeiden kann, die sie meinetwegen erfahren hat. «Nach allem, was passiert ist, glaube ich, dass es das Beste ist, Ihre Bewährung zu beenden. Ich lasse Sie vom Haken.»

Sie zieht die Augenbrauen zusammen. «Ich will gar nicht, dass Sie mich vom Haken lassen.»

«Warum?» Mein Tonfall ist von der Besprechung noch immer hart und nüchtern, und ich bemühe mich, etwas weicher zu klingen. Immerhin gehört sie nicht zu meinen Kollegen. «Ich habe Sie seit Mittwoch nicht mehr gesehen. Wieso haben Sie Ihre Meinung geändert?»

Zum ersten Mal, seit sie mein Büro betreten hat, fällt mir auf, dass sie ihr Haar offen trägt. Habe ich ihre Haare je so gesehen? Nein, sie hat für gewöhnlich einen dieser Pferdeschwänze, die hin und her schwingen, wenn sie rennt. Heute ist ihr Haar wellig. Es reicht ihr bis knapp über die Schultern. Die Haarspitzen befinden sich auf Höhe ihrer Brüste.

Denk nicht über ihre Brüste nach.

«Das Fahrrad meiner Mutter ist gestohlen worden», entgegnet sie und schiebt sich die Haare über die Schulter. «Sie sagte zu mir, ich sei so verantwortungsbewusst, weil ich ihr angeboten habe, für sie auf dem Revier Anzeige zu erstatten. Und … da fühlte ich mich schuldig, weil ich es mir so leicht gemacht habe. Also, was Sie betrifft.»

«Ich verstehe.» Ihre ehrliche Antwort erwischt mich auf dem falschen Fuß. Ich hatte mit Sarkasmus gerechnet. Aber es gefällt mir, dass sie so aufrichtig ist. Es gefällt mir sogar sehr. «Es gibt keinen Grund für Sie, sich schuldig zu fühlen. Ich habe mich nicht gerade wie ein Gentleman verhalten.»

Sie muss lachen. «Das tun heutzutage die wenigsten Männer.»

«Das sollten sie aber», bringe ich hervor. «Vor allem bei Ihnen.»

Verdammt, warum kann ich in Danikas Nähe keinen kühlen Kopf bewahren? Mein Mund scheint seinen eigenen Willen zu haben. Wie mein Schwanz im Übrigen auch. Mit gerunzelter Stirn starrt sie nun auf den Boden und wirft mir bloß ab und zu unter ihren Wimpern hervor einen neugierigen Blick zu, als wäre ich eine außerirdische Lebensform oder so etwas. «Machen Sie sich darüber keine Gedanken», murmelt sie. «Bei den seltenen Dates, die ich habe, sorge ich schon dafür. Leider kommen Dates bei mir in etwa so häufig vor wie eine totale Mondfinsternis.»

«Heute Abend haben Sie eine Verabredung», erwidere ich, bevor ich mir die Worte verkneifen kann. Toll. Jetzt bin ich nicht nur ihr seltsam fürsorglicher – älterer – Ausbilder mit dem langweiligen Büro, sondern auch noch der Typ, der sich ihren Terminkalender gemerkt hat.

«Ja.» Sie beißt sich auf die Unterlippe. «Wir essen bloß eine Pizza zusammen.»

Trägt sie deshalb das Haar offen? Mir gefällt der Stil doch nicht so gut, wie ich ursprünglich gedacht habe. Es juckt mich in den Fingern, die Strähnen durch eines dieser Gummibänder zu ziehen, die Frauen immer benutzen. Ich wende diese Energie stattdessen dafür auf, ein Formular für gestohlene Gegenstände auszudrucken, das sie ausfüllen kann. Als ich das Papier in den Händen halte, schiebe ich es ihr über den Tisch zu.

Ich beobachte, wie sie einen Stift aus meinem Stiftehalter nimmt und dann beginnt, den Fragebogen auszufüllen. Ich kann meine Neugierde kaum zügeln. *Neugierde?* Das ist wirklich komisch. Das Wort ist viel zu harmlos. Wenn ich nicht wüsste, dass es mir einen Platz in einer Psychiatrie einbringen würde, dann würde ich ein Verhörzimmer anmelden, um ihr jedes Detail über ihr bevorstehendes Date zu entlocken. «Sind Sie jetzt unterwegs zu dieser … Verabredung?»

Sie zieht die Augenbrauen hoch. «Nein, ich muss noch mal nach Hell's Kitchen und für eine Stunde auf das Baby meiner Cousine aufpassen.»

«Sie waren heute schon einmal dort?»

Sie nickt. «Der Staubsauger meiner Mutter war kaputt. Und sie brauchte noch Lebensmittel und Briefmarken …»

«Dann sind Sie also den ganzen Weg hierhergekommen, bloß um … das hier auszufüllen? Und um anschließend gleich wieder zurückzufahren?»

«Wenn mich etwas beschäftigt, dann versuche ich, mich direkt darum zu kümmern.» Sie fährt sich mit der Wange über die Schulter – eine Geste, die ich nur allzu gut aus der Akademie kenne. Sie macht es oft während der Vorlesungen. «Ich will nicht damit durchkommen, mich vor meiner Verantwortung zu drücken.»

«Das klingt, als hätten Sie viel Verantwortung übernehmen müssen. Für alles Mögliche.» Ab und zu trifft ein Polizeibeamter bei einem Verhör den Nerv des Tatverdächtigen. Manchmal hat dieser Nerv nichts mit dem möglichen Verbrechen zu tun, aber wir treffen ihn trotzdem. Ich habe gerade Danikas wunden Punkt berührt, als ich bemerkte, dass sie sehr beschäftigt damit sei, Dinge für andere zu erledigen. Es ist ohnehin meine Art, nachzubohren, aber dieses Mal ist der Grund dafür, dass ich wissen möchte, wie sie tickt. «Mir ist bewusst, dass Jack Garrett bloß auf die Akademie gekommen ist, weil Sie ihn dazu gebracht haben. Ihr Cousin hat Sie angerufen, als das Geschäft, in dem er arbeitete, überfallen werden sollte. Verlassen sich eigentlich alle Leute in Ihrem Umfeld auf Sie?»

«Falls sie es tun, dann freut mich das.» Sie sagt es ein bisschen zu schnell, und wir beide wissen, was das bedeutet. Als ich die Augenbrauen hochziehe, scheint ein bisschen von Danikas Anspannung von ihr abzufallen. «Vielleicht halte ich mich manchmal auch bewusst … bereit. Nur für den Fall, dass meine Familie mich braucht.»

«Sie können einfach nicht Nein sagen.»

Sie unterzeichnet das Formular und schiebt es wieder zu mir rüber. Ein Grinsen huscht über ihr Gesicht. «Nein.»

Ich verstehe jetzt, wie du tickst. Glücklicherweise behalte ich diesen Gedanken für mich, denn wir fühlen uns beide unwohl damit, wie weit diese Unterhaltung gegangen ist. Ich, weil ich ehrlich an ihren Antworten interessiert bin und helfen will. Sie, weil sie wahrscheinlich denkt, dass es nicht gut wäre, mir gegenüber ihre Schwächen zuzugeben. Hat sie eine Ahnung, wie sehr ich nachempfinden kann, dass sie diese Schwachstelle in ihrer harten Schale hasst? «Also gut, Silva. Hiermit haben Sie jetzt Meldung gemacht …»

«Ist das hier Ihr Buch der Woche?» Ihre zarten Finger streichen über die Papiere auf meinem Schreibtisch. Das ist so intim, dass sie genauso gut durch mein Brusthaar streichen könnte. Schließlich nimmt sie meine Ausgabe von *The Lost Order* von Steve Berry in die Hand und hält das Buch hoch. «Ist das für den Buchclub?»

«Ja.» Ich rutsche auf meinem Sitz hin und her und befehle meinen Händen, dort zu bleiben, wo sie sind. «Ich habe das Buch mitgebracht, damit ich in der Mittagspause darin lesen kann. Aber da ich so gut wie immer durcharbeite, ist das wohl zwecklos. Sie können es jetzt wieder zurücklegen.»

Danika legt den Kopf schräg. Ihre Augen funkeln. «Sie mögen es nicht, wenn andere Menschen Ihre Bücher berühren?»

«Die Ecken verknicken zu leicht.»

«Hm.» Sie legt es behutsam zurück auf den Schreibtisch. «Wie sind die Buchclubtreffen denn so?»

«Die meisten Polizisten sind mit dabei, weil der Therapeut des Departments es ihnen empfohlen hat.» Ich nehme das Buch vom Tisch und lege es in die oberste Schublade. Es steckt kein Lesezeichen darin, weil ich mir die Seitenzahl merke, auf der ich stehen geblieben bin. Ich würde nie eine Buchseite knicken.

Niemals. «Es sind Polizisten, die ihre Waffe abgefeuert oder ein traumatisches Erlebnis im Dienst gehabt haben. Das Lesen ist ein Weg, um den Geist zu beschäftigen, und unsere Gruppe zwingt diese Männer dazu, eine Verpflichtung einzugehen.»

«Und Sie leiten die Gruppe?» Ihr köstlich aussehender Mund verzieht sich zu einem winzigen Lächeln. «Haben Sie die Gruppe … ins Leben gerufen?» Ich nicke knapp, und sie lehnt sich auf dem Stuhl zurück. «Oh.»

Der Drang, mich zu erklären, überrascht mich, und ich reagiere nicht schnell genug, um ihn zu unterdrücken. «Ich sollte ebenfalls Stunden beim Therapeuten des Departments nehmen, nachdem …» Als das Lächeln auf ihren Lippen erstirbt, weiß ich es. Sie kennt den Grund dafür, dass mir eine Therapie verordnet wurde. Ich habe meinen Partner verloren, was kein Geheimnis ist. Ich ignoriere das unbehagliche Stechen in meinem Hals und fahre fort: «Ich habe diese Therapie gehasst. Ich dachte, es muss doch noch andere Cops geben, die lieber ein Bier trinken und dabei über etwas anderes als sich selbst sprechen wollen. Also leitete ich alles in die Wege. Es gibt keine Tränen, und wir fassen uns auch nicht tröstend an den Händen. Es ist keine Selbsthilfegruppe, Silva.»

«Doch, das ist es. Eine echt coole Selbsthilfegruppe.»

Ich muss lachen und bin erstaunt darüber. «Haben Sie meinen Buchclub gerade ‹cool› genannt?»

Danika zieht kurz eine Schulter hoch, und ihr Mund zuckt verdächtig. Mir kommt es vor, als würde sie gleich etwas Bedeutendes sagen, also halte ich unwillkürlich die Luft an. «Ich sammele Briefmarken», erzählt sie mir. Ich halte noch immer die Luft an. Aber jetzt breitet sich in meinem Innersten eine tiefe Zufriedenheit aus. «Es sollte zwischen mir und den Marken eigentlich nichts Ernstes werden, aber mein Vater war Postbeamter. Nach der Schule besuchte ich ihn oft, und wir gingen zusammen nach Hause. Ab und zu schenkte er mir eine Sondermarke. Es wurde zu einer Gewohnheit, sie in mein Sammelalbum zu stecken … und das mache ich heute noch.» Mit einem Kopfnicken weist sie auf meine Schublade. «Also, insgeheim sind wir beide Freaks.»

Ein warmes Gefühl erfüllt mich. Sie hat gerade etwas mit mir geteilt.

Danika atmet aufgeregt ein, und meine Hose fühlt sich mit einem Mal eng an. «Nächste Woche kommt eine Sondermarke mit Elvis heraus. Wenn ich nach dem Unterricht gehe, werden sie vermutlich längst vergriffen sein, aber ich kann sie mir ja im Internet ansehen.»

«Warum bitten Sie nicht jemanden, Ihnen die Marken zu besorgen? Ihren Vater oder …»

Eilig schüttelt sie den Kopf. «Nein. Es ist schon gut. Das ist echt nicht so wichtig.»

Jetzt verstehe ich dich noch mehr, Danika. «Also erledigen Sie alles Mögliche für alle anderen, aber Sie weigern sich, selbst jemanden um einen Gefallen zu bitten.»

«Ich habe Sie um einen Gefallen gebeten, oder etwa nicht?» Wir starren uns über den Schreibtisch hinweg an, während ich innerlich jubele, weil sie mich wirklich um meine Hilfe gebeten hat, während sie es sonst nie tut. Bei niemandem. «Ich muss jetzt wieder zurück. Zur West Side. Ist hier alles erledigt?»

«Ja.» Ich erhebe mich. «Danke, dass Sie vorbeigeschaut haben.»

«Danke, dass Sie für Robbie die gemeinnützigen Stunden arrangiert haben.» Sie steht auf. «Ich glaube, es ist eine gute Erfahrung für ihn.»

Ihre Worte hängen noch in der Luft, als sie das Büro verlässt. Ihr Duft ist noch wahrzunehmen. Ich gehe mit drei langen Schritten um den Schreibtisch herum, schließe die Tür und versuche, diesen Duft einzusperren. Nachdem ich einmal tief eingeatmet habe, fällt mein Blick auf die Uhr. Die Schicht dauert noch vier Stunden. Wenn ich heute Abend nach Hause komme, wird sie mit einem anderen Mann beim Pizzaessen sein. Bei dem Gedanken daran zieht sich mein Innerstes zusammen, und ein saurer Geschmack steigt mir die Kehle hinauf.

Wie zum Teufel soll ich das aushalten?

KAPITEL 10

Danika

Warum habe ich nur zugestimmt? Ich hasse Dating. Diese chaotische Insel ist voller Menschen mit vielschichtigen Wünschen und Bedürfnissen. Wir sind alle hier, um nach irgendetwas zu suchen, um irgendetwas zu verfolgen. Wir wollen uns unsere Wünsche erfüllen, ausbrechen, das Unbekannte erleben. Das Problem ist, dass die Leute nicht immer wissen, wonach genau sie eigentlich streben. Sie wollen einfach bloß etwas, und zwar sofort. Erwarten wir alle, dass in unserem Kopf ein Glöckchen klingelt, sobald wir der richtigen Person begegnen? Das ist eine unrealistische Hoffnung für Menschen, die nicht wissen, was sie wollen. Oder noch schlimmer: Was wäre, wenn das, was wir wollen, das Falsche ist?

Für mich laufen Dates immer auf zwei Arten ab.

Erstens: Der Mann sagt mir genau das, was ich hören will, und hofft, dass ich ihn ranlasse. Ironischerweise gibt es kaum etwas, das mich schneller abturnt. Bis auf einen Ehering vielleicht.

Oder zweitens: Mein zukünftiger Status als Polizistin schüchtert den Mann so sehr ein, dass er den Abend damit verbringt überzukompensieren. *Guck dir mal dieses Riesensteak an!*

Du kannst einen drauf lassen, dass ich das ganze Ding esse! Bring mir ein Bier!

Levi ist eine sichere Wahl. Er weiß bereits, dass ich Polizistin werde, und er kann mit meiner freundlichen, das Selbstbewusstsein des Mannes vernichtenden Art umgehen. Und abgesehen davon weiß er auch, dass ich ihm vermutlich die Nase breche, falls er versuchen sollte, mich beim ersten Date ins Bett zu bekommen.

Mein Handy liegt auf dem Rand des Waschbeckens. Ich werfe einen Blick auf die Uhr. Noch eine halbe Stunde, bis ich gehen muss. Je näher der Zeitpunkt kommt, zu dem ich aufbrechen muss, desto mehr zieht sich mein Magen zusammen. Bin ich nervös, weil ich mit Levi eine Pizza essen gehe? Äh … Nein. Ich bin nervös, weil es sich falsch anfühlt, einen Kerl zu daten, während ich nicht aufhören kann, an einen anderen zu denken.

In meiner Phantasie sehe ich blaue Augen, die mich von Kopf bis Fuß mustern. Die meine kniehohen Gummistiefel – ein Zugeständnis an das schlechte Wetter –, meine schwarzen Skinny Jeans und das lockere T-Shirt, das mir von der Schulter rutscht, kritisch beäugen. Ein roter BH-Träger blitzt hervor, der nur von meinen Haarspitzen verdeckt wird. Würde Greer denken, dass ich sexy aussehe? Er hat mich noch nie mit Make-up gesehen. Ich habe mich nicht mehr geschminkt, seit ich mit der Ausbildung auf der Akademie begonnen habe. Wäre ich aufgeregt – auf die richtige Weise aufgeregt –, wenn ich mich stattdessen mit ihm zu einem Date verabredet hätte?

Bei dem Gedanken daran presse ich unwillkürlich die Schenkel zusammen. Bei dem Gedanken, seine Hände auf meinem Rücken zu spüren. Bei dem Gedanken, dass seine Fingerspitzen beim Essen über meinen Hals streifen. Wir würden nicht einmal so tun, als würden wir Smalltalk machen. Vielleicht wären wir so, wie wir heute in seinem Büro waren. Vielleicht würden wir über reale Dinge sprechen, die mich dazu zwingen würden, ihn in einem anderen Licht zu sehen – so, wie es heute Nachmittag der Fall war. Wenn er einen Buchclub für Officer ins Leben gerufen hat, die ein Trauma erlitten haben, kann er dann wirklich der Arsch sein, für den ich ihn halte?

Ich fahre mit der Bürste noch einmal über meine Haare, schalte dann die Lichter in der Wohnung aus und hänge mir die Handtasche über die Schulter. Jack, Charlie, Ever und Katie verbringen den Tag bei einem Konzert auf Governor's Island, aber der Regen hat sie wahrscheinlich bereits wieder nach Manhattan zurückgetrieben. Ich wäre lieber weg, wenn sie nach Hause kommen, damit ich vor dem Date keine Fragen mehr beantworten oder die Reaktionen auf mein Outfit analysieren muss.

Ich beschließe, schon mal langsam zur Pizzeria zu gehen, mache die Tür auf und …

«Oh mein Gott», keuche ich. Mein pochendes Herz bringt mich dazu, einen Schritt zurückzumachen. «Was …?»

Greer steht im Hausflur, sein dunkler Blick bohrt sich in mich.

Regen tropft von den Seiten seiner NYPD-Mütze und von seinen Fingerspitzen. Er steht so still da, dass ich beinahe glaube, ich würde ihn mir nur einbilden. Doch plötzlich beginnt er zu sprechen.

«Sag es ab», stößt er knapp hervor.

Mein … Date? O ja. Er spricht von meinem Date, und Entrüstung überrollt mich, und zwar sofort. Es ist mir egal, ob ich mich zu diesem Mann hingezogen fühle. Er kann nicht einfach hier aufkreuzen und mir Befehle erteilen. Und erst recht nicht an einem Samstagabend. Wir sind hier nicht in der Sporthalle der Akademie. Wir stehen hier auf der Türschwelle zu meiner Wohnung.

Warum bin ich dann so aufgeregt? Warum erfüllt mich Erleichterung? Es kommt mir fast so vor, als hätte ich innerlich darauf gehofft, dass er hier auftauchen und genau das von mir verlangen würde. Dass er Forderungen stellen würde … Punkt. Das Gefühl, als ich auf der Matte landete, und Greers schweres Atmen dabei befreien sich aus meiner Erinnerung. Die unglaublichen Sekunden, die ich damit verbrachte, meine Willensstärke von jemandem auf die Probe stellen zu lassen, dem ich vertraue, lassen mich nicht los. Und jetzt steht er hier, um genau das noch einmal zu tun, und … ich muss den Drang niederringen, ihm das zu erlauben. Denn seine Forderung ist irrational und selbstherrlich. Oder nicht? *Doch.* «Auf keinen Fall», bringe ich atemlos hervor. «Ich sage das Date nicht ab.»

In seiner Wange zuckt ein Muskel. Mit dem Stiefel tippt er zweimal auf den Boden, bevor er über die Schwelle tritt. Wenn er glaubt, ich würde zurückweichen, ist er auf dem Holzweg. Ich hebe das Kinn an, damit wir uns in die Augen blicken können. Verdammt, ich hasse es, so klein zu sein. Aber meine fehlende Körpergröße ist das Letzte, woran ich denke, als Greer sich nun herunterbeugt und beinahe – *beinahe* – mit seinen Lippen meinen Mund berührt. «Soll ich dich überzeugen?»

Als ich höre, wie er das Wort «überzeugen» ausspricht, breitet sich unterhalb meines Bauchnabels ein warmes Gefühl aus. Es ist eindeutig und nicht misszuverstehen, welche Methoden er nutzen würde, um mich davon zu überzeugen, mein Date doch zu canceln. «W… Wie denn?», frage ich trotzdem. «Wie willst du mich dazu bringen?»

«Ja oder nein. Willst du überzeugt werden?» Endlich streifen seine Lippen ganz sacht meinen Mund, und die Reaktion meines Körpers ist so intensiv, das Zusammenziehen meiner inneren Muskeln so heftig, dass ich fast in die Knie gehe. «Eines musst du begreifen. Ich werde tun, was ich für richtig halte,

Danika. Und ich komme gerade dahinter, was richtig ist – mit dir –, weil ich glaube, dass es dir gefällt. Dass du es brauchst.» Er hebt einen Finger und fährt damit über meine rechte Hüfte, dann meine Rippen hinauf und zu meiner Brust. Bedächtig streicht er über meinen Nippel. «Ich glaube, dass du überzeugt werden willst, oder, Baby? Ja oder nein?»

Dieses neue Bedürfnis, das er zum Leben erweckt hat, ist kein Geheimnis. Er hat es gewusst. «Ja.»

Ohne Vorwarnung wirft er mich über seine Schulter. «Welches Zimmer gehört dir?»

Es geht alles so schnell, dass ich keinen klaren Gedanken fassen kann. Alles scheint kopfzustehen. Buchstäblich. «Ich … Ich … Was?»

«Egal. Es ist bestimmt der Raum neben dem Bad.» Er geht in die richtige Richtung. Seine Schritte wirken entschlossen. «Du hast dich auf jeden Fall gegen die Jungs durchgesetzt, um das Zimmer mit der günstigsten Lage zu bekommen.»

In dem Raum ist es dunkel, als er hineingeht, und mein Herz beginnt, wie wahnsinnig zu pochen. Ich bin mit Lieutenant Greer Burns in meinem Zimmer, und er hat von mir verlangt, meine Verabredung abzusagen. *Ich werde tun, was ich für richtig halte.* Was schließt das ein? Bedeutet das, dass ich ihm wichtig bin? Die Welt dreht sich wieder, als er mich von seiner Schulter hebt und auf die Bettkante setzt. Ich starre den imposanten Mann an, der in der Dunkelheit vor mir steht. Mein Atem geht schnell und angestrengt.

Gott. Gott. Er ist riesig. Seine Schultern sind so breit, dass ich nicht einmal mehr das Licht der Straßenlaterne vor meinem Fenster sehen kann. Irgendwie wirkt er noch größer, als er jetzt vorsichtig beginnt, seine nasse Jacke auszuziehen, und sie dann sorgfältig auf meinen *Ikea*-Schreibtisch legt. Danach folgt seine Mütze. Und der Waffengürtel. Er geht geordnet vor, selbstsicher. Sexy. Sollte ich nicht fragen, warum er ausgerechnet jetzt hier aufgetaucht ist, statt mir anzusehen, wie der Stoff seines Hemds sich über seinen Muskeln spannt?

Ich bin gerade wieder so weit bei Verstand, um einen vernünftigen Satz formulieren zu können, als er einen Finger unter mein Kinn legt und meinen Kopf von Seite zu Seite dreht. Es kommt mir vor, als würde er mich mustern.

Und dann ist er weg. Er verlässt das Zimmer. Was zum Teufel …?

Aus den Augenwinkeln sehe ich, wie das Licht im Bad eingeschaltet wird. Der Wasserhahn wird aufgedreht. Ohne seine Nähe versucht mein gesunder Menschenverstand, wieder die Kontrolle zu übernehmen. Ein Mann ist vor meiner Wohnung aufgetaucht und hat von mir verlangt, meine Pläne für den Abend zu ändern. Ich bin eine unabhängige, knallharte zukünftige Polizistin, und das hier sollte mir überhaupt nicht gefallen. Ganz und gar nicht. Ich sollte die Gelegenheit nutzen, mir meine Tasche greifen und Tatsachen schaffen. Aber ich tue es nicht. Ich sitze da wie eine Idiotin, und gespannte Erwartung durchströmt mich. Als er zurück ins Zimmer kommt und die Tür mit einem Fußtritt hinter sich schließt, bemerke ich, dass er einen Waschlappen dabeihat. Ich springe auf. Es muss eine Grenze geben, die er nicht übertreten darf, oder? Warum wünsche ich mir so sehr, dass er es doch tut? «Was hast du vor?»

«Meistens würde ich das Zeug in deinem Gesicht schön finden.» Er drängt mich zurück, bis mir nichts anderes mehr übrig bleibt, als mich erneut auf die Bettkante fallen zu lassen. «Heute allerdings nicht.»

Sanft fährt er mit dem warmen Waschlappen über meinen Mund – von links nach rechts. Und wieder zurück. Dann wischt er über meine Wangen und über ein Auge. Mein gesunder Menschenverstand brüllt mir zu, mich zu wehren und ihn einen überheblichen Arsch zu schimpfen. Ich will es gerade tun, als er einen Kuss auf mein Haar haucht. Mit dem Daumen streichelt er sacht über meine Wange, meine Unterlippe. Ehrfürchtig genug, dass ich vergesse, was er tut. Zumindest, bis er den feuchten Waschlappen, der die Spuren meiner zwanzigminütigen Arbeit vor dem Badezimmerspiegel trägt, durch das Zimmer wirft. «Sag es ab.»

Die abrupte Veränderung seines Verhaltens macht mich fast sprachlos. «Du glaubst allen Ernstes, dass ich nicht stur genug bin, um nach draußen zu gehen, obwohl ich aussehe wie ein begossener Pudel?»

«Oh, ich weiß es besser.» Draußen wird der Regen schlimmer. Die Tropfen prasseln mit Wucht gegen das alte Fenster. «Es ist jetzt allerdings an der Zeit für dich, herauszufinden, wie weit meine Sturheit geht, Danika. Wolltest du das? War das der Grund dafür, dass du dieses kleine … Date geplant hast?»

Meine Nippel richten sich auf, als er die letzten Worte beinahe ausspuckt. Als er mit dieser Entschlossenheit über mir aufragt. Mit dieser Frustration. Ich würde niemals zugeben, zerbrechlich zu sein. Doch wenn dieser Mann seinen Willen durchsetzen will? Dann ja. Dann bin ich zerbrechlich, weich, weiblich. Er ist nicht nur stärker als ich, sondern als die meisten Menschen – in körperlicher Hinsicht. Aber auch, weil es in mir einen gar nicht so versteckten Teil gibt, der sich wünscht, dass er mir seinen Willen aufzwingt. Ich will erleben, wie stark und wie böse er ist. Hat er recht? Habe ich diesem Date bloß zugestimmt, um ihn zu reizen? «Ich werde die Verabredung nicht absagen, Lieutenant. Also, ein schönes Leben noch.»

«Und ob du das wirst.» Er schiebt einen Finger unter den Träger meines roten BHs, und ich wage kaum zu atmen, als er den Finger sacht vor- und zurückbewegt. «Gott, du hast besser nicht das passende Höschen zu dem hier an.»

Meine Bauchmuskeln ziehen sich zusammen, als ich das Wort «Höschen» höre, das über diese verführerischen Lippen kommt. «Würdest du das nicht gern wissen?»

Er hält in der Bewegung inne. «Letzte Chance, das Date abzusagen.»

Ich kann die Gelegenheit nicht verstreichen lassen, herauszufinden, warum er hierhergekommen ist. Ist es nur etwas Körperliches? Oder steckt noch mehr dahinter? «Du hast mir noch nicht verraten, warum. Warum sollte ich meine Verabredung absagen, Greer?»

In meinem dunklen Zimmer ist die Spannung beinahe greifbar, weil ich seinen Vornamen benutzt habe. Der Blick aus seinen blauen Augen gleitet über meine Schulter bis hin zu meinem Mund. Und ich will die Frage zurücknehmen, weil die Antwort mir mehr als bloß ein bisschen Angst macht. Das hier ist kein Mann, der sich führen, der sich lenken lässt. Oder mit dem man spielen kann. Vielleicht kann man ihn nicht einmal je ganz verstehen. Es gibt so viele Rätsel, die sich hinter der sorgfältig aufgebauten, kühlen Fassade verbergen – wer weiß, was dahinter noch lauern mag?

«Ich kann es nicht erklären», stößt er mit heiserem Ton hervor und geht auf die Knie. Ich hänge so sehr an seinen Lippen, dass ich nicht einmal protestiere, als er mir nun die Gummistiefel abstreift. Er lässt sie auf den Boden fallen. Eins. Zwei. «Ich weiß bloß, dass ich, wenn du irgendeinen Typen datest, die Kälte nicht mehr loswerden kann, die sich dann in mir ausbreitet. Du sollst dich einfach nicht mit einem anderen treffen.»

Wenn er nicht so deprimiert geklungen hätte, dann hätte ich die letzte Spur meiner Entrüstung am Leben erhalten können. Allerdings scheint er sich wirklich verloren zu fühlen. Und jetzt bin ich das ebenfalls. Ich werde mich so lange verloren fühlen, bis ich ihn gefunden habe. O Gott, das ist echt beängstigend.

Seit dem Orientierungstag auf der Akademie hat mich eine Kraft unaufhaltsam zu diesem Mann gezogen, und nun hat es mich erwischt. Ich bin gefangen. Was passiert als Nächstes?

«Was soll ich stattdessen tun?», flüstere ich. «Statt der Verabredungen?»

Seine warmen Hände schließen sich um meine Füße, streichen meine Unterschenkel hinauf und zu meinen Knien. Zu meinen Oberschenkeln. Immer höher, bis unsere Blicke sich treffen und wir in den Augen des anderen versinken. Hunger steht in diesen Augen. Und dieser Hunger, diese Begierde ist so stark, so intensiv, dass ich spüre, wie ich feucht werde. Es ist eine ganz einfache biologische Reaktion – eine Frau bereitet sich darauf vor, Lust zu schenken und beschenkt zu werden.

«Ich würde verdammt gern sagen, dass du stattdessen bei mir sein solltest, aber ich weiß nicht, ob das stimmt.» Er knurrt einen Fluch. Mit seinen starken Händen massiert er meine Schenkel. «Danika.»

Das war's. Er sagt einfach nur meinen Namen. Drei Silben, in denen Warnung und Verlangen stehen. Dann kommt er zu mir aufs Bett und drängt mich auf den Rücken. Ein Schluchzen lässt meinen Körper erzittern. Meine Sinne sind von seiner Stärke und Dominanz bereits überwältigt. Dabei hat er mich kaum berührt. Sein Körper ist noch ein paar Zentimeter von meinem entfernt. Er stützt sich mit seinen muskulösen Armen über mir ab.

Schließlich neigt er den Kopf. Seine Lippen sind bloß noch ein winziges Stück von meinem Mund entfernt, aber er hält inne. Ich will schreien. «Sag die Verabredung ab», sagt er leise. «Jetzt.»

Sonst passiert was? Diese Frage liegt mir auf der Zunge, doch ich habe nicht den Mut, ihn herauszufordern. Nicht, wenn er mich ansieht, als wäre ich ein … Geschenk. Offenbar hat er

Angst davor, mit diesem Geschenk zu spielen, kann allerdings nicht anders. «Wenn ich das Date absage, wirst du mich dann endlich küssen?»

Er nickt. Seine Augenlider sind vor Erregung halb geschlossen. «Wenn ich damit fertig bin, wirst du wissen, wie echte Sturheit schmeckt. Und es wird dich noch feuchter machen als jetzt.»

Ich muss meinen Beinen nicht einmal befehlen, sich zu spreizen – sie tun es einfach. Als wären diese schmutzigen Versprechungen die magischen Worte gewesen, auf die meine Hormone gewartet haben. Leider stützt Greer sich noch immer mit den Händen über mir ab. Wahrscheinlich weigert er sich, sich auf mich zu legen, bis ich endlich das Date mit ... Mit wem war ich doch gleich verabredet? Ach ja, mit Levi. «M... Mein Handy ist in meiner ...»

Greer unterbricht mich mit einem Knurren und weist mit einem Kopfnicken auf die Handtasche neben mir, die mir gar nicht aufgefallen ist. Ich weiß nicht mal, wie sie auf das Bett gekommen ist. Es dauert nur ein paar Sekunden, um das Handy hervorzuholen, Levis Nummer zu suchen und auf das Symbol mit dem grünen Telefonhörer zu drücken.

«Dieses Telefonat zu führen, während du zuhörst, ist nicht richtig», murmele ich. «Überhaupt nicht.»

Der Lieutenant lässt seine Hüften absinken, sodass ich zwischen meinen gespreizten Schenkeln seine Erektion spüren kann. An meiner Klitoris. Und sie bleibt dort liegen. «Das sollte Motivation genug sein.»

KAPITEL 11

GREER

Bin ich ein krankes Schwein, weil ich es als äußerst befriedigend empfinde, dass Danika dieses Date absagt, während ich ihre Hüften auf die Matratze presse? Wahrscheinlich. Aber ich bin zu erregt, habe mich zu sehr hineingesteigert und bin zu eifersüchtig, als dass es mir etwas ausmachen würde. Ich hatte den ganzen Nachmittag über Zeit, um mich selbst davon zu überzeugen, dass ich nicht über diese Frau verfügen kann, doch keine Ablenkungstechnik funktionierte. Genauso wenig, wie ich ohne Wasser überleben kann, konnte ich zurück in mein ruhiges, steriles Apartment gehen und zulassen, dass sie mit jemand anderem ausgeht. An meinem Schreibtisch zu sitzen kam mir vor, als wäre ich auf einem elektrischen Stuhl festgebunden, an dem der Schalter in dem Moment umgelegt würde, wenn das Date begann. Ich konnte nicht arbeiten, konnte nicht denken. Jetzt steht mein Dienstwagen an einem Hydranten ein Stück die Straße hinunter. Vermutlich ist das Auto sehr unsauber eingeparkt, aber ich konnte einfach an nichts anderes denken, als die Karre abzustellen und in ihr Haus zu stürmen.

«Ich will nicht einmal, dass du mit ihm telefonierst», flüstere ich an ihren leicht geöffneten Lippen. «Also mach es kurz.»

Sie wirkt überfordert, wahrscheinlich weil ich derart dominant bin. Scheiße, vielleicht sogar zu dominant? Ich habe die Entscheidung getroffen, meiner Intuition zu vertrauen, die mir sagt, dass wir beide diese … Rollen brauchen. Dass ich oben bin, die Führung übernehme. Und, Gott, es fühlt sich echt richtig an, dass sie mir die Zügel übergibt. Trotzdem … Letzte Woche noch gab es zwischen uns nur den Blickkontakt oder ein paar knappe Worte über Dinge, die die Akademie betreffen. Nun bin ich in ihrem Schlafzimmer und verlange von ihr, ihre Abendplanung über den Haufen zu werfen. Wenn ihre Reaktionen es nicht so offensichtlich machen würden, dass das hier definitiv genau das ist, was sie braucht, würde ich zuerst mit ihr reden. Aber ihre Atmung geht flach, beinahe keuchend. An der Hand, mit der sie den Telefonhörer umklammert, treten die Fingerknöchel weiß hervor. Sie kann die Hüften nicht völlig still halten, und sobald sie mit dem Kerl gesprochen und das Date abgesagt hat, werde ich nachgeben und anfangen, mich zu bewegen. Durch die Vorfreude und Erregung sind meine Muskeln angespannt. Meine Hände umklammern die gelbe Bettdecke so fest, dass sie droht entzweizureißen.

Nach einer gefühlten Ewigkeit meldet sich der Scheißkerl endlich. «Du willst absagen.»

Danika zuckt zusammen. «Es tut mir leid. Ich fühle mich einfach nicht … nicht gut.»

«Wow. Klingt auch so. Verschieben wir es auf ein andermal?»

Ich schüttele den Kopf.

«Klar», entgegnet Danika. «Ich muss jetzt Schluss machen. Wir sehen uns dann Montag.»

Sie beendet das Gespräch und lässt das Telefon fallen, als würde es in Flammen stehen. Aus den Tiefen ihrer braunen Augen strahlt mir Frust entgegen. «Du solltest besser ein echt guter Küsser sein …»

Verdammt, ja. Endlich. Ihre Lippen öffnen sich unter meinem Mund, und meine Zunge dringt in sie ein. Ich habe keine Ahnung, ob ich ein guter Küsser bin oder nicht. Ich muss sie einfach küssen. Sie wimmert leise, ehe sie eine Reihe von kleinen Lauten ausstößt. Ich kann mich nicht mit meinem ganzen Gewicht auf sie legen, oder? Doch ich tue es, denn sie ergreift mit beiden Händen mein Gesicht, und meine Arme geben nach. Es ist so gut. Sie hält mein Gesicht und lässt sich von mir küssen, was wundervoll ist. Ich drücke sie in die Matratze, und es fühlt sich ebenfalls gut und richtig an. Mein Mund ist hart auf ihren Lippen, aber sie nimmt mich, wird mit mir fertig, lässt zu, dass meine Zunge ihre berührt und streichelt, mit ihr spielt, sie leckt.

Ihre Lippen. Gott, ihre Lippen. Ihre Körperwärme reicht schon, um mich zufriedenzustellen, doch die sanfte Unterwerfung ihres Mundes ist der Himmel. Unterwerfung. Ja. Ich bin berauscht davon, wie nachgiebig sie ist. Ihr verdammt unglaublicher Körper lässt zu, dass mein Körper sie … fickt. Ich bin total high von ihrem Mund, weshalb mir zuerst gar nicht bewusst ist, dass ich sozusagen «Trockensex» mit ihr habe. Ich presse mich zwischen ihre Beine, hebe die Hüften an, ehe ich wieder auf sie sinke. Mehr.

«Gott», knurre ich, löse meinen Mund von ihr und presse ihn auf ihren Hals. «Fühlt es sich gut an? Gefällt es dir?»

«Ich bin … Oh mein Gott, ich werde gleich kommen.» Sie schiebt die Hand in meine Uniformhose, knapp über meinen nackten Hintern, und vergräbt die Finger in mein Fleisch. Wenn es überhaupt möglich ist, wird mein Schwanz noch härter und drängt sich gegen den Stoff der Hose. «Bitte.»

Nein. Noch nicht. Meine Weigerung verwirrt mich, denn ich will, dass Danika Befriedigung findet. Ich brauche die Gewissheit, dass sie zufrieden und glücklich ist. Doch von Anfang an hat sie diesen Teil von mir erweckt, der die Kontrolle übernehmen will. Über sie. Nur … sie. Und ich habe das Verlangen, zu diktieren, wann und wie sie kommt. Und sie soll das erste Mal ganz sicher nicht von einem «Trockensex-Akt» kommen, der mir bis vor einer Minute noch nicht einmal bewusst war.

«Dein Mund lenkt mich ab», murmele ich an ihrem Hals. Ich kann einfach nicht aufhören, meine Hüften kreisen zu lassen. «Das passiert sehr oft. Ich sehe ihn, und ich will, dass er mit mir spricht, will ihn küssen. Will ihn benutzen. Ich denke an den letzten Part, wenn ich meinen Schwanz in der Hand habe.»

Auch wenn mein Gewicht sie auf die Matratze drückt, gelingt es ihr, den Rücken durchzubiegen. Ihre Schenkel zucken an meiner Taille, ein Stöhnen kommt ihr über die Lippen. Gott, sie ist so verflucht wundervoll. Ich könnte sie den ganzen Tag nur ansehen. «Greer … Greer.»

Wie immer jagt mir ein befriedigter Schauer durch den gesamten Körper, als sie meinen Vornamen benutzt. Der Schauer beginnt in meinem Bauch und vibriert in meinem Innersten, bis er meinen Kopf erreicht. «Wir sind hier noch nicht fertig, Danika.» Ich halte die Hüften still, und sie stöhnt auf, versucht, mich dazu zu bringen, mich wieder zu bewegen. Aber ich bin mit meinem Mund bereits bei ihren Brüsten und widme mich einem aufgerichteten Nippel, den ich sacht zwischen die Zähne nehme. «Wir werden erst mal herausfinden, ob du tatsächlich ein passendes Höschen trägst, oder?»

Ich schiebe ihr Oberteil hoch, wie ich es mir schon so oft vorgestellt habe. Ihr Bauch erbebt und scheint darum zu bitten, dass ich ihre Taille mit den Händen umschließe und festhalte. Und ich hätte es vielleicht getan, wenn der Impuls, auf der zarten, makellosen Haut ein Zeichen zu hinterlassen, nicht stärker gewesen wäre. Ich streiche mit meinem stoppeligen Kinn und den Wangen über ihren Bauchnabel und hinterlasse eine leichte Spur. Ihr erschrockenes Schluchzen schließe ich in mein Gedächtnis ein, um mich später daran zu erinnern. Mit zittrigen Fingern widme ich mich dem Reißverschluss ihrer engen Hose. Meine Ungeduld brüllt in mir, bis ich es endlich schaffe, den Reißverschluss zu öffnen. Ich zerre ihr die Hose die Beine hinab. Ich will sie einfach nur nackt. Ich will meine Zunge in sie tauchen.

Sie trägt ein rotes Höschen.

«Morgen ist Waschtag. Das ist alles.» Mit den Fingerspitzen streicht sie über mein Kinn, aber ich kann gar nicht verarbeiten, wie schön es sich anfühlt, weil ich kaum noch einen klaren Gedanken fassen kann. «Niemand hätte es gesehen, wenn du nicht hier aufgetaucht wärst, Greer. Ich …» Ihre Stimme klingt heiser, aber auch das nehme ich nur noch am Rande wahr. «Ich glaube, ich habe dem Date nur zugestimmt, um dich dazu zu bewegen, etwas wie das hier zu tun. Und …»

Ich drehe sie auf den Bauch, sodass sie nicht mehr dazu kommt, das auszusprechen, was sie noch sagen wollte. Dieses besitzergreifende Verhalten, das ich bloß mit Danika erlebe und so nur für sie empfinde, ist rau. Grob. Unkultiviert. Was ich will, die Visionen, die meine Hände vor Lust zittern lassen, habe ich nie zuvor erforscht. Verdammt, vielleicht habe ich meine Träume, meine Begierden zu lange unterdrückt, während ich Danika aus der Ferne beobachtete. Was auch immer der Grund ist, ich bewege mich, weil ich es muss, packe ihre Hüften und ziehe sie hoch. Danika kniet jetzt und stützt sich mit den Händen ab. Ihr wunderschöner Po ist von der verhassten roten Seide verdeckt, aber ich stöhne trotzdem auf, als ich sie erblicke. «Sieh dich nur an. Fuck.»

Mein Schwanz ist derart hart, dass mir beinahe schwindelig

wird, doch ich habe mich so lange wahnsinnig elend gefühlt, weil ich mich nach Danika verzehrt habe, dass es mir nicht einmal in den Sinn kommt, meinen Schwanz hervorzuholen. Es gibt nur einen Gedanken, der mir im Kopf herumgeht.

«Du hast das Höschen für jemand anderen angezogen.»

«Ich habe dir schon gesagt, dass es bloß …» Sie verstummt, als ich den Slip von ihrem Po und bis hinab zu ihren Knien streife. «Was hast du vor?»

Die Eifersucht muss doch noch ein bisschen Anstand und Vernunft bei mir hinterlassen haben, denn ich kann mich nicht dazu durchringen, sie zu bestrafen, wenn ich nicht hundertprozentig davon überzeugt bin, dass sie es auch will. «Ich will dir den Hintern versohlen.» Ich packe ihre Pobacken, drücke sie und beiße die Zähne zusammen, als durch die Bewegung ihr feuchtes Fleisch sichtbar wird. So feucht und wunderschön. Sie braucht die Erleichterung und Erlösung, die ich ihr geben will.

«Tu es», flüstert sie mit rauer Stimme und hebt ihren Hintern noch ein Stückchen an. «Ich will es.»

«Warum?»

«Weil wir uns dann beide gut fühlen werden.» Sie wirft mir über ihre Schulter hinweg einen Blick zu. Ihre Augen wirken aufgeregt, aber auch etwas ängstlich. «Zumindest … hoffe ich, dass es so ist.»

Meine Hand will nicht länger warten. Ich hole aus und versetze ihr den ersten Schlag. *Klatsch.* Das Geräusch wirkt wie ein Weckruf. Ich bin mit einem Mal ganz klar und plötzlich so präsent, so eingestimmt auf Danikas Reaktionen, auf ihre Atemzüge, dass ich mich frage, wo zum Teufel ich vorher war. Scheiße, ich war wie weggetreten, als wir uns küssten. Lag es daran, dass ich eine Richtung brauchte? Einen Plan? «Und?», bringe ich hervor.

«Oh mein Gott.» Ihre schlanken Seiten senken und heben sich unter einem tiefen Atemzug. «Noch mal.»

Ja. Dieses Mal lege ich mehr Kraft in den Schlag, der ihren Hintern trifft. Ihr fester Po erzittert kurz. Noch drei Schläge, überlege ich mir. Mein Blut steht in Flammen, aber ich konzentriere mich voll und ganz auf sie. Danika. Ihr Stöhnen erfüllt den Raum. Sie verdrängt alles andere aus meinem Kopf. Seit ich ihr begegnet bin, fühle ich mich außer Kontrolle, doch jetzt überlässt sie mir die Führung wieder – und das auf diese unglaubliche Art und Weise, von der ich nicht einmal wusste, dass sie existiert. Vielleicht, weil sie für genau diese Frau bestimmt war.

Beim fünften Schlag ist ihr Hintern schon ziemlich gerötet. Als ich die rosa Farbe sehe, will ich mich unbedingt dafür revanchieren, dass sie mir das hier erlaubt hat. Ich habe sie gebraucht, jetzt braucht sie mich. Mit diesem Bewusstsein spreize ich ihre süßen Pobacken, beuge mich vor und lecke von hinten über ihre feuchten Falten.

«Oh.» Ihr Oberkörper sinkt auf die Matratze, sodass ihr Hintern noch ein bisschen höher kommt. «Oh, bitte, hör diesmal nicht auf.»

«Mach die Knie noch ein Stückchen weiter auseinander», knurre ich und dringe mit meinem Mittelfinger in sie. Ich lasse ihn vor- und zurückgleiten, während sie meinem Wunsch nachkommt und die Beine weiter spreizt. Und dann noch einmal, weil ich kaum fassen kann, wie eng sie ist. «Das hier gehört schon seit Monaten mir, oder?»

Ihr erstickter Aufschrei, die Art, wie sie das Becken kippen lässt … Das ist die einzige Antwort, die ich brauche.

«Es ist gut, dass ich das nicht wusste, Baby, sonst hätte ich mich nicht zurückhalten können. Immer wenn du früher gekommen wärst, hätte ich dich in mein Büro entführt, um dich meinen Schwanz reiten zu lassen.»

«Greer», stöhnt sie, und ihre Schenkel beginnen zu zittern, «ich brauche …»

«Ich weiß genau, was du brauchst. Ich bin derjenige, der es dir gibt.» Ich ziehe meinen Finger aus ihrer Wärme zurück und dringe stattdessen mit meiner Zunge in sie. Als ich ihre Klitoris berühre, verharre ich dort und umkreise sie, bis Danika meinen Namen stammelt. Sie bewegt ihre Hüften vor und zurück, und mit jedem Stoß ihres Beckens drängt sie sich an meine Zunge. Als sie ihren Höhepunkt erreicht, packe ich meinen Schwanz und drücke fest zu. Es geht dabei nicht um Lust. Es ist eine Geste des Stolzes. Des Stolzes darüber, Danika zum Orgasmus gebracht zu haben.

Gott, ihr Zittern, die kleinen Schweißperlen auf ihrer Stirn, als sie nun auf die Matratze sinkt und sich umdreht … Das ist das Unglaublichste, was ich je gesehen habe. Sie ist das Unglaublichste, was ich je gesehen habe.

«Oh …» Sie schüttelt den Kopf, und ich könnte schwören, dass sie sogar ein ganz kleines bisschen schielt. «Wow. Ich meine … Wow.» Ihr Blick geht hinunter zu meiner Hose. Ein leises Keuchen kommt ihr über die Lippen. «Komm her.»

Wieder erhebt sich in mir das Bedürfnis, die Kontrolle zu haben, die Führung zu übernehmen. Und das Bedürfnis erhebt sich schnell und kompromisslos. Sie scheint es zu spüren, denn erneut treten Aufregung und Erregung in ihre verhangenen Augen. Wird sie mir die Entscheidung überlassen, was geschehen wird, nachdem ich meine Hose aufgemacht habe?

Die Art, wie sie die Hände fallen lässt, und der wissende Ausdruck auf ihrem Gesicht sagen mir, dass es so sein wird. «Sag mir, was du dir wünschst», murmelt sie. «Bitte.»

In meinem Kopf nehme ich ein lautes Dröhnen wahr und bin mir mit einem Mal sicher, dass ich meinen Platz gefunden habe …

Doch das Gefühl erstirbt jäh, als eine Tür zuschlägt und Stimmen in der Wohnung erklingen.

Es ist nicht die Erkenntnis, dass jemand das Apartment betreten hat, die mich aus meiner Trance reißt. Es ist die Art, wie schnell Danika sich plötzlich bewegt und etwas unbeholfen ihr Höschen hochzieht. Sie versteckt ihr nacktes Fleisch so hektisch, dass ich den Drang niederringen muss, die Seide wieder von ihrem Körper zu reißen. Sie will nicht mit mir zusammen erwischt werden. Natürlich will sie das nicht. Ich bin der Arsch von Ausbilder, den alle hinter seinem Rücken nur Lieutenant Hard-Ass nennen. Ich weiß, dass mein Bruder und seine Freunde nichts weitererzählen würden, aber ich mag es nicht, mich auf Geheimniskrämerei zu verlassen.

Fehler und Konsequenzen. Diese Dinge sollten für mich schwarz und weiß sein, auch wenn ich auf der falschen Seite stehe. Ich sollte mir Sorgen darüber machen, in einer kompromittierenden Situation mit einer meiner Rekrutinnen erwischt zu werden. Doch ich werde mich auf keinen Fall im Schrank verstecken wie ein Weichei.

«Bist du zu Hause, Danika?», ruft Jack Garrett durch die geschlossene Tür. «Hier draußen wartet eine vor Öl triefende Pizza auf dich.»

«Sie werden wahrscheinlich reinkommen und nachsehen, ob ich da bin», flüstert Danika und knöpft ihre Hose zu. «Wenn du nicht entdeckt werden willst, würde ich …»

«Was würdest du?»

Sie stößt in die Stille hinein ihren Atem aus. «Warum blaffst du mich an? Ich wünschte, sie wären nicht ausgerechnet jetzt hier aufgetaucht, aber es ist nun mal so. Willst du ihnen wirklich erklären, was du in meinem Schlafzimmer machst?»

Ihre Logik ist frustrierend, wenn mein Schwanz wie wahnsinnig pocht, sie in der Dunkelheit aussieht wie die fleischgewordene Verführung und es keine eindeutige Definition für die Sache zwischen uns gibt. Was läuft denn jetzt eigentlich mit uns? Ich habe nicht genügend Erfahrung darin, über solche Dinge mit Frauen zu sprechen. Außerdem haben wir keine Zeit, es überhaupt zu probieren. «Wie würdest du es erklären?», frage ich trotzdem und verfluche mich innerlich dafür.

«Ich weiß es nicht.» Sie beobachtet mich und zieht die Knie an die Brust. Ist sie unsicher? «Wenn du Lust hast, mit uns vor Öl triefende Pizza zu essen, dann komm mit raus. Ich sage ihnen einfach, dass sie sich um ihren eigenen Kram kümmern sollen. Also … Nur, falls du das möchtest.»

Jetzt hat sie den Blick an die Decke gerichtet und lässt mir die Zeit, meine Gedanken zu ordnen. Doch das tue ich nicht. Unvermittelt werde ich mit einer unglaublichen Geschwindigkeit aus dem warmen, dunklen Schlafzimmer zurück in die Realität gerissen. Ich soll in die Küche gehen und Pizza essen? Wie eine Art Triple-Date? Nein. Nein, das ist keine Option. Was würde denn als Nächstes passieren? Ich verbringe die Nacht hier und schmiege mich an den Rücken einer meiner Rekrutinnen? Ich wache morgen früh auf und verabrede mich mit ihr für den folgenden Abend? Und den darauffolgenden?

Ich verbanne die Sehnsucht, die sich quälend in mir ausgebreitet hat, und erhebe mich vom Bett. Während ich meine Mütze aufsetze, den Waffengürtel umlege und meine Jacke anziehe, sitzt sie ganz still auf dem Bett. Zu still. Was zur Hölle habe ich mir nur dabei gedacht, hierherzukommen? Sie könnte jetzt ein Date mit einem jungen Mann haben, der nicht mit dreißig schon ausgebrannt ist. Mit jemandem, der nicht ständig die entsetzlichen Erlebnisse des Jobs vor sich sieht, wenn er die Augen schließt. Und vor allem könnte sie eine echte Chance mit einem Typ haben, den die Aussicht auf einen möglichen

Verlust nicht derart quält, dass er keinen Teil von sich selbst mit einem anderen Menschen teilen kann.

Obwohl ich das alles weiß, würde ich trotzdem wieder hierherkommen und dasselbe tun, wenn ich dadurch den heutigen Abend noch einmal erleben könnte. Was bin ich bloß für ein Mistkerl?

Die Hand auf dem Türgriff, bleibe ich noch einmal stehen. «Du wirst dich morgen bei mir melden.»

Sie nickt knapp. «Ja.»

Sie braucht in diesem Moment eigentlich einen Kuss und eine Umarmung – selbst ich kann das erkennen –, aber ich kann ihr diese Dinge nicht geben, ohne in ein tiefes Loch zu fallen. Ohne mich in einer komplizierten Situation wiederzufinden, der ich nicht gewachsen wäre. Ich würde immer mehr und mehr riskieren, bis ich viel zu tief drinstecken würde. Also beschließe ich, das Bedauern, das ich empfinde, einfach auszuhalten, und verlasse das Zimmer. Die Tür ziehe ich leise hinter mir ins Schloss.

Alle Anwesenden erstarren, die Pizzastücke in der Hand. Wenn ich in diesem Moment in der Lage wäre zu lachen, würde ich es tun. Zumindest bis zu der Sekunde, als der Schock auf Charlies und Jacks Gesicht etwas anderem weicht. Etwas mit dem Potenzial, mich in ein fauchendes Biest zu verwandeln, wenn ich es zuließe. Sie wirken ablehnend. Sie wollen die Frau schützen, die ich im Schlafzimmer zurückgelassen habe.

Die Erkenntnis, dass ich gerade meine Chance darauf vergeigt habe, derjenige zu sein, der sie beschützt, brennt in meinem Hals. «Habt ihr etwas zu sagen?»

Ich bin mir nicht sicher, ob ich Jack je wütend erlebt habe, doch in diesem Augenblick ist er es. Er rutscht von seinem Küchenhocker. Katie hat die Hand auf seine Brust gelegt, aber er küsst sie und schiebt sie sanft weg, ohne mich aus den Augen zu lassen. «Im Flur.»

Ever stupst meinen Bruder an. «Charlie …»

«Bin schon unterwegs», murmelt Charlie und wirft seine Serviette auf den Tisch.

Wir gehen alle zugleich zur Tür, doch als mir auffällt, dass die Mädchen in die entgegengesetzte Richtung zu Danikas Zimmer gehen, bleibe ich auf der Schwelle stehen. Muss jemand … nach ihr sehen? Sie wirkt immer so tough und so furchtlos. Vielleicht ist sie ja nicht immer so?

Meine Kehle ist wie zugeschnürt, meine Hände fühlen sich nutzlos an, als ich meinem Bruder und seinem Mitbewohner hinaus in den Flur folge. Charlie, der immer die Stimme der Vernunft ist, schließt die Tür und tritt zwischen Jack und mich. «Also gut, hör zu. Wir alle haben das kommen sehen.»

Seine Worte überraschen mich. «Was?»

Jack wirft die Hände in die Luft. «Mann, Sie hätten nicht offensichtlicher sein können, wenn Sie eine Rose zwischen den Zähnen gehabt hätten …»

Das ist … beunruhigend. Aber selbst wenn Jack die Wahrheit sagt, hätten sie nichts kommen sehen können, wenn Danikas Interesse nicht ebenso augenscheinlich war, oder? «Hat sie … irgendetwas über mich gesagt?» Die beiden starren mich mit offenem Mund an, als mir bewusst wird, was ich gesagt habe. «Vergesst, dass ich gefragt habe.»

«Ich werde es wirklich versuchen», entgegnet Charlie und sieht mich an, als hätte ich Chinesisch gesprochen. «Jack, ich denke, es ist wichtig, nicht zu vergessen, dass Danika eine erwachsene Frau ist. Sie braucht unsere Hilfe nicht.»

«Sie bekommt sie aber trotzdem», erwidert Jack und weist mit dem Finger auf mich. «Wenn Sie meiner besten Freundin weh tun, dann …»

«Dann werden Sie was tun?» Ich presse die Kiefer so fest aufeinander, dass ich fürchte, meine Zähne könnten zersplittern. «Passen Sie auf, was Sie sagen.»

«Tief durchatmen, Leute», meldet Charlie sich zu Wort.

Erstaunlicherweise nimmt Jack den Rat meines Bruders an und atmet einen Moment lang durch. «Hören Sie, Sie haben mir dabei geholfen, dass Katie in New York bleiben kann, und Sie nehmen mich auf der Akademie inzwischen ernst. Und dafür bin ich dankbar. Aber ich wäre inzwischen ein alkoholkranker Hafenarbeiter, wenn Danika nicht meine Freundin geworden wäre. Ich schulde es ihr, dafür zu sorgen, dass niemand sie verletzt.» Er macht eine Pause, um Luft zu holen. «Bitte, sagen Sie mir, dass es mehr für Sie ist. Sagen Sie mir, dass Sie sich ihr gegenüber anständig verhalten werden, und ich halte meinen Mund.»

Scheiße, das will ich ja. Ich will zurück in die Wohnung stürmen und Danika in meine Arme schließen. Als ich daran denke, wie sie mir angeboten hat, mit mir zusammen das Zimmer zu verlassen, hält mein Brustkorb dem Pochen meines Herzens kaum mehr stand. Es war nicht leicht für sie, diese Worte zu sagen, dieses Angebot zu machen. Es war nicht leicht für sie, sich so weit vorzuwagen. Und ich habe ihr Angebot abgelehnt. Ich habe sie zurückgewiesen.

Gleichzeitig sehe ich Charlie und Jack an, deren Welt so viele Möglichkeiten für sie bereithält, und mein Verstand sagt mir, dass ich das Richtige getan habe. Sie glauben, es wäre alles so leicht. Man muss die Frau seiner Träume nur finden und ihr alles geben. Mein «alles» ist jedoch nichts. Als ich ganz neu in dem Job war, war ich wie sie. Aber ich musste eine Lektion nach der anderen lernen. Schmerzvoll. Ich habe einen Elternteil verloren – zweimal. Ich habe einen Partner verloren, als die Wunde, die meine Mutter mir geschlagen hatte, gerade zu verheilen begann. Die tägliche Einsamkeit folgte. Ich werde Danika nicht diese traurige leere Hülle anbieten, die einmal ein Mensch war.

«Greer», drängt Charlie mich mit leiser Stimme. Seine Miene spiegelt bereits seine Enttäuschung. «Antworte ihm bitte.»

Die Worte wollen mir nicht über die Lippen kommen.

Jack geht zurück in die Wohnung. Sein Fluchen hängt noch in der Luft, als er die Tür hinter sich zuwirft. Ich will auch gehen. Doch Charlie hält mich mit einem Ruf auf, als ich schon fast die Treppe erreicht habe.

«Warte.» Er schiebt die Hände in die Hosentaschen. «Ich weiß, dass du nicht viel auf den Ratschlag deines kleinen Bruders gibst, aber könntest du mir trotzdem kurz zuhören?»

Das stimmt nicht. Ich bin gern mit meinem Bruder zusammen. Ich bin so verdammt stolz auf ihn. Darauf, wie hart er trainiert, wie ernst er die Ausbildung nimmt. Darauf, dass es seine Natur ist, den Menschen zu helfen, an denen ihm etwas liegt. Einfach, weil er es will, und nicht, weil er dazu verpflichtet wäre. Wenn er mich nicht ständig daran erinnern würde, was ich ohne den ganzen abscheulichen Scheiß in meinem Kopf sein könnte, dann wäre ich wahrscheinlich ein besserer Bruder. Dann würde ich mehr Zeit damit verbringen, Dinge mit ihm zu tun, die sich nicht nur um unsere Karrierewege drehen würden. «Was ist?»

Er macht ein paar Schritte auf mich zu. «Du magst sie. Sehr sogar. Ich wusste es, als du sie in Brooklyn die Wette hast gewinnen lassen.» Ich äußere mich nicht dazu, und er erwartet es auch gar nicht. «Mach dich auf etwas gefasst – denn was ich dir jetzt sagen werde, wird dir sicher nicht gefallen. Wenn du ihr nichts bieten kannst, dann lass sie ihn Ruhe. Ich habe versucht, Ever als Freundin mit gewissen Vorzügen zu betrachten, was vollkommen nach hinten losgegangen ist. Ich hätte sie dadurch beinahe verloren. Und das wäre mein Ende gewesen, okay? Ich wäre nie mehr derselbe Mensch gewesen.»

«Du und ich, wir sind zwei völlig unterschiedliche Charaktere, Charlie.»

«Ich habe ihr weh getan.» Er stützt sich mit einer Hand an der Wand ab. «Die ganze Zeit über habe ich versucht, Ever in eine Position zu drängen, die für mich gut gewesen wäre, und dabei nicht bemerkt, dass ich ihr damit weh getan habe. Und zwar sehr. Es war mir nicht bewusst.» Ein Herzschlag verstreicht. «Ich weiß, dass du Danika das nicht antun möchtest.»

Mein Magen zieht sich beinahe schmerzhaft zusammen, als ich daran denken muss, wie still sie auf dem Bett gesessen hat. Wenn es das ist, was dabei rauskommt, wenn ich weiterhin das verfolge, was zwischen uns sein mag, dann muss ich mich von ihr zurückziehen. «Nein. Gott, nein.»

Mir ist nicht bewusst, dass Charlie schon wieder in die Wohnung gegangen ist, bis ich höre, wie die Tür ins Schloss fällt. Ich bin allein. Und allein gehe ich durch den Regen zurück zu meinem Wagen.

KAPITEL 12

GREER

Parken in zweiter Reihe ist in dieser Stadt ein großes Problem.

Ich habe mir mehr als genug Feinde im Department gemacht, indem ich Dienstwagen aufgeschrieben habe, die zu lange irgendwo gestanden, Fahrradwege blockiert oder Straßen verstopft haben. Am Montag um die Mittagszeit ist vor dem Postamt kein Parkplatz zu entdecken – und es ist schon das vierte Postamt, zu dem ich heute gefahren bin. Ich sollte es als Zeichen betrachten, nicht weiter nach Elvis-Briefmarken zu suchen, aufs Revier zurückzukehren und einfach meinen Job zu machen. Trotzdem bin ich hier.

Ich beiße die Zähne zusammen, fahre noch einmal um den Block und suche nach irgendeinem Platz, um mein Fahrzeug abzustellen, wo ich den Verkehr nicht allzu sehr behindere. Es ist erstaunlich, dass in einer so riesigen Stadt ein einziges falsch geparktes Auto den Verkehr kilometerweit ins Stocken bringen kann. Eine Arterienverstopfung auf Rädern. Es erinnert mich daran, wie ich mich am Samstagabend gefühlt habe. Blockiert. Mein Blut ist dabei der Verkehr, und die Tatsache, dass ich Danika vielleicht verletzt habe, ist die Blockade in meiner Aorta, die mich umbringt.

Es ist idiotisch von mir zu glauben, dass ein paar Briefmarken alles wiedergutmachen könnten. Tatsächlich werden sie alles wahrscheinlich noch schlimmer machen, denn sie könnte in das Geschenk etwas hineininterpretieren. Aber was? Die Wahrheit vielleicht? Dass der Kuss am Samstagabend in mir die Zuversicht geweckt hat, alles könnte besser werden? Bis zu der Sekunde, als ich gegangen bin zumindest. Seitdem ist nichts besser geworden. Ich fühlte mich krank, bis mir die Sache mit Elvis wieder eingefallen ist, und das ist nun alles, worauf ich mich konzentrieren kann. Wenn jetzt nur endlich der *United States Postal Service* kooperieren würde und die verdammten Dinger zu bekommen wären, könnte ich wieder an meinen Schreibtisch zurückkehren und Trübsal blasen – vielen Dank auch.

Ich warte vor einer roten Ampel und versuche, mir die Kopfschmerzen wegzumassieren, als mein Handy klingelt. Weil es ununterbrochen klingelt, seit ich mich auf diese dämliche Suche nach viereckigen Postwertzeichen gemacht habe, gehe ich beinahe ran, ohne auf das Display zu sehen.

«Silva, Danika (deine Rekrutin, Arschloch!)», blinkt in weißen Digitallettern auf dem Bildschirm auf.

Ich richte mich unwillkürlich auf dem Fahrersitz auf. Sie hat mich gestern angerufen, um Meldung zu machen, und ich habe den Anruf verpasst, da ich gerade das Verhör eines Verdächtigen verfolgte. Aber das war tatsächlich gut, denn sie hinterließ eine Nachricht auf meiner Mailbox, die ich inzwischen mehr als einmal abgehört habe. Um ehrlich zu sein, war es krankhaft oft … Aber wer zählt schon mit?

«Lieutenant Burns, hier spricht Danika Silva. Ich wollte mich kurz melden. Also … Damit habe ich mich gemeldet. Du schreibst das gerade auf dein Clipboard, oder? Ich wusste es.»

Bei der Erinnerung daran ziehe ich einen Mundwinkel zu einem schiefen Lächeln in die Höhe. Die Ampel schaltet auf

Grün. Doch dieser Anflug eines Lächelns verschwindet wieder, als ich mich daran erinnere, wie schnell sie gesprochen hat. Es wirkte fast so, als müsste sie all ihren Mut zusammennehmen, um mich überhaupt anzurufen. Das Handy hat aufgehört zu klingeln, als das Postamt wieder in Sichtweite kommt. Ich halte an, um die Nachricht abzuhören. Mitten auf der Straße. Gott, sie hat mich dazu verleitet, selbst in zweiter Reihe zu parken.

«Hiiii! Nein, ist schon in Ordnung. Mach dir nicht die Mühe, das Telefonat anzunehmen. Du … äh … Du hast mir nie genau erklärt, was ich während dieser Meldungen eigentlich sagen soll, aber Charlie hat deinen Geburtstag in unserem Küchenkalender notiert, also lese ich dir jetzt einfach dein Horoskop vor.»

Sie spricht schon wieder so schnell, und das beschäftigt und quält mich, weil ich weiß, dass es meine Schuld ist. Mein Herz zieht sich zusammen. Sie hat nachgeschlagen, wann ich Geburtstag habe? Wie viele Seiten musste sie durchblättern, um ihn zu entdecken?

«‹Fische: Saturn beeinflusst Sie in Geldfragen. Vorsicht ist geboten, wenn Sie mit dem Gedanken spielen, einen Spontankauf zu tätigen. Frustshoppen ist gerade nicht Ihr Freund, also denken Sie lieber gut darüber nach, bevor Sie die Kreditkarte zücken. Brauchen Sie die nudefarbenen Pumps wirklich?› Ein Denkanstoß, Lieutenant. Byeeeee.»

O Mann, wie süß war das denn? Ich kann den Verkehr über das Pochen meines Herzens hinweg kaum noch hören. Wie wütend oder enttäuscht kann sie sein, wenn sie mir am Telefon mein Horoskop vorliest? Entweder hat sie beschlossen, es wäre keine große Sache gewesen, dass ich unangekündigt bei ihr aufgetaucht bin und ihr einen Orgasmus verschafft habe, oder sie macht einfach gute Miene zum bösen Spiel und versteckt ihre wahren Gefühle.

Mir gefallen beide Möglichkeiten gleich wenig.

Und ich werde, wenn nötig, noch zu weiteren einhundert Postämtern fahren, um diese verdammten Marken zu bekommen.

Ich ignoriere die genervten Blicke der Autofahrer, die sich an meinem Wagen vorbeiquälen, als ich aussteige, schlage die Tür zu und gehe ins Postamt. Jeder scheint in seiner Mittagspause Briefe oder sonst was verschicken zu wollen, also führt die Warteschlange natürlich durch den gesamten Raum. Zweimal. Wenn ich mich hinten anstelle, besteht durchaus die Chance, dass Elvis das Gebäude bereits verlassen hat, wenn ich endlich den Schalter erreiche. Nein. So weit kommt es noch.

Mit einem Seufzen hole ich meine Polizeimarke hervor und halte sie in die Höhe. Ich gehe auf den ersten Postbeamten zu, der frei ist. Doch eine ältere Dame, die sich auf einen Rollator stützt, ist schneller als ich. Als hätte ich heute nicht schon genug Demütigung erdulden müssen. «Ich nehme einen Bogen der Sammlerausgabe von Elvis-Briefmarken, bitte», sagt sie. Warum auch nicht, liebes Universum?

Der Postbeamte drückt ein paar Tasten auf seinem Computer. «Sie haben Glück. Das ist der letzte Bogen.»

Oh. Das passiert gerade wirklich. Unglaublich.

Die beiden bemerken mich gleichzeitig. «Kann ich Ihnen behilflich sein, Sir?», fragt der Postbeamte sichtlich nervös. Wahrscheinlich, weil ich so aussehe, als würde ich der alten Dame jeden Moment die Marken aus der Hand reißen und wegrennen.

«Ich brauche die Marken, Ma'am.» Mein Abzeichen ist an meinem Portemonnaie befestigt, also drehe ich es um und öffne das Geldfach. «Wie viel wird mich der Bogen kosten?»

«Nichts. Die Marken sind nicht zu verkaufen.»

«Wir hätten noch die Sonderedition mit Marilyn Monroe», sagt der Postbeamte. «Oder die mit Mr. Spock.»

Ich bringe ihn mit einem drohenden Blick zum Schweigen. Als ich mich wieder der Dame widme, hat sie die Elvis-Marken bereits weggesteckt und ein Pokerface aufgesetzt. Offensichtlich habe ich meine Meisterin gefunden. «Hundert Dollar.»

«Nein.»

«Dreihundert.»

Sie schnieft und wirft mir einen abschätzigen Blick zu. «Sie kommen mir nicht vor, als würden Sie Briefmarken sammeln.»

Ich räuspere mich und achte darauf, dass niemand in Hörweite ist. «Sie sind für eine Frau, die wütend auf mich ist. Sie ist die Sammlerin.»

Perfekt. Jetzt lächelt sie. Was ist das nur mit den Frauen, dass es ihnen so gefällt, zu sehen, wie eine von ihnen einen Mann in die Knie zwingt? Und mir wird klar, dass ich bereit bin, genau das zu tun. Ich würde vor ihr auf die Knie gehen. Ich habe Silva einmal kosten dürfen und dabei anscheinend meinen verdammten Verstand verloren.

«Können Sie sich im Haus nützlich machen?», erkundigt sich die Briefmarkendiebin.

«Keine Ahnung.»

«Gott. Können Sie wenigstens eine Glühbirne wechseln?» Sie richtet sich auf, als würde sie sich bereitmachen, jemanden fertigzumachen. Hoffentlich nicht mich! «Mein Vermieter will die kaputten Glühbirnen wegen irgendwelcher dummer Haftungsgründe nicht wechseln, und mein Sohn lebt in Texas.»

Ich wäge den Stapel unerledigten Papierkrams auf meinem Schreibtisch gegen einen Einsatz als Hilfshandwerker ab, um dafür die Briefmarken zu bekommen. Die Sache ist klar. «Mein Wagen steht vor der Tür. Los geht's.»

Sie wartet, bis ich ihr die Beifahrertür meines Fahrzeugs aufhalte, ehe sie fragt: «Und wie sieht es mit Katzenklos aus? Es stört Sie doch nicht, einige zu leeren, oder?»

KAPITEL 13

Danika

Wer lässt nie im Leben zu, dass ein Mann sie kleinkriegt? Ganz genau. Meine Wenigkeit.

Eine meiner Mitrekrutinnen hält mir die Tür zur Umkleide auf, und wir klatschen uns mit den Fäusten ab. Es wird ein toller Mittwoch. Selbst wenn Greer zum ersten Mal in dieser Woche als Ausbilder auf dem Plan steht und ich ihm bei dieser Gelegenheit wieder von Angesicht zu Angesicht gegenüberstehen werde. Das ist keine große Sache. Ich trage heute sogar das rote Höschen – um mein Selbstvertrauen zu stärken und vielleicht auch, um dem Lieutenant heimlich den Mittelfinger zu zeigen.

Es gibt absolut nichts, was mich heute aus der Fassung bringen könnte.

Außer vielleicht der Briefumschlag, der an meiner Spindtür klebt.

Stirnrunzelnd betrachte ich das weiße Rechteck und nehme den Umschlag vorsichtig ab. Ich lasse mich auf die Bank sinken und lege ihn in meinen Schoß. Verstohlen blicke ich mich um, um sicherzugehen, dass niemand zusieht, und mache ihn auf … Heraus fällt ein Bogen der Sonderausgabe von Elvis-Briefmarken.

Mayday, Mayday. Meine Fassung ist weg.

Oh mein Gott. Sie sind so schön. Frische, scharfe Ecken. Leuchtende, lebhafte Pink- und Orangetöne. Der King schmachtet in ein altmodisches Mikrophon. Eine schwarze Haarsträhne fällt ihm in die Stirn. Es juckt mir in den Fingern, die Marken in mein Sammelalbum zu stecken.

Greer ist der Einzige, der überhaupt davon wusste, dass ich mir diese Marken gewünscht habe. Und das heißt … Er hat sie für mich hiergelassen. Soll das eine Entschuldigung sein? Oder hat er sie gekauft, weil er Gewissensbisse hat?

Meine Muskeln verkrampfen sich, und ich kann mich nicht mehr bewegen. Das ist ungefähr der gleiche Zustand, in dem er mich am Samstagabend einfach zurückgelassen hat. Oh, ich habe mir meine Demütigung nicht anmerken lassen, als Ever und Katie nach mir gesehen haben, nachdem Greer gegangen war. Ich habe ein Lächeln aufgesetzt und mit den anderen Pizza gegessen – eine Performance, die so überzeugend war, dass ich mich gefragt habe, ob ich nicht doch undercover arbeiten sollte. Ich glaube, ich habe alle davon überzeugt, dass es mir gutgeht. Alle, bis auf Jack. Zum Glück hat mich niemand direkt gefragt, was passiert ist, denn dann wäre ich vermutlich zusammengebrochen.

Was ist denn überhaupt geschehen? Nichts anderes, als dass ein Mann in die Wohnung einer Frau gestürmt ist, ihr das Make-up vom Gesicht gewischt, einige kräftige Klapse auf den Hintern gegeben und einen Wahnsinnsorgasmus beschert hat, ehe er wieder verschwunden ist. Daran ist überhaupt nichts verwirrend, oder?

Ich habe die Entscheidung getroffen, die Bewährung durchzuziehen, und nichts wird mich davon abhalten, meinen Teil der Abmachung zu erfüllen. Wenn ich meine Familie stolz machen will, muss das Exempel, das ich für meine Cousins und

Cousinen und deren Kinder statuiere, authentisch sein. Leider ist Greer nicht an sein Handy gegangen, also musste ich Nachrichten auf seiner Mailbox hinterlassen wie ein anhänglicher One-Night-Stand.

Die gestrige Sprachnachricht war die bisher lächerlichste. *«Gibt es eigentlich Merchandise-Artikel für den Buchclub? Hast du da was? Ich frage für eine Freundin. Falls nicht, solltest du ihrer Meinung nach mal ein Lesezeichen als Möglichkeit prüfen. Auf die Weise musst du dir die Seitenzahl nicht ständig merken. So machst du es doch bisher, oder? Okay, bye.»*

Das Lustige daran ist, dass ich mich durch die Nachrichten, die ich auf seine Mailbox gequatscht habe, viel besser fühle. Dass er mich einfach hat sitzenlassen, als ich so verletzlich war, hat vielleicht weh getan – mehr, als ich je zugeben werde –, aber die Situation anschließend herunterzuspielen, hat mir geholfen, meine Kraft zurückzugewinnen. Der Vorschlag, dass Greer bleiben und mit uns Pizza essen könnte, war dämlich. Echt richtig dämlich. Vor allem, weil ich mir für einen Moment sogar gewünscht habe, er würde das Angebot annehmen. Warum? Um mein Freund zu sein? Kein Wunder, dass er die Flucht ergriffen hat. Was in meinem Schlafzimmer passiert ist, war bedeutungsloser Sex, der leider jäh unterbrochen wurde. Etwas, das so nicht wieder vorkommen wird.

Allerdings … Jetzt habe ich Briefmarken. Was soll das nun wieder bedeuten?

Aus der Sporthalle ertönt ein Pfiff und reißt mich aus meinen Gedanken. Bin ich allein in der Umkleidekabine? Mein Blick fällt auf die Uhr, und ich stelle fest, dass ich zu spät bin. Scheiße. Wie lange habe ich denn hier gesessen? Die Zeit scheint langsamer zu vergehen, als ich mein T-Shirt der Akademie und eine schwarze Yogahose überstreife. Hektisch hüpfe ich auf einem Bein, während ich mir einen Sneaker anziehe. Als ich einige Minuten später um die Ecke in die hell erleuchtete Halle stürme, verliere ich beinahe das Gleichgewicht. In letzter Sekunde kann ich mich jedoch fangen und halten. Ich erblicke die anderen, die sich für die morgendliche Inspektion bereits in Reih und Glied aufgestellt haben.

Alle Köpfe drehen sich zu mir um, als ich hereingepoltert komme. Auch Greer sieht zu mir. Als er sich daraufhin eine Notiz auf seinem Clipboard macht, würde ich ihn am liebsten mit seinem Bleistift erstechen. Mir bleibt nichts anderes übrig, als den *Walk of Shame* ans Ende der Reihe zu meinem Platz zu machen. Die fragenden Blicke von Jack und Charlie ignoriere ich. Sie fragen sich wahrscheinlich, wie es mir gelungen ist, die Wohnung vor ihnen zu verlassen und trotzdem zu spät zu kommen.

Tja, Leute, ich hab meine Zeit damit verplempert, Briefmarken zu bewundern.

Immer wenn Greer die Inspektion macht und an der Reihe von Rekruten vorbeiläuft, um auf einer Liste abzuhaken, dass wir anwesend und dazu noch halbwegs präsentabel sind, muss ich an etwas Ekeliges denken, damit meine Nippel sich nicht aufrichten. Für gewöhnlich stelle ich mir vor, Schnecken zu essen, oder ich male mir aus, wie Vögel ihre Nahrung wieder hochwürgen, um ihre Jungen damit zu füttern. Das funktioniert immer. Doch heute fällt es mir, je näher er mir kommt, immer schwerer, meinen Körper unter Kontrolle zu halten. Die Haut auf meinem Po, auf der seine Schläge gelandet sind, scheint mit einem Mal zu erwachen und beginnt zu kribbeln, als wollte sie mehr. Das Kribbeln breitet sich aus, zieht hoch zu meinen Brüsten. Und jetzt stecke ich so richtig in Schwierigkeiten. Er ist nur noch zwei Leute von mir entfernt, und meine Nippel werden hart und richten sich unter meinem T-Shirt auf. Es gibt keinen Sport-BH der Welt, der stramm genug sitzen würde, um sie zu verbergen … Und dann werde ich Zeuge des Moments, als Greer meine Nippel bemerkt.

Hart. Seinetwegen.

Er senkt den Kopf, und sein Bleistift kritzelt über das Papier auf seinem Clipboard, doch ich kann ihn sehen. Unter seinen Wimpern hervor wirft er mir verstohlene Blicke zu. Diese dunklen, langen Wimpern sind mir vorher nie aufgefallen. Wie schafft er es, dass sie an ihm trotzdem männlich wirken? Alles an ihm sieht unglaublich männlich aus. Dieser muskulöse Oberkörper und diese blöden, unfassbaren Oberschenkel. Hatte ich diesen Mann tatsächlich in meinem Bett?

«Teilen Sie sich in drei Gruppen auf.» Greers Stimme dröhnt durch die Halle, selbstsicher und laut. Aber mir sind die dunklen Ringe unter seinen Augen nicht entgangen. Sie sind auffallender als sonst. «A bis J, Sie begeben sich nach unten auf den Schießstand. Garrett, Sie leiten die Einheit. Meinen Sie, dass Sie das schaffen?» Mein Besuch auf dem Planeten Lust wird jäh abgebrochen. Stolz breitet sich in mir aus. Ich blicke gerade rechtzeitig zu Jack, um mitzubekommen, wie er den Mund zu einem zaghaften Lächeln verzieht, ehe er seine Gruppe zur Treppe nach unten führt. «K bis S, Sie bleiben bei mir für eine Trainingseinheit. Alle anderen laufen Runden auf der Bahn. Los.»

Mit einem lauten Pfiff schickt er alle los. Wir bewegen uns schneller als für jeden anderen Ausbilder. Ich kann allerdings einfach stehen bleiben, weil ich bei Greer bleibe, um zu trainieren. Das wird – seien wir mal ehrlich – richtig peinlich und unangenehm. Das war es schließlich schon, bevor er dieses neue Verlangen in mir geweckt hat, mir von einem Mann den Hintern versohlen zu lassen. Vor allem, weil ich schon von Tag eins mit ihm ins Bett wollte. Der Samstagabend stellte einen Wendepunkt dar … Und ich müsste mich jetzt eigentlich viel schutzloser und entblößter fühlen. Warum also ist es nicht so?

Es liegt an den Briefmarken. Es liegt an der Tatsache, dass er mir zugehört und verstanden hat, wie wichtig mir diese Marken waren. Es liegt an der Tatsache, dass er Jack vor versammelter Mannschaft gerade ausgezeichnet hat. Und obwohl ich weiß, dass mein bester Freund diese Anerkennung für seine harte Arbeit in letzter Zeit verdient hat, bemüht Greer sich auch, das voreilige Urteil wiedergutzumachen, das ich mit angehört habe. Im Grunde ist er derjenige, der hier schutzlos und entblößt ist. Denn das Bild des harten Arschs von Lieutenant bekommt mit jeder kleinen Geste, die er sich anscheinend nicht verkneifen kann, mehr Risse.

Verdammt. Das ist ein echt ungünstiger Zeitpunkt dafür, dass meine Abneigung gegen ihn derart einbricht. Er hat mich sitzenlassen und seitdem keinen meiner Anrufe mehr entgegengenommen. Er bemüht sich vielleicht, ein besserer Mensch zu werden, aber das ändert nichts an der Tatsache, dass er nicht an einer festen Beziehung interessiert ist. Der Samstag war nicht mehr als eine vorübergehende Verrücktheit.

Meine Entschlossenheit, einfach weiterzumachen, als würde mich all das, was passiert ist, vollkommen kaltlassen, setzt sich wieder durch. Die Alternative wäre, Greer wissen zu lassen, dass er mich innerlich aufwühlt. Und das will ich nicht. Wenn ich ihm jetzt gegenübertrete und so tue, als wäre ich, was ihn angeht, mit Teflon beschichtet, wird es jedes Mal leichter werden, bis es irgendwann stimmt.

Statt mich zum Rest der Gruppe auf den Matten zu gesellen, bleibe ich dort stehen, wo ich bin, und warte darauf, dass Greer auf dem Weg zu den Matten zu mir aufschließt. «Kann ich Ihnen mit irgendetwas behilflich sein, Silva?»

Als ich höre, dass er mich mit meinem Nachnamen anspricht,

zieht sich mein Innerstes schmerzhaft zusammen. Ich bin enttäuscht. Aber ich beachte dieses Gefühl nicht weiter. Was habe ich denn erwartet? Dass er mich wieder «Baby» nennt? «Dass du mir die Briefmarken gekauft hast, nimmt deiner arschlochmäßigen Show ein ganzes Stück ihrer Wirkung.»

«Das war keine Show.» Der Blick aus seinen ernsten blauen Augen trifft mich. «Ich glaube, das haben wir am Samstag eindeutig festgestellt.»

«Vielleicht.» Meine Stimme klingt etwas dünn, weil ich nicht damit gerechnet habe, dass er das Thema wieder zur Sprache bringt. Die Tatsache, dass er es getan hat, wirft mich ziemlich aus der Bahn. «Wir haben definitiv festgestellt, dass du lieber gibst als nimmst.»

Wow. Gott, das war mutig, selbst für mich. Was mache ich hier? Mein Ziel war es eigentlich, so zu tun, als würde das, was Samstag geschehen ist, mich nicht beeindrucken. Ich hatte nicht vor, eine Unterhaltung darüber anzuzetteln. Oder so zu klingen, als würde ich mir mehr erhoffen. Ohne seinen Blick vom Clipboard zu nehmen, antwortet er mir. Sein Ton ist scharf. «Dieser Mund wird dich noch in Schwierigkeiten bringen.»

Ich höre seine Warnung und muss an klatschende Geräusche und befriedigtes Stöhnen denken. Ich werde feucht, und unwillkürlich ziehe ich mein T-Shirt ein Stückchen herunter. Er bemerkt meine Geste, und in seinem Kiefer zuckt ein Muskel. Ich will ihn weiter drängen, weiter provozieren und nachhaken, was für Schwierigkeiten er genau meint. Aber wir unterhalten uns schon lange genug, um Aufmerksamkeit auf uns zu ziehen, also schlage ich eine andere Richtung ein. «Ich habe mich aus Schwierigkeiten herausgehalten. Du hast doch die Sprachnachrichten bekommen, die das bezeugen.»

Es kann sein, dass ich mir das nur einbilde, aber für einen

winzigen Moment scheint ein warmer Ausdruck in seine Augen zu treten, bevor sie wieder kalt werden. «Das habe ich. Du nimmst die Abmachung ziemlich ernst.»

«Ich schätze, damit stehe ich allein da.»

Jetzt habe ich seine ungeteilte Aufmerksamkeit. Die Andeutung, dass er seinen Job nicht korrekt erledigt, sorgt dafür, dass er die Augenbrauen bis zum Haaransatz hochzieht. «Wie bitte?»

Okay, Silva, nur Mut. «Du meintest, dass es Teil der Bewährung wäre, mit zu einem Einsatz zu fahren.» Ich zucke die Achseln. «Vielleicht hast du das ja nicht ernst gemeint.»

Er sieht mich unverwandt an. Dieser Blick würde einen klügeren Menschen wahrscheinlich dazu bringen, Deckung zu suchen, doch ich zwinge mich dazu, ihn, ohne mit der Wimper zu zucken, zu erwidern. «Warte heute Abend um sechs an der Ninth auf mich.»

Mist. «Können wir uns auch um halb sieben treffen? Ich muss noch zur West Side, um meinem Dad ein Rezept zu bringen, wenn der Unterricht heute vorbei ist.»

«Schick mir die Adresse.» Er hat die Kiefer aufeinandergepresst. «Ich werde dich dort abholen.»

«Bei meinen Eltern zu Hause?»

War ein Seufzen je vernichtender? «Ich komme nicht zum Sonntagsbraten vorbei. Ich werde draußen auf dich warten.»

Wie würde sich das anfühlen? Aus dem Haus meiner Eltern zu kommen, während Greer am Straßenrand auf mich wartet? Ich schätze, ich werde es schon sehr bald herausfinden. «Abgemacht.»

«Sei pünktlich», knurrt er.

«Du auch, Sensenmann», sage ich über die Schulter hinweg, während ich zu den anderen Rekruten gehe.

Es ist eine Herausforderung, auf dem Weg zur Matte kein

Rad vor Freude zu schlagen. Obwohl … Ich bin mir gar nicht so sicher, ob ich einen Sieg über den Lieutenant davongetragen oder nur den Weg für eine weitere Enttäuschung bereitet habe.

KAPITEL 14

GREER

Ein Verkehrskollaps auf der 23rd Street sorgt dafür, dass ich zu spät komme. Fuck. Das wird sie mich bestimmt nicht so schnell vergessen lassen.

Als ich meinen Dienstwagen neben dem Hydranten vor dem Haus parke, rechne ich damit, dass Danika mit einem spöttischen Grinsen auf den Lippen schon am Bordstein wartet, doch sie ist nicht da. Das wird meine Bestrafung, oder? Dass ich nach oben gehen und sie abholen muss, als hätten wir eine Art Date?

Gut. Ich stelle den Wagen ab und zögere noch eine Sekunde, ehe ich ins Handschuhfach greife, um eine Packung mit Pfefferminzbonbons herauszukramen. Ich nehme nur ein Pfefferminzbonbon, weil ich zum Mittagessen Thunfisch gegessen habe. Aus keinem anderen Grund. Wenn ich jetzt mein Gesicht im Rückspiegel betrachte und den Mund beim Anblick meines Dreitagebarts verziehe, heißt das gar nichts. Also warum sitze ich dann noch immer hier?

Auf keinen Fall sollte sich mein Magen gerade verknoten. Seit wann kümmert es mich, ob ich auf die Eltern eines Mädchens einen guten Eindruck mache? Ich habe die Elvis-Briefmarken besorgt, damit ich mich nicht mit Worten dafür entschuldigen muss, mich Danika gegenüber wie ein Arschloch verhalten zu haben. Und ich habe die Mission erfüllt – Ende der Geschichte. Das Funkeln stand wieder in ihren Augen, als sie sich heute Nachmittag in der Sporthalle mit mir unterhalten hat. Das, was Samstagabend in ihrem Zimmer passiert ist, wird ohne Folgen bleiben. Bis auf die unangemessenen Phantasien, dass es wieder geschehen könnte. Phantasien, die mich jeden Tag und jede verdammte Nacht verfolgen. Phantasien, die so lebhaft und erotisch sind, dass mein Schwanz schon wund ist und ich bereits zweimal meine Bettwäsche wechseln musste.

Dass ich mich von Sonntag bis Dienstag in die Arbeit gestürzt habe, hat mir geholfen, nicht ständig an sie zu denken. Aber als ich sie heute auf der Akademie gesehen habe, war alles wieder da – mit Zins und Zinseszins. Der Geschmack ihres Mundes, ihrer Haut, der Klang ihrer Stimme im Dunkeln. Die halb faszinierte, halb grimmige Art, wie sie mich angefunkelt hat, als ich ihr das Make-up vom Gesicht gewischt habe. Das leicht angehobene Kinn zusammen mit dem verletzlichen Ausdruck in ihren Augen. Ihre Einladung, zu bleiben, gefolgt von stiller Verlegenheit, als ich das Angebot ablehnte.

Der Knoten in meinem Magen zieht sich noch fester zusammen.

Genug. Mein Bruder mag vielleicht jünger sein, aber das, was er gesagt hat, hat Sinn ergeben. *Wenn du ihr nichts bieten kannst, dann lass sie in Ruhe.* Das werde ich tun müssen.

Mein Blick fällt auf das kleine Foto, das rechts von meinem Funkgerät klebt. Griffin hat das Bild gehasst. Was offensichtlich der Grund dafür war, dass ich es überhaupt angebracht habe – um ihn zu ärgern. So gingen mein Partner und ich miteinander um. Auf dem Schnappschuss ist er zu sehen, wie er mit bedrohlicher Miene in seiner Uniform posiert. Da ich selbst das Bild von ihm geschossen habe, weiß ich, dass Griffin gleich danach in Lachen ausgebrochen ist. Er war kein ernster Mensch – es sei denn, es ging um den Job. Das war so ziemlich das Einzige, was er und ich gemeinsam hatten. Wir nahmen den Job allerdings auf unterschiedliche Art und Weise ernst. Ich machte alles nach Vorschrift, während Griffin seinen Impulsen folgte. Er wollte kein stiller Held sein – er wollte ein lauter sein.

Als wir zusammen die Akademie besuchten, nannten alle ihn «Cowboy». Der Spitzname blieb. Griffin wurde mir zugeteilt. Ich, als das totale Gegenteil von ihm, sollte ihn zügeln. Es war ein Versuch. Nach einer holprigen Kennenlernphase wurden wir Freunde. Und wir blieben befreundet, bis sein Bedürfnis, ein großer Held zu sein, ihn das Leben kostete.

Meine Aufmerksamkeit richtet sich von Griffins Foto auf das Gebäude, in dem ich mich mit Danika treffen werde. Und zum ersten Mal wird mir etwas bewusst. Danika hat ebenfalls einen kleinen Cowboy in sich. Oder ein Cowgirl. Die Art, wie sie die Regeln missachtet, indem sie zum Beispiel einfach in die Umkleidekabine der Männer spaziert, ihre Frechheit, ihr Bedürfnis, alles allein zu regeln, wie die Nummer, die sie in dem Frozen-Yogurt-Laden durchgezogen hat, beweist. Cowgirl. Sich mit jemandem einzulassen, bei dem es so viel wahrscheinlicher ist, dass sie gefährlich falsche Entscheidungen trifft, wäre mentaler Selbstmord. Selbst wenn dieser Job nicht mein Leben wäre, würde ich mich nicht wieder der Gefahr aussetzen, allein zurückzubleiben.

Was habe ich mir nur dabei gedacht, sie heute mitzunehmen? Mit jeder Sekunde, die ich in ihrer Nähe verbringe, wird es schwieriger, mich von ihr fernzuhalten.

Wenn du ihr nichts bieten kannst, dann lass sie in Ruhe.

Und ich habe nichts, was ich ihr bieten könnte. Oder? Was sollte ich ihr außer Sex, meinem Schutz, meinem guten Ruf und ein paar Schokoriegeln schon bieten? Ab und zu einen

Bogen Briefmarken? Sie verdient mehr als das. Nein, ich kann nicht mehr als ihr Ausbilder sein. Der Bruder ihres Freundes.

Bevor ich aus dem Wagen steige, geht mein Blick noch einmal zu Griffin. Als ich ihn kennenlernte, wusste ich nicht, wie man Freunde gewinnt und Freundschaften pflegt. Ich wollte auch gar keine Freunde haben. Meine Jugend verbrachte ich damit, mich auf den Job vorzubereiten. Außerdem hatte ich bereits mit eigenen Augen mit ansehen müssen, wie jemand, der behauptete, einen zu lieben, einfach verschwand und einen allein zurückließ. Ich hatte miterlebt, wie es sich anfühlte, mit einem Elternteil – einem Menschen, der sich seinem Kind eigentlich tiefer verbunden fühlen müsste als jeder anderen Person auf der Welt – beim gemeinsamen Frühstück zu sitzen und am selben Nachmittag feststellen zu müssen, dass der Kleiderschrank dieses Elternteils leer war. Wenn meine Mutter schon nicht bei mir bleiben wollte, welchen Sinn hatten dann Freunde? Menschen, die jederzeit anderswo neue Freunde finden konnten? Doch Griffin war unerbittlich und trug meine Schutzmauer Stück für Stück ab.

Ich werde es mir nicht erlauben, die Tage, Monate und Jahre nach Griffins Tod zu vergessen. Wie sehr ich es bereute, mich angreifbar gemacht, meine Abwehr heruntergenommen zu haben, um dann ohne eine schützende Mauer und mit umso mehr Schuldgefühlen und Schmerz zurückgelassen zu werden. Deshalb lasse ich das Foto dort kleben. Es wird eine Mahnung sein, wenn Danika – ein Cowgirl, das sich gerade erst entwickelt – mit mir zusammen im Wagen sitzt. Vielleicht sollte ich zur Sicherheit noch ein Bild meiner Mutter danebenkleben.

Ich bin ein verdammtes Beispiel an Entschlossenheit, als ich kurz darauf aussteige und in das Gebäude trete. Nur eine gemeinsame Schicht. Es muss nicht mal eine ganze Schicht sein. Nur ein paar Stunden, dann werde ich sie wieder absetzen und mit dem Abend weitermachen. Kein Schwärmen von ihren braunen Augen oder Komplimente dafür, wie sie sich beim heutigen Training angestrengt hat. Nichts, was ihr den Eindruck vermitteln könnte, dass ich an einer Wiederholung von Samstagabend interessiert sein könnte.

Mein wunder Schwanz in meinen Boxershorts verhöhnt mich.

Jemand hat die Eingangstür zum Gebäude mit einem Telefonbuch blockiert, damit sie ein Stück weit offen steht. Ich schiebe das Buch weg, trete ein und nehme mir vor, mit Danika über die Sicherheit des Hauses zu sprechen. Ich betrachte die Klingeln, um nach dem Namen Silva zu suchen, und gehe dann in den zweiten Stock hinauf. Vor der Wohnungstür bleibe ich stehen. Meine Hand habe ich erhoben, um anzuklopfen, rühre mich jedoch nicht.

Ich höre, wie Danika im Innern der Wohnung lacht. Ein lautes, melodisches Lachen.

Ich habe sie noch nie so befreit lachen gehört. Es trifft mich hart. Für gewöhnlich grinst sie spöttisch, oder sie ist ganz konzentriert und ungerührt. Nie sehe ich sie so glücklich, wie sie sich in diesem Moment anhört. Was macht sie so fröhlich? In der Wohnung halten sich noch andere Menschen auf … Leute, die den Fernseher, in dem eine Sportübertragung läuft, anbrüllen. So klingt es jedenfalls. Der Duft von gebratenem Fleisch dringt durch die Tür und erinnert mich daran, dass ich noch nicht zu Abend gegessen habe. Diese Wohnung ist ein Zuhause. Plötzlich fühle ich mich verglichen mit dem Leben, das hinter dieser Tür stattfindet, wie eine Schaufensterpuppe.

Ich drehe mich gerade um, um zu gehen, als die Tür mit einem Mal geöffnet wird.

«Ihr Verrückten sorgt dafür, dass ich zu spät komme zu meinem Treffen mit dem …»

Danika verstummt abrupt, als sie mich im Flur stehen sieht.

«Teufel?», helfe ich ihr aus. «Sensenmann?»

Man muss es ihr anrechnen, dass sie sich schnell wieder sammelt. «Ich wollte Lieutenant sagen.»

«Du bist wirklich eine schlechte Lügnerin.»

Sie zieht die Augenbrauen hoch. «Danke schön.»

Schon jetzt verliert die Entschlossenheit, mit der ich das Gebäude betreten habe, ihre Kraft. Danika trägt noch immer die enge Hose, die sie auf der Akademie anhatte. Doch inzwischen hat sie ein frisches weißes T-Shirt übergezogen, unter dem der Rand ihres BHs zu erkennen ist, wie ich feststelle. Und es ist kein Sport-BH. Dieser BH schiebt ihre Brüste hoch und zusammen, und das V ihres Ausschnitts wirkt wie ein verdammter Pfeil, der auf ihre Titten weist.

Die Stimme einer älteren Frau dringt aus der Wohnung an meine Ohren. «Danika, wer ist da?»

Wir müssen uns beide eine ganze Weile lang schweigend angestarrt haben, denn in diesem Moment scheinen wir uns zeitgleich aus einer Art Trance zu befreien und schütteln uns kurz. «Äh … Es ist Lieutenant Burns, Ma.»

«Der Teufel?»

Danika zuckt zusammen, und ich spüre, wie ein Lachen aus meinem Bauch ausbrechen möchte. Aber ich verbeiße es mir. «Bist du fertig? Ich warte da draußen schon seit halb sieben. Du bist viel zu spät.»

«Wer ist hier der schlechte Lügner? Ich kann vom Küchenfenster aus die Straße sehen.»

Scheiße. Wenn dieser Fehler nicht beweist, dass diese Frau mich aus dem Tritt bringt, weiß ich es auch nicht. «Warum bist du dann nicht rausgekommen, als du gesehen hast, dass ich vor dem Haus parke?»

«Ich habe den leckenden Wasserhahn repariert, dann hat meine Mutter mich gezwungen, etwas zu essen …»

«Ich habe dich dazu gezwungen?» Eine Frau taucht hinter Danika auf und stößt ihr ihren manikürten Finger in die Rippen. «Du hast zweimal nachgenommen.»

Während Danika stöhnt und eine leichte Jeansjacke überzieht, begrüße ich die Frau mit einem Nicken. «Mrs. Silva. Sagen Sie, wird die Eingangstür zu Ihrem Wohnhaus immer durch ein Telefonbuch offen gehalten?»

«Ja.»

«Warum?»

Sie lächelt mich an. «Damit ich nicht ständig nach meinem Hausschlüssel kramen muss.»

«Deshalb ist dein Fahrrad auch gestohlen worden», ruft ein Mann aus dem Wohnzimmer.

«Sieh dir einfach dein verfluchtes Spiel an», ruft sie zurück, bevor sie mich am Ellbogen packt. «Kommen Sie herein und essen Sie etwas. Es ist genug da.»

«Danke, aber das ist nicht nötig …»

«Wehr dich nicht dagegen», sagt Danika und zieht ihre Jacke wieder aus. «Es ist hoffnungslos – selbst für dich.»

Ich war schon in vielen New Yorker Apartments. Da wir in einem Vorkriegsgebäude in Hell's Kitchen sind, glaube ich zu wissen, was mich im Innern der Wohnung erwartet. Abgenutzte Holzfußböden. Weiße Rigipsplatten an den Wänden und vielleicht eine oder zwei freigelegte Backsteinwände. Viele Habseligkeiten, die auf engstem Raum verstaut sind – das ist das Kennzeichen dieser Stadt. Aber was ich hier sehe, ist … erstaunlich. Jede Wand scheint in einer anderen Farbe gestrichen zu sein und ein anderes Thema zu haben. Familienfotos hängen an einer Wand, während ein Buchregal eine andere Wand einnimmt. Die dunklen Möbel sind gemütlich. Die Küche hingegen ist hell und offen gestaltet. Getrocknete Blumen hängen an Schnüren und gehalten von Wäscheklammern von der Decke. Der Duft nach Himbeeren liegt in der Luft. Vielleicht ist ein Käsekuchen im Ofen.

«Schön, oder?» Danika, die neben mir steht, lenkt meine Aufmerksamkeit auf sich. «Du fragst dich bestimmt, warum ich angesichts dieser Wohnung beschlossen habe, mit zwei stinkenden Jungs zusammenzuziehen.»

«Danika ist dafür verantwortlich, dass es hier so schön ist», ruft ihre Mutter aus der Küche. «Sie kommt ständig vorbei und repariert Dinge oder streicht etwas neu an. Und sie bringt hübsche Sachen mit, die sie auf Flohmärkten findet.»

«An den Wochenenden, wenn ich vom anderen Ende der Stadt zu Fuß hierherkomme, laufe ich an vielen Garagenflohmärkten vorbei.» Sie wirkt unsicher, hat die Schultern bis zu den Ohren hochgezogen. «Von daher ist es gar nicht so schwer.»

«Hören Sie das?» Danikas Mutter zwinkert ihrer Tochter zu. «Meine Danika ist einfach so bescheiden.»

Ich verschlucke mich beinahe. «Sprechen wir hier von derselben Person?»

«Wie würden Sie sie denn beschreiben?»

Diese Frage kommt von einem Mann, der gerade aus dem Wohnzimmer zu uns gestoßen ist. Ein Blick genügt, um zu erkennen, dass es Danikas Vater ist. Sie haben beide das gleiche energische Kinn. Ein Handschlag ist hier angebracht – denke ich –, aber er scheint keine Lust dazu zu haben. Es überrascht mich überhaupt nicht, dass ich nur dreißig Sekunden brauche, um das Kennenlernen mit ihren Eltern zu vermasseln. Wenn sie mich bei der Abschlussfeier ihrer Tochter wiedersehen werden, wird Danikas Mutter sich zu ihrem Mann beugen und flüstern: «Das ist doch der Vollpfosten, der vor einiger Zeit bei uns zu Hause war. Weißt du noch?»

Mein Magen zieht sich schon wieder zusammen, als ich darüber nachdenke.

«Ja», sagt nun auch die Mutter mit einem leichten Naserümpfen. Die Bratpfanne in ihrer Hand wirkt plötzlich wie eine Waffe. «Wie würden Sie unser Mädchen beschreiben?»

Danika wirkte bis eben noch etwas unsicher, aber jetzt scheint sie Spaß zu haben. Sie lässt sich viel Zeit, als sie sich hinsetzt und die Beine übereinanderschlägt. «Pass auf, was du jetzt sagst, Sensenmann.» Ihre Stimme wird zu einem dramatischen Flüstern, bei dem mir Dinge durch den Kopf gehen, die mir vor ihrer Mommy und ihrem Daddy besser nicht einfallen sollten. «Das köstlichste Brathähnchen deines Lebens steht auf dem Spiel.»

Wenn ich ehrlich bin, will ich das verdammte Brathähnchen. Charlie hat mir vor einer Woche Reste mitgebracht, ein Rezept, das Ever sich ausgedacht hatte. Doch abgesehen davon habe ich seit Jahren kein selbstgekochtes Essen mehr genossen. Es sei denn, man zählt den Fraß dazu, den ich in die Pfanne haue und Mahlzeit nenne. Aber mehr noch als das Hähnchen will ich nicht bloß der Arsch sein, der ein paar peinliche Minuten in ihrer Wohnung verbracht hat. Wenn sie mich bei der Abschlussfeier wiedersehen und ich dort ihrer Tochter das Diplom überreiche, sollen sie wissen, dass Danika für mich nicht nur ein Gesicht in einem Meer von Uniformen ist.

«Sie ragt heraus.» Meine Stimme klingt rau, als mir das Kompliment über die Lippen kommt. Ich räuspere mich geräuschvoll. Danika sieht auf und wirft mir unter ihren dichten dunklen Wimpern hervor einen Blick zu. «Als ich andeutete, dass sie nicht bescheiden sei, war das nichts Negatives. Wenn sie eines Tages Detective ist, wird sie eine Polizistin sein, die man sich für seinen Fall wünscht, weil sie jeden so lange nerven wird, bis er gelöst ist. Wenn sie noch lernt, vorsichtig zu sein und ihren

Kollegen zu vertrauen, wird sie für das Department einmal sehr wichtig sein.» Schweigen. «Sie ist jetzt schon wichtig.»

Niemand sagt ein Wort. Warten sie darauf, dass ich fortfahre? Das sind seit sehr langer Zeit die meisten Sätze, die ich außerhalb eines Vortrags an einem Stück gesagt habe. Mehr können sie von mir nicht erwarten. Ich bin schon kurz davor, mich zu entschuldigen und zu meinem Wagen zu gehen, um dort zu warten, als Danikas Eltern unvermittelt zu ihrer Tochter stürmen. Ich bin gezwungen, einen Schritt zurückzumachen. Sie werfen die Arme um ihr Kind. Die Umarmung ist kurz, aber herzlich. Danika sieht mich über die Schulter ihres Vaters hinweg stirnrunzelnd an, um ihre Lippen spielt allerdings ein Lächeln. Als ich es bemerke, beginnt das Blut in meinen Ohren zu rauschen.

Ihre Mutter macht einen Schritt zurück und fährt sich mit dem Handrücken über die feuchten Augen. «Er bekommt auch noch ein Dessert.»

KAPITEL 15

Danika

Mann. Das ist echt heftig.

Ich sitze auf dem Beifahrersitz von Greers Wagen. Er ist Lieutenant, also fährt er keines der gewöhnlichen NYPD-Ford-Fusion-Hybridfahrzeuge, auch wenn die meisten Leute die schwarze Limousine mit den getönten Scheiben natürlich als Polizeifahrzeug erkennen. Ich habe das Gefühl, wir wären Phantome, als wir uns durch den Verkehr schlängeln und kleine Staus auf den Busspuren umfahren. Mit schnurrendem Motor fliegen wir durch die Straßen.

Seine Klimaanlage ist vernünftig eingestellt. Es läuft keine Musik. Als Greer den Wagen gestartet hat, hat er sogar die Spiegel noch einmal neu eingestellt, um wirklich alles optimal im Blick zu haben. Er hat beim Fahren beide Hände am Steuer. Selbstverständlich hat er das. Auf zehn und zwei Uhr. Das entspricht der Regel, und er ist ein Mensch, der sich an Regeln hält.

Obwohl er in der Wohnung meiner Eltern ganz neue, für ihn ungewöhnliche Töne angeschlagen hat. Lieutenant Greer Burns hält mich für wichtig. Das würde er nicht sagen, wenn er es nicht wirklich glauben würde. Und in mir muss es einen kleinen Teil gegeben haben, der nicht an mich geglaubt hat, bevor Greer diese Bemerkung gemacht hat, denn die erste Reaktion auf seine Worte war Erleichterung.

An manchen Tagen fühlt es sich wie ein Traum an, wenn ich in meiner marineblauen Uniform in die Wohnung meiner Eltern komme. Als wäre ich ein Mädchen, das Astronautin werden will. Jeder sagt der Kleinen, dass sie alles tun und alles erreichen könne, wenn sie sich nur anstrengen würde, aber sie glauben nicht wirklich daran, dass sie es bis ins Weltall schaffen wird. In diesem Moment bin ich jedoch überzeugt davon, ich könnte mich in eine Rakete schnallen lassen und auf den Mond fliegen.

Bin ich ein klitzekleines bisschen angepisst, weil es so wenig von diesem Mann braucht, um mich in der Überzeugung zu bestärken, ein guter Cop werden zu wollen? Mein Vertrauen in mich selbst sollte doch eigentlich ausreichen, oder? Wie auch immer … Ich beginne langsam zu glauben, dass ich durch diese Bewährung tatsächlich etwas lerne. Wenn zwei Menschen an mich glauben, ist das besser, als wenn es bloß einer tut. Und wenn ich noch für jemand anderen verantwortlich bin als nur für mich selbst, ist das ebenfalls gut, weil ich die Welt nicht allein retten kann – ich habe es in dem Frozen-Yogurt-Laden versucht und musste einsehen, dass es nicht geht. *Argh.* Ich bin in der Untersuchungshaft gelandet, weil ich nicht beachtet habe, was man mir beigebracht hat. Diesen Fehler werde ich nicht noch einmal machen. Wenn ein bisschen positive Bestärkung eine solche Wirkung auf mich haben kann, dann ist das der Beweis, dass ich ganz allein kein guter Cop werden kann. Ich brauche andere Menschen dazu. Ich muss anderen Menschen vertrauen.

Das zu wissen und es auch zu tun, sind allerdings zwei unterschiedliche Dinge. Aber vor sich selbst zuzugeben, dass ich allein nicht am stärksten bin, ist der erste Schritt in die richtige Richtung, oder?

«Also …» Ich verstumme, doch Greer stößt, ohne den Blick von der Straße und dem Verkehr abzuwenden, einen kleinen Laut aus, um mir zu bedeuten, weiterzusprechen. «Die meisten Lieutenants agieren an Tatorten als Koordinatoren oder leiten die Abwicklung von Festnahmen, aber sie verbringen einen Großteil ihres Tages auf dem Revier und erledigen Papierkram, oder? Sie delegieren das meiste. Gefällt dir das nicht?»

«Nein.» Ich könnte schwören, dass er es dabei bewenden lässt, doch er spricht weiter, als wir an einer roten Ampel halten müssen. «Mir bleibt nichts anderes übrig, als zu delegieren und Formulare auszufüllen, aber ich muss manchmal einfach raus. Ich muss die Stadt sehen. Wenn ich nicht weiß, was im Einsatz passiert und was sich verändert, kann ich meinen Job vom Revier aus nicht erledigen.»

Ich betrachte durch das Fenster die vertrauten Gehwege, kleinen Läden, Diner und Nagelstudios der East Side. Für mich sieht alles aus wie immer. «Was siehst du jetzt?»

«Erstens», entgegnet er und weist mit einem Kopfnicken nach vorn rechts, «der Van da hat Nummernschilder aus einem anderen Bundesstaat und stand schon dort, als ich heute Morgen hier vorbeigefahren bin. Ich sehe kein Ticket unter dem Scheibenwischer. Also hat irgendjemand den ganzen Tag lang alle zwei Stunden die Parkuhr gefüttert. An einem Wochentag. Das ist sehr ungewöhnlich. In Manhattan bedeutet ein Van für gewöhnlich, dass etwas geliefert wird oder jemand umzieht. Allerdings würde weder das eine noch das andere so lange dauern.»

Als er sein Funkgerät nimmt und das Nummernschild zur Überprüfung durchgibt, muss ich mich zusammenreißen, um ihn nicht staunend anzustarren. Das war eine beeindruckende

Beobachtung. Viele Rekruten lästern über den Lieutenant und behaupten, dass er es wahrscheinlich nur so schnell so weit nach oben geschafft hat, weil sein Vater Chief ist. Ich habe das nie geglaubt. Unter anderem, weil Charlie uns schon oft Geschichten über Greers scharfen Verstand und seine Hingabe erzählt hat. Als ich das jetzt mit eigenen Augen sehe, bin ich froh, dass ich diesen Unsinn nie geglaubt habe. Er mag ab und zu ein verdammter Idiot sein, doch im Job ist er großartig. Und ist es nicht das, was zählt?

Als er das Funkgerät wieder einhängt, fällt mein Blick auf das Foto, das daneben angebracht ist. Ich erkenne die Person auf dem Bild nicht. «Wer ist das?»

Er schweigt einen Moment lang. «Griffin Bates, mein ehemaliger Partner.»

Oh Mann, das wollte ich nicht. Es ist allgemein bekannt, dass Greers Partner vor ein paar Jahren gestorben ist, obwohl ich die Details nicht kenne. Ich sollte vielleicht besser meine Hände heben und ganz langsam von diesem Thema zurücktreten, aber … Meine Intuition hält mich davon ab. Wenn er das Bild noch immer hier hängen hat, will er vielleicht über Griffin sprechen. «Ich kann mir irgendwie nicht vorstellen, dass du mit einem Partner zusammenarbeitest», sage ich und wage mich vorsichtig weiter vor. «Wie war das für dich?»

Seine rechte Hand rutscht am Lenkrad auf drei Uhr, bevor er sie schnell wieder auf zwei Uhr schiebt. «Wir haben uns gehasst, als man uns einander zuteilte. Er wusste, dass das Department mich als Babysitter für ihn abgestellt hatte. Und ich wollte einfach nur, dass er die Klappe hält.»

«Worüber hat er so gesprochen?»

«Über seine Freundin. Videospiele. Die *Yankees.*» Er schüttelt den Kopf. «Über jedes Apple-Produkt, das neu auf den Markt kam. Über Rinder.»

«Rinder?»

«Er wollte sich eine Ranch kaufen, wenn er im Lotto gewinnt.»

«Hm.» Ich sollte an dieser Stelle aufhören, doch ich bin zu beschäftigt damit, mir diesen Mann in einer *Starsky & Hutch*-mäßigen Situation vorzustellen. Ich male mir aus, wie er mit seinem Partner, der das komplette Gegenteil von ihm war, Verbrecher jagt und fängt, während sie coole Sonnenbrillen tragen und immer einen lockeren Spruch auf den Lippen haben. «Hast du ihm auch etwas erzählt?»

«Zuerst nicht.» Er rutscht ein bisschen auf seinem Sitz hin und her und sieht dann zu mir herüber. «Irgendwann musste ich mal an einem Wochenende zu ihm nach Hause fahren – nach Queens raus –, um mir ein paar Papiere abzeichnen zu lassen. Er feierte gerade eine Grillparty. Eigentlich wollte ich bloß fünf Minuten bleiben, aber …»

«Aber du hast ihn in einer anderen Umgebung erlebt, und dir wurde klar, dass er nicht nur der nervige Typ neben dir im Wagen war?»

«Ja. So etwas in der Richtung.» Seine Stimme klingt rau. «Seine Freundin kettete mich praktisch an einem der Gartenstühle fest und fütterte mich.»

Ich lache, und ein kleiner Ruck geht durch den Wagen, als hätte Greer versehentlich auf die Bremse getreten. «Du tauchst also öfter irgendwo auf und lässt dich dann durchfüttern, ja?» Bilde ich mir das nur ein, oder zieht er den rechten Mundwinkel tatsächlich zu einem Grinsen nach oben? «Nach dem, was du gesagt hast, kannst du dir übrigens einer Dauereinladung meiner Mutter sicher sein.»

«Sie könnte der Welt mit ihrem Brathähnchen vermutlich dauerhaften Frieden bringen.»

Als ich dieses Mal lachen muss, schrottet er den Wagen nicht beinahe. Doch seine Anspannung wächst, und seine Lockerheit wird von der Härte und dem Ernst verdrängt, die ich mit ihm verbinde. Als ich die Unterhaltung noch einmal in Gedanken Revue passieren lasse, werde ich knallrot. «Entspannen Sie sich, Lieutenant. Damit wollte ich nichts andeuten. Ich erwarte nicht – und ich hoffe auch nicht darauf –, dass du noch einmal bei mir zu Hause auftauchst oder so.»

Das ist schon das zweite Mal, dass ich versehentlich angedeutet habe, ich würde gern mehr Zeit mit ihm verbringen. Zuerst die Pizza mit meinen Mitbewohnern und jetzt die Einladung meiner Mutter. Was stimmt nicht mit mir? Ist es etwas, das ich mir wünsche, ohne mir dessen bewusst zu sein? Ihm liegt nichts an irgendeiner Verbindung zu mir, sofern sie nicht mit der Arbeit zu tun hat. Es sei denn, man zählt den Abend dazu, an dem er mich zum Orgasmus gebracht hat. Gott, Männer sind so verwirrend. Vor allem dieser.

Ich spüre, dass Greer mich ansieht, aber ich tue so, als würde ich es nicht bemerken. «Danika …»

«Also, wie ist es dir gelungen, an diese Sammelmarken zu kommen?» In seinem Kiefer zuckt ein Muskel, als ich ihn unterbreche, doch ich rede weiter. Ich will nicht noch einmal zurückgewiesen werden. «Man muss normalerweise morgens als Erster im Postamt sein, sonst sind die Briefmarken vergriffen. Hast du deine Kontakte spielen lassen?»

Er rutscht wieder auf seinem Sitz hin und her. «Das könnte man so ausdrücken.»

«Uh! Sehr geheimnisvoll.» Keine Reaktion. «Na, komm schon. Spann mich nicht auf die Folter. Ich will ein paar wertvolle Tipps fürs nächste Mal.»

«Zieh dir Gummihandschuhe an und kauf dir vorher Nasenklammern.»

«Was?»

Das Funkgerät gibt ein knisterndes Geräusch von sich. «Fünf-einundfünfzig Second Avenue. Zehn-dreißig im Gange. Der Verdächtige ist bewaffnet …»

Nicht weit von uns entfernt findet gerade ein Raubüberfall statt. In diesem Moment. Ich habe das noch kaum verarbeitet, als Greer auch schon in halsbrecherischer Geschwindigkeit und mit quietschenden Reifen einen U-Turn macht. Und dann rasen wir mit weit über einhundert Stundenkilometern die Straße entlang. Ich beobachte beinahe ehrfürchtig, wie Greer ganz ruhig den Knopf für seine Sirene und das Blaulicht drückt. Er verzieht keine Miene, presst nur die Kiefer etwas fester aufeinander. Und ich? Ich sitze mit offenem Mund auf dem Beifahrersitz.

«Du wirst nicht aus dem Wagen aussteigen, Silva.» Wir sind wieder beim Nachnamen angelangt. Das ist seine Art, um mir zu sagen, dass es jetzt ernst ist. «Wiederhole den Befehl.»

«Du wirst nicht aus dem Wagen aussteigen, Silva.»

Greer sieht mich an und … Okay, dieses Mal lächelt er tatsächlich. Er lächelt mich an, während er auf dem Weg zu einem Raubüberfall ist. Mein Geschlecht beschließt, sich in diesem vollkommen unangemessenen Moment heftig zusammenzuziehen. Aber keine Frau dieser Welt könnte mir das verübeln, wenn sie jetzt diesen Mann sehen würde. Wie er sich wie ein Rennfahrer durch den Verkehr schlängelt und dabei mit ruhiger, sicherer Stimme dem Disponenten antwortet. Er ist im Moment nicht mein Ausbilder, er ist dieser heldenhafte Kerl, der manchmal der Teufel sein kann und dann wieder dieser gequälte, leidende Mann, für den ich Dates absage.

Wir kommen mit quietschenden Bremsen vor einem *Subway*-Shop zum Stehen. «Zehn-vierundachtzig», sagt Greer in sein Funkgerät und lässt die Dienststelle wissen, dass wir am Ort des Geschehens angekommen sind. Ein weiteres Fahrzeug des NYPD taucht zeitgleich auf und blockiert die Straße, damit niemand zu nahe an den Tatort kommt. Ein Officer klettert aus dem Wagen und beginnt, unbeteiligte Passanten aus der Gefahrenzone zu scheuchen. Er bellt Befehle und drängt die Leute in die Seitenstraßen. Einige der Menschen versuchen, mit ihrem Handy Fotos zu schießen, doch die meisten von ihnen rennen, als wäre der Leibhaftige hinter ihnen her. Greer nimmt noch einmal sein Funkgerät in die Hand und drückt ein paar Knöpfe. Im nächsten Moment ist seine Stimme über den Lautsprecher auf dem Dach des Fahrzeugs zu hören.

«Hier spricht die Polizei. Kommen Sie mit erhobenen Händen aus dem Gebäude.»

Ich halte die Luft an und beobachte den Eingang des Geschäfts. Weitere Wagen erscheinen. Blaulichter blinken, Polizisten mit gezogenen Waffen steigen aus und verschanzen sich direkt hinter ihren Autos. Es passiert alles so schnell, so effizient. Unglaublich. Aber ich konzentriere mich zu sehr auf die Tür des *Subway*, um die Vorgänge um mich herum mitzubekommen. Komm raus. Komm raus.

Die Stimme eines Kollegen ertönt aus dem Funkgerät: «Ich kann eine weibliche Zivilistin im Laden erkennen. Grünes Shirt. Vermutlich eine Angestellte. Sie scheint mit dem Täter zu diskutieren.»

Greer drückt erneut Knöpfe am Funkgerät. «Bringen Sie unseren Vermittler ans Telefon. Er soll im Laden anrufen.»

«Es sind schon zwei Versuche unternommen worden, Kontakt aufzunehmen.» Diesmal spricht wieder der Disponent. «Der Verdächtige antwortet nicht.»

«Probieren Sie es noch einmal …»

Die Tür zum *Subway* geht auf. Ein Mann in einer zu großen grünen Jacke steht mit erhobenen Händen in der Tür. Es ist keine Waffe zu erkennen. Er wirkt aufgelöst und wippt auf den Fußballen vor und zurück. «Der Verdächtige nähert sich», sagt Greer, ehe er das Funkgerät wieder einhängt. Mir bleibt keine Chance zu reagieren, als Greer auch schon seine Waffe gezückt hat und langsam hinter der geöffneten Tür seines Fahrzeugs hervortritt. Die Waffe hat er auf den Verdächtigen gerichtet. «Legen Sie Ihre Waffe auf den Boden.»

Der Mann antwortet nicht. Oder vielleicht tut er es doch. Aber es wirkt eher so, als würde er mit sich selbst sprechen und nicht mit Greer. Er verzieht das Gesicht und tritt gegen die Glastür hinter sich. Mein Herz hämmert wie verrückt, das Blut rauscht in meinen Ohren, und ich kann nicht atmen. Ich kann nicht schlucken. Vor ein paar Minuten noch unterhielten wir uns über ein Grillfest, und jetzt geht Greer auf einen Mann zu, der bewaffnet sein könnte. Gott. Greer zu beobachten beruhigt mich jedoch auch. Er bewegt sich langsam und fließend, ohne zu zögern.

«Legen Sie Ihre Waffe auf den Boden», wiederholt Greer noch einmal mit lauter Stimme. Dieses Mal ist sein Tonfall deutlich härter. Wieder antwortet der Mann nicht. Möglicherweise nimmt er den Lieutenant gar nicht wahr. Stattdessen lässt er die Hände etwas sinken und verschränkt sie auf dem Kopf. Seine Schultern beben, als würde er weinen.

«Ich habe die Angestellte am Apparat. Der Verdächtige ist ihr Ex-Freund.» Es entsteht eine lange Pause. «Der Verdächtige trägt noch immer eine Waffe bei sich …»

Und plötzlich passiert alles auf einmal. Die nächsten schrecklichen Sekunden sehe ich wie in Zeitlupe vor mir ablaufen. Der weinende Mann lässt die Arme sinken und schiebt die Hände in die Taschen seiner übergroßen Jacke. Unvermittelt zieht er seine Waffe und drückt ab. Neben mir erklingt ein zweiter Schuss. Der Verdächtige reißt den Mund zu einem gequälten «Oh!» auf, fällt auf die Knie, kippt zur Seite und hält seinen Oberschenkel umklammert.

Als Greer taumelt und stürzt, bin ich mir sicher, dass meine Augen mir einen Streich spielen müssen. Er ist der Lieutenant. Unerschütterlich. Er schafft es mit nur einem Blick, dass sich ein Rekrut in die Hose macht. Allerdings steht er jetzt nicht mehr auf.

Er steht nicht auf.

Und als die Sanitäter in seine Richtung rennen, geht ein Aufschrei durch mein Innerstes, der alles andere übertönt. *Nein, bitte, nein!*

KAPITEL 16

GREER

Ich wurde angeschossen.

Technisch gesehen.

Meine kugelsichere Weste hat das Geschoss daran gehindert, in meine Brust zu dringen. Dennoch liege ich auf dem Boden, und ich habe keine Ahnung, wie ich dort hingekommen bin. Okay, die Wucht der Kugel und der Schock darüber, getroffen worden zu sein, haben mich vermutlich umgehauen. Ich sollte jetzt einfach aufstehen. Die Stelle, an der die Kugel in die Weste eingeschlagen ist, schmerzt wie wahnsinnig, aber ich habe schon Schlimmeres ausgehalten. Im Vergleich dazu ist das hier gar nichts. Doch ich stehe nicht auf.

Gott. Ich wusste, dass der Verdächtige eine Waffe mit sich führt. Wie konnte er mir zuvorkommen?

Ich bin müde. Ich bin so verflucht müde, während ich hier liege, dass ich keine Antwort auf diese Frage finde. Vielleicht bin ich einfach nicht mehr gut genug. Bin ich derart langsam in dieses Burn-out gerutscht, dass ich nicht gemerkt habe, wie ich schon längst mittendrin stecke? Hat dieser Moment mich so sehr an die Situation erinnert, als Griffin erschossen wurde, dass ich vielleicht nicht mehr richtig denken konnte? Der

Tag, an dem Griffin starb, ist immer da und lauert in meinem Hinterkopf – bereit, hervorzuspringen und mich anzugreifen. Warum habe ich es dieses Mal so weit kommen lassen?

Scheiße. Scheiße. Das ist völlig inakzeptabel.

Ein Sanitäter kniet sich neben mich und fängt an, mir Fragen zu stellen. In diesem Augenblick sehe ich Danika, die nur ein paar Meter von mir entfernt dasteht. In ihren Augen steht das blanke Entsetzen. Sie steht an genau der Stelle, an der auch ich stand, als die Sanitäter versuchten, Griffin zu retten. Gott. Ich fange fast an zu lachen, weil es scheint, als würde das Universum mir beweisen wollen, dass ich die ganze Zeit über recht damit hatte, mich von ihr fernzuhalten. Mich von jedem anderen Menschen fernzuhalten. Ich könnte jetzt genauso gut tot sein und hätte Danika damit dem gleichen Schmerz ausgesetzt, den ich aushalten muss. Oder es wäre noch etwas Schlimmeres passiert. Etwas viel Schlimmeres. Sie könnte an meiner Stelle hier liegen, und ich müsste zusehen, wie sie mich verlässt. Der Gedanke erschüttert mich, erfüllt mich und zerstört alles, was ihm im Weg steht.

Ich schiebe die Hände weg, die meine Brust abtasten wollen, stehe endlich auf und richte meine Wut auf die Rekrutin, die klugerweise bereits zu meinem Wagen zurückweicht. «Ich habe dir gesagt, dass du in dem verdammten Auto bleiben sollst!»

Mein Gebrüll lässt sie zusammenzucken, und sie stolpert über einen Riss im Asphalt. Es gelingt ihr gerade noch so, sich auf den Beinen zu halten. Das Entsetzen steht noch immer in ihrem Blick, und es macht mich wahnsinnig. Ich will sie schütteln. Weil ihr etwas an mir zu liegen scheint? Weil ich mir wünschte, dass es so wäre? Ich habe keine Ahnung.

Sobald sie wieder im Wagen sitzt, zwinge ich mich dazu, mich lange genug zu konzentrieren, um ein paar Fragen zu beantworten und den Sanitätern zu versichern, dass ich keine medizinische Versorgung brauche. Ich überwache, wie der Täter in einen Krankenwagen gehoben wird, der ihn ins NYU bringen wird. Die Uniklinik befindet sich ganz in der Nähe. Man wird sich dort um sein Bein kümmern. Meine Kollegen sind noch etwas mitgenommen, weil sie mit ansehen mussten, wie ich angeschossen wurde, also nehme ich mir ein paar Minuten und gebe Befehle, wie der Tatort gesichert werden soll. Ich will sie daran erinnern, dass ich unbezwingbar bin und meinen Job erledige – egal, wie die Umstände sein mögen. Obwohl ich mich im Augenblick zugegebenermaßen alles andere als unbezwingbar fühle. Das Gegenteil ist der Fall, und ich hasse dieses Gefühl. Ich hasse es.

Als ich einige Zeit später in meinen Wagen steige, starrt Danika geradeaus und sagt kein Wort. «Es tut mir leid, dass ich dich angeschrien habe», erkläre ich.

Meine Entschuldigung überrascht mich selbst. Ich weiß nicht, warum ich die Sache thematisiere, ich weiß nur, dass ich schon unsicher genug bin und es nicht gebrauchen kann, dass sie auch noch wütend auf mich ist.

«Wenn du dich entschuldigen willst», sagt sie mit rauer Stimme, «dann entschuldige dich dafür, dass du länger auf dem Boden gelegen hast, als es nötig gewesen wäre. Dafür könnte ich dich eigenhändig umbringen. Wieso bist du nicht einfach aufgestanden?»

Es fühlt sich an, als würde ich mich unter Wasser bewegen, als ich den Wagen starte und losfahre. Meine Nerven sind angespannt, und ich spüre es deutlich. Jeder Muskel in meinem Körper verkrampft sich. «Ich weiß nicht, wovon du sprichst.»

«Doch, das weißt du.»

Ihre Stimme bricht, und ich glaube, in dem Moment zerbreche ich auch. Die Wahrheit strömt aus mir heraus wie Wasser aus einem kleinen Loch in einem Staudamm. «Gott, vielleicht war ein Teil von mir erleichtert, weil ich endlich einen Fehler gemacht habe. Mein ganzes Leben dreht sich darum, keine Fehler zu machen. Jetzt ist es passiert, und ich … habe es überlebt.» Ich presse einen Fingerknöchel gegen mein rechtes Auge, hinter dem es heftig pocht. «Ich war mit den Gedanken woanders. Bei Griffin. Bei dir. Und ich habe gezögert, weil ich es einfach leid bin, ständig Blut zu sehen. Er hat in seine Jackentasche gegriffen, ich sah das dunkle Metall einer Waffe aufblitzen. Eigentlich bin ich darauf trainiert, in dieser Situation zu schießen und den Angreifer auszuschalten. Aber das habe ich nicht getan. Ich wollte ihn nicht umbringen.»

«Du hast gezögert», flüstert sie. Ihr neugieriger Blick scheint mich bei lebendigem Leibe zu verbrennen. «Warum musstest du deinen ersten Fehler unbedingt in dem Moment begehen, als eine Waffe auf dich gerichtet wird? Hätte nicht auch ein verdammter Schreibfehler in einer E-Mail oder so was gereicht?»

Als ich halb lache, halb schnaube, verengt sie die Augen zu schmalen Schlitzen. «Und das sagt mir eine Frau, die direkt in einen Raubüberfall marschiert ist und nicht im Traum daran gedacht hat, die Polizei zu rufen.» Ich halte vor einer roten Ampel, und meine Hand bewegt sich von allein. Sie legt sich unter Danikas Kinn und hebt es leicht an. «Verstehst du es jetzt? Siehst du, wie schnell etwas passieren kann?»

«Ja.» Die Zeit scheint langsamer zu vergehen, als wir uns anblicken. «Es tut mir leid, dass ich die Sprache auf Griffin gebracht habe. Wenn das der Grund dafür ist, dass du abgelenkt warst und einen Fehler gemacht hast … Es tut mir leid.»

«Es lässt mich nie los. Was mit ihm passiert ist, habe ich immer im Hinterkopf.»

Sie neigt den Kopf ein bisschen, bis ich meine Finger von ihrem Kinn nehme und die Hand an ihre Wange lege. «Bei der Arbeit? Oder ständig?»

«Ständig. Ich bin …» Es ist gut, dass wir vor einer Ampel stehen, weil meine Lider schwerer zu werden scheinen, je länger sie mich ansieht, je länger sie mich dazu zwingt zu reden. Schließlich muss ich die Lider senken. «Ich kann meine Augen nicht schließen, ohne etwas Grauenvolles vor mir zu sehen, Danika. Griffin, die Fälle, die auf meinem Schreibtisch landen. Heute wollte ich einfach nicht dafür verantwortlich sein.»

«Ich verstehe.»

Ihre Stimme klingt mitfühlend. Ich spüre, dass die Ampel auf Grün gesprungen ist, weil ich hören kann, wie der Verkehr um uns herum zu rauschen beginnt. Aber es hupt niemand, obwohl wir eine von drei Spuren blockieren. Entweder sehen sie, dass ich von der Polizei bin, oder sie haben sich daran gewöhnt, dass jemand in zweiter Reihe parkt, und haben einfach resigniert. Aus diesem Grund und tausend anderen, die alle Danika einschließen, gebe ich kein Gas. Nachdem ich die Entscheidung getroffen habe, dass unsere Beziehung rein beruflich bleiben muss – die Beziehung zwischen Ausbilder und Rekrut –, sollte ich ihre Wange nicht berühren und ihr auch keine Geheimnisse anvertrauen. Geheimnisse, von denen ich mir nicht hätte vorstellen können, sie je mit irgendjemandem zu teilen. Doch es kommt mir so vor, als wüsste sie schon, was ich sagen will, bevor ich es über die Lippen bringe. Und sie verurteilt mich deswegen nicht. Sie versteht mich, weil sie es ebenso hasst, Fehler zu machen. Vielleicht. Ich weiß es nicht. Ich weiß nur, dass ich mich um alles in der Welt nicht rühren kann.

Vor allem nicht, als sie an meine Brust fasst und die Hemdknöpfe öffnet – bis hinunter zu meinem Gürtel. Sie schiebt den Stoff zur Seite, und ich beginne, heftig durch die Nase zu atmen wie ein Rennpferd nach dem Derby. «Danika, ich hätte letzte Woche nicht zu dir nach Hause kommen sollen. Was wir getan haben, war nicht nur ein Verstoß gegen die Regeln der Akademie, sondern …»

Das Geräusch eines Klettverschlusses, der aufgemacht wird, sagt mir, dass sie gerade meine kugelsichere Weste öffnet. Ich hatte ganz vergessen, dass ich sie noch anhabe. «Sondern was?»

Ich packe ihr Handgelenk, um sie daran zu hindern, mir die Weste auszuziehen. Wenn sie meine Haut berühren sollte, werde ich nicht mehr stoppen können, was passiert. «Ich kann mit niemandem zusammen sein, verstehst du? Vor allem nicht mit einem Cop.»

Als sie begreift, werden ihre Züge ernst. «Weil du diesen Menschen … verlieren könntest? So, wie du Griffin verloren hast?»

«Ja.» Mit der Spitze ihres Zeigefingers fährt sie sacht über meinen Hals, woraufhin ich auf meinem Sitz zusammenzucke und mit geschlossenem Mund stöhne. «Ich will auch niemanden zurücklassen. Die Kugel hätte genauso gut in meinen Hals oder Kopf gehen können. Ich weiß, wie es sich anfühlt, zurückgelassen zu werden.»

Ich muss meinen Griff um ihr Handgelenk gelockert haben, denn sie streift mir die Weste ab und atmet scharf ein. «Klingt wie ein guter Grund, das Leben zu feiern, oder?» Mit dem Finger fährt sie über die Stelle, an der die Kugel mich getroffen hat. Ich muss nicht nach unten sehen, um zu wissen, dass die Haut dort bestimmt knallrot ist. Verdammt, ich will den Blick auch gar nicht vom tiefen, tröstlichen Braun ihrer Augen nehmen. Und auch nicht von ihren vollen beerenfarbenen Lippen. «Das hier muss ja keine Beziehung werden, Lieutenant.»

Danika

Ich höre die Worte, die mir über die Lippen kommen. Sie könnten sich als zerstörerisch und destruktiv herausstellen, doch ich will diesen Mann und bin bereit, für die Chance darauf, ein Risiko einzugehen. Meine erste Reaktion, als ich ihn so reglos auf dem Boden liegen sah, war Unglauben. Danach überkam mich eine tiefe Gewissheit. Eine Gewissheit, die vielleicht zu spät kam. Er sollte für viel, viel länger ein Teil meines Lebens sein – das schoss mir durch den Kopf. Es kam mir unfair vor, dass ich das ausgerechnet in dem Augenblick erkannte, als ich ihn zu verlieren schien, aber so war es. Vielleicht ist er nur dazu bestimmt, ein Kollege oder der ältere Bruder eines Freundes zu sein. Ein Mentor.

Doch ich weiß, dass er hier sein sollte.

Will ich ihn? Ja. Ich fühle mich seit dem ersten Tag zu ihm hingezogen – wenn auch nicht ganz freiwillig. Schließlich verhält er sich manchmal wie ein Idiot. Aber wenn er mir Dinge erzählt, Einblicke in sich und in die Kämpfe erlaubt, die er allein ausficht, dann sehne ich mich danach, ihn zu trösten und zu beruhigen. Ich will diese Aufgabe übernehmen. Ich will seine Pause von der Realität sein, mit der er im Augenblick nicht besonders gut zurechtkommt. Mir bleibt nur eine Möglichkeit, wenn ich will, dass Greer sich mir gegenüber auch weiterhin öffnet. Wenn ich will, dass er mich berührt und sich auch von mir berühren lässt. Ich muss mehr als eine Rekrutin, jedoch weniger als eine feste Freundin sein. Und ich muss unter allen Umständen mein Herz aus der Sache heraushalten, denn ich werde es niemals schaffen, sein Herz zu gewinnen.

«Wie meinst du das?»

Greer stößt die Frage hervor, während er auf meinen Mund starrt. Ich habe keine Ahnung, wie ich sein Interesse oder zumindest das Ausmaß dieses Interesses bisher übersehen konnte. Denn jetzt ist es so offensichtlich, als würde er mit einem Alligator kämpfen – wenn der Alligator seine Lust wäre. «Ich meine …» Ich lege die Weste auf den Rücksitz und komme Greer mit meinem Mund ganz nahe. Unsere Lippen sind bloß noch wenige Zentimeter voneinander entfernt. «Vergiss für heute Nacht die Regeln der Akademie. Du kannst morgen wieder der Sensenmann sein.»

«Eine Nacht», bringt er mit rauer Stimme hervor. «Glaubst du, dass eine Nacht reichen würde?»

«Ich weiß es nicht.» Ich berühre mit meinen Lippen seinen Mund. «Wie viele Nächte brauchst du, um dein Verlangen zu stillen?»

Irgendetwas an meiner Frage scheint ihn aufzuwühlen. Er zieht die Augenbrauen zusammen, und sein Griff um mein Handgelenk wird fester. «Setz dich wieder auf deinen Platz.»

«Nein.» Wow. Ich muss den Verstand verloren haben. Jeder mit ein bisschen Grips in der Birne kann sehen, dass er gleich grob wird. Dass er mich abweisen wird. Dass er meine Gefühle verletzen wird, weil er es für notwendig hält. Aber irgendetwas sagt mir, dass ich nie wieder die Chance bekommen werde, hinter seine Fassade zu blicken, wenn ich sie jetzt nicht einreiße. Also küsse ich ihn, bevor er den Mund aufmachen und mir die Lüge auftischen kann, die er sich überlegt hat.

Und in der nächsten Sekunde stehen wir in Flammen.

Er greift in meine Haare, wickelt sie um seine Faust, zieht meinen Kopf sacht nach hinten, während er mich küsst. Seine Zunge taucht in mich, erkundet, berührt meine, und sie tanzen miteinander in ihrem ganz eigenen Rhythmus. Dieser Rhythmus wird schneller und immer schneller, und jeder von uns versucht, die Oberhand zu gewinnen. Zum ersten Mal macht es mir jedoch nichts aus, diesen Kampf zu verlieren. Dieser Kuss ist ganz anders als der erste Kuss in meinem Schlafzimmer, denn ich bin nicht verwirrt über die Impulse, die er in mir erweckt. Ich heiße sie vielmehr willkommen. Ich bin auch nicht wütend auf ihn – wenn man die dreißig grauenvollen Sekunden ignoriert, die er damit verbracht hat, auf dem Boden zu liegen und in den Himmel zu starren.

Ich kann diese dreißig Sekunden in seinem Kuss fühlen. Ich fühle die Wucht der Kugel, höre wieder, wie er mich anschließend angeschrien hat, erinnere mich an seine Entschuldigung und an die Ehrlichkeit, mit der er sich mir danach geöffnet hat. Die entsetzlichen Dinge, über die er gesprochen hat. Er sagt mir das alles mit seinem Mund, mit seiner Zunge, mit den Zähnen, die an meiner Unterlippe zupfen, und seinen Händen in meinem Haar, mit denen er mich näher an sich zieht, bis meine Stirn seine berührt.

«Setz dich wieder auf deinen Platz», bringt er hervor, als wir uns schließlich voneinander lösen.

Mein Herz zieht sich schmerzhaft zusammen, und ich zucke zurück. Eilig rutsche ich wieder auf den Beifahrersitz. Den Blick auf die Straße gerichtet, zögere ich ein paar Sekunden. Seine Zurückweisung hat mich völlig überrascht, und ich bin wie erstarrt. Meine Wangen glühen, und meine Hände zittern von der Intensität, von der Kraft seines Kusses. Dennoch ergreife ich den Türgriff und will aus dem Wagen steigen. Bloß weg hier. Aber Greer drückt einen Knopf, um die Türen zu verriegeln. «Was soll das?»

«Schnall dich an», presst er zwischen zusammengebissenen Zähnen hervor und tritt das Gaspedal durch.

Wir fahren einige Blocks in angespanntem Schweigen die Second Avenue entlang, bevor er nach links auf die Twentieth

Street abbiegt. Vor Überraschung bleibt mir der Mund offen stehen, als er über eine gelbe Ampel fährt und auf einem dunklen Parkplatz unter dem Franklin D. Roosevelt East River Drive hält. Über uns donnert der Verkehr über die Straße, und in einiger Entfernung sind Jogger und Fahrradfahrer am East River zu erkennen. Auf dem Parkplatz sind wir jedoch die Einzigen. Entweder hat er mich hierhergebracht, um mich umzubringen, oder er hat vor, den Kuss fortzusetzen, den er so abrupt abgebrochen hat. Als Greer schließlich den Motor abstellt und sich mir mit funkelnden Augen und aufeinandergepressten Kiefern zuwendet, bin ich mir ziemlich sicher, dass es Letzteres sein muss.

Das Lenkrad scheint in seinem festen Griff zu ächzen. «Sag mir, dass ich dich nach Hause bringen soll.»

«Nein.» Mein Herzschlag übertönt den Verkehrslärm über unseren Köpfen. Er braucht mich. Wie konnte ich nur übersehen, wie einsam er ist? War ich vielleicht genauso allein? Habe ich alles für meine Familie getan und mich selbst darüber verloren? Heute Nacht wird das nicht passieren. «Vergiss die Regeln.»

«Frauen bringen mich nicht aus der Ruhe. Nie. Aber du … Du bringst mich einfach vollkommen um den Verstand.» In seiner Wange zuckt ein Muskel. «Ich überlege. Ich wäge ab. Und sieh mich jetzt an. Ich bin wieder an dem Punkt, an dem ich schon an dem Abend in deiner Wohnung war. Ich verliere die Kontrolle, und du rettest mich, indem du mir die Kontrolle überlässt.»

Oh mein Gott. Meine Luftröhre scheint nur noch den Durchmesser eines Strohhalms zu haben. Ich bringe ihn um den Verstand? Nein, ich bringe ihn *vollkommen* um den Verstand! Beunruhigt mich das? Es sollte mich zumindest beunruhigen. Wenn der Mann, in den ich verknallt bin, solche Dinge sagt, nachdem er mir klargemacht hat, dass das zwischen uns nicht mehr als nur eine lockere Affäre sein kann, dann ist das schlecht. Für mich. Noch schlechter ist, dass ich ihn jetzt noch mehr will als vorher. Weil er ehrlich ist, weil er berechtigte Gründe dafür hat, nichts Ernstes zu wollen. Weil ich ihn brauche.

«Du weißt, dass ich es will», bringe ich hervor. «Sag mir, was ich tun soll. Sag mir, was du dir wünschst.»

Der Schauer, der ihn erzittern lässt, ist erstaunlich. Und noch erstaunlicher ist, wie Greer sich verändert. Die Autorität, die er mit einem Mal ausstrahlt. Auch ich verändere mich. Ich will nicht lügen: Es ist ein totaler Mindfuck, weil ich eigentlich der am wenigsten unterwürfige Mensch bin, den ich kenne. Das dachte ich zumindest. All meine Kraft verwende ich darauf zu geben – ich tue alles für die Menschen, die mir am Herzen liegen. Ich versuche, das Richtige zu tun. Ich versuche, mein Bestes zu geben und nicht zu versagen. Wenn Greer mich jedoch berührt, brauche ich etwas anderes von ihm. Ich wünsche mir, dass er mir die Verantwortung abnimmt. Ich wünsche mir, mich bloß noch auf ihn konzentrieren zu müssen. Ausschließlich auf ihn.

Da bin ich nun also, halte die Luft an und warte darauf, dass Greer mir sagt, was ich tun soll. Es kommt mir fast so vor, als wären wir wieder auf der Akademie – bis auf die Tatsache, dass ich die einzige Rekrutin bin und es keine Regeln gibt. Als er mit seinem Zeigefinger einmal, zweimal auf das Lenkrad tippt, dröhnt das Geräusch wie ein Donnerschlag in meinen Ohren. «Setz dich auf die Rückbank.»

Mir bleibt die Luft weg. Ich mache die Tür auf, klettere aus dem Wagen und mache mit zitternden Beinen zwei Schritte zur hinteren Tür. Greer steigt gleichzeitig aus. Über das Dach hinweg treffen sich unsere Blicke, ehe wir uns auf den Rücksitz des Dienstwagens setzen. Die Nacht verschluckt uns, als ich mich mit gespreizten Beinen auf seinen Schoß setze und unsere Münder sich zu einem leidenschaftlichen Kuss vereinen.

KAPITEL 17

GREER

Ich muss den Verstand verloren haben.

In dieser Sekunde brechen wir so viele Regeln, dass ich beide Hände brauchen würde, um sie aufzuzählen. Leider sind ebendiese Hände gerade damit beschäftigt, über Danikas Rücken zu streicheln und dann ihren Po zu umfassen. Ich war so lange in einem Käfig gefangen, habe mir keine Schwächen erlaubt und mir befohlen, die Erwartungen meiner Mitmenschen – und meine eigenen Ansprüche – zu erfüllen, dass es mich jetzt nicht mehr befriedigt. Es reicht mir nicht mehr. Gott, der Versuch, perfekt zu sein, war nie so befriedigend wie das hier.

Ich küsse Danika wie im Rausch.

Von einem Verdächtigen angeschossen zu werden und es zu überleben, fühlt sich wie eine Erlaubnis an, all meine Vorsicht in den Wind zu schießen. Aber, verdammt. Nein. Diese Sache mit Danika ist mehr als das, oder?

Ich bin vollkommen durcheinander, weil ich angeschossen worden bin, fühle mich verletzlich, weil ich ihr so viel Scheiß erzählt habe, von dem ich nie geglaubt hätte, ihn einmal vor irgendjemandem laut auszusprechen, und ich will sie einfach nur aufsaugen. Ich will sie durch meine Haut in mich aufnehmen. Sie erlaubt es mir, das Tempo vorzugeben – das im Augenblick beinahe verzweifelt ist. Es geht auch gar nicht anders, wenn ich ihre Hitze an meinem Schwanz spüre, wenn sie ihre Schenkel an meine Beine drückt, als wollte sie mich reiten, bräuchte jedoch zuerst meine Einwilligung. Ich werde sie ihr geben. Ich werde den Regeln den Mittelfinger zeigen und mit dieser Frau schlafen, die ich so sehr begehre, dass ich davon schlaflose Nächte gehabt habe. Ich sehne mich bereits seit Monaten nach ihr.

Ich werde meine eigenen Regeln machen, die diejenigen ersetzen, von denen ich mich gerade abwende. Dieser Gedanke gibt mir Halt. Halt, den ich brauche. Denn es war nicht gelogen, als ich sagte, dass Danika mich zugrunde richtet. Es hat bereits angefangen. Jedes Mal, wenn sie leise wimmert oder ihre Finger im Kragen meiner Uniform verkrampft, muss ich mit mir kämpfen, um sie nicht einfach auf den Sitz zu werfen und mir so schnell wie möglich Befriedigung zu verschaffen. Meine wachsende Besessenheit davon, ihre Bedürfnisse zu erfüllen, ist das Einzige, was mich davon abhält.

«Zieh dein Shirt hoch», knurre ich, den Mund in ihrer Halsbeuge vergraben.

Ihr Nicken ist benommen, aber trotzdem eifrig, auch wenn sie über ihre Schulter hinweg einen Blick durch die Windschutzscheibe wirft. «Was ist, wenn man uns erwischt?»

Ohne dass mein Gehirn einen Befehl gegeben hätte, beiße ich die Zähne zusammen und versetze ihr einen Schlag auf den Hintern. «Dann wirst du dein hübsches Gesicht an meinem Hals verstecken, während ich meine Dienstmarke zeige. Und wenn sie wieder verschwunden sind, wirst du dich verdammt noch mal weiterbewegen. Du willst die Regeln brechen, Baby? Dann lass sie uns richtig brechen.» Gott, Blitze zucken durch mein Innerstes. Danikas flache Atemzüge machen mich nur noch heißer. Noch gieriger. «Sobald ich in dir bin, werde ich dort bleiben. Nichts und niemand könnten mich dann von dir trennen. Verstanden?»

«Okay. Ja.» Ihre braunen Augen sind halb geschlossen, und sie nagt an ihrer Unterlippe, als sie nun meinen Befehl befolgt und ihr Shirt hochzieht. Zum Vorschein kommt ein weißer Spitzen-BH. Angesichts der Reinheit und Unschuld, die dieses Kleidungsstück verströmt, fühle ich mich noch verdorbener. Ein Mann, der seine Lust nicht einmal lange genug zügeln kann, bis seine Rekrutin ihren Abschluss gemacht hat. Gott, ich hatte nie eine Chance. Sie zieht das Shirt bloß hoch, nicht aus, beobachtet mich und wartet darauf, was als Nächstes kommt. Gott, so fühlt es sich an, die vollkommene Kontrolle ohne Angst vorm Versagen zu haben. Danika war Zeugin davon, wie ich ausgerastet bin, wie ich meine Zurückhaltung verloren habe, und sie akzeptiert mich dennoch. Es ist sogar mehr als nur Akzeptanz. Sie vertraut mir genug, um den Teil in sich selbst zu erforschen, der es erlaubt, dass ich die Führung übernehme.

«Du bist wunderschön. Weißt du das eigentlich?» Ich löse meine Hände von ihrem Po, streiche damit nach vorn, um ihre Brüste zu umfassen. «Du trägst die gleiche Uniform wie alle anderen, und ich muss mich trotzdem zusammenreißen, um dich nicht anzustarren. Stundenlang, Danika. Seit Monaten. Also zeig mir jetzt endlich deine Brüste. Ich habe es satt, länger zu leiden.»

Sie blinzelt mich an und beginnt dann, den vorderen Verschluss ihres BHs zu öffnen. Ihre Hände zittern, ihr durchtrainierter Bauch hebt und senkt sich mit jedem Atemzug, doch endlich zieht sie den Spitzenstoff zur Seite und gibt den Blick auf ihre festen Brüste frei. Es sind Brüste, von denen jeder Mann träumt. Von denen ich geträumt habe. Sie sind eher klein, und offensichtlich gefällt mir das sehr, denn die Grenzen meiner Zurückhaltung verschwimmen ebenso wie meine Sicht. Bevor ich mir dessen überhaupt bewusst bin, habe ich ihr das Shirt über den Kopf gezogen und zerre ihr nun den Büstenhalter vom Leib.

«Verdammt.» Meine Lust wächst sprunghaft an, als ich Danika zum ersten Mal oben ohne erblicke, und ich wünsche mir für einen winzigen Moment, wir wären in einem Bett, sodass ich sie auf den Rücken legen und jeden Zentimeter ihrer Haut küssen und schmecken könnte. Aber im Moment leide ich Höllenqualen. Mein Schwanz will unbedingt aus meiner Hose. Ich war noch nie in meinem Leben so erregt. Und ihr geht es nicht anders. Sie blickt meinen Mund an, als könnte sie dort das Geheimnis des Lebens finden. «Heb dich an, damit ich meine Hose aufmachen kann.»

«Okay», stöhnt sie, aber stattdessen windet sie sich auf meinem Schoß. Ich versetze ihr einen Klaps auf den Po.

Ich bin mir nicht sicher, ob sie absichtlich mit ihren Fingernägeln über meine Brust und meinen Bauch fährt, doch die raue Empfindung bringt mich dazu, den Kopf in den Nacken zu werfen und unterdrückt zu fluchen. Ich versuche, nicht den Verstand zu verlieren, hebe sie hoch und schiebe sie ein Stück zurück auf meinen Schenkeln. Als ich ihre Finger wieder an meinem Bauch spüre, beginne ich zu keuchen, und als sie sich an meinem Gürtel zu schaffen macht, betrachte ich sie mit verschleiertem Blick. Von Sekunde zu Sekunde wächst mein Hunger. Meine Begierde. Mein Verlangen. «Ich mag es, dass du dich ein bisschen ungeschickt anstellst», knurre ich. «Das heißt, dass ich dich nervös mache, oder?»

«Ich kann keinen klaren Gedanken mehr fassen.» Ihr stockt der Atem. «Bist du jetzt glücklich?»

Ich male mit dem Daumen träge Kreise um ihre Nippel, lausche ihrem Atem, der bei meiner Berührung stockt, und sehe, wie ihre Schenkel zucken. «Und ob.»

Ich beobachte nicht, was sie tut, aber in dem Moment, als mein Reißverschluss aufgeht, lässt der Druck nach, und meine Lust wächst sprunghaft an. Ich halte es nicht mehr aus. Wenn ich nicht gleich in sie dringen kann, sterbe ich. Wir wollen augenscheinlich beide das Gleiche, denn sie umschließt mich mit der Hand und streichelt meinen Schwanz zum ersten Mal.

«Scheiße.» Ein Tropfen quillt hervor, und meine Eier ziehen sich zusammen, denn ich sehe das Licht am Ende des Tunnels. «Noch mal. Härter.»

«Oh mein Gott.»

Ihre gewimmerten Worte bringen mich dazu, ihr Gesicht zu betrachten. Doch im nächsten Moment muss ich den Blick abwenden. «Du musst aufhören, ihn so anzusehen, sonst bin ich schneller fertig, als uns lieb ist.»

«Tut mir leid, es ist nur … Ich habe ihn in der Umkleidekabine nicht aus der Nähe sehen können …»

Ich unterbreche sie, indem ich ihr Handgelenk packe und ihre Finger von meinem Schwanz löse. Mit einer schnellen Bewegung, die sie nicht erwartet hat, schiebe ich einen ihrer Schenkel zur Seite und drehe sie dann um, sodass sie in Richtung Windschutzscheibe sieht. Danach ziehe ich sie an mich. Ihr Rücken lehnt an meiner Brust, Haut an Haut. Mit der freien Hand schiebe ich ihre Yoga- und die Unterhose herunter bis zu ihren Knien. «Sprich nicht über meinen Schwanz – es sei denn, du reitest ihn.»

Da ihre Hose nun heruntergezogen ist und ihr süßer kleiner Hintern in meinen Schoß gepresst wird, habe ich die Hände frei, um damit über ihren Körper zu fahren und ihre Brüste zu streicheln. Es gefällt ihr offenbar. Ich weiß es, denn sie wirft den Kopf in den Nacken und legt ihn mit einem kehligen Aufstöhnen an meine Schulter.

«Siehst du? Es macht mir überhaupt nichts aus, wenn du die Regeln machst – wenn ich davon profitiere.» Danika dreht den Kopf. Unsere Blicke treffen sich, und sie lächelt mir leicht zu.

Mein Herz zieht sich beinahe schmerzhaft zusammen, mein Schwanz zuckt. Einen Moment lang kann ich nur starren. Verdammt, sie ist so unglaublich hübsch. Wie ist es möglich, dass ich Hunderte von Metern über meinem eigenen Körper schwebe, aber ein paar Worte aus ihrem Mund mir Klarheit verschaffen? Was bedeutet das?

Ich beschließe, nicht länger darüber nachzugrübeln, als sie ihre Hüften erst hoch und dann genüsslich wieder nach unten schiebt. Noch einmal. Und noch einmal. Bis meine verdammten Schenkel und Hände zittern, mir der Mund offen stehen bleibt und ich knurrende Geräusche ausstoße. Ich konzentriere mich vollkommen darauf, ein Kondom aus meiner Tasche zu angeln und es überzustreifen, bevor ich zwischen uns greife und meinen Schwanz an ihre Öffnung führe. «Feucht. So wundervoll feucht.»

Sie drückt den Rücken durch, spreizt die Beine und lässt sich Stück für Stück auf mich sinken. Ich erkenne das Gefühl, in sie einzudringen, kaum wieder, denn nichts, was vor ihr kam, ist damit vergleichbar. Sie ist wie für mich geschaffen. Und ich für sie.

«O Gott», stöhnen wir beide zugleich.

Wie kann sie sich anders anfühlen als alles andere, woran ich mich erinnern kann? Vielleicht weil ich so lange warten musste? Oder weil sie sich noch nicht einmal bewegt hat und es trotzdem schon der beste Fick meines Lebens ist? Oder beides? Ich weiß es nicht. Was auch immer der Grund sein mag, ich verliere den Verstand, nachdem sie sich ganz auf mich hat sinken lassen und mein Schwanz ihre feuchte Wärme komplett ausfüllt. Selbstbeherrschung? Welche Selbstbeherrschung?

Ich spanne die Gesäßmuskeln an und stoße nach oben …

«Greer.»

Ein Kribbeln beginnt am unteren Ende meiner Wirbelsäule. «Scheiße, Baby. Sag meinen Namen erst, wenn du kurz davorstehst zu kommen.»

«Tut mir leid. Tut mir leid.» Wieder legt sie den Kopf an meine Schulter und stöhnt. «Oh mein Gott. Du fühlst dich so gut an.»

«Ich?» Ich ziehe mich zurück und stoße erneut in sie. «Du bist perfekt, so eng, so heiß.»

Ihre inneren Muskeln krampfen sich um mich zusammen. Sie lässt ihren Körper rollen, windet sich auf mir, lässt die Hüften kreisen – es ist die heißeste Bewegung, die ich je erlebt habe. «Ich tue alles, was du willst.»

Meine Brust hebt und senkt sich schnell, als ich tief ein- und ausatme. Meine Lust ist so intensiv, dass mir beinahe schwindelig wird. «Du wirst mich umbringen, oder?» Ich ziehe meine Hüften zurück, damit sie sich hochdrücken und dann wieder auf mich sinken lassen kann. Nach dem zweiten Mal haben wir einen gemeinsamen Rhythmus gefunden. Und, verdammt, dieser Rhythmus ist verflucht heiß. Unglaublich.

Ich muss mich zusammenreißen, um nicht zu schreien. Sie lehnt sich nach vorn und legt ihre Hände auf meine Knie. So kann sie sich abstützen, um mich mit kleinen Bewegungen ihres Beckens um den Verstand zu bringen. Ich packe sie mit beiden Händen und führe sie, während mein Schwanz in sie hinein- und wieder hinausgleitet. Es fordert meine ganze Konzentration, nicht unkontrolliert in sie zu stoßen und einfach in ihr zu kommen. Doch das werde ich nicht tun. Ich weiß nicht, was morgen sein wird, also werde ich sie heute genießen.

Der bloße Gedanke daran, von Danika getrennt zu sein, beschwört in mir Widerstand herauf. Macht es umso wichtiger, sie jetzt in Besitz zu nehmen. «Sprich mit mir.» Mit der Hand versetze ich ihrer rechten Pobacke einen weiteren Klaps, ehe ich nach vorn streiche, um ihre Klitoris zu reizen. «Magst du meinen Schwanz? Spürst du ihn gern so tief in dir?»

Sie zuckt, ihre leisen wimmernden Schreie erfüllen den Wagen, meinen Kopf, meine Brust. «Ja, ich liebe es. Ich liebe es … Aber ich liebe auch deine Finger … Ich bin nicht … Ich kann nicht warten …»

Ich streichele weiterhin mit einer Hand ihre Klitoris. Mit der anderen umfasse ich ihren Hals und bringe sie dazu, sich an meine Brust zu legen. Scheiße, der Anblick, den sie von diesem Blickwinkel aus bietet, ist so heiß, dass ich mit rasender Geschwindigkeit auf den Höhepunkt zufliege. Ihr Körper wird vom Schein der Straßenlaterne erhellt, die in einiger Entfernung steht. Ein reizvolles Spiel von Licht und Schatten zeigt sich auf ihren Kurven, als sie sich immer wieder anhebt und auf mich sinken lässt, bis hinunter zur Wurzel meines Schwanzes gleitet, wo ihre inneren Muskeln sich zusammenziehen. Sie ist magisch. Daran habe ich keinen Zweifel. «Es ist der Schwanz eines Mannes, Danika.» Ich erhöhe den Druck meiner Hand an ihrem Hals. Gerade so viel, dass sie erregt nach Luft schnappt. Ihr Körper bewegt sich schneller – genau wie meine Finger auf ihrer Klitoris. «Keine Jungs mehr für dich.»

An meine Schulter gelehnt, schüttelt sie den Kopf. «Greer, oh, ich …» Sie unterbricht sich, um einen Schrei zurückzuhalten. Ihre Schenkel erzittern. «Greer.»

Ich dachte eigentlich, dass ich es lange genug aushalten könnte, um ihr einen zweiten Höhepunkt zu schenken. Aber sobald ihre Muskeln sich pulsierend um meinen Schwanz schließen, weiß ich, dass es ein Wunschtraum ist, dem Rausch der Lust länger zu widerstehen. «Verdammt, Baby. Du reißt mich mit.» Tief in meinem Innersten spüre ich ein Nachgeben, ehe ich in ihr Haar schreie, als ich den phänomenalsten Orgasmus erlebe, den ich je hatte. Ich komme in ihr. Endlich. Endlich. Es tut weh, aber es passiert … Und dann tut es auch nicht mehr weh, denn der größte Teil der Lust entlädt sich. «Du bringst mich um. Hör nicht auf. Beweg dich. Beweg dich. Hör nicht auf.»

Mein Körper stößt weiter in sie, in ihre enge Muschi, die sich immer wieder zusammenzieht, bis mir schließlich schwarz vor Augen wird. *Mein.* Das Wort hallt in meinem Kopf wider, aber ich beiße mir auf die Unterlippe, um es nicht laut auszusprechen.

Als sie wie eine Marionette, der man die Fäden durchtrennt hat, nach hinten sinkt, sacke auch ich auf der Rückbank erschöpft in mich zusammen. Mein ganzes Leben lang habe ich mich, wenn ich meinen Bedürfnissen nachgegeben und mit einer Frau geschlafen habe, unmittelbar nach dem Sex aus ihr zurückgezogen. Vielleicht war ich aber auch nie richtig mit einer Frau verbunden. Das hier ist vollkommen anders. Das Geräusch unserer flachen Atemzüge erfüllt den Wagen, und ich spüre die Bewegungen ihres Körpers auf mir … Mit der Hand streichele ich über ihren Unterarm – ohne zu drängen, ohne Hektik. Das ist neu.

Es ist beängstigend, wie gut es sich anfühlt.

Und wenn sich etwas so unglaublich anfühlt wie das hier, ist der Schmerz, wenn man es verliert, nur noch größer. Ich schließe die Augen und sehe Dinge vor mir, die ich nicht sehen will. Visionen von dem Einsatz heute, von dem Nachmittag vor so langer Zeit. Gott, selbst von dem Telefonanruf, den ich vor einigen Tagen erhalten habe und durch den ich erfuhr, dass Danika Zeugin eines Raubüberfalls war. All das wird in meinem

Kopf wieder abgespult. All das erinnert mich daran, warum ich mich nicht an andere Menschen binde. Wieso kann ich mich, was diese Frau betrifft, nicht an meine eigenen Regeln halten?

Mir wird bewusst, dass ich zu lange geschwiegen habe, als Danika sich aufrichtet und von meinem Schoß rutscht. Ohne mich anzusehen, hebt sie den Po an und zieht ihre Hose wieder hoch. Sie greift nach ihrem Shirt und ihrem BH und beginnt, alles anzuziehen. Ich beobachte sie dabei. In meiner Tasche finde ich ein Desinfektionstuch, entsorge das Kondom darin und mache den Reißverschluss meiner Hose wieder zu. Was soll ich jetzt sagen? Können wir das bitte noch mal wiederholen? Ich bin vorhin angeschossen worden, und dir ist es trotzdem gelungen, diesen Abend zu einem der besten meines Lebens zu machen? Solche Worte führen unweigerlich dazu, dass man sich bindet. Doch das kann ich ihr nicht bieten. Ich stecke schon viel zu tief in der Sache drin.

Als sie mir über ihre Schulter hinweg einen Blick zuwirft und dann aus dem Wagen steigen will, gerate ich jedoch in Panik. Trotz allem kann ich nicht zulassen, dass sie glaubt, mir hätte das hier überhaupt nichts bedeutet.

Blitzschnell strecke ich den Arm aus und umfasse ihre Taille. Ein Moment vergeht, als ich sie an meine Brust ziehe. Mein Herz pocht wie wahnsinnig. «Du wirst mir einen Kuss geben», knurre ich.

«Es ist vorbei.» Sie gibt sich wieder überlegen, aber ich weiß, dass es nur gespielt ist. Natürlich weiß ich das, denn immerhin habe ich meine Wange an ihren Hals geschmiegt, wo ihr Pulsschlag hämmert. «Du hast nicht mehr das Sagen.»

«Willst du, dass ich dich darum bitte?»

Sie zögert, doch sie wendet mir ihr leicht errötetes Gesicht zu. Unsere Lippen sind bloß noch wenige Zentimeter voneinander entfernt. «Ja.»

«Küss mich, bitte.»

Sie fährt mit der Zungenspitze über ihre Oberlippe. «Nein.»

«Nein?»

Mit ihren braunen Augen mustert sie mich. Ich kenne diesen Blick. Ich begleite sie schon seit Monaten als ihr Ausbilder, also weiß ich, dass sie gerade über die Lösung eines Problems nachgrübelt. Allerdings weiß ich nicht, worum es geht. Unwillkürlich halte ich die Luft an und warte. «Wenn du einen Kuss möchtest, finde einen Weg, um mich wiederzusehen, und hol ihn dir.»

Damit löst sie sich aus meinen Armen, steigt aus dem Wagen und setzt sich wieder auf den Beifahrersitz. Volle zehn Sekunden bleibe ich wie vom Donner gerührt sitzen, bevor ich wie ferngesteuert auf dem Fahrersitz Platz nehme und den Wagen starte.

Als ich sie fünf Minuten später vor ihrer Wohnung absetze, zwinkert sie mir zu, ehe sie aus dem Auto steigt. Kein Auf Wiedersehen, kein nichts. Dennoch lächele ich, als ich das Ende des Blocks erreiche. Wenn ich mich nicht irre, wurde gerade all meinen Regeln eine schonungslose Absage erteilt. Ich wurde herausgefordert. Und ich habe keine Ahnung, was ich davon halten soll.

Aber eines weiß ich sicher.

Ich respektiere diese Frau, und sie macht mir Angst …

Und ich bin jetzt besessen davon, mir diesen Kuss zu holen.

KAPITEL 18

Danika

Niemand kann sagen, dass Danika Silva sich vor einer Herausforderung drückt, oder?

Es ist Donnerstagabend – genau vierundzwanzig Stunden nach meinen öffentlichen Sex-Eskapaden –, ich bin bereits im Pyjama, und mein Haar ist von der Dusche noch feucht. Ich sitze auf der Bettkante und höre die gedämpften Geräusche des Fernsehers, die durch die geschlossene Tür in mein Zimmer dringen. Ich halte das Handy in der Hand und drehe es hin und her, während ich versuche, meinen ganzen Mut zusammenzunehmen, um den obligatorischen Anruf beim Lieutenant zu machen. Alias Greer. Alias der Sensenmann. Alias der Orgasmus-Spender.

Unter meinem Nachthemd habe ich überall am Körper eine Gänsehaut. Gott, so geht es mir schon den ganzen Tag über. Aber ich kann mich jetzt nicht schon wieder ablenken lassen und mir noch einmal den kleinen Zwischenfall auf dem Rücksitz ins Gedächtnis rufen, weil ich mich auf den bevorstehenden Anruf konzentrieren muss. Ganz zu schweigen von dem Fehdehandschuh, den ich vergangene Nacht geworfen habe.

Der Lieutenant hat den Fehler gemacht, sich mir gegenüber

zu öffnen. Er hat mir von seinem ehemaligen Partner erzählt und mir anvertraut, dass der Job ihm an die Nieren geht. Damit ist er jetzt nicht mehr nur mein Ausbilder. Er ist nicht mehr nur der harte Typ mit den krassen Muskeln und dem finsteren Blick. Er ist echt. Er ist ein Mensch, der zögert, auf einen anderen Menschen zu schießen, auch wenn der schon eine Waffe zieht. Er ist ein Mensch, der mir Briefmarken besorgt, um seinen Freund trauert, einen Buchclub leitet und sich vor dem Department hinter meinen Cousin gestellt hat.

All diese Dinge haben ihn in meinen Augen bloß noch anziehender gemacht.

Und sie haben zugleich die Chance, dass ich verletzt werde, um ein Vielfaches erhöht.

Doch es gibt etwas in mir, das nicht zulässt, dass Greer mich einfach wegstößt. Es wäre natürlich der leichteste Weg, mit der Sache umzugehen, oder? Sicherlich könnten wir noch ein paar gemeinsame «Zwischenfälle» haben. Danach würden wir unserer Wege gehen und es einen Ausrutscher nennen. Als wäre ich aus Versehen gestolpert und auf seinem Schwanz gelandet.

Aber das will ich so nicht. Was wir im Schatten des Franklin D. Roosevelt East River Drive getan haben, war für mich alles andere als ein «Zwischenfall» oder ein «Ausrutscher». Und ich werde nicht so tun, als wäre Greer für mich Zeitverschwendung. Das ist er nicht. Dieser Typ, der mir die Sondermarken geschenkt, mich im Beisein meiner Eltern gelobt und einen Verdächtigen nicht ausgeschaltet hat, obwohl er damit sein eigenes Leben aufs Spiel setzte. Wenn ich nicht versuche, ihn davon zu überzeugen, dass die Welt nicht untergeht, wenn er glücklich ist, werde ich es bereuen.

Greer hat sich, was mich und uns betrifft, nicht zu mehr verpflichtet. Trotzdem werde ich das Gefühl nicht los, dass er mehr will. Auch wenn er Angst hat, es zuzugeben.

Ich drehe das Handy noch einmal um – nur zur Sicherheit –, ehe ich die Schultern straffe, die Nummer des Lieutenants wähle und ein nervöses Keuchen unterdrücke. Das ist der Mann, für den ich mich gestern ausgezogen habe. Und ich hatte das letzte Wort. Warum bin ich also nervös? Ahhh!

Es klingelt einmal. «Ich bin ruhig. Ich bin cool … *I am woman, hear me roar …*»

«Gut zu wissen.»

Mir schlägt das Herz bis zum Hals. Wann hat er das Gespräch angenommen? «Komm schon. Meldest du dich gar nicht, wenn du abnimmst?»

«Meine Rufnummernerkennung hat mir gezeigt, wer dran ist.»

Sein Tonfall ist ganz neutral. Im Hintergrund kann ich hören, wie Stuhlbeine über den Boden scharren, ich höre knisternde Funkgeräte und Gemurmel, also weiß ich, dass er auf dem Revier ist. Nicht, dass er etwas Nettes in den Hörer säuseln würde, wenn er an einem privateren Ort wäre. Wir sprechen hier von Greer. Dem Mann, der ständig finster dreinblickt und der lauter als alle anderen eine Trillerpfeife blasen kann. «Ich wollte eigentlich nur Meldung machen.»

Es herrscht kurz Schweigen. «Wie … geht es dir?»

Oh mein Gott, wie er die Frage stellt. Als wäre sein Mund direkt an meinem Ohr und als würde er sich nach dem Befinden meiner Vagina erkundigen, oder? «Gut», bringe ich atemlos hervor. «Ich bin nicht wund.» Scheiße, er hat sich doch nach meiner Vagina erkundigt, oder? Ich schlage eine Hand vors Gesicht. «Wie war dein Tag?»

«Ich hatte viele Termine und einiges an Papierkram zu erledigen. Gestern habe ich immerhin meine Waffe abgefeuert», ruft er mir ins Gedächtnis. Als könnte ich die Geschehnisse auch nur für eine Sekunde vergessen.

«Ich weiß. Ich war dabei.» Ich presse die Lippen aufeinander und lache leise. «Beide Male.»

«Gott, Danika», stößt er hervor. Sein erstickter Ton ist unbezahlbar. Er braucht einen Augenblick, um sich zu sammeln und um weitersprechen zu können, und als er es tut, hat er die Stimme gesenkt. Inzwischen fühlt es sich so an, als würde er neben mir sitzen. «Der Mann, den ich angeschossen habe, wird gerade psychiatrisch untersucht. Aber er wird wieder gesund.»

Die Art, wie er mir das erzählt, beweist, dass er sich Sorgen gemacht hat. Zu wissen, dass Greer sich Sorgen um jemanden macht, der ihm eine Kugel in die Brust jagen wollte, weckt in mir die Zuversicht, dass er mehr zu geben hat. «Hast du ihn besucht?», will ich wissen und lege eine Hand an meinen Hals.

«Ich war nicht in seinem Zimmer, aber ich habe mich am Empfang nach ihm erkundigt.» Er macht eine Pause. «Ich hätte nicht gewusst, was ich sagen soll.»

Echt? Dieser Mann, der einen Rekruten aus fünfzig Metern Entfernung dazu bringen kann, mit irgendeinem Scheiß aufzuhören? «Sie haben ihm bestimmt gesagt, dass du da warst. Das ist mehr, als die meisten anderen Cops tun würden.» Mein Bedürfnis, zu ihm zu fahren und ihn fest in die Arme zu schließen, zwingt mich dazu, den Hörer von mir wegzuhalten und langsam und bedächtig durchzuatmen. «Wenn du noch einmal zu ihm gehen möchtest, kann ich … mit dir kommen.»

Er erwidert so lange nichts darauf, dass ich mir nicht sicher bin, ob er überhaupt noch antworten wird. «Danke für das Angebot, aber sie werden ihn wahrscheinlich schon morgen in eine andere Einrichtung bringen.»

«Gut. Behalte es einfach im Hinterkopf.» Ich kann beinahe hören, wie die Zeiger der Uhren ticken. Je länger wir uns unterhalten, desto intimer und vertrauter wird es, und Greer glaubt nicht, dass er das möchte. Jedenfalls nicht die emotionale Art von Intimität. Ich baue auf das Gegenteil, also suche ich nach einem Weg, um ihn weiter in ein Gespräch zu verwickeln. «Äh … Ich habe über etwas nachgedacht, das du gestern gesagt hast.» Ich fahre mit der Zungenspitze über meine Lippen, die mit einem Mal ganz trocken sind. «Wie sollen mir Gummihandschuhe und Nasenklammern dabei helfen, an Sondermarken für meine Sammlung zu kommen?»

Er räuspert sich geräuschvoll. «Habe ich … das gesagt?»

Mein Polizist-in-der-Ausbildung-Sinn schlägt Alarm. «Du weißt, dass du das gesagt hast.»

Ich kann hören, wie Greer einige Papiere auf seinem Schreibtisch hin und her schiebt, ehe er laut seufzt. «Eine alte Dame hat die letzten Marken bekommen, okay? Ich habe ihr Bargeld geboten, aber sie wollte sie nicht verkaufen.»

Ich spüre ein Flattern in meiner Magengegend, als ich mir vorstelle, wie Greer mit einer alten Dame verhandelt, damit ich etwas, das ich mir gewünscht habe, bekomme. Er muss so verzweifelt gewesen sein, dass er sich auf einen Handel eingelassen haben muss. Krass. «W… Wie viel Bargeld?»

«Das spielt keine Rolle.»

Ich lache auf. «Das kann bloß jemand sagen, der nicht von Toastbrot und übrig gebliebener Pizza leben muss.»

«Ist das alles, was du isst?» Ein Herzschlag vergeht. Ich kann seinen ärgerlichen Blick fast spüren. Das Flattern in meiner Magengegend wird bei dem Gedanken daran, dass er sich Sorgen über meine Ernährung machen könnte, immer heftiger. «Sind denn niemals … Schokoriegel dabei?»

«Doch. Manchmal.» Ich verenge die Augen zu schmalen Schlitzen, als ich höre, wie er ausatmet. «Du versuchst gerade, das Thema zu wechseln. Wie bist du an die Briefmarken gekommen, wenn die alte Dame dein Geld nicht wollte?»

Ist das das Geräusch von Zähnen, die aufeinandergebissen

werden? «Hast du eine Ahnung, um was man sich alles kümmern muss, wenn man neun Katzen besitzt, Danika?»

«Nein.»

«Das willst du auch gar nicht.»

Ich lege mich auf den Fußboden und tue so, als würde ich auf dem Holzboden einen Schneeengel machen. Wenn er mich jetzt sehen könnte, würde er mich garantiert für eine Irre halten, aber ich kann die Champagnerbläschen, die in meinem Magen, in meiner Brust zu platzen scheinen, nicht anders unter Kontrolle halten. «Dann hast du Katzenklos sauber gemacht, um im Gegenzug dafür die Marken zu bekommen? Du hast das tatsächlich getan.»

«Ich komme zu spät zu meiner nächsten Besprechung.»

«Lügner.» Ich drehe den Kopf und lache in meine Schulter, bevor ich den Hörer wieder an meinen Mund halte. Mein Blick ist seltsam verschwommen, als ich zur Decke schaue und versuche, mir vorzustellen, wie er an seinem Schreibtisch sitzt und in seiner Uniform so unglaublich autoritär, eindrucksvoll und scharf aussieht. «Danke.»

Er stöhnt. Zweimal. «Du hast morgen früh Training. Du solltest dich lieber hinlegen, damit du genug Schlaf bekommst.»

«Ja, Lieutenant.» *Wage den Schritt.* Wenn er sogar bereit ist, Katzenmist zu schaufeln, um an Briefmarken für mich zu kommen, dann kann ich mir unmöglich nur einbilden, dass da etwas zwischen uns ist. «Hör mal, morgen Abend feiern wir den Geburtstag meiner Mutter. Bei meinen Eltern zu Hause. Du weißt schon. Dort, wo es das köstliche Brathähnchen gibt. Charlie und die anderen werden auch da sein.» Nichts. Er antwortet nicht. Ich sterbe. «Du musst jetzt nicht antworten, okay? Du sollst es einfach nur wissen. Dann kannst du mit der Information anstellen, was du willst.»

«Ich habe morgen Abend Dienst.»

Die Enttäuschung ist wie ein Gewicht auf meinen Schultern und zieht mich unbarmherzig herunter. Doch es gelingt mir, locker zu klingen und mir nichts anmerken zu lassen. «Alles klar.» Ich schlucke. «Gute Nacht, Greer.»

Das Geräusch seines Atems hängt zwischen uns, als er die Luft ausstößt. Dann sagt er: «Gute Nacht, Danika.»

Ich hatte schon seit langem keinen Grund mehr, mich schick zu machen – es sei denn, man zählt mein in letzter Minute vereiteltes Date dazu. Meine Mutter hat nie laut ausgesprochen, wie sehr sie meine Yogahosen hasst. Aber ihr Verhalten, wenn ich so bekleidet bei ihr auftauche, sagt mehr als tausend Worte: Sie schürzt die Lippen und tut so, als müsste sie unsägliche Schmerzen erdulden. Aber beim Gedanken an das rote Kleid, das in meinem alten Zimmer im Schrank hängt, muss ich lächeln. Sie wird meine Yogahosen anschließend nur noch mehr hassen, doch das ist es mit Sicherheit wert.

Sobald der Unterricht auf der Akademie zu Ende ist, mache ich mich schleunigst auf den Weg. Ich habe Deko besorgt und sie zusammen mit meinen Wechselklamotten bereits ans andere Ende der Stadt gebracht. Wie geplant ist die Wohnung leer, als ich ankomme. Während mein Vater meine Mutter mit einem Kinobesuch ablenkt, schmücke ich das Apartment und renne mindestens siebenmal zum Laden nebenan, um Snacks, Wasser, Bier und ein Riesensandwich zu holen, das größer ist, als ich selbst es bin.

Nachdem ich den letzten Luftballon an die Rückenlehne eines Stuhls im Esszimmer gebunden habe, mache ich einen Schritt zurück und betrachte mein Werk. Nicht schlecht. Das Bier liegt im Doppelwaschbecken auf Eis. Weitere Flaschen befinden sich im Kühlschrank. Auf jeder verfügbaren Fläche stehen Schüsselchen mit Snacks, und es gibt Massen von Ballons. Ein kurzer Blick auf die Uhr sagt mir, dass die Gäste in ungefähr einer halben Stunde kommen werden, und ich kann es nicht länger vor mir herschieben, mich hübsch zu machen.

Einige Minuten später kämpfe ich mit dem Reißverschluss des Kleides und versuche, nicht darüber nachzudenken, wie Greer wohl reagieren würde, wenn er mich darin sähe. Er hat Dienst, also wird er mich so nicht zu Gesicht bekommen. Es war wahrscheinlich zu viel und zu früh, ihn einzuladen, doch mir gefällt die Vorstellung nicht, dass er so viel Zeit allein verbringt, vor allem, da er gerade erst angeschossen wurde. Sicher, er hat seinen Buchclub, aber ich weiß nicht, ob ein Treffen mit einer Horde von harten Cops, die über Kriminalromane diskutieren, eine wirkliche Auszeit vom Polizeialltag ist. Er braucht Freunde.

Ich kann doch eine Freundin sein und mir trotzdem wünschen, ihn nackt zu sehen, oder?

Mir bleibt kaum Zeit, um meine Haare zu einem lockeren Knoten zu stecken und in meine High Heels zu schlüpfen, als unten auch schon die Klingel schrillt. In den nächsten Minuten kommen die Leute an und verteilen sich in der Wohnung meiner Eltern. Frauen aus der Kirchengemeinde meiner Mutter, ihre Ehemänner und ein paar Nachbarn, die schon in Hell's Kitchen leben, seit ich denken kann. Charlie taucht mit Ever im Arm auf. Ihnen folgt Jack, der eine leicht errötete Katie mitbringt – kein Wunder, dass sie rot geworden ist, denn ich bin mir ziemlich sicher, dass Jack ihr gerade noch die Zunge ins Ohr gesteckt hat.

Als Ever bei meinem Anblick einen kleinen Pfiff ausstößt, drehen sich alle Gäste zu uns um. «Mann, das Kleid steht dir toll.»

Das erweckt Jacks Aufmerksamkeit, und noch bevor er den Mund aufmacht, weiß ich – ich weiß es einfach –, dass mein bester Freund mich aufziehen wird. So machen wir das halt.

«Was ist passiert, Danika? Hast du eine Wette verloren?» Grinsend streckt er den Arm aus und wuschelt mir durchs Haar. Ich schlage seine Hand weg. «Wurde auch mal Zeit, dass jemand außer mir bei einer Wette den Kürzeren zieht.»

Er bezieht sich auf die Wette, die er gegen mich verloren hat und die der Grund dafür war, dass er auf der Polizeiakademie gelandet ist. Tja. Ich spiele mit unfairen Mitteln und bereue nichts. «Ich finde nicht, dass du den Kürzeren gezogen hast», entgegne ich und weise mit einem vielsagenden Kopfnicken auf Katie.

«Verdammt, nein.» Jack zieht seine Freundin an sich und haucht ihr einen Kuss auf die Stirn. «Das hier ist der größte Gewinn meines Lebens.»

«Gern geschehen», erwidere ich und klimpere mit den Wimpern. Als ich mich Charlie und Ever zuwende, fällt mir auf, dass Charlie stiller ist als sonst. Er ist für gewöhnlich immer voller Energie und sucht nach Wegen, um sich nützlich zu machen, doch jetzt wirkt er verhalten. «Ist alles in Ordnung mit dir?», erkundige ich mich.

«Ja. Tut mir leid.» Sein angespanntes Lächeln soll mich offenbar beruhigen. «Du hast wahrscheinlich schon gehört, dass mein verdammter Bruder, dieser Arsch, sich gestern hat anschießen lassen.»

Gut, offenbar weiß also sonst niemand, dass ich ebenfalls da war. Wenn Greer einen Grund hatte, mich Charlie gegenüber nicht zu erwähnen, dann werde ich keine schlechte Stimmung zwischen den beiden verbreiten, indem ich dieses kleine Geheimnis verrate. Außerdem hat Greer mir einen Gefallen getan und niemandem gesagt, dass ich bei dem Beinahe-Raubüberfall in dem Frozen-Yogurt-Laden vor Ort war und im Augenblick bei ihm auf Bewährung bin. Was gut ist, denn das hätte bestimmt zu einer Menge unangenehmer Fragen geführt. Wie zum Beispiel: *Bist du verrückt?* Oder: *Was genau beinhaltet denn diese … Bewährung?*

Ach, nichts. Nur wilden Sex.

«Ich habe davon gehört, ja.» Ever und ich wechseln einen ernsten Blick. «Es geht ihm doch wieder gut, oder? Sieh es mal so: Statistisch gesehen, wird er eher von Pfauen zu Tode gepickt, als noch einmal angeschossen zu werden. Vielleicht war es ja gut so.»

Ever nickt. «Und einem Menschen, der das Wort ‹statistisch› benutzt, muss man glauben.»

Endlich lacht Charlie und scheint sich ein wenig zu entspannen. «Irgendwie hat das tatsächlich geholfen.»

«Vielleicht würdest du dich noch besser fühlen, wenn du ihn einfach mal besuchst.» Der Vorschlag ist mir über die Lippen gekommen, ehe ich es verhindern kann. Wer bin ich, dass ich Charlie sage, wie er mit seinem großen Bruder umgehen soll? Es geht mich überhaupt nichts an. Gut, Greer hat mir anvertraut, dass er sich ausgebrannt fühlt. Wenn Charlie das wüsste, würde er sich wahrscheinlich zehnmal so viel Mühe geben, um für Greer da zu sein. Auch wenn ich Charlie nicht sagen kann, dass es seinem Bruder nicht so gutgeht, dürfte ein kleiner Schubs in die richtige Richtung bestimmt erlaubt sein, oder? «Er nimmt sich wahrscheinlich nie eine Auszeit, aber vielleicht lässt er die Arbeit mal ruhen, wenn du bei ihm vorbeischaust.»

«Ja.» Charlie wirft mir aus leicht zusammengekniffenen Augen einen wissenden Blick zu. Damit will er mir sagen, dass ich nicht so ruhig und gelassen rüberkomme, wie ich glaube. «Das könnte ich natürlich machen.»

Ich will dem forschenden Blick meines Mitbewohners entkommen und klatsche in die Hände. «Also … Was kann ich euch zu trinken bringen?»

Sobald ich jemandem ein neues Getränk gebracht habe, ist

irgendwo anders schon wieder ein Glas leer. Die Zeit vergeht wie im Fluge. Zu dem Zeitpunkt, als meine Eltern zurückerwartet werden, sind die Damen von der Kirchengemeinde bereits ordentlich angeschickert, Robbie hat die Rolle des DJs übernommen und den Lehnsessel mit Beschlag belegt – für sich und sein iPhone –, und meine Füße bereuen schon, dass ich mich für die High Heels entschieden habe. Dank des Nachbarn, den ich am Fenster platziert habe, damit er Ausschau nach meinen Eltern hält, gelingt es mir, alle so weit zur Ruhe zu bringen, dass wir meine Mutter überraschen können, als sie zur Tür hereinkommt. Ich sehe der Frau an, dass sie selbstverständlich von der Party wusste, auch wenn sie einen Riesensatz zurückmacht und dramatisch nach Luft schnappt.

Jemand sollte Hollywood anrufen.

«Und meine Tochter trägt ein Kleid.» Sie küsst ihre Fingerspitzen. «Das ist das beste Geschenk von allen.»

«Gewöhn dich lieber nicht an den Anblick», entgegne ich und reiche ihr ein Glas Wein.

Jack verliert keine Zeit. Er schnappt sich meine Mutter und beginnt, mit ihr zu tanzen. Die Party geht weiter. Als noch weitere Gäste kommen, muss ich einsehen, dass unsere Getränkevorräte und Snacks zur Neige gehen. Ich könnte natürlich Charlie oder Jack in den Laden an der Ecke schicken, um Eis und noch ein paar Sixpacks zu besorgen, aber die beiden haben gerade so viel Spaß. Außerdem fühlt es sich falsch an, Jack loszuschicken, um Alkohol zu kaufen – obwohl er gar nicht vorhat, ihn zu trinken. Also beschließe ich, selbst loszugehen und Nachschub zu besorgen. Ich werde zurück sein, noch bevor eines der Schüsselchen mit Chips leer ist und wieder aufgefüllt werden muss.

Mit meinem Portemonnaie in der Hand gehe ich zur Eingangstür, öffne sie und …

… laufe Greer in die Arme.

KAPITEL 19

GREER

Danika prallt von mir ab, und ich beeile mich, sie an den Ellbogen zu packen, damit sie nicht hinfällt. Gerade will ich ihr einen Vortrag darüber halten, vorsichtiger zu sein, als ich sie ansehe. Und zwar bewusst.

Verdammt. Ich hätte nicht mit einem Kleid gerechnet. Es ist … rot. Moment mal, was ist mit ihren Haaren los?

Es ist nett. Genau genommen ist es toll. Ihr Haar ist an den Seiten offen, aber trotzdem zurückgesteckt, sodass es ihr nicht ins Gesicht fällt. Eine Strähne klebt gerade an ihrer glänzenden Unterlippe. Trägt sie auch Lippenstift?

Das Gefühl ihrer zarten Haut unter meinen Fingerspitzen lenkt mich von ihrem Aussehen ab. Doch nur für ein paar Sekunden. Dann richtet sie sich auf, und ich starre sie wieder an wie ein verdammter Idiot.

Ich muss an den ersten Tag auf der Akademie denken, als sie hereinkam und ich sie zum ersten Mal sah. Sie trug Jeans, ein T-Shirt und Sneakers. Ihr Haar hatte sie zu einem Pferdeschwanz gebunden, der lustig auf und ab wippte. Sie zog damals alle Blicke auf sich. Ich musste sogar in meine Unterlagen schauen, als ich meine Standardansprache vor den neuen Rekruten hielt, weil sie sich in die erste Reihe gesetzt hatte und mich mit ihren großen braunen Augen musterte. Ich mag diese Version von ihr. Die toughe Rekrutin, die ihren Worten auch Taten folgen lässt. Ich bin mir noch nicht sicher, wie ich die Sache mit dem roten Kleid finden soll, aber eines ist klar: Falls auf dieser Party Singlemänner sein sollten, werde ich sie persönlich vor die Tür begleiten. In Handschellen, falls es nötig sein sollte. Bin ich vollkommen irrational? Ja. Ganz zu schweigen davon, dass ich selbstsüchtig bin, wenn man bedenkt, dass ich für Danika niemals jemand sein werde, mit dem sie eine feste Beziehung führen kann.

«Ich habe die Tupperdose deiner Mutter wieder zurückgebracht», bringe ich hervor, obwohl meine Kehle gerade wie zugeschnürt ist. «Und dein BH ist zu sehen.»

Danika sieht mich an, als wäre ich etwas weich in der Birne. «Dann kümmere dich doch darum.»

Ich soll sie anfassen? Während sie das Kleid trägt? «Das sollte gar nicht nötig sein. Der BH sollte von deiner Kleidung verdeckt sein.»

Sie drückt zwei Finger an ihre Schläfe. «Lass uns noch mal von vorn anfangen, ja?»

«Großartige Idee», erwidere ich genauso genervt. Mit dem Gefühl, fehl am Platze zu sein. Und ein bisschen verzweifelt, weil ich Danika gern für mich haben würde – und zwar auf der Stelle –, obwohl ich weiß, dass ich das nicht sollte. «Nimm bitte die Tupperdose. Ich habe zehn Minuten gebraucht, um den verdammten Deckel wieder auf die Dose zu bugsieren, und ich will das nie wieder tun müssen.»

«Hattest du einen harten Tag?», erkundigt sie sich, und ein belustigter Ausdruck schleicht sich in ihre Augen.

«Ja», entgegne ich, weil es die Wahrheit ist.

Meine Antwort dämpft ihr Lächeln etwas, und sie nimmt

die Tupperdose entgegen. Sie runzelt die Stirn, als sie bemerkt, wie schwer die Dose ist, aber ich versuche, so zu tun, als wäre ich damit beschäftigt, mein Handy zu checken, während sie den Deckel abnimmt und hineinsieht. «Sind das Brownies?» Sie lässt die Dose sinken. «Brownies mit Glasur?»

«Sie sind für deine Mutter.» Die Leute bemerken inzwischen, dass ich im Flur stehe. Mein Bruder ist einer von ihnen, gefolgt von Jack und ihren Mädchen. Sämtliche Augenbrauen der kleinen Gruppe sind hochgezogen. Ich ignoriere das alles und sehe mich einmal kurz um, doch in der Wohnung scheint es keine Männer im heiratsfähigen Alter zu geben. Allerdings kann ich von der Stelle aus, an der ich stehe, natürlich nicht die gesamte Wohnung überblicken. Bin ich deshalb hierhergekommen? Um sicherzustellen, dass niemand anders sie haben kann – auch nicht ich selbst? «Ich kann nicht bleiben.»

Danika schüttelt den Kopf, betrachtet aber noch immer die Brownies. «Du bleibst.»

«Ich habe Dienst.»

«Du kannst ja fahren, wenn ein Notruf reinkommt.» Der Blick aus ihren braunen Augen trifft mich wie ein Meteorit. «Bitte?»

Mein Magen zieht sich zusammen. Hat sie zu mir je dieses Wort gesagt? Als ich es aus ihrem Mund höre, werde ich ganz heiß. Ich kann mich nicht von der Stelle rühren, weil sie mich gebeten hat zu bleiben. «Als ich das letzte Mal zu dir ‹bitte› gesagt habe, lautete deine Antwort Nein.»

Die Röte, die ihr in die Wangen steigt, zeigt mir, dass sie genau weiß, wovon ich spreche. «Ich werde aus dem Nein ein Ja machen, wenn du meiner Mutter die Brownies selbst gibst.»

«Das kommt mir ein bisschen persönlich vor.»

«Nicht so persönlich wie der Kuss, den ich dir gestatten werde», flüstert sie mir zu.

Gott. Wie ist es mir bloß gelungen, sie noch nicht aus dem Apartment zu zerren … *den ich dir gestatten werde* … Sie spricht in unserer Sprache. Die Sprache, die wir jedes Mal, wenn wir zusammen sind, gemeinsam weiterentwickeln. «Du bist eine harte Verhandlungspartnerin», sage ich und gehe auf sie zu, bis sie gezwungen ist, mir Platz zu machen. Sobald ich aus dem dunklen Flur ins Licht trete, passiert etwas vollkommen Verrücktes.

Jemand freut sich tatsächlich, mich zu sehen.

Danikas Mutter schießt wie ein parfümierter Vogel auf mich zu, eilt mit flatternden Flügeln durch die Gästeschar. «Lieutenant Burns, Sie sind zu meinem Geburtstag gekommen!»

«Ja.»

Bevor ich ausweichen kann, hat sie mich schon in die Arme geschlossen. Am anderen Ende des Raumes fallen Charlie beinahe die Augen aus dem Kopf. Wenn er nicht gleich aufhört zu starren, werde ich der Sache gern ein bisschen nachhelfen. Alle sehen mich an, als würden sie sich fragen, wer zum Teufel die Polizei gerufen hat, aber bis auf meinen Bruder macht niemand eine große Sache daraus, dass ich in der Öffentlichkeit umarmt werde. Und ich frage mich, wie ich mich damit fühle, dass ich bei Danikas Eltern doch tatsächlich einen ordentlichen Eindruck hinterlassen habe.

Ich fühle mich gut damit. Gefährlich gut.

Hinter mir drückt Danika mir diskret die Dose mit den Brownies in die Hand. Aber wie ihre Tochter sieht auch diese Frau anscheinend alles. Sie macht einen Schritt zurück und beäugt die Dose mit unter dem Kinn verschränkten Händen, bis ich sie ihr überreiche. «Ich habe Ihnen Brownies mitgebracht.»

«Oh, danke. Danke.» Ich verziehe das Gesicht, als sie den unmöglichen Deckel aufmacht, den Duft des Gebäcks einatmet und den Deckel dann ganz ohne Schwierigkeiten wieder verschließt. «Kommen Sie doch rein. Was möchten Sie trinken? Danika wird sich um Sie kümmern.»

Ja, darauf baue ich. «Milch, bitte. Ich bin im Dienst.»

Danika schüttelt angesichts meiner Wahl den Kopf, geht aber los, um mir meinen Wunsch zu erfüllen. Ihre Mutter hat sie dabei im Schlepptau. Ich stürme den beiden beinahe hinterher, als ich sehe, dass Danikas verdammtes Kleid rückenfrei ist, aber ich kann mich gerade noch zurückhalten, denn ich entdecke nach wie vor keine Junggesellen im heiratsfähigen Alter. Ich muss nur noch mal eben im Badezimmer und auf der Feuerleiter nachsehen, wenn sich die Gelegenheit dazu bietet.

Charlie, Jack, Ever und Katie kommen wie ferngesteuert auf mich zu. Ich stelle mir vor, sie hätten sich gerade wie Footballspieler vor Spielbeginn noch einmal im Kreis zusammengefunden und kurz die Strategie besprochen. Mein Bruder ist dabei bestimmt der Quarterback gewesen. *Benehmt euch unauffällig. Fertig? Los!* Und dann tun sie alle genau das Gegenteil. Es entgeht mir nicht, dass Jack nicht gerade begeistert wirkt, mich zu sehen. «Hey», beginnt Charlie, der eine Dose mit Limonade an seine Unterlippe drückt. «Also ... äh ... Wann hast du Danikas Mutter kennengelernt?»

«Ja, Sie wirken, als wären Sie die besten Kumpel», fügt Jack hinzu. «Die Mutter kennenzulernen ist nichts, das man einfach so tut – es sei denn, man hat ernsthafte Absichten.»

Ich habe das Gefühl, dass mein Hals in einem Schraubstock steckt, der langsam immer weiter zugedreht wird. «Bis vor ein paar Wochen hätten Sie eine ‹ernsthafte Absicht› nicht einmal erkannt, wenn sie Ihnen in den Hintern gebissen hätte, Garrett.»

Katie gefällt nicht, was ich zu sagen habe. «Das ist doch Unsinn. Zu mir war er immer anständig. Bis auf ein paar Mal.»

Sie schürzt die Lippen. «Und anschließend noch ein paar Mal …»

«Wir sollten uns nicht mitten auf der Party streiten», murmelt Ever mit einem angespannten Lächeln. «Ich weiß aus sicherer Quelle, dass die Mitglieder der Kirchengemeinde extrem gut im Lauschen sind.»

Mir liegt es auf der Zunge, Jack zu sagen, dass er mir gerade nichts erzählt, was ich nicht schon längst weiß. Ich habe mich auf dem Weg hierher selbst zurechtgewiesen, weil ich zu schwach bin, um mich von Danika fernzuhalten. Schließlich kann ich ihr nichts bieten außer Sex. Mein Mangel an ernsthaften Absichten hat mich seit Mittwochabend ständig beschäftigt. Ich bin mir durchaus bewusst, dass ich mich wie ein Arsch verhalte, und es tut weh, weil ich weiß, dass ich für meine Rekruten ein gutes Vorbild sein sollte. Und für meinen Bruder.

Mein Blick sucht die einzige Frau, die es je geschafft hat, mich dazu zu verleiten, die Regeln zu brechen …

Nachdem ich sie ungefähr zwanzig Sekunden lang beobachtet habe, wird mir klar, dass mir nicht gefällt, was ich da sehe.

Sie humpelt auf ihren hohen Hacken durch die Gegend. Das Glas mit der Milch für mich hält sie in einer Hand. Doch es gelingt ihr nicht, auch nur zwei Schritte in meine Richtung zu machen, bevor jemand anders sie um ein neues Getränk bittet, sich nach dem Kuchen erkundigt oder sie dazu einspannt, später in der Woche noch mal eben vorbeizuschauen, um etwas zu erledigen. Zum ersten Mal, seit ich angekommen bin, fallen mir die Luftballons auf. Die leuchtend bunten Ballons, die in unzähligen Farben erstrahlen, sind an strategisch geschickten Punkten in der Wohnung festgebunden. Nicht im Weg, aber trotzdem gut sichtbar. Es gibt ein Banner mit dem Namen ihrer Mutter. Wimpel und bunte Bänder hängen zu beiden Seiten des Schriftzugs. Papierlaternen in unterschiedlichen Größen sind an der Decke befestigt, und Kerzen stehen in Grüppchen auf einigen freien Oberflächen. «Wer hat ihr bei den Vorbereitungen für die Feier geholfen?», belle ich die vier Freunde an. «Habt ihr sie unterstützt?»

«Nein …» Jack sieht sich um, als würde ihm die Dekoration jetzt erst aufgefallen. Langsam gleiten die Blicke der anderen über das Bier, das im Waschbecken gekühlt wird, über das Essen, über die umgestellten Möbel. «Sie war nicht da, als wir nach Hause gekommen sind. Ich hätte ihr geholfen, wenn sie mich darum gebeten hätte.»

«Ich auch», sagt Ever. «Sie hat das doch nicht alles allein gemacht, oder?»

Niemand hat darauf eine Antwort. Nur ich kann es mir schon denken. Mein Magen beginnt zu schmerzen, als ich ihr dabei zusehe, wie sie alles managt, wie sie jedem, der sie um etwas bittet, freundlich zunickt und versucht, an alles zu denken. Wie oft macht sie so etwas? Ständig? Als ich das letzte Mal hier war, hatte sie gerade den tropfenden Wasserhahn repariert und vorher ein Rezept abgeholt. Ihr Cousin ruft sie wegen eines bevorstehenden Raubüberfalls an, und sie springt in ein Taxi und fährt hin, ohne Fragen zu stellen. Sie trägt die Welt – ihre Welt – auf den Schultern. Irgendwie liebe ich das an ihr. Und zugleich hasse ich es. Das soll mir mal ein Psychologe erklären.

Habe ich mich so sehr mit Danika beschäftigt, dass ich vergessen habe, warum ich sie überhaupt dazu verdammt habe, auf Bewährung zu sein? Sie ist ein Cowgirl, das die Lage immer ganz allein retten will – koste es, was es wolle. Aber ich werde nicht zulassen, dass das noch einmal passiert, wenn ich dabei bin.

Nach einer gefühlten Stunde gelingt es Danika endlich, sich von den anderen Gästen loszueisen, und sie kommt zu uns. Sie reicht mir das Glas mit der Milch. «Hey, tut mir leid, dass es so lange gedauert hat.» Sie steckt sich eine Haarsträhne hinters Ohr. «Ich bin gleich wieder da. Ich muss nur kurz loslaufen und etwas Bier besorgen …»

«Nein, das musst du nicht!», rufen alle wie aus einem Munde.

KAPITEL 20

Danika

Aus irgendeinem Grund, den ich nicht nachvollziehen kann, besteht Greer darauf, mich in den kleinen Laden an der Ecke zu begleiten. Er scheint sich mehr auf meine Füße zu konzentrieren als auf alles andere, aber ich bin so dankbar dafür, die Party einmal kurz verlassen zu können, dass ich einfach mein Gehirn ausschalte und die kühle Nachtluft auf meinen nackten Armen genieße.

Als ich zu Greer aufsehe, hat er seinen finsteren Blick auf meinen Rücken gerichtet. «Willst du mir von deinem harten Tag erzählen?», frage ich.

«Nein, ich möchte, dass du mir von deinem erzählst.»

Was sind das nur für Stimmungsschwankungen? Als er ankam, hatte er schlechte Laune. Seine Stimmung besserte sich, als ich ihm versprach, ihn zu küssen. Jetzt scheint er wieder ein Nickerchen zu brauchen. «Du klingst wie jemand, der sich wahnsinnig bemüht, ruhig zu bleiben.»

«Sehr gut beobachtet.» Ich ziehe bloß fragend die Augenbrauen hoch und warte darauf, dass er fortfährt. «Du hättest jemanden bitten können, Bier zu holen. Oder dir bei den Vorbereitungen für die Feier zu helfen. Deine Familie und deine

Freunde würden sich wahrscheinlich ein Bein ausreißen, um dich zu unterstützen, aber du bittest nie jemanden um Hilfe. Das ist eine solche Verschwendung, Danika.»

Es fühlt sich an, als wäre mein Blut ganz leicht und würde prickeln – so, als wäre es mit Champagnerbläschen versetzt. Alles nur, weil er sich Zeit nimmt, um mich zu beobachten. Es ist dumm, doch ich kann es nicht ändern. «Vielleicht sammele ich bloß, um mal einen ganz großen Gefallen einzufordern.»

«Darüber kann ich nicht lachen.»

«Weißt du denn überhaupt, wie man lacht?»

Mit seinem Blick könnte er Schulkinder so erschrecken, dass sie nach ihren Müttern schreien. «Wenn ich nicht gekommen wäre, würdest du allein die Tenth Avenue entlanglaufen. Im Dunkeln. Und so heiß, wie du aussiehst, könntest du selbst einen Mönch in Versuchung führen. Du bist erschöpft, an deinen Knöcheln sind wunde Stellen, und dein Plan war es, einen Haufen Bier vier Blocks weit zu schleppen und zwei Treppen hochzuwuchten – und das alles ohne Hilfe. Warum? Und wenn du mir jetzt sagst, dass die Leute durstig sind, werde ich dafür sorgen, dass deine Bewährung noch viel schlimmer wird.»

Tja, nun wird es wirklich interessant. «Und wie willst du das anstellen?»

«Du würdest dich zweimal am Tag bei mir melden müssen. Von jetzt an.»

Amateur. «Die Leute sind durstig.»

Ich habe gerade zugegeben, dass ich gern mit ihm rede, was mich auf der Verletzbarkeitsskala auf eine Zehn schnellen lässt. Ich meine, er könnte mir auf so viele Arten weh tun. Er könnte mir sagen, dass er es nicht ernst meinte, und ich muss ihn nicht zweimal am Tag anrufen. Oder er könnte mir sagen, dass ich die Sache viel ernster nehme, als geplant war. Leider bewirkt seine Reaktion auf meine Worte, dass mein masochistisches Herz noch schneller schlägt. Er starrt mich mit überraschter Miene an, als könnte er nicht glauben, dass ich noch öfter mit ihm sprechen will.

«Ähm, wie auch immer.» Ich stoße die Luft aus, und der Laut hängt einen Moment in der Stille zwischen uns. «Da du dir ja seltsamerweise Sorgen machst … Ich bin mir nicht sicher, warum ich alles allein schaffen will. Ich mache es einfach schon so lange auf diese Weise.» Ich presse die Lippen aufeinander, denke zurück und suche nach einer besseren Antwort. «Als mein Vater sich am Rücken verletzte, fing ich an, im Haus Dinge zu reparieren, schwerere Sachen zu heben und so weiter. Meine Mutter mag wie ein zartes Vögelchen wirken, aber sie ist ganz schön robust. Sie könnte also für meinen Vater einspringen, aber so verbringen wir Zeit zusammen. Es macht sie glücklich. Ich mache Menschen gern glücklich, selbst wenn ich ihnen dazu auf die Nerven gehen muss.» Wir erreichen den Laden, und Greer folgt mir durch die offen stehende Tür. «Schadet das meiner Glaubwürdigkeit als toughe Rekrutin?»

«Nein», antwortet Greer leise. Ich kann spüren, dass er mich nicht aus den Augen lässt, als ich nun den Kühlschrank öffne und zwei Sixpacks Bier herausnehme. Ich drücke sie an meinen Oberkörper, um damit zur Kasse zu watscheln, aber Greer hält mich mit einem Blick zurück und gibt mir mit einer knappen Geste zu verstehen, dass ich ihm das Bier geben soll. «Du wirst es überleben, wenn du mir beim Tragen zusehen musst.»

Ich zögere. «Ich bin keine Märtyrerin.»

Er nimmt das Bier und klemmt sich beide Packungen unter einen seiner muskulösen Arme. Er hebt die freie Hand, wirkt kurz unentschlossen und streichelt dann mit den Fingerspitzen über meine Wange. Er sieht mich an, als wäre ich ein wundervoll kompliziertes Rätsel. Eines, das er vielleicht nicht lösen kann, es aber zu gern würde. Und genau auf diese Weise möchte ich – und möchte wahrscheinlich jede Frau auf dieser Erde – angesehen werden, wie mir in diesem Moment klarwird. Nur die Tatsache, dass er glaubt, mich nicht verstehen zu können, gefällt mir nicht. Ich werde nicht zulassen, dass er mich so einfach abschüttelt – löst das nicht jedes Rätsel darüber, was ich will? *Ihn.*

«Märtyrerin, Cowgirl, treue Freundin, heimliche Briefmarkensammlerin.» Er schüttelt den Kopf. «All das und noch mehr. Du passt in keine dieser Kategorien.» Und dann macht er auf dem Absatz kehrt und geht zur Kasse. Als hätte er mich nicht gerade überwältigt.

Wow. Oh. Das ist nicht gut. Ich verliebe mich gerade in den Lieutenant.

Und zwar heftig.

Ich werde aus meiner Erstarrung gerissen, als Greer sein Portemonnaie hervorholt, um zu zahlen. «Nein.» Ich mache einen Schritt nach vorn und beachte das genervte Seufzen des Kassierers nicht weiter. «Du trinkst doch nicht einmal mit.»

«Ich werde mir eine Flasche für später in den Kofferraum legen, wenn dir das hilft, diesen winzigen Babyschritt zu machen.»

«Ich wusste nicht, dass die Bewährung auch eine Konfrontationstherapie beinhaltet.» Ich schenke ihm ein gequältes Lächeln und stoße einen Laut aus, als würde ich sterben. Na ja. Da wir uns küssen werden, bevor der Abend vorüber ist, kann ich wohl zulassen, dass er bezahlt. «In Ordnung.»

Er grinst. Ich spüre die Wirkung, die dieses Lächeln auf mich hat, sofort: Es fühlt sich an, als würde sich heißes Kerzenwachs zwischen meinen Schenkeln sammeln. Nachdem mir eben bewusst geworden ist, dass ich mich, ohne groß nachzudenken, in meine Verliebtheit gestürzt habe, versucht mein Gehirn immer noch, nachzukommen. Ich bin total verknallt in Greer, und ich bin mir ziemlich sicher, dass er noch immer strikt dagegen ist, dass aus uns etwas Ernstes wird. In diesem Moment kommt mir das erste Mal die Möglichkeit in den Sinn, ich könnte scheitern. Und diese Erkenntnis trifft mich. Hart. «Ich … Ich sollte zurückgehen.»

Sein finsterer Blick kehrt zurück. «Wir haben Zeit. Die Leute können ihre Scheißgläser selbst nachfüllen. Das lernt man als Kind.»

Es kostet mich Mühe, aber ich ignoriere diesen neuen Schmerz in meiner Magengegend. «Es ist wohl zu spät, dich als Unterhaltungsprogramm für die Party zu engagieren, oder?»

«Du könntest mich gar nicht bezahlen.»

Mir ist nicht bewusst, dass wir uns grinsend anblicken, weil wir ein Patt haben, bis der Kassierer ungeduldig mit den Fingern auf den Verkaufstresen trommelt. Mit anderen Worten: *Jetzt macht mal schneller.* Wir zahlen, gehen hinaus und laufen den Gehweg entlang. Die Geräusche von Hell's Kitchen umgeben uns. Eine grüne Ampel gibt den Startschuss für eine Flotte von Taxis, die die Straße hinaufjagen. Aus einem parkenden Auto dringt laute Musik. In einem kleinen Imbisswagen brutzelt das Essen. Ich bin den Weg zu dem Lädchen schon unzählige Male gegangen, doch er sieht vollkommen anders aus, als Greer nun neben mir hergeht. Ich versuche, alles durch seine Augen zu sehen – mit dem Blick eines erfahrenen Polizisten. Und ich frage mich, was er wahrnimmt. Ich frage mich, ob es das erste und auch das einzige Mal sein wird, dass wir diesen Weg gemeinsam gehen.

Als hätten meine Gedanken tatsächlich eine Wirkung auf die Außenwelt, nimmt der unangenehme Verkehrslärm plötzlich ab, und das einzige Geräusch, das jetzt noch zu hören ist, ist das Klappern meiner hohen Hacken auf dem Gehweg. Das und das Pochen meines Pulsschlags. Ich blicke zu Greer, und er starrt mich an, scheint mich komplett zu erfassen, von Kopf bis Fuß, hochkonzentriert, versunken. Ich werde nicht lügen, unabhängige Frau hin oder her: Ich habe nichts dagegen, dass dieser große, muskulöse uniformierte Lieutenant das Bier für mich trägt. Nein, ich habe echt nichts dagegen.

Mir wird bewusst, dass er es auch genießt. Als wir an einer Gruppe von Leuten vorbeikommen, die vor meinem Haus stehen, tritt er näher an mich heran, und Stolz zeigt sich auf seinem Gesicht. Er spannt die Kiefermuskeln an, und auch seine Oberarmmuskeln treten hervor.

Im Eingangsbereich wartet Greer darauf, dass ich zuerst die Treppe hinaufgehe. Aber ich habe noch immer ein schlechtes Gewissen, weil er für das Bier bezahlt hat, und fühle mich verunsichert. Auch, weil mir klargeworden ist, dass meine Gefühle für ihn tiefer gehen, als ich gedacht hätte. Also schüttele ich den Kopf. «Alter vor Schönheit.»

Er sieht ein bisschen verwirrt aus. Dennoch zuckt er die Achseln und macht die ersten paar Schritte. Doch als er einen Blick über seine Schulter wirft, hat er die Augenbrauen zusammengezogen. «Willst du meinen Hintern abchecken?»

Ich folge ihm langsam, fahre mit einem Finger über das Geländer und bewundere seinen festen Po, ohne mich dafür zu schämen. «Positiv, Lieutenant.»

«Gott.»

«Ist dir das peinlich?»

Er stößt ein Schnauben aus. «Nein.» Wir erreichen den ersten Treppenabsatz, und er lässt die Schultern kreisen. «Okay. Ein bisschen.»

Mir tut schon alles weh, weil ich versuche, nicht loszuprusten. «Gut, dann bin ich jetzt dran.» Ich laufe an ihm vorbei.

Meine schmerzenden Füße bemerke ich kaum noch. «Ich zeige dir mal, wie das geht.»

Ich kann mich nicht daran erinnern, dass ich in der Gegenwart eines Mannes je diese atemlose, kribbelige Aufregung verspürt hätte. Aber im Augenblick fließt mein Blut dreimal so schnell wie sonst, und in meinem Bauch scheinen sich Zuckerwatte und Wolken zu verflechten, als ich mit den Hüften wackele und mein Haar öffne und schüttele, während ich die Stufen hinaufsteige. Zu wissen, dass er hinter mir ist und mich beobachtet, bringt mich um den Verstand.

Damit bin ich nicht allein. Als wir die Etage meiner Eltern erreichen, stellt Greer abrupt das Bier ab, dreht mich zu sich um und presst mich mit seinen Hüften gegen die Wand. Ich bin gefangen. Sofort beginne ich zu keuchen, als hätte ich gerade den Hudson River durchschwommen.

Mit seinem stoppeligen Kinn streicht er über die zarte Haut an meinem Kinn. Wir stehen so nahe voreinander, dass selbst das Tageslicht Schwierigkeiten hat, sich zwischen unsere Münder zu drängen. Es ist zwar da, aber kaum zu sehen. «Bist du fertig mit deinen Späßen?»

«Es fühlt sich an, als würde der Spaß jetzt erst richtig beginnen», stöhne ich. Seine Gürtelschnalle drückt sich mir in den Bauch. Und ich kann auch spüren, was sich darunter gegen mich drängt. «Oh.»

«Gib mir meinen Kuss», fordert er.

Zum Glück lehne ich an einer Wand, denn sonst wäre ich schon lange in mich zusammengesunken. «Wenn du den Kuss so sehr willst, dann hol ihn dir.»

«Oh, ich will ihn. Seit neulich Nacht bereue ich es, ihn mir nicht einfach geholt zu haben.»

Meine Beine sehnen sich danach, sich um seine Taille zu schlingen, doch ich zwinge mich dazu, unsere Umgebung und die eventuell neugierigen Nachbarn nicht zu vergessen. Ganz zu schweigen davon, dass mich seine Worte neugierig gemacht haben. «Warum hast es nicht getan?»

Er scheint über die Antwort nachzudenken. «Es gibt ein Davor und ein Danach, wenn ich die Kontrolle über dich übernehme. Ich brauche diese Grenzen.»

«Warum?»

«Weil ich beide Seiten an dir mag.» Er lehnt seine Stirn an meine, sodass ich seine Augen nicht sehen kann, aber ich fühle seinen Atem, fühle, wie schnell sich seine Brust hebt und senkt. «Ich mag es, wie du bist, wenn ich die Kontrolle habe.»

«Und du magst es, wenn ich mich weigere, Befehle anzunehmen.»

«Ja.»

Sein Geständnis berührt mich auf zwei Arten. Zum einen bin ich scharf – wie eine Rasierklinge. Und zum Zweiten bin ich wütend. Ganz genau: Ich bin wütend. Wir tun einander gut, und er will dagegen kämpfen, dass aus uns etwas Ernstes wird, der Blödmann. Vielleicht wird er so verbissen dagegen ankämpfen, dass ich eines Tages aufgeben werde. Doch jetzt noch nicht. In diesem Moment will ich die Gewissheit genießen, dass dieser Mann mich mag … um meinetwillen. Dass wir uns streiten und ich ihn frustriere und er trotzdem mit Brownies als Geschenk auf dem Geburtstag meiner Mutter auftaucht. Und er will den Kuss, den ich ihm versprochen habe. Gott, er will ihn so sehr.

«Du hast jetzt die Kontrolle», flüstere ich. Erstaunlich, wie durch die Worte, die aus meinem eigenen Mund kommen, meine Muskeln mit einem Mal kraftlos werden und mein Kopf nach hinten sinkt.

Während mein Körper immer nachgiebiger wird, wird Greers immer härter. Überall. Seine Brust, sein Bauch und seine

Schenkel schmiegen sich an meine Weichheit. Er drängt mich immer fester gegen die Wand, während er meinen Mund betrachtet. Ich kann seine Erektion nun ganz an meinem Bauch spüren, aber ich will meine Beine nicht mehr um ihn schlingen. Nein, ich will, dass er sie für mich um sich schlingt. Oder dass er mir befiehlt, sie um ihn zu legen.

Einige unglaublich schöne Momente lang vermischt sich unser Atem vor unseren Lippen, bevor ich fühle, wie Greer die Hand zwischen unsere Hüften schiebt. Er streicht tiefer, an meinem Venushügel vorbei und noch tiefer, bis seine Fingerspitzen die nackten Innenseiten meiner Oberschenkel berühren. Dann fährt er wieder nach oben, schiebt die Hand unter mein Kleid. Ich wimmere, und er hat mich noch nicht einmal geküsst. Doch die Gewissheit, dass seine starke, wundervolle Hand unter meinem Rock ist, reicht aus, um ein Stöhnen in mir heraufzubeschwören.

Das Stöhnen wird zu einem unterdrückten Aufschrei, als Greer seine Hand zwischen meine Schenkel drückt. Hart. «Sag es noch mal.»

«Du hast jetzt die Kontrolle», bringe ich hervor. Mein Kopf sinkt nach hinten und fällt gegen die Wand. O Gott, es ist, als würde alles in mir die Richtung ändern und auf seine Berührung zufliegen, weil ich seiner Hand so nahe wie möglich sein muss.

«Wenn du zurück auf die Party gehst, wirst du nicht mehr herumrennen und alle bedienen. Du wirst dich nicht mehr bis zur Erschöpfung um alle kümmern.» Als er spricht, ist sein Mund direkt neben der Stelle an meinem Hals, wo mein Pulsschlag sichtbar pocht. Es fühlt sich an, als würde ein Beben meinen Körper erfassen – ausgehend von der Stelle, an der ich seine Hand auf mir spüre. «Wenn irgendetwas oder irgendjemand dich erschöpft, Baby, werde ich das sein. Hast du verstanden?»

«Ja. Ja.»

«Braves Mädchen.» Mit seiner Zunge streicht er über den pochenden Pulsschlag unter meiner Haut, und ich zucke zusammen, als hätte mich ein Blitz getroffen. Ich schwebe in einem Zustand elektrisierter Hitze, während sein Mund über meinen Hals fährt, seine Zähne sanft zubeißen, seine Zunge mich schmeckt. Seine Lippen bewegen sich weiter nach oben, über mein Kinn, bis unsere Münder sich endlich treffen. Und dann gibt es keine Zaghaftigkeit mehr. Es gibt nur noch Leidenschaft – schnell und wild.

Es ist weniger ein Kuss als vielmehr ein Verzehren. O Gott. Ich bin noch nie so geküsst worden. Noch nicht einmal von ihm. Es gibt keine Zurückhaltung – nicht einmal den Gedanken daran. Zuerst macht er seinen Besitzanspruch deutlich. Sein tiefes Knurren und seine forschende Zunge lassen mir keine andere Wahl, als mich hinzugeben. Mein empfänglicher Mund und mein in den Nacken gelegter Kopf stimmen allem zu, was er will. Greer kann auskosten, was nun ihm gehört. Er saugt an meinen Lippen, knabbert mit den Zähnen daran, taucht tief in meinen Mund ein, um mich zu schmecken. So tief, lang und gierig, dass ich beinahe vergesse zu atmen.

Die Hand zwischen meinen Schenkeln lässt mich nicht eine Sekunde lang los, hält mich fest, ohne sich jedoch zu bewegen. Es ist, als wollte er, dass ich mich ganz auf seinen Mund konzentriere – also tue ich es. Mir bleibt nichts anderes übrig. Alles in mir fleht mich an, zu tun, was er will. Meine Nippel sind hart und aufgerichtet und drängen sich gegen seine Brust. Ich kann nicht anders, als mich ein bisschen zu winden, sodass sein Uniformhemd an mir reibt. Ich bin so erregt, so heiß, dass diese Empfindung mich überwältigt. Ich löse mich von ihm und keuche.

«Scheiße», knurrt Greer und presst seine Hüften noch fester

gegen mich. «Ich hätte wissen müssen, dass es nicht reichen wird, dich nur zu küssen.»

«Es reicht definitiv nicht.»

Er stößt frustriert die Luft aus. Dann scheint mein Mund ihn wieder abzulenken. Seine Pupillen sind geweitet, Schweißperlen glitzern in der Vertiefung an seinem Hals. Als er sich gerade zu mir beugt und die Augen schließen will, klingelt das Handy an seinem Gürtel. «Fuck.»

Wir nehmen uns beide einen Moment, um zu verarbeiten, was meinem Körper sehr schwer zu erklären sein wird. Der Kuss war kein Vorspiel. Er war alles, was heute Nacht passieren kann. Aber dass ich es verstehe, macht es nicht besser. Jeder Teil von mir ist so bereit für das, was als Nächstes passieren sollte, dass ich ein leises Schluchzen ausstoße, als Greer seine Hand zwischen meinen Schenkeln hervorzieht, einen Schritt zurück macht und das Telefonat annimmt.

«Hier spricht Burns.» Er lauscht einen Moment lang, nimmt dabei aber nicht den Blick von mir. «Ich bin gleich da.» Mit einem Seufzen drückt er den Anruf weg, macht jedoch keine Anstalten zu gehen.

Nicht weinen. Nicht weinen. Nicht weinen. «Du musst mir nichts erklären.»

Er zieht die Stirn in Falten. «Das glaube ich dir sogar.»

«Das solltest du auch. Ich werde eines Tages an deiner Stelle sein, schon vergessen?»

Es quält ihn – die Tatsache, dass ich einmal Polizistin sein werde. Dass ich einen gefährlichen Job haben werde. Die Art von Job, bei der ich enden könnte wie sein Partner. Warum? Warum habe ich das bloß gesagt? Wir waren uns gerade so nah, wie zwei Menschen einander nur sein können. Doch jetzt trennt uns plötzlich eine Grenze. Greer hat den Blick abgewendet, aber ich kann erkennen, wie sich hinter seinen Augen die

Rädchen drehen. Im nächsten Moment sieht er mich wieder an. «Vergiss nicht, was ich über die Party gesagt habe.»

Ich fühle mich wieder verunsichert und verletzbar, also kompensiere ich dieses Gefühl, indem ich das Bier nehme und zur Wohnung meiner Eltern trage. «Du hast jetzt nicht mehr die Kontrolle.»

«Danika.»

Wenn er nicht so unglücklich geklungen hätte, würde ich nicht weich werden. Doch, das hat er. «In Ordnung.»

Ich stehe vor der Eingangstür zur Wohnung meiner Eltern und beobachte, wie Greer ein paar Stufen nach unten geht. Vor meinen Augen scheint er wieder zu dem harten Lieutenant zu werden und den Mann zu verdrängen, der mir gesagt hat, dass er beide Seiten an mir mag. Es ist die Erinnerung an seine Worte, die mich dazu bringt, nach ihm zu rufen. Ich kann ihn nicht einfach gehen lassen, ohne noch etwas Positives zu sagen.

«Hey, Sensenmann.»

Seine Schritte verlangsamen sich, und er bleibt stehen.

«Wir sind noch nicht fertig miteinander.» Ich halte das Bier mühsam in einer Hand, während ich mit der anderen Hand den Schlüssel im Schloss drehe und die Tür aufstoße. «Ich rufe dich morgen an.»

Er steht noch immer reglos auf der Treppe, als ich in der Wohnung verschwinde.

Es ist Mitternacht, und ich stehe allein in der Küche meiner Eltern. Die Wohnung sieht ziemlich aufgeräumt aus, wenn man bedenkt, wie viele Gäste hier waren. Glücklicherweise sind Charlie, Jack, Ever und Katie noch länger geblieben, um mir beim Aufräumen zu helfen. Irgendwann hörte ich, wie Charlie murmelte, er wolle nicht den Zorn seines Bruders auf sich ziehen. Ich frage mich, ob ich vielleicht nicht die Einzige bin, der Greer heute Abend eine Lektion erteilen wollte.

Was empfinde ich bei dem Gedanken daran, dass Greer sich um mich kümmert? Ich … liebe es. Mein Verstand sagt mir, dass es unnötig und er ein herrschsüchtiger Kontrollfreak ist, aber als ich daran denken muss, wie fürsorglich er war, fühle ich mich leicht. Zumindest so lange, bis ich mir den Kuss im Hausflur wieder ins Gedächtnis rufe und jeder Teil von mir angespannt und schwer wird. Was soll ich nur mit diesem Mann machen?

Ich bin zu müde, um heute Nacht noch darüber nachzudenken. Ich habe meinen Mitbewohnern versprochen, dass ich heute nicht mehr allein quer durch die Stadt fahre, sondern auf der Couch meiner Eltern schlafe und am nächsten Morgen nach Hause komme. Und ich muss bloß noch eine Sache erledigen, ehe ich genau das tun werde. Als ich das leise Schnarchen höre, das aus dem Zimmer meiner Eltern dringt, muss ich lächeln. Mit einer letzten Tüte mit leeren Flaschen in der Hand husche ich auf den Flur, um sie eben nach draußen zum Mülleimer zu bringen. Ich trage wieder meine Yogahose und ein Paar Flip-Flops meiner Mutter – zur großen Erleichterung meiner Füße.

Ich achte darauf, dass die Flaschen nicht zu sehr klirren und die Nachbarn wecken, als ich nach unten gehe und das Gebäude verlasse. Die Schlüssel habe ich eingesteckt. So leise wie möglich stecke ich kurz darauf die Tüte in die Mülltonne und gehe zurück zur Eingangstür. Als ich Stimmen höre, die näher kommen, werfe ich einen Blick über die Schulter.

Zuerst erkenne ich die beiden Männer, die auf dem Gehweg an unserem Haus vorbeilaufen, nicht wieder, weil sie die Kapuzen ihrer Pullis aufgesetzt haben. Doch ebendiese Pullover sind es, die schließlich meine Erinnerung wachrufen. Das sind die Typen aus dem Frozen-Yogurt-Laden. Die Kerle, die Robbie benutzen wollten, um an Informationen zu kommen und das Geschäft zu überfallen.

Ich schließe die Hand so fest um meine Schlüssel, dass sie sich in meine Handfläche bohren. Das Blut rauscht in meinen Ohren, als ich mich umdrehe und die Tür aufschließe. Ich tue mein Bestes, um mein Gesicht nicht zu zeigen. Es ist allerdings eine Glastür, also könnten sie mein Spiegelbild sehen. Ich weiß es nicht. Das alles ist gar nicht gut. Sie mögen dumm genug gewesen sein, ihre Pläne auf Facebook zu veröffentlichen – was der Grund dafür ist, dass die Polizei rechtzeitig aufgetaucht ist –, doch ich habe meinem Cousin damals Anweisungen zugerufen. Sie haben mich gehört. Wenn sie mich jetzt entdecken, weiß ich nicht, wie sie reagieren. Sie sind ganz offensichtlich nicht die vernünftigsten Menschen auf diesem Planeten.

«Hey», ruft einer von ihnen mir zu, «warte mal!»

Ich zwinge meine Hände dazu, endlich die Tür zu öffnen, und glücklicherweise gehorchen sie mir. Im nächsten Moment bin ich im Haus und drücke die selbstschließende Tür hinter mir zu. Bevor sie jedoch ins Schloss fällt, kann ich noch die schnellen Schritte der Typen hören. Instinktiv drehe ich mich um, damit ich mich der Bedrohung stellen kann. Der Blonde, an den ich mich gut erinnern kann, steht vor der Tür. Ein dunkelhaariger Junge wartet hinter ihm. Die Augen der beiden sind blutunterlaufen – als hätten sie heute Abend ein bisschen zu viel Gras geraucht. Aber auch wenn ihr Blick glasig ist, wirken sie zornig, entschlossen, brutal. Einschüchternd. Ich kann mir gut vorstellen, dass mein Cousin sich nicht gegen ihre Fragen wehren konnte.

«Das ist sie», schreit der schmutzig blonde Typ durch die Glasscheibe. «Die Scheißpolizistin.»

«Ist dein kleiner Cousin bei dir?», höhnt der andere. «Meint er, wir vergessen einfach so, dass er uns seine Polizistencousine auf den Hals gehetzt hat? Er kann seine Kurse wechseln, so viel er will, aber der Wichser kann sich nicht ewig verstecken.»

Der Blonde rüttelt an der Glastür. «Hörst du das, Bitch? Robbie und du, ihr beide passt besser auf. Der Stadtteil ist nicht besonders groß.»

Was der Grund dafür sein dürfte, dass sie herausgefunden haben, dass ich die Ausbildung zur Polizistin mache. Ich habe nicht vergessen, dass sie bei ihrem Überfall auf den Laden bewaffnet waren. Meine Kollegen haben die Waffe als Beweisstück konfisziert, doch wenn die Jungen motiviert genug waren, einmal eine Pistole aufzutreiben, dann können sie das auch noch mal tun. Mit diesem Gedanken im Hinterkopf beobachte ich ihre Körpersprache und ziehe mich langsam zur Treppe zurück, während sie mich weiter beschimpfen. Mein Stolz verbietet es mir zu rennen, und außerdem glaube ich, dass es sie nur noch mehr reizen würde.

Bleib ruhig. Ich höre Greers Stimme, die mir sagt, dass ich meinen Arsch gefälligst die Treppe hinaufbewegen soll. Und ausnahmsweise einmal höre ich auf ihn. Mein Hals brennt, als ich hastig die Stufen hinaufrenne. Die beiden Kerle brüllen mir Schimpfnamen hinterher. Als ich den zweiten Stock erreiche, steht der alte Nachbar meiner Eltern in seiner Tür. Hinter ihm flimmert ein Fernseher.

«Ist alles in Ordnung, Danika?»

«Ja, Mr. Leary», erwidere ich und bemühe mich, ruhig zu klingen. «Das sind bloß ein paar Kids, die Theater machen, aber ich glaube, sie gehen schon weiter.»

Er winkt mir verschlafen zu, und wir ziehen uns in unsere Wohnungen zurück. Sobald ich im Apartment meiner Eltern bin, schiebe ich den Riegel vor die Tür, schließe ab und hake die rostige Kette ein. Dann lehne ich mich mit dem Rücken an die Tür und atme tief durch, bis mein Pulsschlag sich normalisiert hat.

Morgen früh werde ich als Erstes Anzeige erstatten. Das muss ich tun. Es war bereits dumm genug von mir, beim ersten Mal zu glauben, dass ich mit den Jungen allein fertigwerden könnte. Doch ich habe meine Lektion gelernt. Also kommt noch ein Punkt auf meine To-do-Liste. Ich werde in der Schule anrufen und sichergehen, dass sie von den Drohungen gegen meinen Cousin wissen. Außerdem sollte noch ein Punkt auf diese Liste, und zwar Greer zu erzählen, was gerade passiert ist. Allerdings zögere ich damit.

Das ist genau das, wovor er Angst hat. Wenn die Typen unten mehr getan hätten, als mich nur zu bedrohen, wenn ich es nicht schnell genug ins Innere des Hauses geschafft hätte … Ich will mir gar nicht vorstellen, was alles hätte geschehen können. Greer ist jetzt schon paranoid, wenn es darum geht, dass irgendjemand den Menschen, für die er sich verantwortlich fühlt, weh tun könnte. Oder dass noch Schlimmeres passiert. Er ist gestresst genug vom Tribut, den sein Job täglich von ihm fordert. Sogar so gestresst, dass er praktisch zugelassen hat, dass man ihn anschießt.

Die Erinnerung daran, wie er reglos auf dem Boden lag, lässt mich erschaudern. Wir haben heute Abend Fortschritte gemacht. Er ist aufgetaucht. Er hat sich mir gegenüber geöffnet. Aber wenn ich mich mit diesem Vorfall an Greer wende, wird er die Nerven verlieren. Wenn mir heute überhaupt ein Durchbruch dabei gelungen ist, ihn davon zu überzeugen, dass etwas Echtes in seinem Leben nichts Schlimmes wäre, dann würde ich diesen Durchbruch damit garantiert zunichtemachen.

Also werde ich einen Kompromiss eingehen. Ich werde auf dem Revier in Hell's Kitchen Anzeige erstatten. Wenn Greer davon Wind bekommt, dann ist es eben so. Ich werde zur Polizei gehen. Ich werde meine mangelnde Weitsicht vom letzten Mal wiedergutmachen.

Oder nicht?

Doch.

Ich atme einmal tief durch, gehe im Wohnzimmer zu dem Fenster, das nach vorn zur Straße hinausgeht, und blicke hinunter. In der Nähe der Eingangstür oder auf dem Gehweg ist niemand zu sehen. Sie müssen weitergegangen sein. Ich nehme mein Handy vom Beistelltisch und mache mir Notizen, solange der Vorfall noch ganz frisch in meinem Gedächtnis ist. Ich schreibe die Drohungen, die die Typen ausgestoßen haben, Wort für Wort auf. Als ich damit fertig bin, schweben meine Finger über der Kurzwahltaste für Greer. Ein Telefonanruf. Ein Telefonanruf könnte alles zerstören.

Also rufe ich ihn nicht an.

KAPITEL 21

GREER

Ich starre auf mein Handy und sehe, dass ich einen Anruf von Danika verpasst habe. Sie hat vor ungefähr zehn Minuten angerufen, als ich gerade in einer weiteren Besprechung zu dem Mordfall war.

In der Nacht, als ich Danika nach unserem Kuss im Flur ihres Hauses zurückließ, wurde im Kofferraum eines Wagens, der am East River abgestellt worden war, eine Leiche entdeckt. Das war Freitagnacht, und jetzt ist es Montag. Ich war genau einmal zu Hause, um zu duschen, mich umzuziehen und ein paar Stunden Schlaf zu bekommen, bevor ich auf das geschäftige Revier zurückgekehrt bin. In der Zeit blieben fünf Anrufe von Danika unbeantwortet.

Ich hätte nie gedacht, dass ich so ein Feigling bin, doch an diesem Abend – unmittelbar nach der Erinnerung daran, dass Danika bald Polizistin sein wird –, ertappte ich mich dabei, wie ich plötzlich mit mehr Mitgefühl in diesen Kofferraum blickte. Mit mehr Entsetzen. Es kommt mir mittlerweile vor, als hätte jemand anders den Spaziergang zu dem kleinen Laden gemacht. Oder als hätte er woanders stattgefunden. Vielleicht in einer anderen Dimension. Eine Dimension, in die ich mit all den entsetzlichen Bildern, die mir nicht mehr aus dem Kopf gehen, nicht gehöre.

Es wäre so leicht, die Anrufe anzunehmen und mich von ihrer Stimme beruhigen zu lassen. Sie würde mich fragen, wie mein Tag wäre, und ich würde es ihr tatsächlich erzählen. Ihre Akzeptanz und ihre Weigerung, mich als Arschloch einfach links liegen zu lassen, geben mir das Gefühl, sicheren Boden unter den Füßen zu haben. Ich könnte ihr meine schlechteste Seite zeigen, und sie wäre immer noch da.

Jede Stunde, die verstreicht, ohne dass ich mit ihr rede, bringt mich mehr aus dem Gleichgewicht. Ein Grund mehr, die Anrufe zu ignorieren. Ich beginne bereits, mich zu sehr auf das Gefühl, durchatmen zu können, zu verlassen, das sie in mir weckt. Dieses Gefühl könnte mir genauso schnell wieder genommen werden. Im Handumdrehen. Ich weiß es. Warum vergesse ich das nur immer wieder, wenn sie direkt vor mir steht?

Und warum bin ich so enttäuscht darüber, dass sie keine Nachricht auf meiner Mailbox hinterlassen hat?

Am Samstagmorgen hat sie eine Nachricht hinterlassen – zwar kurz, aber süß. *«Hey, ich bin's. Du hast vergessen, dein Bier für den Kofferraum mitzunehmen. Ähm … Ich hoffe, du hast einen schönen Tag. Bye.»* Ich habe mir die Nachricht ganz sicher nicht neunzehn Mal angehört. Und ich habe auch nicht aus dem schlaftrunkenen Klang ihrer Stimme geschlossen, dass sie noch im Bett gelegen haben muss, als sie die Nachricht hinterlassen hat. Nein, ganz sicher nicht.

Ich spiele mit dem Gedanken, die Nachricht noch ein zwanzigstes Mal abzuspielen, bevor ich für den Autopsiebericht zur Leichenhalle fahre. Es würde mir helfen, diese unangenehme Aufgabe zu überstehen. Aber gerade als ich *Play* drücke, geht die Tür zu meinem Büro auf, und Charlie kommt herein. Er trägt seine Uniform und sieht so ausgeruht und fröhlich aus, dass ich ihn anbrüllen will. *Renn besser so schnell und so weit du kannst.*

Früher war die Polizeiarbeit das unumstößliche Erbe unserer Familie. Bis vor kurzem habe ich nie an meinen Erwartungen für Charlies Karriere gezweifelt. Ich wollte, dass er engagiert ist, dass er getrieben ist. Ich wollte, dass er in die Fußstapfen unseres Vaters tritt – genau wie ich. Bis ich mitbekam, wie glücklich er war, als der Druck, allein zu bleiben und sich ausschließlich auf die Karriere zu konzentrieren, von ihm genommen wurde. Er beschloss, Polizeiarbeit und Privatleben unter einen Hut zu bekommen, und so macht er es nun. Er wird es auch weiterhin so machen, weil er entschlossen ist. Unerschütterlich. Vielleicht liegt es daran, dass er jünger war, als unsere Mutter fortging und die Auswirkungen nicht so mitbekommen hat, doch es ist ihm gelungen, eine Art von Zuversicht und Optimismus aufrechtzuerhalten. Eine positive Einstellung, die sogar noch stärker wird.

Wie immer, wenn ich in Charlies Nähe bin, erfassen mich Schuldgefühle. Weil ich ihm nicht anvertraut habe, was ich über unsere Mutter weiß. Ich ermahne mich in diesen Momenten immer, dass es nur zu seinem Besten ist.

«Hey.» Er lässt sich auf den Stuhl vor meinem Schreibtisch fallen. «Ganz schön hektisch da draußen. Was ist los?»

Ich unterdrücke den Impuls, ihn anzulügen und die hässlichen Details für mich zu behalten. Das hier wird eines Tages auch sein Job sein, und er wird damit fertigwerden müssen. «In einem Kofferraum in der Nähe einer Baustelle am East River wurde eine Leiche entdeckt. Wir suchen nach Spuren und sprechen mit Informanten.»

«Auf wen ist der Wagen zugelassen?», will Charlie wissen, ohne eine Sekunde zu zögern.

«Er ist als gestohlen gemeldet. Zugelassen ist er auf einen

Mann in Brooklyn, aber es besteht keinerlei Verbindung zu dem Opfer.» Trotz meines Zögerns, zu viel aus dieser grausamen Welt mit meinem Bruder zu teilen, fühle ich mich doch wohler damit, die Einzelheiten des Falls mit ihm zu besprechen als irgendetwas Persönliches. Ich hasse den Grund dafür. Charlie wird Polizist. Ein Polizist wie ich, wie Griffin … wie Danika. Distanz zu ihm zu wahren, damit ich dem möglichen Schmerz aus dem Weg gehe, falls ihm etwas zustoßen sollte, ist für mich eine solche Selbstverständlichkeit geworden, dass ich kaum dagegen ankämpfen kann. «Ich habe in zwanzig Minuten einen Termin mit der Gerichtsmedizin. Musst du heute nicht zum Unterricht?»

«Doch. Ich habe Mittagspause.» Er zieht eine braune Papiertüte unter dem Arm hervor – die ich in meiner Erschöpfung irgendwie übersehen haben muss – und stellt sie auf den Papierstapel auf meinem Schreibtisch. «Das hier sind Reste von der Geburtstagsfeier für Danikas Mutter. Danika hat sie für dich aufgehoben, und es ist zu deprimierend, sie im Kühlschrank stehen zu sehen.»

Mein Magen macht einen Hüpfer. Sie hat für mich Essen in ihrem Kühlschrank aufbewahrt, während ich ihre Telefonanrufe ignoriert habe? «Bitte, sag mir, dass du nicht hierhergekommen bist, um über Frauen zu sprechen.»

«Nein, bin ich nicht. Das ist mir nur so rausgerutscht.» Es vergeht ein Herzschlag. Und noch einer. «Aber da wir schon davon sprechen …»

«Gott.»

Charlie hebt beschwichtigend die Hände. «Hey, ich dachte bloß, es würde dich vielleicht interessieren, dass Levi Danika heute Morgen nach einem neuen Date gefragt hat.» Er stößt einen langgezogenen Pfiff aus. «Noch vor der Inspektion. Der Junge ist echt hinter ihr her.»

Übelkeit erfasst mich. Mein rechtes Auge zuckt so heftig, als würde es sich aus meinem Kopf befreien wollen. Ich werde gleich den verdammten Schreibtisch umstoßen. «Was hat sie gesagt?»

«Danika?» Er zieht ihren Namen in die Länge und kratzt sich dann ausgiebig am Kinn. «Tja, was hat sie gesagt?»

Ich haue mit der Faust auf den Papierstapel auf meinem Schreibtisch. «Jetzt stell dich nicht dümmer, als du bist.»

«Sie sagte ...»

Acht Sekunden. Er schafft es, das Wort «sagte» auf acht Sekunden auszudehnen. Ich weiß es, denn das Pochen hinter meiner Schläfe scheint die Sekunden zu zählen. «Das wirst du bereuen.»

Sein Grinsen ist inakzeptabel. «Sie sagte Nein.»

Mir ist nicht bewusst, dass ich mich über den Schreibtisch gebeugt habe, bis ich vor Erleichterung wieder auf meinen Schreibtischstuhl falle. «War es das jetzt?»

«Ja, mehr oder weniger.» Er klatscht in die Hände. «Ich habe nur noch ungefähr eine Minute, bevor ich mich auf den Rückweg machen muss, und die werde ich damit verbringen, dir zu erzählen, wie toll es ist, eine Freundin zu haben.»

«Bitte versuch, es in dreißig Sekunden zu schaffen.»

«Ich werde Letterman nacheifern und einen Countdown daraus machen, okay?» Charlie räuspert sich geräuschvoll, als würde er sich darauf vorbereiten, eine Opernarie zu singen. «Was ist das Drittbeste an einer Freundin? Wir können es ruhig zugeben, Bruder. Männer kuscheln auch gern. Und Freundinnen sind Kuschelmagneten. Ever ist natürlich die beste von allen – und vergeben –, aber es gibt noch andere. Also geh los und hol dir deinen eigenen Kuschelmagneten.»

«Verschwinde aus meinem Büro.»

«Das Zweitbeste an einer Freundin», fährt er unbeirrt fort.

«Andere Kerle bitten deine Freundin nicht mehr um Dates. Und wenn sie es doch tun, hast du die Erlaubnis, ihnen in den Arsch zu treten.»

«Ich werde keinen Rekruten schlagen.»

«Er wird nach dem Abschluss kein Rekrut mehr sein. Und zu guter Letzt, das Allerbeste an einer Freundin ...» Er wartet, bis ich damit fertig bin, mir mit den Händen übers Gesicht zu reiben. «Du liebst es, Menschen zu beschützen. Ich liebe es, Menschen zu beschützen. Und jetzt stell dir vor, jemanden zu beschützen, der dich liebt.» Ein paar Sekunden lang ist er ernst. «Dieses Gefühl ist unglaublich. Man will die ganze Welt beschützen, weil es da diese eine Person gibt, die glaubt, dass man es kann.»

Möglicherweise ist mein Bruder in der Zeit, die ich nicht mit ihm verbracht habe, zu einem der klügsten Menschen der Welt geworden. Das heißt nicht, dass er in diesem Fall recht hat, aber ich bin ... stolz auf ihn. Wegen etwas anderem als seinem späteren Ruhm als Polizist. Ich bin zwar sauer, aber auch stolz. «Das war atemberaubend», sage ich, stehe auf und lege mir die Jacke über die Schultern. «So. Ich bin spät dran.»

Charlie ist schon halb aus der Tür, aber sein spöttisches Grinsen ist noch immer zu sehen. «Denk über das nach, was ich gesagt habe. Und was auch immer du tust, gib dich auf einer Dating-Website nicht als jemand anders aus, um herauszufinden, was sie so macht.»

Ich will gerade den Reißverschluss meiner Jacke hochziehen, halte jedoch mitten in der Bewegung inne. «Was?»

«Vergiss das. Bye.»

Als er gegangen ist, stehe ich noch ein paar Momente lang da. Trotz meiner Verärgerung dringen die Worte meines Bruders in mein Bewusstsein und bringen mich dazu, nachzudenken. Ich will im Augenblick eigentlich an nichts anderes denken als meinen Job, weil es zu keiner guten Entscheidung führen würde, mir Danika jetzt an mich gekuschelt vorzustellen.

Man will die ganze Welt beschützen, weil es da diese eine Person gibt, die glaubt, dass man es kann.

Verdammt, Charlie.

Das war das Schlimmste, was er zu mir sagen konnte. Wie soll ich mich in diesem Leben jemals zufrieden fühlen, solange Danika das nicht von mir denkt?

Die Antwort lautet: Ich werde mich nicht zufrieden fühlen. Aber ich bin auch nicht dazu bestimmt, zufrieden und womöglich sogar glücklich zu sein. Ich bin dazu bestimmt, ein Cop zu sein, der jeden Morgen aufwacht, seinen Dienst verrichtet und darauf achtet, nicht eines Tages selbst so zu enden wie die Opfer in vielen seiner Fälle.

Ich weiß das. Ich weiß es. Doch bevor ich mein Büro verlasse, durchwühle ich noch den Papierstapel auf meinem Schreibtisch, bis ich die Anzeige von Danikas Mutter gefunden habe, deren Fahrrad gestohlen wurde. Vielleicht bin ich nicht dazu geschaffen, zu kuscheln oder sensibel und gefühlsbetont zu sein, aber es kann nicht schaden, zwischen den Besprechungen ein paar Telefonate zu führen.

KAPITEL 22

Danika

«Wir akzeptieren kein Nein als Antwort.»

Ich werde belagert. Es ist halb sechs am Dienstag, eine blonde und eine rothaarige Frau stehen in der Tür zu meinem Schlafzimmer und haben mich gerade zu etwas eingeladen, das man Mädelsabend nennt.

«Seid ihr verrückt?» Ich lege das Handbuch für Rekruten des NYPD zur Seite, in dem ich gerade gelesen habe. «Ich kann heute Abend keinen Alkohol trinken. Ich habe morgen früh Training.»

«Ich werde auch nichts trinken», sagt Katie. «Aber wir könnten Ever abfüllen, während wir beide darauf anstoßen, wie vernünftig wir sind.»

Ever nickt. «Siehst du? Alle Beteiligten sind glücklich.»

Aus einigen Gründen bin ich versucht, Ja zu sagen. Erstens: Katie ist inzwischen stark genug, um wieder in Kneipen gehen zu können und sich dort wohlzufühlen. Zum einen hat sie ihren Bruder durch einen betrunkenen Autofahrer verloren, und zum anderen ist Jack trockener Alkoholiker – Alkohol ist also ihr Feind. Doch sie gibt sich Mühe, Spaß zu haben, obwohl Leute um sie herum trinken. Ich möchte sie dabei so gut es geht unterstützen. Vor allem, weil Jack diese Aufgabe nicht übernehmen kann, da die Gefahr besteht, dass er rückfällig wird. Ich kann praktisch spüren, wie er mich in diesem Moment mit einem Jedi-Gedankenkontroll-Trick aus dem Wohnzimmer heraus dazu bringen will, ein Auge auf sein Mädchen zu haben.

Der zweite Grund, warum ich ausgehen möchte? Ich will mich von der Tatsache ablenken, dass Greer seit vier Tagen nicht einen meiner Telefonanrufe angenommen hat.

Um ehrlich zu sein, habe ich mich nur dann bei ihm gemeldet, wenn ich davon ausging, dass er beschäftigt ist. Zum Beispiel zu Beginn oder zum Ende von Schichten, wenn für gewöhnlich die Besprechungen stattfinden. Also schätze ich, dass wir uns gegenseitig aus dem Weg gehen. Ich sage mir immer wieder, dass es nichts gibt, weswegen ich ein schlechtes Gewissen haben müsste. Ich bin ins *Midtown Precinct North* gegangen und habe Anzeige erstattet, weil ich vor dem Haus meiner Eltern bedroht worden bin. Dank mir hat die Schule meines Cousins außerdem Vorkehrungen getroffen und hält eine Lehrerkonferenz ab, in der es im Rahmen dieses Vorfalls um die Sicherheit der Schüler geht. Es gibt also absolut keinen Grund, warum ich erleichtert sein sollte, dass Greer nicht ans Telefon geht. Trotzdem bin ich es. Weil ich mir sicher bin, dass er mir anhören kann, wenn ich ihm nicht alles sage.

Er war immer vollkommen ehrlich zu mir. Deswegen fühlt sich diese ganze Situation so falsch an. Inzwischen sprechen wir überhaupt nicht mehr miteinander. Das ist schon ziemlich ironisch, wenn man bedenkt, dass ich ihm den Zwischenfall nur verschwiegen habe, damit die Fortschritte, die wir bereits gemacht haben, nicht umsonst waren. Aber vielleicht habe ich mir ja bloß eingebildet, es würde nun besser zwischen uns laufen?

«Siehst du?» Ever lässt sich auf die Bettkante fallen. «Sie

denkt viel zu sehr nach. Eine andere Umgebung wäre jetzt das Beste.»

Katie verschränkt die Arme vor der Brust. «Ganz meine Meinung.»

Vielleicht haben sie recht. Ich habe so lange in dieses Buch gestarrt, dass die Worte allmählich ineinander verschwimmen. Mein Handy liegt wie eine Zeitbombe auf dem Nachttischchen und verhöhnt mich mit jeder Sekunde, in der es nicht klingelt. Ich flippe aus, wenn ich darüber nachdenke, dass wir Greer morgen als Ausbilder haben. Eine Ablenkung, die nichts mit der Polizei und so weiter zu tun hat, ist vielleicht genau das, was ich jetzt brauche.

«Gut. In Ordnung.» Ich hebe beide Hände, als die beiden mit einem Freudentanz beginnen. «Aber ich muss um zehn Uhr im Bett sein. Keine Widerrede. Sprints und Kampfübungen sind schon schwierig genug, ohne dass man einen Brummschädel hat.» Ich stehe auf. «Und zuerst will ich zum Thailänder essen gehen.»

Ever legt die Hand auf ihr Herz. «Abgemacht.»

«Scheiß drauf.» Es ist 22:29 Uhr, als ich meinen vierten Gin Tonic an die Lippen hebe. «Ich werde die Nacht durchmachen.»

Katie kichert in ihre Zitronenlimonade, und wenn ich es nicht besser wüsste, würde ich sagen, dass sie von der Kohlensäure angeschickert ist. Oder vielleicht ist es ansteckend, albern zu sein. Das bin ich nämlich. Albern. Doch es fühlt sich so gut an, eine Nacht lang den Verstand einfach mal auszuschalten. Seit Monaten lebe ich total gesund, damit ich auf der Akademie in Topform bin. Außerdem musste ich auf die Jungs aufpassen, als Charlie und Jack einen auf Alice gemacht und kopfüber in den Kaninchenbau namens Liebe gestürzt sind. Ich kann mich nicht einmal mehr daran erinnern, wann ich zuletzt zu viel getrunken und mich unvernünftig benommen habe. Was für eine Schande.

Na ja, wir sind nur zwei Blocks von unserem Apartment entfernt, und *The Late Show* hat noch nicht einmal begonnen, also ist es nicht gerade die Rebellion des Jahrhunderts, aber in letzter Zeit verstehe ich das darunter, mal richtig Spaß zu haben.

Ich trage mein Haar offen, und es lockt sich an den richtigen Stellen. Ever hat mir aus Charlies Zimmer ein kurzes pinkfarbenes T-Shirt-Kleid zugeworfen, also habe ich es zusammen mit einem Paar Wedges angezogen. Wir sitzen an einem Tisch, und mir ist nicht entgangen, dass einige Typen an der Bar in unsere Richtung blicken. Um ehrlich zu sein, genieße ich die Aufmerksamkeit ein bisschen. Vielleicht, weil ich dank der vier Gin Tonics und dem Wein zum Essen inzwischen sauer auf Greer bin. Wie kann er es wagen, meine Anrufe zu ignorieren?

«Weißt du …» Ever beugt sich vor. Eine ihrer blonden Haarsträhnen landet in ihrem Drink. «Die Nacht durchzumachen, ist gar keine schlechte Idee. Wenn du nicht schläfst, kannst du auch keinen Kater haben. Das ist wissenschaftlich erwiesen.»

Ich beuge mich vor, um einen Schluck aus meinem Glas zu nehmen, und steche mir mit dem Strohhalm fast ein Auge aus. «Das klingt für mich absolut logisch.»

«Muss ich etwa die Stimme der Vernunft sein?» Katie seufzt laut. «Ich darf nie der schlechte Einfluss sein. Das erinnert mich an früher, als ich mit meiner Nachbarin mit Barbies gespielt habe – sie hat mich immer dazu gezwungen, Ken zu sein.»

«Lass es raus», nuschelt Ever und kneift ein Auge zusammen. «Befreie dich von der Wut.»

«Ich bin wirklich wütend.» Katie schnieft. «Sie hat mich gezwungen, mit tiefer Stimme zu sprechen und so. Dabei wollte ich nur Barbies Haar kämmen.»

«Wartet mal.» Ein Lachen droht aus mir herauszuplatzen.

«Ich kann nicht mehr unterscheiden, ob wir betrunken sind oder ob Katie diejenige ist, die total hinüber ist.»

Ever beginnt zu kichern, und auch Katie bricht in Lachen aus.

«Okay …» Ich schiebe mein Glas zur Seite. «Ich muss das fragen. Haben die Jungs euch dazu aufgefordert, heute Abend mit mir auszugehen? Weil sie sich Sorgen über meine Nicht-Beziehung mit Greer machen?»

«Echt jetzt?» Evers Miene ist eindeutig. Sie ist sauer. «Katie und ich machen uns Sorgen über eure Nicht-Beziehung. Die Jungs auch, aber hier geht es um uns. Katie und ich lieben deinen Arsch nämlich auch, weißt du?»

Katie nickt. «Das stimmt. Ich liebe deinen Arsch.»

Ich beuge mich vor und nehme einen Schluck von Katies Limonade, um mich davon zu überzeugen, dass sie nicht mit Schnaps versetzt ist. «Es tut mir leid. Ich weiß, dass ihr alle die Geschichte hören wollt. Aber da gibt es nichts zu erzählen. Greer will keine Beziehung. Und jedes Mal, wenn ich glaube, dass er seine Meinung ändert, macht er einen Rückzieher.»

«Er war in letzter Zeit wirklich nett zu Jack. Er hat ihn gefordert, wo er ihn früher einfach abgeschrieben hat.» Katie schüttelt langsam den Kopf. «Das beweist, dass er sich ändern kann.»

Ever wirkt nachdenklich. «Charlie meint, Greer wäre ihm schon immer ein Rätsel gewesen. Und als sein Partner starb, zog er sich noch mehr in sich zurück.»

Ich spüre, dass sie weitersprechen will. Sich darüber zu unterhalten hilft mir mehr, als ich gedacht hätte, also gebe ich ihr ein Zeichen, fortzufahren. «Aber …»

«Aber», Ever rührt in ihrem Getränk, «Charlie musste mit dem Verlust seiner Mutter umgehen lernen – und dem Grund für ihr Verschwinden –, bevor unsere Beziehung funktionieren konnte. Ich weiß, dass Greer seinen Partner verloren hat und nicht gut damit zurechtgekommen ist. Doch Charlie hat keine Ahnung, wie Greer darüber denkt, dass ihre Mutter einfach gegangen ist. Er spricht nicht darüber.» Sie zuckt die Achseln. «Ich frage mich nur, ob das möglicherweise der Grund dafür ist, dass er immer wieder einen Rückzieher macht, obwohl er offensichtlich verliebt in dich ist.»

«Sehr verliebt sogar», fügt Katie hinzu. «Wenn er Ken wäre, und du wärst Barbie, würde er sich für dich vor das pinkfarbene Cabrio stürzen.»

Ich muss lachen. Aber im nächsten Moment erstirbt das Lachen auf meinen Lippen. Ich dachte, ich wäre Greers Problemen auf den Grund gegangen und hätte kapiert, was ihn bewegt, doch vielleicht kratze ich noch immer an der Oberfläche. Vielleicht ist die Weigerung, meine Telefonanrufe entgegenzunehmen, seine Art, mir zu sagen, dass ich seine harte Schale niemals durchstoßen werde. Dass es keinen weichen Kern darunter gibt.

«Ich wollte dich nicht aufwühlen», sagt Ever, und ihr Blick ist besorgt. «Sollen wir noch einen trinken?»

«Du hast mich nicht aufgewühlt», entgegne ich ein bisschen zu schnell. «Und, ja, lass uns noch einen trinken. Aber wir sollten Katie die Limonade verbieten, bevor sie anfängt, über das Barbie-Traumhaus zu sprechen.»

Katie setzt sich auf. «Es wäre genug Platz gewesen, dass auch Ken dort hätte leben können. Und zwar locker.»

Als Ever der Kellnerin gerade ein Zeichen gibt, eine Runde Shots zu bringen, beginnt mein Handy, das auf dem Tisch liegt, zu klingeln. Ich habe es umgedreht, sodass ich das Display nicht sehen kann, und für einen Moment macht mein Magen bei der Vorstellung, Greer könnte anrufen, einen Hüpfer. Aber nein. Es ist meine Mutter. Das ist mein Leben.

«Hey, Mom.»

«Oh, du bist noch wach. Ich wollte gerade auf deine Mailbox sprechen. Danika, hat dein Vater dir gesagt …» Sie unterbricht sich. «Wo bist du?»

«Ich bin mit Ever und Katie ausgegangen, um eine Kleinigkeit zu essen.»

Das ist nicht gelogen. Wir haben etwas gegessen. Meine Mutter ist allerdings etwas altmodisch, und ich würde mir gern den Vortrag darüber ersparen, welche Gefahren beeinflussbaren jungen Damen in Etablissements drohen, in denen Alkohol ausgeschenkt wird.

«Soso, ihr seid also eine Kleinigkeit essen gegangen …» Sie mag ja altmodisch sein, doch sie ist nicht dumm. Das muss ich wegen all des Gins wohl vergessen haben. «Tja, ich wollte dir nur sagen … Mein Fahrrad ist wieder da. Dein Lieutenant hat es vor ein paar Stunden persönlich vorbeigebracht. Ich war beim Einkaufen, aber dein Vater war zu Hause.» Mein Vater ruft im Hintergrund irgendetwas, doch es ist zu gedämpft, um es zu verstehen. «Dein Vater sagt, der Lieutenant habe einen ehrlichen Handschlag. Wirklich, Danika, der Mann, den ich geheiratet habe, ist verrückt.»

«Nein, ich … Ja. Er hat wahrscheinlich einen guten Handschlag», murmele ich. Meine Lippen können sich kaum richtig bewegen, weil mein Gehirn gerade sämtliche Energie für sich braucht. Ach, und mein Herz auch. Es scheint sich eine Schlinge um mein Herz gelegt zu haben, die sich immer weiter zuzieht. «Er ist … Greer ist mit deinem gestohlenen Rad aufgetaucht?»

«Ja.»

Ever und Katie starren mich mit offenem Mund an und beugen sich vor.

«Hat er irgendetwas gesagt?»

Meine Mutter brüllt meinem Vater die Frage mit ungefähr neunzig Dezibel zu. Nachdem mein Vater zurückgebrüllt hat, was ich allerdings nur gedämpft höre, ist sie wieder am Apparat. «Er hat deinem Vater gesagt, dass ich die Eingangstür zum Haus nicht mehr mit dem Telefonbuch offen halten darf. Ich bin doch nicht mehr so verliebt in deinen Lieutenant.»

O Gott. Jetzt stelle ich mir vor, wie Greer einen strengen Vortrag hält – mit ernster Miene und ruppig. Ich spüre das Kribbeln vom Kopf bis in die Zehenspitzen. Ich habe die Hand zwischen meine Brüste gelegt, drücke und versuche, eine Verbindung zu meinem pochenden Herzen herzustellen. «Er ist nicht mein Lieutenant.»

Ever und Katie prusten los. Genau wie meine Mom. «Meinst du, die Polizei macht so etwas für jeden? Als Serviceleistung? Was habe ich nur für ein dummes, naives Kind großgezogen …»

Nach der Zurechtweisung stoße ich den Atem aus und weiß, wo ich heute Abend enden werde. Spoiler: Es ist nicht meine eigene Wohnung. «Wir sprechen uns später, Mom. Geh morgen nach draußen und mach eine Fahrradtour, ja?»

«Das habe ich auch vor. Gute Nacht.»

«Nacht.»

Als ich das Telefonat beende, versucht Katie, ein Grinsen zu unterdrücken – vergeblich. Evers Finger huschen über die Tastatur ihres Handys, als würde ihr Leben davon abhängen. «Wem schreibst du da?»

«Was glaubst du wohl?» Sie pustet sich eine blonde Haarsträhne aus dem Gesicht. «Ich schreibe Charlie, damit er mir die Adresse seines Bruders für dich schickt. Es sei denn, du hast sie schon?»

«Nein.» Mit hochgezogenen Augenbrauen sieht sie mich an. Ich weise auf das Handy. «Na los … Schreib weiter.»

KAPITEL 23

GREER

Als es an meiner Tür klingelt, nehme ich an, dass es ein weiteres Mitglied des Buchclubs ist. Wir sind zwar mit unserer Diskussion über *The Lost Order* beinahe fertig, aber da viele von uns Schichtdienst haben, ist es nicht ungewöhnlich, dass der eine oder andere später kommt. Die Treffen sind locker und möglichst ungezwungen, und es wird auch niemand gezwungen, sich an der Unterhaltung zu beteiligen. Doch weil die Gruppe für viele der Mitglieder Teil der vom Department angeordneten Therapie ist, ist es verpflichtend, anwesend zu sein, und ich muss die Papiere der Männer unterschreiben.

In den zwei Jahren, seit ich den Buchclub leite, habe ich ein Muster erkannt. Die Neuankömmlinge hassen ihn regelrecht, weil sie nicht glauben, dass sie eine Therapie überhaupt nötig haben. Mir ging es nicht anders, nachdem Griffin sein Leben verloren hatte. Verdammt, ich habe in dieser Woche noch einen Termin mit dem Therapeuten des Departments, weil ich meine Waffe abgefeuert habe. Nicht einmal die Leitung des therapeutischen Buchclubs kann mich vor diesem Termin bewahren. Einem Therapeuten allein gegenüberzusitzen, macht einen

Cop schon nervös, aber eine Gruppentherapie kann noch viel furchteinflößender sein. Es ist eine Sache, einem Menschen, mit dem man nur vorübergehend zu tun hat, seine Schwächen anzuvertrauen, doch etwas ganz anderes ist es, mit Kollegen darüber zu reden.

Die Neuankömmlinge benötigen durchschnittlich zwei Treffen, um zu kapieren, dass niemand sie hier beobachtet wie eine Laborratte und auch niemand sie dazu zwingt, *Kumbaya* zu singen. Ehrlich gesagt, ist es mir egal, ob sie sich an der Diskussion beteiligen. Sobald sie das spüren und akzeptiert haben, zeigt sich die untrügliche Wahrheit: Jeder New Yorker hat eine Meinung, und diese Meinung für sich behalten zu müssen, ist für sie ungefähr so wie die chinesische Wasserfolter. Und das betrifft auch die Meinung zu Büchern. Einige der lautstärksten Mitglieder waren am Anfang still und skeptisch. Mittlerweile kann ich diese Treffen manchmal erst um Mitternacht beenden, weil jeder seinen Senf dazugeben muss.

Da sich gerade ein Kollege im Ruhestand und ein frisch von der Akademie kommender junger Cop sehr angeregt über die Motivation des Protagonisten austauschen, kann ich problemlos kurz aufstehen und dem verspäteten Ankömmling die Tür öffnen. Ich drücke den Öffner für die Eingangstür des Hauses und mache meine Wohnungstür einen Spaltbreit auf. Ich will schon zu meiner Gruppe von elf Cops zurückkehren, als ich stutzig werde … Statt der schweren Schritte eines Mannes, der die Treppe hinaufkommt, höre ich ein helles Klackern. Ich beschließe, an der Tür zu warten und zu schauen, ob ich versehentlich einen Unbefugten ins Haus gelassen habe.

Wie bei allem, was ich seit Freitagabend erlebt habe, muss ich bei der offensichtlichen Tatsache, dass eine Frau die Stufen hinaufsteigt, unwillkürlich an Danika denken. Sie hat so oft meine Gedanken beherrscht, dass ich mir sicher bin zu träumen, als sie am Ende des Korridors auftaucht. Ob ich sie mir nun einbilde oder nicht – sie sieht aus wie ein unglaublich köstlicher Leckerbissen, der nur darauf wartet, verschlungen zu werden. Sie schreitet in meine Richtung, auf Beinen, die glatt, lang und unglaublich sexy sind. Und eindeutig zu nackt, also sollte es lieber nicht Danika sein.

Aber sie ist es.

Als sie nur noch ein paar Meter von mir entfernt ist, kann ich es nicht mehr bestreiten. Sie bewegt sich wie ein Model, das über den Laufsteg geht. Ihre umwerfenden Brüste schwingen leicht hin und her.

«Wo ist der Rest deiner Klamotten?» Sie bleibt vor mir stehen, und ich muss den Drang unterdrücken, mich auf sie zu stürzen, sie zu Boden zu reißen und meinen Mund auf irgendeine Stelle ihres Körpers zu pressen. Fragen kann ich später stellen. Meine Hände schwitzen, in meiner Unterhose regt sich mein Schwanz. Mir liegt wieder die Frage auf der Zunge, was sie sich dabei gedacht hat, in nichts als einem T-Shirt durch die Gegend zu laufen, als ich plötzlich den Geruch von Alkohol wahrnehme. «Hast du getrunken?»

«‹Wo ist der Rest deiner Klamotten? Hast du getrunken?›» Ich habe den Schock darüber, dass sie mich nachäfft, noch nicht überwunden, als sie auch schon weitermacht. «O nein. Lass die Sensenmann-Show.» Sie stößt mir den Zeigefinger in die Bauchmuskeln. «Ich habe dich durchschaut, Lieutenant.»

Ja, sie hatte definitiv ein paar Drinks. Und ich brauche eine Erklärung. Mit wem war sie unterwegs? Hat sie ein sicheres Transportmittel gewählt, um hierherzukommen? Aber ich werde mir das Kreuzverhör für später aufheben. Zuerst will ich wissen, was sie damit meint: «Du hast mich durchschaut.»

«Jaha. Hab ich. Du bringst einfach so Fahrräder und Brownies vorbei. Und lässt mich meine Dates absagen.» Ihre Hüften schwingen, es wirkt fast, als würde sie tanzen, während sie sie von einer Seite zur anderen bewegt. «Wie hast du überhaupt das Fahrrad wiedergefunden?»

Genau wie bei der Geschichte mit den Briefmarken fühle ich mich unsicher, weil ich erklären muss, dass ich mir für sie so viel Mühe gemacht habe. «Ich habe ungefähr zwei Stunden Verkaufsangebote auf *Craigslist* durchforstet.»

Sie schiebt die Unterlippe vor. «Warum bin ich nicht selbst darauf gekommen?»

Mein Magen zieht sich zusammen. «Selbst wenn du daran gedacht hättest, Danika, wärst du wohl nicht allein zur Wohnung des Diebs gegangen und hättest das Fahrrad dort abgeholt. Oder?»

Sie fährt mit der Spitze ihrer schicken Schuhe über den Fußboden. «Bist du allein dorthin gegangen?»

Macht sie sich Sorgen deswegen? Macht sie sich Sorgen um mich? «Nein, nicht einmal ich bin allein dorthin gegangen.»

Es herrscht kurz Schweigen. Es scheint ihr schwerzufallen, mich anzusehen. «Wir kommen vom Thema ab.» Sie nähert sich mir, bis sie nahe genug ist, dass ich ihre Wimpern zählen könnte. «Ich habe dich durchschaut, Greer. Du kannst meine Anrufe ignorieren. Du kannst mir beim Training die kalte Schulter zeigen oder dich weigern, mit mir Pizza zu essen. Aber das ändert nichts. Also.»

Gott, wie ich sie vermisst habe. «Also?»

Sie sieht sich nach links und rechts um, als wäre ihr gerade in den Sinn gekommen, dass ich neugierige Nachbarn haben könnte. «Also bittest du mich jetzt hinein oder nicht?»

«Das kommt darauf an. Hast du *The Lost Order* gelesen?»

«*The Lost …*» Sie wird blass.

Ich trete zur Seite, damit sie in die Wohnung sehen kann. Als ich mich auch umdrehe, um über meine Schulter zu blicken, bin ich nicht überrascht, dass die Mitglieder des Buchclubs eine kurze Pause eingelegt haben, um der angetrunkenen Frau zuzuhören, die mich anschreit. Elf Paare kluger Augen sind auf die Szene gerichtet, die sich im Flur abspielt. Neugierde und Belustigung stehen in den Blicken der Cops. Wenn es nach den Regeln ginge, müsste ich Danika nun nach Hause schicken. Sie ist eine meiner Schülerinnen auf der Akademie. Zwar glaube ich nicht, einer der hier Anwesenden könnte melden, dass ich eine Beziehung mit einer Rekrutin habe – körperlich oder wie auch immer –, aber ich habe mich immer tadellos verhalten. Ich bin ein Vorbild.

Regeln sind allerdings bedeutungslos, wenn Danika vor mir steht. Ich habe Angst, dass ich nichts im Haus habe, was sie gern isst – und das ist schon alles. Wann habe ich das Handbuch, das ich stets Wort für Wort befolgt habe, über Bord geworfen? Ich bin mir sicher, dass der Grund dafür auf wackeligen Beinen, die in sexy High Heels stecken, vor meiner Tür steht. Wie könnte ich mir auch nicht sicher sein, wenn die Anspannung, die seit Tagen immer weiter in mir wächst, sich aufgelöst hat, seit ich Danika am Ende des Flurs erblickt habe. Ich stehe in meiner Wohnung, doch es fühlt sich so an, als wäre mein Zuhause nicht hinter mir, sondern würde vor mir stehen. Da ist sie. Sie ist zu mir zurückgekommen. Ich kann fühlen, wie meine Abwehr bröckelt. Und, Scheiße, es ist eine echte Erleichterung.

Danika dagegen starrt in mein Wohnzimmer voller Cops und wirkt wie eine Nonne, die aus Versehen auf dem *Burning Man*-Festival gelandet ist. «Es tut mir leid», flüstert sie. «Ich werde einfach gehen.»

Gehen? Sie macht auf dem Absatz kehrt, um zu verschwinden, und mein Herz zieht sich zusammen. Ich habe das Gefühl, nicht mehr richtig atmen zu können. «Nein.» Eilig strecke ich den Arm aus und packe sie am Ellbogen. «Nein. Komm herein. Bitte.»

«Ich … Ich kann nicht.» In ihren braunen Augen steht ein ungläubiger Ausdruck. «Du bist mein Ausbilder. Wir dürfen nicht zusammen sein.»

Ich weiß, dass sie sich auf die Regeln der Akademie bezieht, aber als die Worte über ihre Lippen kommen, fühlt es sich an, als hätte mich eine Pistolenkugel getroffen. Ich habe den Beweis ignoriert, dass es etwas zwischen Danika und mir gibt, das sich nicht einfach totschweigen lässt. Doch meine Empörung darüber, von Danika zu hören, wir könnten nicht zusammen sein, besiegelt es. Ich will sie nicht länger meiden. Ich will meine Gefühle für sie nicht länger tief in mir vergraben. Verdammt, es funktioniert ja auch nicht, oder? Als ich heute Abend das Fahrrad zu ihrem Vater gebracht habe, sah ich im Wohnzimmerregal einige Fotoalben der Familie stehen und hätte ihm beinahe einen Handel angeboten. Ein Bild von Danikas Abschlussfeier vom College gegen das Fahrrad. Mich hat's erwischt. Mich hat's richtig erwischt. Ich habe mich gegenüber der Frau, nach der ich verrückt bin, wie ein Arschloch verhalten, doch sie ist trotz meiner Versuche, sie wegzustoßen, zu mir gekommen. Ich will ihr nicht mehr weh tun.

Das Gegenteil davon, sie zu verletzen, ist, sie glücklich zu machen. Und das ist ein längerfristiges Projekt. Kann ich meine Zurückhaltung loslassen und es einfach versuchen? Ich werde es nicht wissen, bis ich es probiere. Sie hereinzubitten ist der erste Schritt.

«Vertrau mir hierbei.» Ich seufze angesichts ihrer skeptischen Miene. «Ich habe mir einen guten Ruf erarbeitet, Danika. Wenn man mich also wegen einer unangemessenen Beziehung zu einer Rekrutin rüffeln sollte, würden meine Vorgesetzten trotzdem wissen, dass es besondere Umstände gab.» Ich schlucke schwer. «Du bist ein besonderer Umstand. Ich nehme eine kleine Verwarnung gern hin – nur, damit du mich noch einmal anschreien kannst, dass du mich durchschaut hast.»

Sie entreißt mir ihren Arm. «Ich fühle mich aber nicht ‹besonders›, wenn du meine Anrufe ignorierst.»

«Es tut mir leid.» Ich ergreife ihre Hand, die sie zur Faust geballt hat, und drücke sie an mein Herz. *«‹Hey, ich bin's. Du hast vergessen, dein Bier für den Kofferraum mitzunehmen. Ähm … Ich hoffe, du hast einen schönen Tag. Bye.›»*

Sie zieht die Augenbrauen zusammen. «Was willst du mir damit sagen?»

«Das war die Nachricht, die du mir am Samstagmorgen auf der Mailbox hinterlassen hast. Ich habe sie mir öfter angehört, als gesund ist, okay?» Ich kann nicht glauben, dass ich ihr das erzähle. «Gegen Ende geht die Alarmanlage eines Wagens los, und ich bin mir ziemlich sicher, dass sie zu einem Lincoln gehört.»

«Das ist eine komische Art, zu versuchen, das Thema zu wechseln.»

«Ja.» Ich löse ihre Faust – einen Finger nach dem anderen – und lege ihre Hand flach auf meine Brust. «Du hast gehofft, ich hätte einen guten Tag, stimmt's? Aber das hatte ich nicht. Ehrlich gesagt, Baby, hatte ich keinen guten Tag mehr, seit wir uns nicht mehr gesehen haben.» Sie sagt noch immer nichts, also setze ich alles auf eine Karte und gestehe ihr, was ich empfinde. «Danika, du bist …»

«Was?»

«Du bist das Beste an meinen Tagen.»

Ich weiß nicht, welche Reaktion ich erwartet habe, doch mit Misstrauen hätte ich nicht gerechnet. «Okay. Wer sind Sie, und was haben Sie mit dem Lieutenant gemacht?»

Das habe ich nun davon, romantisch sein zu wollen. Ohne

darauf zu warten, dass sie noch eine freche Bemerkung macht, bücke ich mich und werfe sie mir über die Schulter. Bevor ich mich umdrehe, achte ich darauf, dass Danikas Hintern und möglichst viel von ihren Oberschenkeln von dem Kleid verdeckt sind. «Du … w…warte.» Sie schlägt mir auf die Rückseite meiner Beine. «Meinst du das wirklich ernst?»

«Du hast die Chance vertan, es herauszufinden», lüge ich, drücke die Tür zu meiner Wohnung ganz auf und gehe mit Danika, die nach Atem ringt, hinein. Ein paar der älteren Gruppenmitglieder stehen auf. Sie wissen offensichtlich nicht genau, ob sie mir vertrauen oder Danika zu Hilfe eilen sollen. Mit einem drohenden Blick bedeute ich ihnen, sich wieder hinzusetzen. Meine Küche befindet sich gleich neben dem Wohnzimmer, also sitzen die Gruppenmitglieder in der ersten Reihe, als ich nun einen Hocker hervorziehe und Danikas Hintern darauf parke. «Rühr dich nicht von der Stelle, bis ich fertig bin.» Sie klappt den Mund auf und will ganz augenscheinlich protestieren. Aber ich ziehe eine Schublade auf, nehme einen Schokoriegel heraus, zögere einen Moment und lege ihn ihr dann in die Hand. «Hier.»

«Hier?»

«Ja.» Ich zeige auf den Riegel, als wüssten wir nicht beide schon, worauf ich mich beziehe. «Ich habe die Schokolade besorgt, falls du je hier auftauchen solltest.»

«Du hast mir Süßigkeiten gekauft?»

Gott, sie sitzt tatsächlich in meiner Küche. Als ich mir vorgestellt habe, wie das hier passieren würde, ist sie aus freien Stücken in die Wohnung gekommen, doch jetzt ist nicht der richtige Zeitpunkt für Haarspaltereien. «Magst du Süßigkeiten?»

«Ja.»

«Dann ja. Dann habe ich die Schokolade für dich besorgt», erkläre ich.

Sie nimmt den Schokoladenriegel in die Hand und betrachtet ihn prüfend. «Wie betrunken bin ich?»

Läuft es gerade furchtbar? Ich kann es nicht genau sagen. Mir fehlt der Vergleich. Aber ich weiß, dass ich mir wünsche, alle anderen würden verschwinden, damit ich mich voll darauf konzentrieren kann, sie hier bei mir zu haben. Wir würden uns vermutlich anblaffen, doch selbst mich mit Danika zu streiten ziehe ich so ziemlich allem anderen vor. «Kannst du einfach bleiben, während ich das Treffen hier beende? Bitte?»

Es dauert einen Moment, bis sie schließlich nickt. «Okay.»

Sie ist leicht errötet, und ihre Pupillen sind etwas geweitet – als würde sie mich zum ersten Mal sehen. Mein Bedürfnis, sie zu küssen, ist beinahe nicht mehr auszuhalten. «Ich will, dass du hierbleibst.»

«Ich auch.»

KAPITEL 24

Danika

Wow. Ist das hier *Invasion of the Body Snatchers: Manhattan Edition*?

Es dauert ungefähr zwanzig Minuten, bis Greer das Treffen des Buchclubs beendet hat. So lange sitze ich auf dem Hocker in der Küche und rühre mich nicht. Nicht weil mich die Unterhaltung im Wohnzimmer so fesseln würde – auch wenn es nach einem kurzweiligen Roman klingt –, sondern weil ich so fasziniert von Greer bin. Er hat diese Männer komplett in der Hand. Es ist unglaublich, das mitzuverfolgen. Polizisten sind oft harte Typen. Ich weiß, wie leicht Greer sie verlieren könnte. Eine zu ernste Frage oder eine zu drängende Ermutigung könnte sie dazu bringen, vollkommen dichtzumachen. Doch das passiert nicht, weil Greer einfach … brillant ist. Er führt sie in eine Diskussion, ohne dass es ihnen bewusst ist, und bringt selbst die verschlossensten Männer dazu, ihre Meinung mit den anderen zu teilen. Ich frage mich, wie er in einem Verhör agiert. Ruhig, aber doch dynamisch – so, wie er alles tut.

Ihn in diesem Superstar-Modus zu erleben, ist beinahe zu viel für mich. Zumindest in diesem Moment. Ich habe mich kaum davon erholt, dass er meine Voicemail Wort für Wort wiedergeben konnte. Oder davon, dass er zu mir gesagt hat, ich wäre der beste Teil seines Tages. Ich bin noch immer nicht davon überzeugt, dass ich mir das alles nicht nur einbilde – bis zu dem Moment, als sein Blick über die Männer im Wohnzimmer hinweggeht und auf mir landet. Es ist ein Blick voller Versprechungen. Heißer, hungriger Versprechen. Aber auch süßer. Ich weiß nicht, was ich mir gerade mehr wünsche. Ich will beides. Alles. Ich hatte keine Ahnung, was ich mir erhofft habe, als ich hierherkam, doch es war ganz sicher nicht diese neue Version von Greer.

Sei vorsichtig, was du dir wünschst, oder? Ich habe die Entscheidung getroffen, mich nicht so einfach zurückzuziehen, nachdem Greer mir gesagt hat, dass er keine Beziehung will. Auch nicht, nachdem er mir den Grund dafür anvertraut hat. Jetzt bekomme ich gerade mit voller Wucht zu spüren, wie der Lieutenant ist, wenn er etwas will. Mich. Ich habe fast ein bisschen Angst davor, die ganze Kraft dieses Willens abzubekommen. Herauszufinden, wie es sich anfühlt.

Die Cops blicken mich mit unverhohlener Neugierde an, als sie schließlich die Wohnung verlassen. Jeder von ihnen bleibt an der Tür noch einmal stehen, damit Greer ihre Papiere unterzeichnen kann. Lasst euch nicht stören. Ich bin bloß ein Mädchen, das gerade wieder ziemlich nüchtern wird, während es an einem Schokoriegel knabbert und schmachtend die Oberarmmuskeln des Leiters eures Buchclubs betrachtet. Hier gibt es also nichts zu sehen.

Ganz ehrlich? Wohin soll ich denn sonst schauen? Ich habe ihn noch nie so lässig gekleidet erlebt – er trägt nur Jeans und ein ausgewaschenes weißes T-Shirt. Dazu hat er Stiefel angezogen. Ihr weiches Braun wirkt so ganz anders als das einschüchternde Schwarz seiner blankpolierten Uniformschuhe. Immer wenn er einen der Zettel, die die Kollegen ihm reichen, an den Türrahmen legt, um zu unterschreiben, rutscht sein Shirt hoch, und ich kann ein bisschen von seinem durchtrainierten Bauch sehen, und den feinen schwarzen Härchen, die unter seinem Bauchnabel einen Streifen bilden. Grundgütiger. Wenn ich nicht gekommen wäre, würde er sich dann jetzt die Jeans abstreifen und seine Hand an dem Haarstreifen nach unten schieben, bis …

Es ist gut, dass ich versprochen habe, auf dem Hocker sitzen zu bleiben. Denn wenn ich jetzt versucht hätte, aufzustehen, würden mich meine Knie bei dem Gedanken daran, dass Greer sich in nichts als dem weißen T-Shirt selbst streichelt, bestimmt nicht tragen. *Iss weiter dein Snickers und denk an was Unverfängliches.* Wenigstens den ersten Teil kriege ich hin. Ich habe mir gerade den letzten Bissen des Schokoriegels in den Mund geschoben, als die Tür sich hinter dem letzten Gast schließt.

Greer und ich sind allein in der Wohnung.

Kommt jetzt die Stelle, an der wir wie die Karnickel …? Wenn ich bedenke, wie er mich angesehen hat, gehe ich beinahe davon aus, dass er mich hier direkt auf dem Hocker nimmt, während er mir schmutzige Dinge ins Ohr flüstert und ich versuche, nicht schon in der ersten Sekunde zu kommen. Doch stattdessen schlendert er entspannt in die Küche, nimmt meine Hand und führt mich in sein Schlafzimmer. Und alles, ohne auch nur ein Wort zu sagen.

Er schaltet das Licht an. Das Zimmer ist ziemlich schlicht eingerichtet. Weiße Wände, Holzfußboden, ein Fenster, ein Ventilator an der Decke. Alles wirkt durchschnittlich. Aber das ist eben nicht, weil hier Greer schläft. Das Bett ist so akkurat gemacht, dass ein Sergeant der Army vollauf zufrieden wäre. Dennoch wirkt es weich. Es gibt eine blaue Flanelldecke, ein graues Laken und weiße Kissen. Es ist ein breites Bett, und es wirkt unglaublich gemütlich, auch wenn es so streng und präzise gemacht worden ist. Dieses Bett spiegelt Greer ziemlich genau wider.

Ich spüre, dass er mich ansieht, doch ich bin nicht auf die Intensität vorbereitet, mit der er meine Reaktion beobachtet. «Schläfst du an freien Tagen auch mal aus?»

Er schüttelt leicht den Kopf. «Nein.»

Mein Mund fühlt sich mit einem Mal trocken an. «Das ist ein Jammer. Das Bett sieht sehr gemütlich aus.»

«Du wirst heute Nacht mit mir zusammen darin schlafen.»

Ein Schauer rieselt mir über den Rücken. «Bittest du mich darum, oder teilst du es mir mit?»

In seinem Kiefer zuckt ein Muskel. «Willst du die Wahrheit hören?»

«Ja.»

«Ich teile es dir mit.»

Verdammt, ich sollte ihm das eigentlich nicht durchgehen lassen. Normalerweise würde ich einem Mann, der es wagt, mir zu sagen, wo ich meine Nacht verbringen soll, seine Eier in einem Briefumschlag überreichen. Die Forderungen, die von diesem Mann kommen, sind allerdings anders, denn wir haben diese Dynamik zusammen entwickelt. So gehen wir miteinander um. Er stellt die Forderungen, weil er es muss, weil er es braucht. Und er weiß, dass ich mir wünsche, mich seiner Führung zu überlassen. Dennoch gibt es eine Grenze, einen Punkt, an dem er das Kommando übernimmt, und an diesem Punkt sind wir gerade noch nicht. Ich brauche diese Grenze. Wir beide brauchen sie. «Ich behalte mir das Urteil vor», sage ich schließlich. «Willst du jetzt … schlafen gehen?»

Ich kann sehen, wie sich seine Erektion in den Jeans abzeichnet, also bin ich überrascht, als er den Kopf schüttelt. «Lass uns fernsehen.» Er dreht sich um, nimmt ein zusammengefaltetes marineblaues Shirt aus seiner Kommode und reicht es mir. «Das kannst du zum Schlafen tragen.»

Ich nicke und warte, davon ausgehend, dass er das Zimmer verlassen wird, damit ich mich umziehen kann. Aber das tut er nicht. Nein, er zieht sein Shirt aus und macht sich an seinem Gürtel zu schaffen. Als ich sein Sixpack sehe, bin ich wie hypnotisiert, mir fällt das T-Shirt aus der Hand und landet auf dem Boden. Ich beeile mich, es wieder aufzuheben, und schwöre mir, seinen durchtrainierten Körper nicht mehr länger anzuschmachten. Vergeblich. Als er seine Jeans abstreift, grinst er. Nur noch mit seinen engen schwarzen Boxershorts bekleidet, steht er vor mir. Oh mein Gott. Seine Oberschenkel sprengen beinahe den Stoff. Von dem Teil in der Mitte seines wundervollen Körpers will ich gar nicht erst anfangen. Es sieht aus, als würde er einen Torpedo schmuggeln. «Ist das alles, was du beim Fernsehen trägst?», bringe ich krächzend hervor.

Er zwinkert mir zu und verlässt das Zimmer.

Vergesst *Invasion of the Body Snatchers*. Das hier ist *The Twilight Zone*.

Ich atme tief durch, um mich zu beruhigen und zu entspannen. Ich ziehe meine Schuhe, Kleid und BH aus und streife das weiche blaue Shirt über, das knapp über meinen Knien endet. Nachdem ich kurz mein Make-up in Greers winzigem Spiegel auf dem Nachttisch überprüft habe, gehe ich zu ihm ins Wohnzimmer. Der Fernseher läuft bereits, und Greer sieht sich die Nachrichten an. Natürlich. Doch anscheinend spürt er, dass ich komme, weil seine Rückenmuskeln mit einem Mal angespannt sind und er zu einer Late-Night-Talkshow umschaltet.

Ich will mich zwischen Greer und dem Beistelltisch hindurchschieben, um mich neben ihn auf die Couch zu setzen, aber er packt mich an der Taille und zieht mich auf seinen Schoß. Es verstreichen ein paar angespannte Sekunden, in denen keiner von uns sich rührt. Unser Atem geht deutlich schneller, spielt beinahe verrückt. Ich muss mich zusammenreißen, um nicht aufzustöhnen, als er seine Lippen an mein Ohr drückt und zu summen beginnt. Die Vibrationen erfassen meinen gesamten Körper. «Ich dachte, wir könnten herausfinden, was es mit diesem Kuscheln auf sich hat, von dem alle immer reden.»

«Davon reden die Leute?» Meine Stimme klingt atemlos, und ich kann es mir nicht verübeln. Wer könnte klar denken, wenn die Spannung solcher Oberschenkelmuskeln unter einem zu spüren ist? «Ich habe noch nichts davon gehört.»

«Gut.» Er schiebt die Finger seiner linken Hand in mein Haar und zieht ganz leicht, bis ich den Kopf nach hinten lege. «Ich will nicht, dass irgendjemand mit dir übers Kuscheln spricht außer mir.»

«Ach, tatsächlich?» Mein Nacken fängt an zu kribbeln. «Wer hat dir denn davon erzählt?»

Er schweigt einen Moment lang. Sein Atem an meinem Ohr beruhigt sich ein wenig. «Könntest du meinetwegen wirklich eifersüchtig werden?»

Es hat keinen Sinn zu lügen. Der erfahrene Polizist würde es sofort durchschauen – ganz zu schweigen von dem Mann hinter dem Cop, vor dem ich mich schon vollkommen entblößt habe. Dem Mann, der bereits weiß, dass ich so unabhängig bin, dass es schon fast an Sturheit grenzt. Aber vielleicht sage ich ihm auch einfach nur die Wahrheit, weil ich will, dass er es weiß. «Ja. Das könnte ich.»

Mit der Zungenspitze fährt er über meinen Hals, als würde er mich belohnen wollen. Ich bin bereits so feucht, dass es fast peinlich ist. «Da wir grad so offen über Eifersucht sprechen …», beginnt er leise. «Mit wem warst du heute Abend aus?»

«Bloß mit Ever und Katie.»

Er stößt einen zufriedenen kleinen Laut aus und fährt noch einmal mit der Zunge über meinen Hals bis zu meinem Ohrläppchen. «Haben sie versucht, dir auszureden, zu mir zu kommen?»

Die Spur von Besorgnis in seiner Stimme weckt in mir den Wunsch, ich könnte sein Gesicht sehen. «Ever hat Charlie eine Nachricht geschrieben, damit er ihr deine Adresse schickt. Sie waren bereit, mich höchstpersönlich hierherzuschleppen.»

Er hält inne. «Wirklich?»

«Wirklich. Sie wissen, dass ich meine Zeit nicht mit dir vergeuden würde, wenn es nicht einen guten Grund dafür gäbe. Auch wenn du mich manchmal wahnsinnig machst.» Ich nehme ein leises Rumpeln in seiner Brust wahr, das sich fast anhört wie ein Löwe, der schnurrt. Ich keuche, als ich seine Zähne an meinem Hals spüre. Mit dem Mund streicht er hinauf bis in mein Haar. «Was ich … Es gibt etwas, das ich … das ich sagen wollte …»

Er dreht meinen Kopf, und meine Lippen werden von seinem Mund in einem langen leidenschaftlichen Kuss gefangen genommen. Dennoch ist der Kuss zu kurz. Doch da er sich im nächsten Moment an mich kuschelt und ich auf seinem Schoß die schönste, innigste Umarmung der Welt genießen kann, kann ich mich kaum beschweren. «Was wolltest du sagen?», will Greer wissen und streicht mit dem Daumen über meine Unterlippe.

«Äh … Das Fahrrad meiner Mutter. Ich habe es ihr vor einiger Zeit gekauft, weil sie es früher gewohnt war, viel an der frischen Luft zu sein. Aber sie kam nur noch selten aus der Wohnung, weißt du? Ich konnte ihr ansehen, wie unglücklich sie war. Ihre Haut wirkte fahl. Der Arzt meinte, sie müsse Sport machen, also habe ich es mit einem Fahrrad probiert und es hat Wunder gewirkt.» Ich drehe mich zu ihm und endlich sitzen wir uns von Angesicht zu Angesicht gegenüber, und ich kann ihm in die Augen blicken. Sie wirken konzentriert, analysieren, merken sich alles. «Deshalb war es unglaublich toll, dass du ihr Fahrrad gefunden und zurückgebracht hast. Ich weiß nicht, wann ich es mir hätte leisten können, ihr ein neues Rad zu kaufen. Es bedeutet mir einfach viel. Danke.» Zwischen seinen Augenbrauen bildet sich eine steile Falte, er legt die Hand an meine Wange und fährt dann wieder behutsam in meine Haare, als wollte er ausprobieren, mit mir experimentieren und herausfinden, wie sich bestimmte neue Berührungen anfühlen. Wie ich darauf reagiere. Es reicht beinahe, um mich davon abzulenken, was ich sagen will. «Ich wollte hierherkommen und das loswerden: danke. Damit du weißt, dass ich es ernst meine. Ich wollte es nicht auf deine Mailbox sprechen.»

«Ich mag es, wenn du Nachrichten auf meiner Mailbox hinterlässt.»

«Gern geschehen. Das solltest du an dieser Stelle sagen.»

Er brummt leise. Und ich schätze, damit ist die Sache erledigt.

Ich lege meinen Kopf an seine Schulter und atme seinen Duft tief ein. Seine Haut riecht nach einer schlichten Seife, ein bisschen nach Schweiß, nach Pfefferminz-Kaugummi. Unsere Körper schmiegen sich so perfekt aneinander, dass es sich nicht wie das erste Mal Kuscheln anfühlt. Doch sein Herzschlag unter meiner Hand, das stetige Heben und Senken seiner nackten Brust … all das fühlt sich ganz neu an. Seine Erektion wird an meinen Po gepresst, aber er scheint entschlossen zu sein, erst einmal jeden Zentimeter meines Körpers zu streicheln und zu liebkosen. Und ich bin damit vollkommen glücklich und zufrieden. Er ist so warm.

Ganz unvermittelt muss ich gähnen, doch ich schüttele mich

leicht, damit mir die Augen nicht zufallen. «Wie lautet dein Urteil übers Kuscheln?»

Sein tiefes Seufzen weht durch mein Haar. «Ich glaube, ich bin jetzt auch ein Weichei.»

Ich drehe den Kopf, sodass ich mein Gesicht an seinen Hals pressen kann, und verstecke mein Lächeln. So kuscheln wir uns weiter aneinander. Greer versucht, verstohlen den Duft meines Haars einzuatmen. Mit seinen rauen Händen streicht er sacht über meinen Körper. Zwischen uns findet gerade eine grundlegende Veränderung statt. Ich spüre es tief in meinem Innersten. Zwar ist mir bewusst, dass es noch einige Hürden zu überwinden gilt, aber nachdem wir nun diesen Punkt erreicht haben, gehen wir den Weg weiter, oder?

Meine Augen sind halb geschlossen, doch eine Fotografie in Greers Bücherregal auf der anderen Seite des Zimmers erregt meine Aufmerksamkeit. Es ist ein Familienfoto. Obwohl es ziemlich weit entfernt steht, erkenne ich eine jüngere Version von Charlie und Greer, der zu der Zeit vermutlich gerade die Mittelschule besuchte. Ihr Vater ist ebenfalls nicht zu verkennen. Er trägt seine blaue Polizeiuniform. Die Frau auf dem Bild ist mir hingegen unbekannt. Sie ist blond und hübsch. Zierlich. Sie hat die Hände auf die Schultern ihrer Söhne gelegt.

«Ist das da auf dem Foto deine Mutter?»

Seine Hand, die über meinen Schenkel streichelt, wird für einen kurzen Moment langsamer, ehe er weitermacht. «Ja.»

Die Stimmung zwischen uns ist gerade so locker und entspannt, dass ich das Thema fallenlassen sollte, aber Evers Worte hallen noch in meinem Kopf wider. *Charlie hat keine Ahnung, wie Greer darüber denkt, dass ihre Mutter einfach gegangen ist. Er spricht nicht darüber.* Würde er mit mir darüber reden? Er hat mir von seinem Burn-out erzählt, hat offen über Griffin gesprochen. Und ich beginne, diesen Mann allmählich zu verstehen. Er hat das Bild stehen lassen, weil er tief in seinem Innersten darüber reden will. Obwohl er sich selbst dessen nicht bewusst ist. Ich kann die Gelegenheit nicht einfach so verstreichen lassen. «Wenn sie euch verlassen hat, warum hast du das Bild dann noch immer im Regal stehen? Ist es nicht zu schmerzhaft?»

«Das ist genau der Punkt.» Ich kann unter meiner Hand spüren, wie sein Herzschlag schneller wird. «Es ist eine Erinnerung, wie leicht Menschen in dein Leben treten und wieder verschwinden können.»

Dieses Geständnis fühlt sich an wie eine klaffende Wunde in meiner Seite. Doch es geht hier nicht um mich. «Ich würde eine Mutter, die ihre Kinder im Stich lässt, niemals entschuldigen, aber bist du dir sicher, dass es ihr leichtgefallen ist?»

Er schweigt ziemlich lange, bis ich nicht mehr glaube, dass er meine Frage noch beantworten wird. «Sie hat sich innerhalb von fünf Jahren eine neue Familie zugelegt. Mit Kindern und allem Drum und Dran.»

«Was?» Ich richte mich langsam auf. Meine Brust fühlt sich mit einem Mal an, als wäre sie mit Zement gefüllt. «Woher weißt du das?»

«Als ich achtzehn war, habe ich mich auf die Suche nach ihr gemacht.» Er wendet den Blick ab. Es kommt mir vor, als würde er die Vergangenheit sehen. Und überlegen, wie er mir die Bilder vor seinem inneren Auge beschreiben kann. «Mein Dad hatte eine Akte über sie angelegt. Eines Abends wurde er zu einem Einsatz gerufen und ließ die Akte auf seinem Schreibtisch liegen, statt sie wie sonst immer in seinen Safe zu legen. Ich schrieb mir ihre neue Adresse auf und …» Er zuckt mit den breiten Schultern. «Sie lebte in Pennsylvania, es waren nur ein paar Stunden Fahrt. Ich wollte eigentlich bloß erreichen, dass Charlie mit der ganzen Geschichte abschließen kann, verstehst du? Was mich anging … Ich hatte einen Weg gefunden, um meine Gefühle, was ihr Verschwinden betrifft, beiseitezuschieben. Aber du kennst ja meinen Bruder. Er ist anders als ich. Für ihn war es ein schmerzhafter Verlust, unter dem er litt.»

«Du bist ihm nicht so unähnlich, wie du denkst», flüstere ich. Ich habe fast Angst davor, wie die Geschichte endet. Meine Intuition sagt mir, dass es schlimm wird. «Du gehst nur anders mit Schmerz um. Das macht deinen Schmerz allerdings nicht weniger bedeutsam oder intensiv.»

Es dauert ein paar Sekunden, bis er das aufgenommen hat. «Sie hat mich nicht wiedererkannt.» Er lacht, doch es klingt freudlos und leer. «Ich lehnte an meinem Auto vor ihrer Auffahrt. Sie kam mit einem Kinderwagen aus dem Haus und … Sie wäre beinahe an mir vorbeigegangen. Einfach so. Ich war größer geworden, aber ich hätte niemals damit gerechnet, erklären zu müssen, wer ich bin. Sie starrte mich an, als wäre ich ein Geist. Und ich ging.» Seine Brust hebt und senkt sich, als er nun tief durchatmet. «Ich habe es nie jemandem erzählt.»

Meine Augen schmerzen, weil ich versuche, meine Tränen zurückzuhalten. Es fühlt sich an, als hätte mir jemand eine Machete in die Lunge gestoßen. «Es tut mir leid.» Ich blicke an die Decke und versuche, die richtigen Worte zu finden. «Es gibt keine Entschuldigung dafür. Ich kann mir nicht vorstellen, wie es für dich gewesen sein muss. Ich denke … wenn Menschen große Fehler machen oder Dinge tun, für die sie sich schämen, blendet ihr Gehirn das aus. Sie wollen vor der Tatsache davonlaufen, dass ihnen innerlich etwas fehlt.» Ich drehe mich auf seinem Schoß um und nehme sein Gesicht in beide Hände. «Aber dir fehlt überhaupt nichts. Du warst für deinen Bruder dort – das ist ein selbstloser Akt, den sie niemals verstehen wird.»

Seine Stimme klingt rau. «Es ist mir nicht gelungen, die Geschichte für ihn zu einem Abschluss zu bringen …»

«Nein, aber er hat es geschafft, selbst damit abzuschließen. Vielleicht musste er diesen Weg allein gehen.»

«Vielleicht», entgegnet er vorsichtig.

«Was ist mit dir? Konntest du damit abschließen?»

Bevor ich die Chance habe, mich irgendwie darauf vorzubereiten, brennt er. Sein Blick versengt mich. «Das versuche ich, Danika. Ich versuche es deinetwegen.»

Ich liebe Greer. Auf die dumme, tiefe, Ich-könnte-spontan-schweben-Art. In diesem Augenblick weiß ich es – ohne den geringsten Zweifel. Es gibt immer noch so viele Hürden zu überwinden. Immerhin hat er nach wie vor Bedenken, sich auf jemanden einzulassen – vor allem, wenn es sich bei diesem Jemand um einen Cop handelt. Doch ich glaube, dass wir, wenn wir zusammen sind, von Mal zu Mal leichter über diese Hürden springen werden.

Ich krabbele von seinem Schoß, gehe zu dem Familienfoto und nehme es aus dem Regal. Während Greer mich aufmerksam beobachtet, marschiere ich in die Küche, lege das gerahmte Bild ins Gefrierfach und mache die Tür mit Nachdruck zu. Ich bemühe mich, aufreizend mit den Hüften zu schwingen, und achte darauf, dass Greer mich auch gut sehen kann. Langsam ziehe ich sein Shirt aus und werfe es zur Seite. Als ich in Greers Reichweite bin, packt er mich an der Taille. Mir stockt der Atem, als ich auf die Couch geworfen werde und mich unter einem sehr hungrigen Lieutenant wiederfinde.

KAPITEL 25

GREER

Scheiße. Ich habe mich noch nie so leicht gefühlt. Zumindest oberhalb der Taille. Alles unterhalb meines Bauches fühlt sich dagegen schwer an. Die Frau, von der ich ständig träume und an die ich immerzu denken muss, liegt ausgestreckt unter mir auf der Couch. Nur ein türkiser Tanga schützt sie vor dem, was kommt. Sie windet sich unter mir, hat die Arme über den Kopf gehoben, führt mich in Versuchung. Mein Schwanz ist hart. Aber ich brauche einen Moment, um sie zu genießen. Zu genießen, was sie mit mir gemacht hat.

Gott, meine Brust. Es kommt mir vor, als hätte jemand eine Schaufel genommen und den ganzen hässlichen Mist rausgeholt, der mich runtergezogen hat. Nein, es war nicht irgendjemand. Sie war es. Von Anfang an wollte ich Danika die Geheimnisse anvertrauen, die ich mit mir herumtrage.

War es meine Intuition als Cop oder etwas Tieferes, Komplexeres, das mir zugerufen hat, sie würde alles verstehen? Dass sie der Mensch sein würde, der mich ohne Mitleid ansehen würde? Vorurteilslos? Was auch immer für ein sechster Sinn mich dazu gebracht hat, mich dieser Frau zu öffnen – ich danke Gott dafür. Durch sie war es so leicht. Durch sie ist es so leicht …

Auch wenn ich es nicht über mich bringe, ihre Telefonanrufe entgegenzunehmen, so hat mich doch die Gewissheit, dass sie auch weiterhin anrufen wird, dazu gebracht, seit Samstagabend jeden Morgen aufzustehen. Gott, sie ist so hartnäckig. So stur. So überzeugt davon, dass ich ihre Mühe wert bin. Ich beginne fast selbst, daran zu glauben. Und ich bin im Gegenzug begierig darauf, Zeit mit ihr zu verbringen.

Trotzdem ist das verdammte Gefühl in meinem Bauch, das mir befiehlt, mich selbst zu schützen, auch noch da. Das, was ich für Danika empfinde … Es entwickelt sich zu einer Besessenheit. Das Gefühl ist stärker als alles, was ich in meinem ganzen Leben je für irgendjemanden oder irgendetwas empfunden habe. Wenn sie mir genommen werden würde … Ich würde den Verstand verlieren. Buchstäblich. Ich weiß nicht, ob ich danach noch in der Lage wäre, mein Leben so zu leben, wie ich es jetzt tue.

Aber ich werde heute Abend nicht mehr an diese Ängste denken. Mein Körper verlangt danach, Erlösung zu finden. Danika ist ebenfalls aus diesem Grund hier, und ich will ihr Befriedigung schenken. Ihre Dankbarkeit dafür, dass ich das Rad ihrer Mutter zurückgebracht habe, war nicht nötig, doch sie hat mich direkt abhängig gemacht. Ich brauche Danikas Dankbarkeit, ihre Anerkennung jetzt regelmäßig.

Gott, ich brauche sie. Ich muss sie kosten, spüren, wie sie sich unter meinem Mund windet. Aber als ich mit der Zungenspitze ihren Bauch entlang nach unten fahre, hält sie mich plötzlich auf. «Nein, ich will dich … so.»

«Was meinst du?» Ich beiße ihr sacht in die rechte Hüfte und küsse dann die andere Seite. «Willst du mir einen blasen?»

Sie drückt den Rücken durch, öffnet den Mund und stöhnt. «Oh mein Gott. Allein zu hören, wie du solche Dinge sagst, macht mich …»

«Feucht?» Ich streiche mit geöffneten Lippen über ihren Bauch zu ihren Brüsten. Mein Atem streift über einen ihrer Nippel. «Bist du schon feucht für mich, Baby?»

Ein Schauer durchläuft sie. «Ja.»

«Und du bist dir wirklich sicher, dass du meine Zunge nicht dort haben willst?»

Sie beißt sich auf die Unterlippe und stößt einen frustrierten Laut aus. «Nein, ich bin mir nicht sicher. Aber ich weiß, dass ich mir ein paar sehr unanständige Dinge ausgemalt habe …»

«Du bist heute Abend in meine Wohnung gestürmt und hast mich im Beisein von elf Polizisten zusammengestaucht, Danika. Ich glaube, du schaffst es, deine Gedanken laut auszusprechen.»

Ihr Nicken wirkt steif und unsicher, doch als sie mit den Fingerspitzen über meine Brust und meinen Bauch streicht und dann über den Bund meiner Boxershorts fährt, spüre ich ihre Entschlossenheit. «Ich will dich in den Mund nehmen, bitte.»

Eine Welle der Begierde überrollt mich, und ich atme zischend aus. «Genau so.» Ich stütze mich mit einer Hand auf der Sofalehne ab und komme auf die Knie. Dadurch ist mein Schwanz nur noch ein paar Zentimeter von ihrem süßen, leicht geöffneten Mund entfernt, getrennt nur vom Stoff der Unterhose. Ich knie vor ihrem Gesicht. Nachdem sie es ausgesprochen hat, kann ich es kaum noch erwarten. Ich sehne mich nach ihrer Zunge, nach ihren Lippen. «Hol ihn raus.»

Mit den Händen fährt sie meine Schenkel hinauf. Ihr Atem geht schneller. Ich stöhne bereits, als sie die Finger in den Bund meiner Boxershorts steckt und sie herunterzieht. Mein Schwanz springt so gierig hervor, wie ich mich gerade fühle. Er berührt ihre Wange, bevor sie ihn packt und an ihre Lippen führt. Ihre Pupillen sind geweitet, ihre Wangen leicht errötet, als ich mit der Spitze in sie tauche. Und ich kann nicht verhindern, dass ein Lusttropfen hervorquillt und ihr vermutlich über die Zunge rinnt. Der Gedanke daran macht mir bewusst, dass wir die Grenze überschritten haben, die wir gemeinsam gezogen haben. Ich bestimme jetzt, wo es langgeht.

Ich stütze mich mit beiden Händen auf der Sofalehne ab und schiebe die Hüften vor. Je tiefer sie mich in sich aufnimmt, desto lauter wird mein Stöhnen. «Das ist es, was ich brauche, Baby. Genau so.» Ihre Augen weiten sich, als ich auf einen Widerstand treffe, also halte ich inne, ziehe mich zurück und dringe dann erneut in ihre Wärme ein. Dieses Mal weiß ich, wie weit ich gehen kann. Diesen Punkt zu kennen, erlaubt es mir, schnell und fest in sie zu stoßen. «Verdammt, das ist so gut. Willst du es auch? Zeig mir, wie sehr du es willst.»

Sie stöhnt, umfasst meinen Schwanz und streichelt ihn in Richtung ihrer Lippen. Meine Lust überwältigt mich fast, und als sie die Augen schließt und fester zugreift, muss ich mich zusammenreißen, um nicht direkt zu kommen. Sie ist das Heißeste und das Schönste, was ich je gesehen habe. Als sie sich von mir löst und die Zunge um meine Schwanzspitze kreisen lässt, beginnt mein Bauch, sich zusammenzuziehen und zu beben. Ich kann dem Gefühl kaum noch standhalten, also weiß ich, dass ich nicht länger erlauben kann, was sie mit mir macht.

«Zieh den verfluchten Tanga aus», knurre ich, auch wenn ich weiß, dass ich nicht mehr so lange warten kann. Nein, sobald ich meinen Schwanz von ihrem Mund wegziehe, zerre ich das Höschen zur Seite und stoße in sie. Danika schreit auf und vergräbt ihre Fingernägel in meinem Rücken. Mein Herz stockt, als mir klarwird, dass ich ihr vielleicht weh getan haben könnte, aber als sie ihre Knie in meine Seite drückt, weiß ich, dass alles gut ist. Sie ist wie ein Jockey, der sein Pferd anspornt, schneller zu laufen. Allerdings bin ich derjenige, der sie reitet. Und ich reite sie hart. «Als du in deinem winzigen pinkfarbenen Kleid in das Taxi gestiegen bist und dem Fahrer meine Adresse genannt hast, wusstest du, dass du genau das hier bekommen würdest, oder? Einen harten Schwanz zwischen deinen Schenkeln. War es nicht so, Baby?»

«Ja. Oh mein Gott. Ja.»

Ich spreize ihre Beine noch ein Stück weiter und stoße in sie. «Sag mir, wie sehr es dir gefällt. Sag mir, dass du auf der Akademie in deiner engen Hose herumläufst und feucht bist, weil du dir vorstellst, wie ich dich nehme.»

Eine Träne läuft ihr über die Wange. Ihre Augen wirken glasig. «Ja. Ich liebe es. Bitte, hör nicht auf.»

«Ich kann gar nicht aufhören.» Eng ist nicht der richtige Ausdruck, um Danika zu beschreiben. Sie hat diese inneren Muskeln, die sich bei jedem Stoß um meinen Schwanz zusammenziehen, als wollten sie mich willkommen heißen. Gott, die Geräusche, wenn Haut auf Haut trifft. Keine Phantasie dieser Welt kann der Realität das Wasser reichen. Ich wünsche mir von Stoß zu Stoß mehr, in ihr zu kommen. Ich will sie in Besitz nehmen, sodass es keinen Zweifel mehr daran geben kann, zu wem sie gehört. In diesem Moment wird mir bewusst, dass ich kein Kondom übergestreift habe. «Scheiße», presse ich zwischen zusammengebissenen Zähnen hervor. Meine Stöße werden langsamer, doch ich höre nicht auf. Das kann ich nicht. Ich kann nicht aufhören. «Ich habe das Kondom vergessen.»

Als Reaktion darauf packt sie meinen Hintern und zieht mich tiefer in sich. Sie stöhnt lang gezogen auf. Ich bin auf diese überwältigende Empfindung nicht vorbereitet, bin nicht darauf vorbereitet zu sehen, wie sie dem Höhepunkt immer näher kommt. Und so kann ich nicht verhindern, dass weitere Lusttropfen hervorquellen. Mein gesamter Körper ist angespannt und beginnt zu zittern, als ich mich bemühe, mich zurückzuhalten.

«Hör auf, dich zu bewegen», knurre ich, und mein Magen zieht sich zusammen. «Ich bin kurz davor, in dir zu kommen.»

«Das ist in Ordnung», entgegnet sie, zieht mich wieder an sich, hebt die Hüften an, bohrt ihre Fersen in meinen Rücken. «Ich nehme die Pille. Bitte.»

Erleichterung erfasst mich. Der Wunsch, in sie zu stoßen, bis der Schmerz aufhört, ist überwältigend. «Ich bin gesund.»

«Ich auch.» Sie schluchzt auf und krallt die Finger in meine Pobacken. «Greer.»

«Warte auf mich.»

Am Ende kann ich nicht genau sagen, wer auf wen wartet. Unsere Körper sind erhitzt, verschwitzt und jagen dem Höhepunkt entgegen. Ich vergrabe mein Gesicht in ihrer Halsbeuge, stöhne und stoße hart, schnell, beinahe wütend in sie. Noch nie habe ich mich mit einem anderen Menschen in einem so perfekten Rhythmus bewegt. Wir sind gemeinsam besser. Als würden wir auf eine Art und Weise miteinander kommunizieren, die nur uns angeboren ist, verschmelzen unsere Münder miteinander, verschlingen sich unsere Finger über ihrem Kopf, und wir überschreiten die Schwelle.

An meinen Lippen schreit sie auf, und es ist der schönste Laut, den ich je gehört habe. Gott, ich zittere wie Espenlaub, weil der Orgasmus einfach so intensiv ist. Mit erstickter Stimme bringe ich ihren Namen über die Lippen. Immer wieder. «Danika, du gehörst mir. Das hier gehört mir. Das alles ist mein.»

«Du gehörst auch mir», stößt sie kurz darauf hervor. Mit den Fingern streicht sie durch mein Haar. Ich spüre ihren pochenden Pulsschlag an meiner Wange und nehme mir einen Moment, um in ihren Worten zu schwelgen. Um in dem Gefühl zu schwelgen, dass sie mich in Besitz genommen hat. Kann ich zulassen, dass sie das ganz und gar tut?

Fang mit heute Abend an.

Ich spüre, dass sie sich unter mir bewegt, und versuche, zur Seite zu rutschen. Aber es geht nicht. Ich fühle mich wie gelähmt. «Ich glaube, du hast mich tatsächlich umgebracht.»

Ihr Lachen hört sich eher wie ein Schnurren an. «Das klingt so, als hätte ich die ganze Zeit über nichts anderes vorgehabt, als dich umzubringen.»

Ich denke daran, wie sie in der Sporthalle an mir vorbeimarschiert ist, wie sie mit anderen Männern Dates vereinbart hat, wie sie in der Haftanstalt gelandet ist. «Hattest du nicht?»

«Vielleicht ein bisschen», flüstert sie. «Ich habe beschlossen, heute Abend mit dir in deinem Bett zu schlafen.»

Jetzt bin ich es, der lacht. Und ich muss sagen, dass ich mich allmählich an den Klang gewöhne.

Nachdem ich ein bisschen Kraft gesammelt habe, stehe ich auf und hebe Danika hoch. Behutsam trage ich sie in mein Schlafzimmer. «Wie auch immer ich dich hierhin bekommen habe, Baby, ist mir recht.»

KAPITEL 26

Danika

Was Greers Bett betrifft, hatte ich recht. Sobald er unter der Decke liegt, wird aus diesem Bett ein Wunderland aus warmer Haut, heiserem Stöhnen und zärtlichen Küssen. Gestern Nacht neben ihm einzuschlafen war fast so aufregend wie der Sex auf der Couch. Scherz. Doch es war … wundervoll. Um zwei Uhr morgens beharrte er darauf, dass ich Schlaf brauche, also war Schluss mit dem Streicheln und Küssen. Aber mit dem Pochen seines Herzens im Ohr einzuschlafen könnte so was wie mein neuer Sauerstoff werden. Ich brauche es zum Überleben.

Okay. Okay. Ich muss mich beruhigen. Gestern Abend wurden keine Versprechungen gemacht. Ja, er hat den Neandertaler raushängen lassen und verkündet, dass ich ihm gehören würde. Ja, er ist jetzt gerade in der Küche, um mir Frühstück zu machen, wie mir der Duft nach Zimt verrät. Sehr un-Greer-mäßige Aktivitäten. Das muss etwas bedeuten. Wir … müssen etwas bedeuten.

Du hast dich nicht beruhigt, Silva. Reiß dich zusammen.

Mitten in der Nacht wachte ich auf und fand mich sicher in Greers Armen wieder. Meine erste Reaktion hätte Freude sein sollen. Doch die Nähe löste Panik in mir aus, als würde ich sie unweigerlich verlieren. Ein paar Sekunden lang kam ich nicht darauf, warum es so war. Dann fiel es mir wie Schuppen von den Augen. Er hatte sich mir in der vergangenen Nacht vollkommen geöffnet, und ich hatte ihm nicht einmal von den Typen erzählt, die mich vor dem Haus meiner Eltern bedroht hatten. Ich bin eine manipulative Idiotin. Nachdem er mir von seiner Mutter erzählt hat, will ich keine Geheimnisse mehr zwischen uns.

Heute Morgen kommt also alles auf den Tisch.

Ich rolle mich auf den Rücken, blinzele ins Sonnenlicht und flehe mein Herz an, ruhiger zu schlagen. Er wird mich nicht wegstoßen, weil ich den Vorfall für mich behalten habe. Das wird er nicht tun. Verdammt noch mal, er hat meine Telefonanrufe tagelang ignoriert. Wir haben beide Dinge getan, die wir bedauern, oder?

Ich setze mich auf, strecke die Arme nach oben und lasse meinen Kopf kreisen. Ich hoffe, dass ich so den Stress abschütteln kann. Es ist 7:49 Uhr, und das heißt, dass wir nur noch eine Stunde bis zum Morgenappell auf der Akademie haben. Eine Stunde, bevor Greer an mir vorbeigeht, sich Notizen auf seinem Clipboard macht und ich so tun muss, als hätte er mir keinen phantastischen Orgasmus geschenkt. Gott, meine Gliedmaßen werden schon allein bei dem Gedanken daran weich, wie er meinen Mund … benutzt hat. Wenn er nicht vorher mit mir gekuschelt hätte, wäre ich vielleicht beleidigt gewesen. Aber ich wollte nur noch mehr. Und ich bekam mehr. Ich werde heute definitiv komisch laufen. Ich kann es nicht ändern. Bleibt mir nur, zu hoffen und zu beten, dass niemand es bemerkt.

Mit einem tiefen Atemzug stehe ich auf und blicke mich nach irgendetwas um, mit dem ich meine Blöße bedecken kann. Ich drehe mich im Kreis und entdecke sein marineblaues Shirt vom

Abend zuvor, das am Fußende des Bettes bereitliegt. Er muss es dort platziert haben, während ich schlief. Die Intimität dieser Geste jagt mir ein Kribbeln über den Rücken, das immer noch nicht abgeklungen ist, als ich das Schlafzimmer verlasse und mich auf Zehenspitzen ins Badezimmer schleiche. Ich dusche kurz und putze mir mit dem Finger die Zähne, ehe ich ganz leise in die Küche gehe.

Was ich dort sehe, lässt mich Greer Burns nur noch mehr verfallen. Zuerst einmal trägt er kein Hemd. Eine Jogginghose sitzt tief auf seinen Hüften und schmiegt sich an ihn, als wäre auch sie verliebt in ihn. Er steht mit einem Pfannenwender in der Hand vor dem Herd, auf dem etwas in einer Pfanne brutzelt, und lehnt sich gerade ein Stückchen zur Seite, um auf sein iPad zu blicken. Ist das ein Rezept? Ich betrachte die Anrichte und schließe aus den Zutaten, die ich in dem ganzen Chaos darauf erkennen kann, dass er French Toast zubereiten will. Ach, mein armes Herz – du bist verloren.

Ich darf nicht vergessen, dass ich ihm heute alles beichten will. Ich darf keinen Rückzieher machen.

«Morgen», murmele ich und schwelge im Anblick der Muskeln, die auf seinem Rücken spielen. «Brauchst du vielleicht etwas Hilfe?»

Er räuspert sich, als wollte er in diesem Moment in offizieller Funktion das Wort an die Presse richten. «Wann muss ich diese Dinger denn wenden?»

«Hm.» Ich betrete die heimelige Szene und nehme ihm den Pfannenwender aus der Hand. «Das macht man nach Gefühl. Es gibt keine konkrete Antwort auf diese Frage, weil es nicht immer gleich lang ist.»

Er knurrt ganz nah an meinem Ohr, berührt mich jedoch noch nicht. «Entschuldige mich bitte, während ich kurz die Krise kriege.» Mein Lachen weicht einem zitternden Keuchen, als seine Lippen meinen Hals berühren und er mit den Zähnen ganz sacht über die Haut streicht. «Wie hast du geschlafen?»

Abgesehen von den zwanzig Minuten, in denen ich durchgedreht bin, weil ich Greer etwas Wichtiges verschwiegen habe? «Total gut.»

Spüre ich da etwa Erleichterung? Mir bleibt keine Zeit, um seine Reaktion näher zu prüfen, weil er seinen starken Arm um mich schlingt. Er zieht mich Zentimeter um Zentimeter näher an sich, und unsere Körper schmiegen sich aneinander. Und dann stehen wir wie ein frischverliebtes Paar am Herd und bereiten gemeinsam das Frühstück zu. Passiert das hier alles wirklich? Ich habe Angst davor zu atmen, weil ich damit vielleicht diesen Augenblick zerstören könnte. «Und du?»

«Ich habe nie besser geschlafen.» Er schließt die Arme noch enger um mich. «Ist das okay? Wenn ich dich so halte?»

«Es ist mehr als nur okay.» Ich wende den French Toast und bin fast erstaunt, dass er nicht angebrannt ist. Erzähle es ihm. Erzähle ihm von der Anzeige, die du erstattet hast. «Äh … Greer …»

«Wir müssen reden.» Seine Lippen sind an meinem Ohr. Er haucht mir einen Kuss auf die Haare und saugt meinen Duft ein, als wäre ich ein Kuchen, der direkt aus dem Backofen kommt. «Ich weiß nicht genau, wie das hier funktioniert. Ob ich dich um Dates bitten soll oder ob ich mein Revier markieren soll oder was auch immer. Ich will einfach, dass es selbstverständlich ist, dass du deine freie Zeit mit mir verbringst. Ich will nicht ausflippen, weil ich denke, dass ein anderer Mann den Samstagabend mit dir verbringt. Oder irgendeinen anderen Abend. Ich will, dass du nur mit mir zusammen bist. Und ich bin nur mit dir zusammen.»

Ich stehe wie erstarrt da und versuche, mein wild hämmerndes Herz zu beruhigen, doch etwas von meiner inneren Anspannung kommt mir als undefinierbarer Laut über die Lippen. «Und was ist, wenn einer von uns arbeiten muss?»

«Dann wartet der andere», sagt er im ernsten Tonfall des Lieutenants, bevor er seufzt. «Hör mal, ich weiß, dass es nicht fair ist. Dich zu bitten, dich auf mich einzulassen … während ich noch immer versuche, mich in diesem Dickicht aus Gefühlen zurechtzufinden. Ich könnte es vermasseln. Es wird eine Zeit kommen, in der du in gefährliche Situationen gerätst, Baby, und ich habe keine Ahnung, wie ich damit umgehen werde.» Ich spüre, wie er die Lippen an meinem Haar bewegt, wie er mit den Fingerspitzen über meine Hüften streicht, über meinen Bauch. «Ich bitte dich nur, geduldig zu sein, während ich meinen Weg, den richtigen Weg für uns suche. Und während du geduldig bist, werde ich ungeduldig sein, weil ich nicht anders kann, also wirst du auch da Geduld beweisen müssen.»

Ich verziehe die Lippen zu einem leisen Lächeln. Sosehr ich auch mit Greer zusammen sein möchte, werde ich keinen Weg nehmen, der nicht gut für mich ist. Allerdings glaube ich nicht, dass Greer das überhaupt zulassen würde. Ich vertraue Greer, und ich will, dass er das weiß. Ich glaube, er muss es wissen. «Das klingt, als müsste ich sehr viele Kompromisse eingehen», murmele ich und lege einen French Toast auf einen der beiden Teller, die schon bereitstehen. «Es ist gut, dass ich bei dem Deal dich bekomme. Denn das bringt einige Vorteile mit sich.»

Greer dreht mich in seinen Armen um und sieht leicht belustigt auf mich hinab. «Ja? Was denn zum Beispiel?»

«Du darfst mit deinem Blaulicht bei Rot über die Kreuzung rasen. Wenn ich mal zu einem Friseurtermin spät dran bin, könnte das sehr gelegen kommen.»

Unvermittelt drückt er die Finger in meine Seiten, und ich quietsche auf. «Klugscheißerin.»

Das Lächeln, das um seine Mundwinkel spielt, bringt mich

fast um. Auf eine gute Art und Weise. «Okay, ich schätze, es schadet auch nicht, dass du nette Dinge für meine Mom tust und hilfst, meinem Cousin das Gefängnis zu ersparen. Du kaufst mir Süßigkeiten und schleppst Bier für mich.» Ich denke zurück an das, was ich am Wochenende für die Akademie gebüffelt habe. «Und du lässt mich Wetten gewinnen, obwohl ich mit dem falschen Funk-Code geantwortet habe.»

Er schmunzelt. «Das hast du herausgefunden, was?»

«Ja. Dein Geheimnis ist rausgekommen.» Ich stelle mich auf die Zehenspitzen und schlinge die Arme um seinen Hals. «Es steht schlimm um dich, Sensenmann.»

«Falsch.» Er packt meinen Po und drückt. «Früher stand es schlimm um mich, jetzt nicht mehr …»

«Mein Fehler», flüstere ich atemlos an seinen Lippen. «Ich stimme deinen Bedingungen zu.»

Ich spüre einen Windhauch an meinem Rücken. Dann berührt er mit seinen Händen meine nackte Haut. So viel zum Thema Frühstück. «Wiederhole die Bedingungen. Ich will sichergehen, dass du sie auch richtig verstanden hast.»

Zwischen unseren Körpern spüre ich seine Erektion – aufrecht und gierig. Wenn ich ein Höschen tragen würde, dann wäre es inzwischen durchnässt. Aber ich trage ja praktischerweise keines. «Äh … Meine freie Zeit gehört dir. Wenn jemand mich um ein Date bittet …»

Klatsch. Als er mit der flachen Hand auf meine rechte Pobacke schlägt, schnappe ich nach Luft. Es ist eine so besitzergreifende Geste. Genau das richtige Maß an Kraft. Ein Zeichen, dass Greer hier das Sagen hat – jetzt, in diesem Moment. Dass er das Verlangen danach hat. Dass er es braucht. Und irgendwie ist es auch genau das, was ich brauche. Diesen Schlusspunkt am Ende unserer Unterhaltung. Wenn er bisher die Führung übernahm, war es suchend, forschend. Ein Test. Aber nachdem wir uns nun aufeinander eingelassen haben, fühlt sich nichts mehr falsch an. Unsere Positionen sind klar, und es gibt keinen Raum für Zweifel. «Ich will nicht, dass es überhaupt so weit kommt, dass jemand dich um ein Date bittet. Beende das Ganze, bevor es passiert.»

Ich wimmere leise, als er mit der Hand sacht über meine Haut streichelt, um den Schmerz des Schlags zu lindern. Tief in meinem Innersten geht ein Feuerwerk los, und die Funken sprühen bis in jede Zelle meines Körpers. «Wie soll ich das bitte machen? Mir das Wort *tabu* auf die Stirn tätowieren lassen? Niemand darf wissen, dass wir zusammen sind.»

«Ich werde heute Morgen mit meinem Vorgesetzten sprechen, damit er für uns eine Ausnahme macht.»

In meinem Kopf überschlagen sich die Gedanken, als ich versuche, alles gleichzeitig zu begreifen. Die Tatsache, dass es sich von Mal zu Mal besser anfühlt, den Hintern versohlt zu bekommen. Und die Enthüllung, dass es ihm mit mir ernst genug ist, dass er seinen Ruf aufs Spiel setzt. Ich sage einen Moment zu lange nichts, denn Greer neigt den Kopf, um meinen verschleierten Blick aufzufangen. «Würde es dich stören, wenn die Leute auf der Akademie über uns Bescheid wüssten? Sie könnten denken, dass ich dich bevorzuge.»

«Wehe, wenn du mich bevorzugt behandelst.»

«Ich dachte mir, dass du so etwas sagen würdest.» Er geht in die Knie, drängt seinen harten Schwanz zwischen meine Beine und hebt mich an, bis meine Füße den Boden nicht mehr berühren. Gott. Die Sternchen, die hinter meinen geschlossenen Lidern aufblitzen, müssen irgendwie auch nach außen hin sichtbar sein, denn Greer lacht. «Ich glaube, nach Feierabend machst du bestimmt eine Ausnahme.»

«Worauf du dich verlassen kannst», keuche ich und klammere mich an seine nackten Schultern. «Greer, kannst du …»

«Wiederhole die Bedingungen.» Er lässt die Hüften kreisen und presst mich zugleich an sich. «Die berichtigte Version.»

In meinem Hirn scheint keine Spur von Sauerstoff mehr vorhanden zu sein. «Meine freie Zeit gehört dir. Es sei denn, ich bin auf einem Mädelsabend …»

Ein tiefes Seufzen erklingt. «Na gut.»

«Oder ich verbringe Zeit mit meinen Eltern.»

«Zeit, in der du nicht nur arbeitest und dich verausgabst.»

«Gut.»

«Und ich werde dich begleiten, wann immer ich Zeit dazu habe.»

Mein Herz macht einen Hüpfer. «Das fände ich schön.»

Greer trägt mich zum Küchentisch und setzt mich ab. Dann neigt er den Kopf und saugt an der empfindlichen Stelle unterhalb meines Ohrs. «Fahr fort», knurrt er.

Ich stöhne frustriert auf. «Ich werde irgendwie lernen zu erahnen, wenn jemand mich um eine Verabredung bitten will, und dann sofort in die andere Richtung rennen. Zufrieden?»

«Nicht so zufrieden, wie du es sein wirst.» Mit den Händen streicht er meine Schenkel hinauf, packt den Saum meines T-Shirts und zieht es mir über den Kopf. «Auf den Rücken.»

Nachdem ich auf der Akademie monatelang seine Befehle ausgeführt habe, ist mein Körper so konditioniert darauf, ihm zu gehorchen, dass ich an die Decke blicke, noch bevor mir überhaupt die Bewegung bewusst geworden ist. Mein unwilliges Murren verstummt jedoch augenblicklich, als Greer mich mit der Zunge zwischen den Beinen berührt.

«So verdammt feucht, Baby», stöhnt er und dringt mit einem Finger in mich. «Du hast meine Erlaubnis, so oft dein Höschen beim Frühstück zu vergessen, wie du willst.»

O Gott. Wieder streicht er mit der Zunge über mich. Als er

mit dem Daumen meine Klitoris reizt, beginnen meine Schenkel zu zittern. «I... Ich brauche deine Einwilligung dazu?»

Sein Kopf taucht auf, und er hat die Augen zu schmalen Schlitzen verengt. «Ganz genau.» Bevor ich weiß, wie mir geschieht, zieht Greer mich an den Knöcheln vom Küchentisch, dreht mich um und hält mich mit dem Gesicht nach unten auf dem Tisch fest. «Du willst die Erlaubnis dafür doch haben, oder?»

«Ja», gebe ich atemlos zu. Meine innere Temperatur ist auf dem Siedepunkt angelangt. Mich zu konzentrieren ist ein Ding der Unmöglichkeit geworden, aber wenn wir hier grad die Richtung festlegen, in die wir uns bewegen, dann habe ich da auch ein Wörtchen mitzureden. «Allerdings nur, wenn ich dir im Gegenzug ebenfalls etwas erlauben darf.»

Ein Herzschlag vergeht. «Ich höre.»

Das Bild, das in letzter Zeit so oft meine Tagträume beherrscht, taucht in meinem Kopf auf. «Du darfst deine Polizeimütze zum Frühstück tragen, sooft du willst.»

Sein Lachen klingt überrascht, schlägt dann aber in gequält um. «Ich bin schon jetzt sauer auf jeden Mann, der dich heute auf die Matte wirft. Und da bringst du mich allen Ernstes zum Lächeln?»

Ein Hochgefühl ergreift mich. Gefolgt von einem Gefühl der Verzweiflung, von Liebe, von Verlangen. «Was wäre, wenn du ...» Ich muss kurz innehalten, um Luft zu holen. «Was wäre, wenn du eine Erinnerung auf mir hinterlässt, wessen Hände ich spüren soll. Weil ich sie dann noch spüren kann. Genau wie jetzt.»

Meine Worte. Sie bringen den Sensenmann dazu zu keuchen. «Ja?»

Ich spreize die Beine noch ein wenig weiter und hebe den Po an. Mein Atem geht flacher. Dinge wahrzunehmen, Opfer zu bringen, Sachen auszuprobieren. Das braucht es, um mit diesem Mann zusammen zu sein. Ich bin dabei. Nein, ich bin wild darauf. «Bitte, Lieutenant?»

Sein Knurren lässt mich erschauern. «Mein Mädchen.» Seine flache Hand knallt auf meinen Hintern. «Mein.» Der nächste Schlag ist härter. Anschließend massiert er die Stelle sanft. Der Widerspruch der beiden Gesten ist typisch Greer. Ich ertappe mich dabei, dass ich um mehr flehe. Mehr von Greer. «Zeig mir deine Muschi», sagt er heiser. «Zeig deinem Mann, was ihm gehört.»

Gott. O Gott. Ich sehe alles nur noch verschwommen, aber meine Muskeln arbeiten zum größten Teil noch. Die Wange auf die Tischplatte gepresst, hebe ich meine Hüften an. Und mein empfindlichster Bereich bekommt den nächsten Klaps. Ich bin so geschockt, dass ich einen unterdrückten Schrei ausstoße, der lauter wird, als er mit einem tiefen Stoß in mich eindringt. Lust explodiert in mir. Mein Orgasmus ist wie ein Erdbeben, das mich in meinen Grundfesten erschüttert.

Und das, bevor Greer überhaupt damit anfängt, sich zu bewegen. Er ist unerbittlich, als er dann beginnt, in mich zu stoßen. Unsere Schenkel klatschen aneinander, und Greer knurrt, stöhnt, nimmt mich. Ich kann nicht … Ich kann mit dem Hochgefühl, das mich überrollt, nicht Schritt halten. Es berührt Stellen tief in meinem Innersten, von denen ich nicht wusste, dass es sie überhaupt gibt. Meine Anspannung wächst und wächst. Ich glaube nicht, dass ich noch einmal kommen kann, doch Greers Schaft streicht an der Wurzel immer wieder über meine Klitoris und reizt sie, bis ich aufschluchze.

«Bitte. Bitte.»

Er presst die Stirn in meine Halsbeuge. Es ist eine unglaublich süße Geste, die im krassen Gegensatz zu seinen Händen steht, mit denen er meine Pobacken auseinanderzieht, um noch tiefer in mich stoßen zu können. «Ich gehöre dir, weißt du das?» Er haucht heiße, atemlose Küsse unter mein Ohr. «Ich will einfach nur dir gehören, Danika.»

«Das tust du.» Ich beiße die Zähne zusammen und erreiche erneut den Höhepunkt. «Greer.»

«Gott, Baby. Scheiße.»

Ich komme so schnell und so heftig, dass ich kaum mitbekomme, wie Greer den Mund von mir löst. Aber als ich höre, wie er unterdrückt flucht, als ich fühle, wie er ein letztes Mal hart in mich stößt und wie seine Hitze mich erfüllt, erwacht etwas Ursprüngliches in mir zum Leben. Etwas, das Greer erweckt hat.

Und ich liebe es. Mir gefällt es, wie wir zusammen sind. Ich mag uns.

Doch Minuten später, als der Schweiß auf unseren Körpern allmählich trocknet, erinnere ich mich an das Geständnis, das ich machen wollte. Das Geständnis über die Anzeige. Über den Vorfall. Und ich mag mich definitiv nicht dafür, dass ich die Stimme in meinem Inneren ignoriere, die mich auffordert, endlich reinen Tisch zu machen.

Bald.

Sobald er sich ein bisschen wohler damit fühlt, mit mir zusammen zu sein, sobald er sich ein bisschen an diese neue Situation gewöhnt hat. Sobald er begreift, dass ich nicht einfach gehen werde. Dann werde ich es ihm sagen.

KAPITEL 27

GREER

Für gewöhnlich mag ich sonnige Tage nicht besonders. Die gute Stimmung aller anderen verstärkt nur meine Scheißlaune. Heute ist jedoch alles anders. Heute strahlt die Sonne durch die Lamellen der Jalousie in mein Büro und verbrennt mir vermutlich gerade den Nacken, aber … es stört mich nicht. Es ist mir nicht unangenehm. Ich hoffe sogar, dass ich heute zu einem Einsatz gerufen werde und das Präsidium verlassen kann, um ein bisschen Vitamin D zu tanken. Heute Morgen haben alle, die im Revier an mir vorbeikamen, zweimal hingeguckt. Ich war zuerst verwirrt, bis mir irgendwann klarwurde, dass mein Lächeln der Grund dafür war. Also, meine Version eines Lächelns. Ein verdächtiges Lippenkrümmen.

Was zur Hölle stimmt mit mir nicht?

Oder eher: Was zur Hölle stimmt?

Als wäre das eine Frage. Vitamine sind nicht das Einzige, das mit einem D beginnt und das ich heute in mich aufsaugen will. Dank meines mörderischen Terminplans, auf dem auch noch das Pflichtgespräch mit dem Therapeuten des Departments stand, ist es inzwischen Freitagnachmittag geworden, und ich habe Danika seit Mittwoch auf der Akademie nicht mehr gesehen. Es war nicht leicht, zusehen zu müssen, wie sie mit anderen Männern Manöver im Nahkampf trainiert hat, doch sich daran zu erinnern, was nur wenige Stunden zuvor auf meinem Küchentisch passiert war, hat geholfen.

Schwerer war es, für mich zu behalten, dass sie zu mir gehört. Sobald wir das auf der Akademie verkünden, wird es wahrscheinlich problematisch für sie werden, jemanden zu finden, der mit ihr die Partnerübungen durchführt, doch das ist mir egal. Entschuldigung, aber ich werde keine Träne darüber vergießen. Ich werde ihr bei den Übungen helfen, wenn sie Hilfe braucht. Unter vier Augen.

Meine Finger liegen noch immer auf der Tastatur meines Computers, als mir bei dem Gedanken daran die Hitze in die Körpermitte schießt. Scheiße, es dauert viel zu lange, bis ich sie endlich wiedersehen kann. Ob sie jetzt gerade die Sonne genießt und draußen auf den Treppenstufen vor der Akademie ihre Mittagspause macht? Ob sie ihr Gesicht der Sonne entgegenreckt und leise seufzt, weil es sich so gut anfühlt? Wenn ich bei ihr wäre, wie würde es sich anfühlen, mich neben sie zu setzen und mit ihr zu essen?

Gut. Viel zu gut.

Dabei sollten wir unsere Beziehung noch geheim halten. Die Ausbildung auf der Akademie dauert schließlich nur noch eine Woche. Dann ist sie abgeschlossen. Ich kann es jedoch kaum erwarten, die Sache zwischen uns öffentlich zu machen. Ich habe mich noch nie jemandem gegenüber auf diese Art und Weise verpflichtet, und Danika für mich zu beanspruchen, ist mir wichtig. Ich kann es nicht leugnen: Ich will diese Frau besitzen. Ich werde mich so lange unbehaglich fühlen, bis jeder weiß, dass ich mich um sie kümmern werde, wenn etwas passiert. Dass ich von nun an diese Lippen küsse. Und dass sie sich nur für meine öffnen.

Mein Vorgesetzter hat mir heute Morgen eine E-Mail geschickt, in der stand, dass das Department meine Beziehung zu einer Rekrutin billigt. Es ist also alles in Ordnung. Ich sollte mich befreit fühlen, warm und zufrieden.

So sollte es sein. Doch so ist es nicht.

Ich muss immer daran denken, wie sie den Hausflur entlangkam, um mich während des Treffens meines Buchclubs zur Rede zu stellen. Sie war nie mehr Cowgirl als in diesem Moment.

Offensichtlich ist es möglich, dass man einen Wesenszug an einem anderen Menschen liebt und er einen gleichzeitig nervös macht. Es ist etwas, womit ich kämpfe – mit dieser Angst vor dem Verlust. Ich fürchte mich jedoch nicht davor, Danika zu sagen, was mir Sorgen macht und wann. Weil ich mir sicher bin, dass sie es verstehen wird. Und selbst wenn ich mich nicht klar ausdrücken kann, wenn es sich in dem Moment anhört, als würde ich eine Fremdsprache sprechen, dann wird Danika mir helfen, sie zu übersetzen. Ich vertraue darauf, dass sie es tun wird. So wie sie darauf vertraut, dass ich ihr erzähle, was in meinem chaotischen Kopf vor sich geht.

Vielleicht ist es doch gar nicht so schwer, sich einem anderen Menschen gegenüber zu öffnen. Vielleicht ist es ganz leicht, und ich muss einfach nur aufhören, nach möglichen Problemen zu suchen.

Wenn ich sie halten will, gibt es nur einen Weg: Ich muss es versuchen. Irgendwann wird es leichter, das ständige Unbehagen tief in meinem Inneren nicht weiter zu beachten. Ich muss einfach daran glauben.

Die nächsten Stunden vergehen wie in Zeitlupe. Mein Blick wandert immer wieder zur Uhr, obwohl er auf meine Arbeit gerichtet sein sollte. Doch ich kann nicht verhindern, dass ich ständig über Danikas Terminplan nachdenke und mich frage, wo sie gerade ist. Was sie tut. Natürlich muss ich ausgerechnet an einem Tag, an dem ich mir wünsche, die Zeit würde schneller vergehen, Papierkram erledigen, statt draußen im Einsatz zu sein. Wir haben heute Morgen in unserem Fall mit der unbekannten weiblichen Leiche einen Tatverdächtigen gefasst und ein umfassendes Geständnis bekommen. Ich muss nun also noch ein paar Dinge erledigen, damit der Fall offiziell als abgeschlossen gilt. Einen Fall so schnell zu lösen, ist sehr befriedigend, aber trotzdem hat jemand sein Leben verloren, und die Abscheulichkeit dieser Tatsache lässt sich nicht leugnen. Zu wissen, dass diese Abscheulichkeit durch Schönheit, durch Zuversicht ersetzt wird, wenn ich später mit Danika zusammen bin, ist der Grund, warum meine Finger sich weiterhin über die Tastatur bewegen.

Eine Stunde vor Feierabend ist sie gerade auf dem Weg zur Wohnung ihrer Eltern, um Lebensmittel vorbeizubringen und das Baby ihrer Cousine zu besuchen. Ich weiß das alles, weil sie es mir in einer Nachricht auf der Mailbox erzählt hat, als ich in der morgendlichen Besprechung war. So, wie eine Freundin das macht. Sie hat am Ende sogar einen Kuss in den Hörer gehaucht, was wahrscheinlich der Grund für das Grinsen ist, das ich vorhin nicht aus dem Gesicht bekam. Irgendwann werde ich Teil ihrer Pläne sein. Oft. Ich werde wissen, was in Danikas Herz vor sich geht, in ihren Gedanken – von Tag zu Tag mehr. Wenn ich jetzt schon so an ihr hänge, wie wird es dann in einem Monat sein? Oder in einem Jahr?

Mein Magen zieht sich zusammen, und Panik ergreift mich. Doch ich ignoriere sie.

Jemand klopft an meine Tür. «Lieutenant, haben Sie mal einen Moment?»

Ich sehe nicht einmal von meiner Arbeit auf. «Kommen Sie herein.»

Ein Officer kommt in mein Büro gestampft und raschelt mit den Papieren in seiner Hand. «Das hier ist von *Midtown North* zu Ihren Händen geschickt worden, Sir. Vermutlich irgendwas, das schnell erledigt werden soll. Ihr Name steht immer auf dem Scheiß, der dringend ist …»

«Der ‹Scheiß› sollte immer schnell erledigt werden – egal wessen Name draufsteht.» Endlich hebe ich den Blick. Einer der neuen Kollegen vom 9. Revier steht vor mir. Meine Miene wird weicher, denn ich muss unwillkürlich an Danika denken. Sie wird auch bald irgendwo eine der neuen Kolleginnen sein, und Gott stehe demjenigen bei, der sich ihr gegenüber wie ein Arschloch verhält – so wie ich es gerade mit dem jungen Mann hier getan habe. Ich schlucke den scharfen Geschmack in meinem Hals hinunter, nicke dem Jungen zu und versuche, etwas gutes Karma anzuhäufen. «Worum geht's denn?»

Er verlagert das Gewicht von einem auf das andere Bein, sein Blick ist auf die Papiere in seiner Hand gerichtet. «Vor ein paar Wochen haben Sie zwei Leute aus dem Manhattan Detention Complex geholt. Eine der Personen war eine … Danika Silva?»

Ich erstarre. «Geben Sie mir die Papiere.»

«Sicher.» Er reicht mir über den Schreibtisch hinweg den Stapel Papiere und räuspert sich, während die Buchstaben vor meinen Augen verschwimmen. «Als die Anzeige ins System aufgenommen wurde, blinkte ihr Name auf.» Es herrscht kurz Schweigen, während sich in meinem Kopf mit einem Mal die Gedanken überschlagen. «Sie haben noch nie zuvor jemanden aus der Haftanstalt geholt, also wollte *Midtown North* sicherstellen, dass Sie über die Angelegenheit informiert werden.»

Die Personen bedrohten die Zeugin verbal … die Personen versuchten, sich Zutritt zum Wohnhaus der Zeugin zu verschaffen …

In meinem Inneren braut sich ein gewaltiger Sturm zusammen. Riesige, dunkle Gewitterwolken, die bereit sind, loszubrechen. Die Anzeige beziehungsweise der Bericht ist sechs Tage alt. Sechs verdammte Tage. Das heißt, sie ist die ganze Zeit durch die Stadt spaziert, während jemand sie *bedroht*. Ohne meinen Schutz. Ohne dass ich überhaupt wusste, dass sie meinen Schutz benötigte. Wenn sie sich mir anvertraut hätte, dann hätte ich etwas getan, aber sie hat mir nicht einmal die Chance dazu gegeben. Ihr hätte etwas passieren können, und ich hätte nichts davon gewusst.

Sie hatte ein Dutzend Gelegenheiten, mir alles zu erzählen. Scheiße noch mal, ich habe ihr schließlich auch alles erzählt. Alles. Und sie konnte mir nicht den gleichen Gefallen tun? Vor allem, da es um etwas so Wichtiges ging?

«*Midtown North* hat den verdächtigen Personen vor drei Tagen einen Hausbesuch abgestattet. Keiner von beiden war zu dem Zeitpunkt zu Hause, und in beiden Fällen ist die elterliche Autorität wohl mangelhaft.» Er macht eine Pause. «Man hat die Sache seitdem nicht weiterverfolgt, also wollte ich Ihnen gleich Bescheid geben.»

Mein knappes Nicken ist so angestrengt, dass ich mir dabei beinahe einen Halsmuskel zerre. Was wäre passiert, wenn es ihr nicht gelungen wäre, vor den beiden Kerlen zu fliehen? Was wäre passiert, wenn sie ihr weh getan hätten? Die letzte Woche hätte es dann in der Form nicht gegeben. Ich hätte sie nie halten, ihr nie meine Geheimnisse anvertrauen können. Ich hätte niemals die Erinnerungen sammeln können, in denen ich seit Tagen schwelge. Und in diesem Moment, da mir der Verrat, die Angst und die Wut schmerzhafte Stiche versetzen, frage ich mich, ob das nicht vielleicht besser gewesen wäre. Ob es nicht besser gewesen wäre, nicht zu wissen, wie es sich anfühlt, Danika nachts in den Armen zu halten. Nicht zu wissen, wie sie mit den Zehen wackelt, wenn sie sich Strümpfe angezogen hat.

Wie viele Erinnerungen, von denen ich zehren kann, werde ich haben, wenn sie beim nächsten Mal nicht so viel Glück hat?

«Ist alles in Ordnung, Lieutenant?»

Statt einer Antwort stehe ich auf und schnappe mir meine Schlüssel. Mein sechster Sinn – mein Cop-Sinn – macht sich bemerkbar. Mein Nacken kribbelt. Allerdings sind meine Empfindungen so aus dem Lot geraten, dass ich nicht weiß, wie weit ich mich darauf verlassen kann. Ich weiß nur, dass Danika in Hell's Kitchen ist, wo die Typen, die sie bedroht haben, ebenfalls leben. Und sie ist allein. Ich könnte sie natürlich anrufen und fragen, ob alles gut ist, aber … sie könnte mich anlügen. Sie hat mich immerhin sechs Tage lang angelogen.

Sechs Tage. Sie könnte seit sechs verfluchten Tagen tot sein.

KAPITEL 28

Danika

Oh, das wird ein Spaß. Meine Eltern sind essen gegangen, also bin ich allein in ihrer Wohnung. Nachdem ich die Lebensmittel im Kühlschrank verstaut habe, bringe ich ein Paar glänzender pinkfarbener Flatterbänder an den Lenkergriffen von Moms Fahrrad an. Ich kann es kaum erwarten, später einen Anruf von ihr zu bekommen, in dem sie mir laut lachend erzählen wird, was sie davon hält. Auch wenn sie wahrscheinlich auf die Mailbox sprechen muss, weil ich mit Greer beschäftigt sein werde – ach, bitte, bitte!

Greer.

Auf den Freitag zu warten, war scheiße. Ist es eigentlich schlimm, wenn ich darüber nachdenke, später nur mit einem Trenchcoat bekleidet und mit einem Lächeln auf den Lippen in seinen Wagen zu steigen? Ich meine, angesichts der warmen Temperaturen würde sich vermutlich niemand auf der Straße täuschen lassen. Alle wüssten Bescheid. Aber ist das nicht Teil des Thrills?

Als bräuchte ich noch zusätzlichen Nervenkitzel. Ich bin seit einiger Zeit ein wandelndes Hormon. Ich schlafe bloß noch auf dem Bauch, weil ich immer wieder durchspiele, wie Greer mich vornübergebeugt auf den Küchentisch gelegt hat. In der gleichen Position zu liegen macht die Phantasie noch heißer, und ich habe diese Phantasie gebraucht, um die drei Tage ohne Greer zu überstehen. Und was hilft bei dem Problem mit meiner übersexualisierten Vorstellungskraft überhaupt nicht? Die Tatsache, dass meine selbstzufriedenen Mitbewohner so oft Sex haben, wie sie wollen. Greer hat mir geraten, Nasenklammern zu kaufen, doch Ohrenstöpsel scheinen mir die bessere Investition zu sein.

Idioten.

Heute Abend bin ich begierig auf mehr als nur auf Sex. Ich will wissen, wie Greers Woche war. Ich will, dass er mich in seine starken Arme schließt und mir alles anvertraut. Und ich werde das Gleiche tun. Ich werde nicht länger vor ihm verheimlichen, was nach der Geburtstagsfeier meiner Mom vorgefallen ist. Gott, er wird durchdrehen, aber ich bin bereit dafür. Ich werde ihn wüten lassen, und dann werde ich ihm versprechen, ihm nie wieder etwas zu verheimlichen. Er wird es verstehen müssen. Die Sache zwischen uns ist noch sehr zerbrechlich, und ich wollte, dass sie nicht zerbricht, bevor sie wachsen und stärker werden kann. Das ist alles.

Ich werde in Tränen ausbrechen, wenn es sein muss. Und wenn das nicht funktioniert, werde ich eben oben ohne weinen.

Das Entscheidende ist, dass es ab morgen früh keine Grauzonen mehr zwischen uns geben wird.

Ich atme tief durch, richte mich auf und streiche mit den Fingern durch die pinkfarbenen Bänder. Ein leises Lächeln spielt um meine Mundwinkel. Ich werde noch kurz bei meiner Cousine zu Hause vorbeischauen, um ihr Baby zu besuchen, und dann zurück zur East Side fahren, um mich mit Greer zu treffen. Ich habe Schmetterlinge im Bauch, wenn ich daran denke, wie ich ihm in die Arme springen werde. Er wird es nicht erwarten und …

Unten im Haus ertönt ein lautes Geräusch. Wie Metall, das gegen Betonziegel kracht, gefolgt von schnellem Stampfen. Schritte? Mein Blick huscht zur Wohnungstür meiner Eltern, als könnte ich durch das alte gestrichene Holz irgendetwas erkennen. Ich habe mein ganzes Leben in großen Wohnhäusern verbracht, und zuschlagende Türen und Menschen, die ihren Lärmpegel nicht einschätzen können, gehören einfach dazu.

Ich bin wahrscheinlich nur nervös, weil diese Kerle mich bedroht haben, als ich das letzte Mal hier war. Doch in meinem Kopf beginnt es zu rattern, als ich mich an etwas erinnere. Die Haustür stand einen Spaltbreit offen, als ich ankam. Offen gehalten von einem Flip-Flop meiner Mutter. Ich weiß aus Erfahrung, wie oft sie ihre Schlüssel verlegt – sie hat die Tür wahrscheinlich offen gelassen, damit sie nach dem Abendessen wieder ins Haus kommt. Verdammt. Der blöde Flip-Flop gehört schon fast zum Inventar, sodass er mir nicht aufgefallen ist, als ich hereingekommen bin. Ich war zu abgelenkt von anderen Dingen. Vor allem von dem, was ich heute Abend noch vorhabe. Jeder könnte inzwischen im Haus sein.

Entspann dich. Die Apartmenttür ist abgeschlossen. Es wird schon nichts passieren.

«Tante Maritza!»

Mein Herz fängt an, rasend schnell zu schlagen. Das ist Robbie, er ruft nach meiner Mutter. Die Panik in seiner Stimme ist nicht zu überhören. Er lebt ein paar Blocks entfernt. Was macht er hier?

Ich springe bereits zur Tür, um ihm zu öffnen. «Robbie.» Ich schiebe den Riegel zur Seite und reiße die Tür auf, um ihn in die Wohnung zu ziehen. «Was ist …»

Mir fällt sofort Robbies verschwitztes, zerzaustes Äußeres

auf. Und im nächsten Moment wird mir klar, dass er nicht allein im Flur ist. Er läuft vor jemandem davon.

Es sind die Kids, die versucht haben, den Frozen-Yogurt-Laden zu überfallen. Die beiden, die uns bedroht haben. Sie sind ihm direkt auf den Fersen und bewegen sich so schnell, dass mir sofort klar ist, sie müssen ihn gejagt haben.

«Scheiße.» Das Blut rauscht in meinen Ohren, als ich Robbie in die Wohnung zerre und versuche, die Tür zu schließen, ehe die beiden uns erreichen. Was sollte ich sonst tun? Er ist mein Cousin. Ich liebe ihn. Ich würde mir eher den Arm absägen, als ihn da draußen zu lassen. Aber die Tür rechtzeitig zu schließen? Mein Verstand sagt mir, dass das ein Wunschtraum ist. Und im nächsten Moment wird auch schon ein Fuß in die Öffnung gestellt und verhindert, dass ich die Tür zudrücken kann. «Ich habe die Polizei bereits verständigt», presse ich zwischen zusammengebissenen Zähnen hervor, während ich mich gegen die Tür stemme. «Ihr habt wahrscheinlich weniger als eine Minute, bevor die Cops da sind. Also, verschwindet!»

Ihr Lachen lässt keinen Zweifel daran, dass sie mir nicht glauben. «Fick dich. Mach die Scheißtür auf.»

«Auf keinen Fall», erwidere ich.

Über meine Schulter hinweg sehe ich, wie Robbie hinter die Couch greift und den Baseballschläger meines Vaters hervorholt. Ich hatte den Schläger ganz vergessen, weil er ihn noch nie gebraucht hat. Hastig bedeute ich Robbie, zu mir zu kommen und mir dabei zu helfen, die Tür zuzuhalten. Wir schieben nun zwar beide, aber meine Füße rutschen. Sie rutschen auf dem Holzfußboden weg. Unsere Gegner scheinen das Adrenalin und den Zorn auf ihrer Seite zu haben. Vielleicht auch Drogen. Ich weiß es nicht. Doch ich kann die Tür nicht länger halten. Sie werden hereinkommen – und ich kann angesichts dieser Tatsache kaum Luft holen.

Meine Eltern. Zum Glück sind sie nicht hier.

Greer wird durchdrehen – und zwar richtig.

Das Timing ist entsetzlich. Eine Woche später, und ich hätte meine Polizeiwaffe gehabt. So weit ist es aber noch nicht, und ich muss darauf vorbereitet sein, wenn sie hereinkommen. Was passieren wird. Wir können sie nicht davon abhalten.

Ich nehme Robbie den Schläger aus der Hand, lasse ohne Vorwarnung die Tür los und hoffe, dass die Eindringlinge dadurch das Gleichgewicht verlieren. Und es funktioniert. Der schmutzig blonde Kerl stolpert in die Wohnung und geht in die Knie. Ich hebe den Schläger an, um ihn auf seinen Rücken zu schlagen, aber ich halte mitten in der Bewegung inne, weil ich in den Lauf einer Waffe blicke. Der Waffe, die von seinem Freund gehalten wird, der in der Tür steht.

«Bitte. Schieß nicht.» Die Worte, die mir über die Lippen kommen, klingen erstickt. Passiert das hier wirklich? Ist das alles real? Vor zwei Minuten noch habe ich am Fahrrad meiner Mutter pinkfarbene Flatterbänder angebracht. Wie kann es sein, dass ich jetzt erschossen werde?

Greer hatte recht. Es kann so schnell gehen …

Nein. Wut erfasst mich. Scheiß drauf. Er hatte nicht recht. So werde ich nicht sterben. So darf es nicht ausgehen. Tränen treten mir in die Augen, und meine Kehle ist wie zugeschnürt. Mein Gesicht ist heiß. Ich kann nicht schlucken.

«Hör mal», sage ich mit rauer Stimme, «ich werde den Schläger weglegen, und wir sprechen darüber.»

«Da gibt es nichts zu reden», erwidert der Typ mit der Knarre. «Es hat dir ja nicht gereicht, dass du beim ersten Mal die Bullen gerufen hast. Du musstest auch noch die Scheißschule anrufen. Die haben uns rausgeschmissen.»

«Was? Nein. Nein, das war so nicht geplant.» Die Unterhaltung zwischen der Schulleiterin und mir geht mir durch den

Kopf. Sie versprach mir, dass sie diskret handeln würden. Die Jungen müssen etwas getan haben, das die Schule zum Handeln gezwungen hat. Doch woher wissen die Jungs von meinem Telefonanruf? Hat die Schule ihnen das erzählt? Wussten sie denn nicht, welchen Ärger das bedeuten würde? «Ich wollte nur Robbie beschützen.»

Der Blonde ist inzwischen wieder auf die Beine gekommen. «Tja, das ist wohl richtig scheiße gelaufen, oder?»

Der Typ mit der Waffe ist wütend, aber seine Hand zittert. Er hat kaum genug Kraft, um die Waffe längere Zeit auf ein Ziel gerichtet zu halten. Soll ich ihn in ein Gespräch verwickeln, bis jemand anders das Haus betritt? Ich will nicht, dass noch eine weitere Person in Gefahr gerät. Wird er, wenn sein Arm müde wird, auf uns schießen und die Sache damit zu einem Ende bringen? Oder wird er fliehen, um vielleicht später zurückzukommen?

«Hört mal, ich komme mit euch», erklingt hinter mir Robbies Stimme. «Lasst meine Cousine in Ruhe. Sie hat nichts getan.»

«Robbie, nein …»

«Oh, wow», höhnt der Typ mit der Waffe in der Hand. «Spielst den verfickten Gentleman, was?»

«Netter Versuch», fügt sein Kumpel hinzu, ehe er sich umdreht. «Komm rein und mach die Tür zu, Mann, bevor uns irgendjemand sieht.»

«Zu spät.» Ich falle beinahe in Ohnmacht, als ich Greers Stimme höre. Glücklicherweise kann ich mich jedoch zusammenreißen, denn andernfalls hätte ich verpasst, was als Nächstes passiert. In der Tür bewegt sich etwas in einer unglaublichen Geschwindigkeit. Es ist Greers Hand, die vorschießt und dem Jungen die Waffe entreißt. Blondie versucht noch, dazwischenzugehen, aber Greer hat bereits seine wie auch die Waffe der Kerle mit schonungsloser Effizienz erhoben und richtet nun jeweils eine Pistole auf jeden der Typen. «Runter auf den Bauch. Hände hinter den Kopf. Sofort.»

Ihnen bleibt der Mund offen stehen – wahrscheinlich ähnlich wie bei mir –, doch sie tun, was er von ihnen verlangt. Draußen erklingen Sirenen. Das Geräusch reißt mich schlagartig aus meiner Erstarrung. Mir fällt meine Ausbildung wieder ein, und ich bewege mich wie ferngesteuert. Ich nehme die Handschellen von Greers Gürtel. Zwei Paare. Keiner der Jungen wehrt sich, als ich ihnen die Handschellen anlege. Greers Blick bohrt sich mir dabei in den Rücken.

Als ich die Aufgabe erledigt habe, ist die Verstärkung eingetroffen. Wie eine Kavallerie stampft sie die Treppen hinauf. Ich bringe meinen aufgelösten Cousin in die Küche und beruhige ihn, während den Einbrechern ihre Rechte vorgelesen werden und Greer den anderen Cops erzählt, was vorgefallen ist. Durch meine Adern schießen noch immer Adrenalin und ein Rest Schrecken, aber das wird immer mehr von einer neuen Furcht verdrängt, die sich in mir breitmacht. Greer sieht aus, als würde er jeden Moment explodieren. Seine Augen blitzen, sein Blick ist finster. Die Kiefer hat er aufeinandergepresst, die Schultern hochgezogen, und die Antworten, die er gibt, sind kurz und knapp. Mir steht der Kampf meines Lebens bevor, und ich habe jede Sekunde davon verdient. Wie schrecklich es für ihn gewesen sein muss, die Stufen hinaufzukommen und zu sehen, wie eine Waffe auf mich gerichtet wird. Nicht so schrecklich, wie seinen Partner zu verlieren, aber trotzdem entsetzlich. Entsetzlich genug, um sich von mir zu trennen?

Ein Stich fährt durch mein Innerstes. Ich muss mich zusammenreißen, um mich nicht vor Schmerzen zu krümmen, als ein anderer Officer die Aussagen von Robbie und mir aufnimmt. Schließlich bringen die Polizisten die Täter nach unten, um sie in die Wagen zu setzen. Zurück bleiben Greer, Robbie und ich.

«Ich werde nach Hause gehen», sagt mein Cousin. Sein Gesicht ist noch immer bleich, als er sich mir zuwendet. «Ich weiß nicht, was ich sagen soll. Es tut mir so leid. Ich … Ich … Die haben mich gejagt, und ich wusste einfach nicht, wohin ich sonst rennen sollte.»

«Du hast nichts falsch gemacht.» Ich schließe ihn fest in die Arme. «Schreib mir eine Nachricht, wenn du zu Hause angekommen bist, ja?»

Er nickt.

Und dann sind nur noch Greer und ich in der Wohnung.

Gott, ich muss echt mehr Nerven haben als gedacht, denn als Greer die Tür schließt und seinen Zorn auf mich richtet, bleibe ich stehen, ohne mich zu rühren. Ich erwidere seinen Blick, auch wenn mein Magen sich schmerzhaft zusammengezogen hat und ich mich am liebsten übergeben würde.

«Ruf deine Freunde an. Bitte sie, dich abzuholen.» Eine steile Falte entsteht zwischen seinen Augenbrauen. «Du solltest jetzt nicht allein sein.»

Okay, er verliert keine Zeit. «Ich bin nicht allein. Ich habe doch dich.»

Seine Stimme klingt heiser, als er mir antwortet: «Nein. Das hast du nicht.»

Es ist, als würde mir ein Sandsack gegen die Brust prallen. Mir bleibt die Luft weg. «Es tut mir leid. Ich hätte es dir erzählen sollen. Aber …»

«Du hast nichts gelernt.» Er verströmt Entschlossenheit und Kraft, als er auf mich zukommt und meine Schultern ergreift. Er schüttelt mich. «Daraus, dass du verhaftet wurdest. Aus der Bewährung. Aus allem, was ich dir beigebracht habe, Danika. Du hast überhaupt nichts aus alledem gelernt, verdammt noch mal.»

«Doch, das habe ich.» Ich bin von Kopf bis Fuß erstarrt,

aber mein Mund scheint irgendwie noch zu funktionieren. Gott, er ist wütender, als ich es mir je hätte vorstellen können. Wütend und gequält. «Ich habe Anzeige erstattet. Ich habe es ernst genommen. Ich habe nur ... Ich habe nur ...»

«Du hast nur was?»

«Ich wusste, dass du mich fallen lassen würdest.» Ich schreie die Worte halb und ersticke zugleich fast an ihnen, doch es ist mir egal. Das Einzige, was für mich in diesem Augenblick zählt, ist, den Panzer, mit dem er sich umgeben hat, zu knacken. «Ich wusste, in der Sekunde, in der ich dich daran erinnere, dass ich ein verwundbarer Mensch bin, würdest du ausflippen und mich verlassen. Und genau das ist jetzt passiert.» Ich schlage mit den Fäusten gegen seine Brust. Einmal, zweimal. «Du bist so verflucht berechenbar.»

Verzweiflung flackert in den Tiefen seiner Augen auf, ist jedoch genauso schnell wieder verschwunden, wie sie aufgetaucht ist. «Ach ja? Tja, genau wie du, Baby. Du willst die ganze Welt auf deinen Schultern tragen?» Er weist mit dem Kinn zur Tür. «Wenn die Welt sich gegen dich stellt, hast du nichts als einen Baseballschläger und dein riesiges Ego.»

«Ich habe ein riesiges Ego?» Meine Augen beginnen zu brennen, meine Kehle ist wie zugeschnürt. «Wenn du es bist, der glaubt, dass Menschen bloß leben oder sterben, um dir weh zu tun?» Ich schüttele den Kopf. «Du bist nicht nur ein Feigling, sondern auch ein selbstsüchtiger Idiot. Ich hätte dir nicht verschweigen dürfen, was passiert ist, okay? Ich weiß, dass das blöd war. Aber vielleicht habe ich mir einen Gefallen damit getan, dass die Sache hier endet. Denn früher oder später wäre ich durch den Job in Gefahr geraten, und du hättest nicht damit umgehen können.» Ich stampfe mit dem Fuß auf. «Gib es zu. Das hier war von Anfang an zum Scheitern verurteilt.»

Greer zuckt zusammen, ein Großteil der Wut schwindet

aus seinem Blick. Und diese ohrenbetäubende Stille ist meine Antwort, oder? Es war dumm von mir zu glauben, ich könnte das, was in ihm zerstört worden ist, reparieren. Zu denken, ich könnte ihn heilen. Der Schaden in ihm ist einfach zu umfassend, und ich bin die letzte Person, die diesen Schaden beheben könnte.

«Danke, dass du mich und meinen Cousin schon wieder gerettet hast», flüstere ich. «Aber, bitte, geh jetzt. Geh. Es tut zu weh, dich anzusehen.»

Ungläubigkeit und Panik scheinen in seiner Miene miteinander zu kämpfen. «Du wirfst *mich* raus?»

Der Blick, den ich ihm zuwerfe, ist bedeutungsschwer. «Du hast mich doch sowieso schon verlassen.»

Sein Griff an meinen Schultern verstärkt sich, als müsste er sich noch entscheiden, ob er mich in die Arme ziehen oder wegstoßen soll. Aber die Entscheidung ist längst gefallen. Sie ist von mir getroffen worden. Von ihm. Von uns beiden – auf ganz unterschiedliche Art und Weise.

Also schiebe ich die Hand zwischen uns und drücke mich von ihm weg. Greer steht da und starrt mich ein paar atemlose Sekunden lang an. Er ballt die starken Hände zu Fäusten und löst sie dann wieder, ehe er schließlich auf dem Absatz kehrtmacht und zur Tür geht. Kurz bevor die Tür hinter ihm ins Schloss fällt, höre ich noch, wie Greer mit seinem Bruder Charlie telefoniert und ihn bittet, mich nach Hause zu begleiten.

Ich lasse mich genau dort, wo ich stehe, in den Schneidersitz sinken. Das Adrenalin ist weg, und der Verlust lässt dicke Tränen über meine Wangen laufen.

Game over.

KAPITEL 29

GREER

Ich bin betrunken.

Ich bin nur nicht betrunken genug, um die Bilder in meinem Kopf auszublenden.

Also trinke ich weiter. Und weiter. Doch das Resultat ist, dass ich die Bilder doppelt sehe. Tja, schöne Scheiße.

Als Griffin starb, war ich nicht unmittelbar dabei. Die Angst auf seinem Gesicht zu sehen blieb mir erspart. Die Sekunden mitzuerleben, in denen ihm klarwurde, dass er sterben könnte. Aber heute wurde ich bei Danika Zeuge von alldem. Oh, sie war noch immer kämpferisch. Sie wollte nicht aufgeben. Sie stand jedoch dem Tod gegenüber. Und zusehen zu müssen, wie sie über ihre allerletzten Möglichkeiten nachdachte, wird mich für den Rest meiner Tage verfolgen.

Ich bin so verdammt wütend auf sie. Also warum fühle ich mich dann schlecht, weil sie nicht bei mir ist? Ich verstehe es nicht. Ich wollte noch nie jemanden zur gleichen Zeit anschreien und in die Arme schließen. Sie hat mich heute zehn Jahre meines Lebens gekostet, doch wenn sie jetzt in die Wohnung kommen würde, dann würde ich zu Kreuze kriechen, als wäre ich das Arschloch.

Gott, ich bin echt verkorkst …

Ich stürze einen weiteren Tequila hinunter und kneife die Augen zusammen, als der Alkohol in meiner Kehle brennt. Die Augen zu schließen ist allerdings ein Fehler, denn ich sehe wieder Danika vor mir, mutig und wunderschön, wie sie den Baseballschläger über den Kopf erhoben hat. Der Pulsschlag war deutlich an ihrem Hals zu sehen – ich hatte das Gefühl, ihn bis hinaus ins Treppenhaus hören zu können. Wenn ich einen Fehler oder auch nur ein Geräusch gemacht hätte, hätte der Typ sich erschrecken und abdrücken können. Nachdem ich in der vergangenen Woche angeschossen worden war, war ich nie verunsicherter. Das Leben meiner Freundin stand auf dem Spiel, und ich hätte einen tödlichen Fehler machen können. Ich hätte dabei zusehen müssen, wie sie stirbt. Meine größte Angst. Und sie war dabei, wahr zu werden.

Diese Erkenntnis ist das Letzte, woran ich mich erinnern kann, bevor ich einfach handelte und mich schlicht weigerte zu versagen – weil Danika in Gefahr war.

Im Augenblick fühle ich mein Versagen jedoch sehr deutlich. Mein Körper fühlt sich an wie ein hohler Panzer aus Blei.

Sie hat mich heute gebraucht. Nachdem sie in den Lauf einer Waffe geblickt hat, war sie erschüttert und aufgewühlt. Ich hätte sie halten und tröstliche Worte flüstern sollen, aber ich bin gegangen. Noch vor ein paar Stunden war ich derjenige, an den sie sich gewendet hätte. Aber jetzt nicht mehr. Ich wähle lieber die Einsamkeit, statt jedes Mal, wenn Danika versucht, mutig zu sein, leiden zu müssen. Und trotz allem … Ich liebe diesen Mut an ihr. Dieser Charakterzug ist eine verdammte Todesfalle, und sie stellt ihn offen zur Schau, ohne über die Folgen nachzudenken.

Gott, ich wünschte, ich würde sie noch immer schütteln.

Ich wünschte, sie läge unter mir. Ich wünschte, sie würde

mein Gesicht berühren, während ich mit der Zunge an ihrem Hals entlangfahre. Ich könnte sie ausschimpfen, während sie unter mir liegen würde. Zwischen den Küssen. Ich könnte sie umdrehen, ihr den Hintern versohlen, sie beruhigen, in sie dringen. All das, während ich ihr sagen würde, dass sie mich fast umgebracht hat. Danach würde ich von ihr verlangen, sich noch einmal zu entschuldigen. Und dann würde ich mich ebenfalls entschuldigen, weil ich so berechenbar bin. Weil ich so reagiert habe, wie sie es vorhergesehen hat.

Würde ich mich besser fühlen, wenn ich all das getan hätte?

Ich werde nie die Chance bekommen, es herauszufinden. Die Entscheidung ist gefallen.

Die Wunde in meiner Brust wird irgendwann verheilen. Sie muss einfach verheilen. Sonst werde ich es nicht überleben. Wie sagt man doch so treffend? Man kann nicht mit den Frauen leben, aber auch nicht ohne sie? Dieser Spruch stimmt wirklich. Ich kann nicht mit Danika zusammen sein. Doch ich kann mir meine Welt auch nicht ohne sie vorstellen. Bereits nach so kurzer Zeit fehlt mir etwas Wichtiges, etwas Bedeutendes, wenn sie weg ist. Was, wenn das Schlimmste passieren würde? In einem Monat? In einem Jahr?

Ich kann nicht anders, als mir immer weiter Dinge vorzustellen. Was wäre, wenn …? Was wäre, wenn …? Was …?

Es klopft an meiner Tür.

Und schwupp. All meine Entschlossenheit ist wie weggefegt. Wenn Danika auf der anderen Seite der Tür steht, werde ich mich zum Deppen machen. Ich sollte beten, dass es jemand anders ist. Aber mein Herz hat die Führung übernommen, und Danika ist am Zug. Also erhebe ich mich und zwinge mich, möglichst ruhig zu gehen – was ein Kraftakt ist. Mein Innerstes hat sich zusammengezogen, als ich die Tür öffne …

Im nächsten Moment bekomme ich eine Faust ins Gesicht.

Ein knackendes Geräusch ist zu hören, gefolgt von Schmerz. Dann starre ich auf das Blut, das auf den Tisch im Eingangsbereich tropft, an dem ich mich festhalte, um nicht umzufallen. Mein linkes Auge pocht, und meine Nase fühlt sich an, als wäre ein Elefant draufgetreten. Spinnweben verkleben mein Hirn und verwirren meine Gedanken. Doch schließlich gelingt es mir, mich aufzurichten und mich meinem Angreifer zu stellen.

«Jack.» Blut läuft über mein Gesicht, und meine Worte klingen verschwommen. «Ich habe Sie schon erwartet.»

Der Rekrut sieht mich mit Abscheu im Blick an. So, wie ich ihn früher angesehen habe. Erstaunlich, wie schnell das Blatt sich wenden kann. «Ich habe es ihr gesagt. Ich habe es auch Charlie gesagt. Ich wusste, dass Sie sie benutzen und wegwerfen würden. Aber niemand hat auf mich gehört.»

Für wen zur Hölle hält dieser Mistkerl sich? Kommt hierher und bohrt einen Finger in die Wunde? In Danikas Namen – was eigentlich meine Aufgabe wäre. Ich bin der Mann, der die Leute, die ihr weh tun, bezahlen lässt.

Nein, ich *war* dieser Mann.

Ein unerträglicher Schmerz erfasst mich. «Es ist nicht Ihre Aufgabe, ihre Ehre zu verteidigen.»

«Wessen Job ist es dann? Ihrer?» Jack zieht die Augenbrauen hoch, als ich schweige. Ich schweige, weil ich nicht weiß, auf wen ich hören soll: auf meinen Verstand oder mein Herz. «Ach, Ihnen ist noch gar nicht klar, dass Sie sie für immer verloren haben?» Sein Spott pocht in meinen Schläfen. «Sie ist weg, Mann. Sie sind vielleicht noch unentschieden, aber sie hat keinen Bock mehr auf diesen Mist. Danika hat Ihnen eine Chance gegeben, doch sie ist zu klug, das noch ein zweites Mal zu tun.»

«Ich bin nicht unentschieden. Ich tue … Ich habe getan, was getan werden musste», bringe ich hervor. Wie wir uns heute voneinander getrennt haben, wirkte endgültig, aber wir haben uns schon so oft gestritten, dass ich mir nicht sicher bin, ob ich den Unterschied schon verarbeitet habe. Jack hat recht. Sie ist fertig mit mir. Sie hat die Nase voll von mir. Sie hat mich aufgegeben. «Sie haben getan, wofür Sie hergekommen sind», knurre ich. «Jetzt verschwinden Sie.»

Er starrt mich schweigend an. «Ich glaube, ich bleibe noch ein bisschen.» Ohne meinen finsteren Blick weiter zu beachten, stolziert Jack in meine Wohnung. Er erstarrt, als er die geöffnete Flasche Tequila auf dem Küchentisch stehen sieht. Langsam schiebt er die Hände in die Hosentaschen und atmet tief durch, ehe er sich umdreht. «Hören Sie, bevor ich Katie kennengelernt habe, hätte ich Ihnen die Fresse poliert und wäre pfeifend nach Hause gegangen.» Ich habe Jack noch nie ernst erlebt, aber in diesem Moment ist er todernst. «Das kann ich nicht mehr. Sie hat mich gezwungen, mich mit dem Scheiß, der mich belastet, auseinanderzusetzen … und ich denke, nun ist es an mir, etwas von dem, was ich gelernt habe, weiterzugeben.»

Ich schnaube verächtlich. «Ich bin diese Woche schon genug zwangstherapiert worden, Garrett.»

«Weil Sie Ihre Waffe abgefeuert haben.»

Hat Danika ihm das erzählt? Nein, das hätte sie niemals getan. Mein Bruder muss es gewesen sein. «Ja.»

Jack legt den Kopf schräg. «Und Sie waren bei der Therapie offen und ehrlich?»

«Was soll das werden?» Ich fahre mir mit gespreizten Fingern durchs Haar. War ich während der aufgezwungenen Therapie offen und ehrlich? Nein. Das war ich nicht. Ich habe die Standardantworten gegeben, damit ich möglichst schnell aus der Therapie entlassen werde. Mit steifen Bewegungen gehe ich zum Tisch mit der Tequilaflasche, schraube sie zu und stecke sie ins Gefrierfach zurück. Als ich zwischen dem Tiefkühlgemüse das gerahmte Familienfoto entdecke, das Danika dort abgelegt hat, versuche ich, den Kloß in meinem Hals herunterzuschlucken. «Sie sind seit ein paar mickrigen Wochen bei den Anonymen Alkoholikern und glauben jetzt, mich therapieren zu können?»

Er seufzt. «Darf ich Ihnen eine Frage stellen?»

«Nur zu. Überraschen Sie mich.»

Ich habe den Eindruck, dass er sich innerlich wappnet, und erkenne zu spät, dass es einen guten Grund dafür gibt. «Was wäre, wenn Sie an jenem Tag gestorben wären? Statt Ihres Partners?» Er macht eine Pause. «Was hätten Sie in den darauffolgenden Jahren verpasst?»

Dieser Schlag ist doppelt so wirksam wie der, den er mir an der Tür versetzt hat. Ich falle, während ich ganz still dastehe, und versuche mitten in meiner Küche, wieder zu Atem zu kommen. Fieberhaft suche ich nach einer Antwort, gehe die vergangenen drei Jahre in Gedanken durch. Doch mir fällt nichts ein. Nichts, bis Danika die Akademie für die erste Orientierungsveranstaltung betrat und mein Herz anfing, schneller zu schlagen. Es gibt ein paar Momente mit meinem Bruder – die seltenen Gelegenheiten, die ich mir in seiner Gegenwart erlaubt habe. Eine Erinnerung an meinen Vater, der mir auf die Schulter klopft und mir sagt, dass ich seine Erwartungen erfüllt habe. Zwischen diesen kurzen Augenblicken herrscht eine graue Leere. Nur endlose Tage, an denen ich wie ein Roboter meine Arbeit erledigt habe und damit beschäftigt war, eine möglichst große Distanz zwischen mir und der Welt aufzubauen.

Ich habe nicht gelebt.

«Sie dürfen mich jetzt schlagen, wenn Sie möchten», sagt Jack und kratzt sich am Nacken. «Es hat mir bestimmt keinen Spaß gemacht, Ihnen diese Frage zu stellen, aber es sind die harten Fragen, durch die man den Arsch am schnellsten hochbekommt. Zumindest hat das bei mir so funktioniert.»

Ich fühle mich derart nackt und entblößt, dass ich mir die Worte nicht länger verkneifen kann, die mir seit seiner Ankunft auf den Nägeln brennen. «Geht es ihr gut?»

Sofort wirkt er wieder so, als wollte er mich schlagen. «Nein. Aber sie ist Meisterin darin, so zu tun, als wäre alles super. Wir wechseln uns damit ab, ihr Gesellschaft zu leisten, was sie natürlich total nervt. Katie und Ever sind grad bei ihr. Charlie und ich übernehmen dann morgen früh wieder. Es sei denn, sie bringt uns vorher im Schlaf um.»

Sie tut so, als wäre alles super. Das ist so typisch für Danika, dass mein Herz sich noch ein Stückchen weiter zusammenzieht. «Danke.»

Jack nickt. «Meine Freundin wartet auf mich, also lasse ich Sie jetzt in Ruhe.»

«Gut.»

«Nachdem ich noch eines losgeworden bin.» Er ignoriert mein missmutiges Knurren. «Wenn einem die Liebe seines Lebens in den Schoß fällt, kann man sich entweder darauf einlassen oder wie ein Feigling davonlaufen. Sollten Sie sich entschließen, Ihren Mann zu stehen, dann bereiten Sie sich besser darauf vor zu kämpfen. Denn wenn Danika sich etwas in den Kopf gesetzt hat, dann schafft sie es auch. Und jetzt gerade hat sie sich in den Kopf gesetzt, über Sie hinwegzukommen.»

Das zu hören macht mich endgültig fertig. Ich bin wie ein Boxer, der mit blutunterlaufenen Augen und einem gebrochenen Kiefer im Ring hin und her wankt. Ein laues Lüftchen könnte mich in diesem Moment umhauen. «Sie … Sie können jetzt gehen.»

Er ahmt das knackende, rauschende Geräusch eines Funkgeräts in seiner Faust nach. «Sir. Verstanden, Sir.»

Als die Tür hinter Jack ins Schloss fällt, ist die Stille ohrenbetäubend. Es war immer still, und es ist mir nie aufgefallen, bis … bis ich sie traf. Bevor Danika in mein Leben trat, hätte ich einfach so weitergemacht, weil es der sicherste Weg ist. Das ist die Wahrheit. Ich bin jetzt in Sicherheit. Allein. Es besteht nicht die Möglichkeit, dass mir jemand, den ich liebe, entrissen wird.

Und ich liebe sie, oder?

Gott, ja. Ich glaube, ich habe sie schon geliebt, als sie das erste Mal auf die Trainingsmatte geworfen wurde, wieder aufgestanden ist, die Schultern gestrafft und noch mal von vorn begonnen hat. Sie gehört zu mir. Ich habe sie in Besitz genommen und zu meiner Frau gemacht. Sie hat es zugelassen. Dann habe ich sie weggestoßen. Und das nur, weil sie die Entscheidung getroffen hat, mir etwas nicht zu sagen, damit ich sie nicht ausschließe.

Ich höre ein Keuchen, und mir wird bewusst, dass ich es bin. Ich nehme ein Geschirrtuch von der Küchenanrichte und wische mir das Blut vom Gesicht. Nachdem ich wieder etwas besser sehen kann, kommt auch das erste Fünkchen Klarheit, die ich seit diesem Nachmittag verspüre.

Griffin hat sein Leben verloren – zusammen mit all den Dingen, die er noch erlebt hätte. Und ich hätte genauso gut mit ihm sterben können. Es sei denn, ich tue endlich etwas, um das zu ändern. Was will ich sehen, wenn ich in drei Jahren zurückblicke? Wieder diesen grauen Nebel, wo eigentlich Erinnerungen sein sollten?

Nein. Ich will Danika sehen. Sie und mich. In dieser Küche. Ich will sehen, wie wir gemeinsam den Bürgersteig entlanggehen, ein Sixpack Bier unter dem Arm. Ich will sehen, wie wir zusammen am Küchentisch ihrer Mutter sitzen. Wie wir zusammen im Lebensmittelgeschäft sind. Im Urlaub. Gott, wir könnten so viele Orte zusammen entdecken.

Mich vor einem möglichen Verlust zu schützen hindert mich

daran, glücklich zu werden. Und, was noch wichtiger ist: Es hindert mich daran, sie glücklich zu machen. Nichts hält mich davon ab, es zu versuchen – außer mir selbst.

Und der Tatsache, dass sie mich bereits abgeschrieben hat.

In meinem Innersten prallen Panik und Entschlossenheit aufeinander. Ich muss Danika zurückgewinnen.

Ich werde sie zurückgewinnen.

Denn ich brauche sie so sehr.

KAPITEL 30

Danika

Wann bin ich zuletzt Fahrrad gefahren?

Man sagt, dass man Radfahren nicht verlernt, wenn man es einmal kann, stimmt's? Aber als meine Mutter und ich am Hudson River entlangradeln und ich mich bemühe, das Rad überhaupt in Gang zu setzen, fühlen sich meine Beine wie dünne Eisstiele an – schwach und hölzern. Hölzern ist genau genommen der Zustand meines gesamten Körpers. Ich bin wie ein Viereck, das sich durch einen Haufen Kreise drängen soll. Zu essen, zu gehen oder eine Unterhaltung zu führen erfordert unglaublich viel Kraft von mir. Alles, was ich eigentlich will, ist, mich unter meine Bettdecke zu verkriechen und dort zu bleiben, bis diese Qualen mit der Zeit einfach von selbst aufhören.

Stattdessen bin ich heute, wie es gute alte Sonntagstradition ist, quer durch die Stadt zur Wohnung meiner Eltern gelaufen. Aber ich wollte nicht nach oben gehen, weil ich wusste, dass mich die Erinnerung wie ein Vorschlaghammer treffen würde. Die Erinnerung daran, wie Greer mich einfach zurückgelassen hat, während ich wie ein Baby auf dem Boden lag und heulte. Um dem zu entgehen, mietete ich ein *Citi Bike*. Ich zeige meinem Unglück den Mittelfinger, indem ich eine Fahrradtour unternehme. Sturheit ist nicht totzukriegen.

Ich kann nicht verhindern, dass ich mir Greer und mich an einem Tag wie heute vorstelle. Wie einer von uns den anderen überzeugt, endlich aus dem Bett zu kriechen und irgendwo frühstücken zu gehen. Es wäre zuerst seltsam, mit dem Lieutenant in einem Café zu sitzen. Doch diese nervösen Momente – der Schwarm von Schmetterlingen in meinem Bauch – wären Teil des Spaßes, oder? Ich hätte ihn aufgezogen, er hätte im Gegenzug etwas geknurrt, und wir hätten uns gegenseitig nach unseren Lieblingsfilmen und unseren Lieblingsgerichten gefragt. Vielleicht hätte er den Arm über den Tisch gestreckt und mir eine Haarsträhne aus dem Gesicht gestrichen.

Das wird jedoch niemals passieren. Nichts von alledem.

Sonnenstrahlen funkeln auf dem Wasser des Hudson. Ich sehe alles nur verschwommen. Das Lachen meiner Mutter weht über ihre Schulter hinweg zu mir nach hinten, und ich muss lächeln. Aber im nächsten Augenblick erstirbt das Lächeln wieder auf meinen Lippen. O Mann, er hat mich echt fertiggemacht, oder? Ich bin nicht so stur zu glauben, dass ich überhaupt keine Schuld an der Situation trage. Ich habe eine dumme Entscheidung getroffen – eine Entscheidung, die Greer ausschloss. Doch war es so falsch von mir, davon auszugehen, dass wir diese Prüfung überstehen würden? Ich bin alles andere als perfekt, aber das wusste er längst. Sollte er nicht trotz meiner Fehler mit mir zusammen sein wollen?

Ja. Also Augen zu und durch! Irgendwie werde ich die letzte Woche auf der Akademie überstehen, die Abschlussfeier durchziehen, ohne direkten Blickkontakt mit dem Lieutenant aufzunehmen … und den Sensenmann dann ein für alle Mal hinter mir lassen. Aber auf dem Weg dorthin nicht zu zerbrechen, wird eine Riesenherausforderung. Ich liebe einen Menschen, der mich wie eine schlechte Angewohnheit abgelegt und fallen gelassen hat.

Es gibt etwas, das mir helfen wird. Ich bin inzwischen stärker als an dem Tag, als Greer mich aus dem Manhattan Detention Complex holte. Ich habe viel über mich selbst gelernt. Ich habe gelernt, was ich akzeptieren und nicht akzeptieren werde. Ich habe gelernt, wie ich mein Bedürfnis, alles kontrollieren zu wollen, loslassen kann. Und was am allerwichtigsten ist: Ich habe gelernt, dass ich nicht unbesiegbar bin. Ich habe Grenzen. Und ich werde diese Lektionen nicht vergessen, nur weil der Mann, von dem ich sie gelernt habe, mich nicht länger will. Das wäre an Sturheit und Dickköpfigkeit nicht zu überbieten, und so schlimm bin ich dann offensichtlich doch nicht.

Meine Mutter hält an und stellt den rechten Fuß auf den Boden, um sich abzustützen. Sie hebt ihr Gesicht in die Sonne und schließt die Augen, um sie in sich aufzunehmen. Ich tue es ihr eine Weile gleich. Doch als ein paar Jogger sich murrend an uns vorbeischieben, da wir ihnen den Weg versperren, lotse ich uns zur nächsten Parkbank.

«Bist du jetzt bereit zu reden?» Meine Mutter nimmt ihren Fahrradhelm ab und legt ihn auf ihren Schoß. Vorsichtig faltet sie die Hände auf der glänzenden schwarzen Oberfläche. «Dieser Mann hat dich verletzt, oder?»

Ich halte mein Gesicht noch immer in die Sonne. «Ja.»

Als meine Eltern nach dem beinahe tödlichen Einbruch in ihre Wohnung zurückkehrten, waren die Cops längst abgerückt, und ich lag auf der Couch. Ich erklärte ihnen, was vorgefallen war, sparte allerdings den Part mit der Trennung von Greer aus – verdammt, sie wussten ja noch nicht einmal, dass wir zusammen gewesen waren. Aber meiner Mutter kann man einfach nichts vormachen, also bohrte sie weiter. Bis jetzt habe ich ihr jedoch nichts erzählt. Vielleicht ist es die andere Umgebung oder das Bedürfnis, alles zu probieren, damit meine Wunden irgendwann heilen. Vielleicht wird es auch einfach unerträglich, den Schmerz für mich zu behalten.

«Sprich mit mir, Danika.»

«Es gibt nicht viel zu erzählen.» Ich lege die Arme auf die Rückenlehne der steinernen Bank. «Ich habe den klassischen Fehler begangen und versucht, einen Mann zu ändern. Hat nicht funktioniert. Und nun ist es vorbei.»

Sie schweigt einen Moment lang. «Es sieht dir gar nicht ähnlich, aufzugeben.»

«Wir hatten von Anfang an keine Chance», platze ich heraus, ehe ich richtig durchatmen kann. «Greer hat … Angst davor, Gefühle zuzulassen. Er hat Angst davor, jemanden zu lieben und ihn dann vielleicht zu verlieren. Ich wollte ihn nicht testen, aber ich habe ihn trotzdem mit der Möglichkeit konfrontiert, mich zu verlieren. Wie auch immer … Er hat den Test nicht bestanden. Er hätte ihn auch in fünf Jahren nicht bestanden. Also hatte ich vielleicht Glück, dass es jetzt schon zu Ende gegangen ist und nicht erst später.»

Meine Mutter wendet sich mir auf der Bank zu. «Nur damit ich es richtig verstehe: Greer hält sich von dir fern, weil er dich zu sehr mag?» Schmerz schnürt mir die Kehle zu, und ich kann nicht antworten. Aber sie interpretiert mein Schweigen als ein Ja. Dabei ist es viel komplizierter als das. Es geht um Angst, Kontrolle und Vertrauen. «Gott, ihr Kinder macht euch das Leben wirklich schwer.»

Ich beuge mich vor und stütze die Ellbogen auf den Knien ab. «Er ist nicht der Einzige, der ein Problem hat, Mom.»

«Ach!»

Ihr Sarkasmus entgeht mir nicht, doch ich ignoriere ihn, weil ich mich auf den Druck konzentriere, der sich in meinem Innersten aufbaut. «Ich glaube … vielleicht war es falsch von mir, so viel von Greer zu erwarten. Ich war auch nicht immer offen.» Nun nehme ich meinen Helm ebenfalls ab und hänge ihn an den Lenker des gemieteten Fahrrads. «Ich bin oft verschlossen. Bei vielen Menschen. Wenn ich genervt oder gestresst bin oder zu viel Verantwortung zu schultern habe, halte ich einfach den Mund. Und ich glaube, mir war nicht bewusst, dass still zu leiden überhaupt nicht hilft. Ich will mich den Menschen gegenüber, die ich liebe, nicht verpflichtet fühlen. Ich will sie einfach nur lieben. Verstehst du?»

Sie streichelt mir über den Hinterkopf, und plötzlich habe ich einen Kloß im Hals. «Es geht nicht nur um Greer, oder?»

Ich schüttele den Kopf und richte meinen Blick auf das Wasser. In meinem Inneren beginnen die Fesseln, sich zu lockern. Fesseln, die an so vielen Stellen verknotet sind, dass sie sich kaum lösen lassen. Seit ich denken kann, habe ich die Probleme der anderen zu meinen eigenen gemacht. Ich habe geglaubt, mich um sie kümmern zu müssen. Es war mein Privileg, dass man auf mich zählte. Aber irgendwann habe ich mich selbst vergessen. Während ich versucht habe, unbesiegbar zu sein, habe ich angefangen, es selbst zu glauben. Und ich habe auch alle anderen glauben lassen, dass ich unbezwingbar wäre.

Aber das bin ich nicht. Niemand ist das. Wenn ich eine erfolgreiche Polizistin, Tochter und Freundin sein will, ist es an der Zeit, meine Geheimnisse mit anderen Menschen zu teilen. Ich muss damit aufhören, so zu tun, als hätte ich keine Schwachstellen, keine Grenze der Belastbarkeit. Denn das ist falsch. Auch wenn ich diese Grenze vielleicht das erste Mal wirklich erreicht habe, als Greer gegangen ist. Ihn zu verlieren – war das die entscheidende Lektion? Wenn dem so ist, dann darf ich nicht länger gegen meinen Herzschmerz ankämpfen. Ich darf nicht ignorieren, was ich daraus lernen kann. Und das werde ich auch nicht.

«Meinst du, wir könnten ab und zu solche Dinge wie das hier machen? Etwas zusammen unternehmen – ohne irgendwelche Verpflichtungen?»

Meine Mutter zieht mich an sich und umarmt mich fest. «Ich dachte schon, du würdest nie fragen.»

«Was?», erwidere ich verwirrt. «Dich fragen, ob wir zusammen Zeit verbringen?»

Sie seufzt. «Seit du ein kleines Mädchen warst, hast du immer ein Ziel, einen Plan gebraucht. Etwas, worauf du dich konzentrieren konntest. Etwas, das du reparieren konntest.» Sie zuckt mit den Achseln. «Ich dachte, wenn ich dich bitten würde, herüberzukommen und einfach mal nichts zu tun, einfach mal zu reden oder eine Fahrradtour zu unternehmen, würdest du sagen, dass du zu beschäftigt bist. Dass ich dich anrufen soll, wenn ich ein echtes Problem habe.» Sie rutscht auf der Bank hin und her. «Sei nicht böse, ja? … Ich … ich habe den Stuhl im Esszimmer extra kaputt gemacht, damit du vorbeikommst. Wir haben dich gern bei uns. Wenn ich gewusst hätte, dass meine ständigen Bitten dich unglücklich machen, hätte ich längst damit aufgehört.»

Oh Mann. Das ist unglaublich. So was kann auch nur meine Mutter bringen.

Oder ich. Weil ich ihre Logik vollkommen nachvollziehen kann.

«Ich mag es, wenn Menschen sich auf mich verlassen», murmele ich. «Aber es ist okay, auch mal von anderen abhängig zu sein. Oder einfach mal Fahrrad zu fahren.»

Meine Mutter drückt mich noch etwas fester an sich. «Gut. Dann können wir das ja jetzt jede Woche machen.»

«Übertreib es nicht.»

Wir brechen in Lachen aus. Doch schon im nächsten Moment erinnert mich das, was ich heute gewonnen habe, daran, was ich verlieren musste, um etwas Wichtiges über mich selbst zu lernen. Wie lange wird diese Lektion mich verfolgen? Wenn es ein Zeichen ist, dass mein Herz sich anfühlt, als wäre es in einem Mixer zu Staub verarbeitet worden, dann vermutlich lange. Ich kann bloß hoffen, dass ich besser mit dem Schmerz zurechtkommen werde, wenn ich ehrlich zu mir selbst und anderen bin. Und dann kann ich auch irgendwann nach vorn blicken und mit der Sache abschließen.

Als wir zurück nach Hell's Kitchen radeln, weht Greers Stimme in mein Ohr.

Ich gehöre dir, weißt du das? Ich will einfach nur dir gehören, Danika.

Nein. Dass ich bald mit dem Ganzen abschließen kann, ist nicht besonders wahrscheinlich.

GREER

Es gibt einen Grund, warum ich mir im Fernsehen keine Krimis ansehe: Ein Fall wird nie so schnell gelöst, wie es dort dargestellt wird. Die zahllosen Stunden Ermittlungsarbeit und die Sackgassen, in die man bei dieser Arbeit so oft gerät, schaffen es natürlich nicht auf den Bildschirm. Unsere Arbeit ist zermürbend und erfordert unfassbar viel Geduld.

Als ich nun vor Danikas Haus stehe mit einem Kater, der alles Dagewesene in den Schatten stellt, würde ich so gern versuchen, diesen Fall sofort zu lösen. Unseren Fall. Jeder Muskel in meinem Körper brüllt mich an, die verdammte Feuerleiter hinaufzuklettern, an Danikas Fenster zu klopfen und sie anzuflehen, mich zurückzunehmen. Aber ich muss zuerst die notwendige Arbeit erledigen. Sie hat die zusätzliche Zeit verdient, die ich investieren werde, weil ich, was sie betrifft, nichts mehr halbherzig machen werde. Auf keinen Fall. Ich gebe alles, was ich habe.

Nachdem Jack vorgestern gegangen war, trank ich noch mehr Tequila. Und als ich aufwachte, versuchte mein Gehirn, sich durch meine linke Augenhöhle zu pressen, also schlief ich noch ein bisschen länger. Als ich dann wieder aufwachte – heute Morgen –, musste ich mich mit der schonungslosen Wahrheit auseinandersetzen.

Ich bin noch nicht gut genug, um sie jetzt zurückzugewinnen.

Es gibt Dinge in meinem Leben, die ich vernachlässigt habe. Nicht nur Danika. Mein Bruder gehört zum Beispiel dazu. Es ist längst an der Zeit, in dieser Hinsicht etwas zu unternehmen.

An der Tatsache, dass Menschen sterben können, wird sich nie etwas ändern. Und auch wenn es noch so ärgerlich ist, es zuzugeben: Jack hat meinen gesunden Menschenverstand in Bewegung gebracht – und zwar in eine ganz neue Richtung. Wenn ich meinen Bruder morgen verlieren würde, müsste ich mit dem Schmerz fertigwerden … und ich hätte nicht genügend schöne Erinnerungen an ihn, um mich zu trösten. Die einzige frische Erinnerung ist die an den Tag, als er unangemeldet bei mir auftauchte und mich dazu zwang, mir einzugestehen, wie viel mir tatsächlich an ihm liegt.

Jetzt bin ich dran.

Leider habe ich gerade die Liebe meines Lebens verloren und bin einfach nur fertig, also wird die Erinnerung, die mein Bruder und ich heute schaffen werden, nicht eitel Sonnenschein sein. Genau genommen wird sie sogar ziemlich … beschissen. Aber so geht es mir im Moment. Das bin ich. Und obwohl ich Charlie so oft weggestoßen habe, bin ich überzeugt davon, dass er mit an Bord sein wird. Weil er ein guter Mensch ist und ich einiges von ihm lernen kann. Wir könnten voneinander lernen. Und von heute an werde ich mein Bestes tun, um das wahr zu machen.

Wenn ich sein will, was Danika braucht, muss meine Entschlossenheit, besser zu werden, jeden Bereich meines Lebens umfassen. Also schneide ich mir eine Scheibe von ihr ab und bringe das in Ordnung, was in meiner Familie repariert werden muss. Anders als im Fernsehen wird das nicht von jetzt auf gleich passieren. Sie muss wissen, dass es mir ernst ist. Dass ich ein guter Mensch sein will, der keine Angst davor hat, sich zu verändern.

Ich habe Charlie vor drei Minuten angerufen und ihm gesagt, dass ich draußen bin. Er ist noch dabei, ein zerknittertes T-Shirt überzuziehen, als er aus dem Haus kommt. Ich sage nichts zu den roten Kratzern auf seinen Schultern und seiner Brust, doch es ist ziemlich offensichtlich, wie er seinen Sonntag bisher verbracht hat.

«Hey.» Mit einem Gähnen streicht er sich übers Haar. «Was ist los?»

«Hast du Gummihandschuhe da?»

Jetzt ist er wach. Und er sieht mich an, als hätte ich den Verstand verloren. «Äh … Du meinst welche zum Putzen? Ich glaube, nicht. Warum?»

«Ich brauche deine Hilfe.»

Gott. Er reagiert, als hätte ich ihn gerade darum gebeten, mein Trauzeuge zu sein. Es versetzt mir einen Stich. Er räuspert sich einige Male, sucht danach aber noch immer nach den passenden Worten. Mir wird schlagartig bewusst, dass ich genauso wenig wie Danika dazu in der Lage bin, die Menschen in meinem Leben wissen zu lassen, dass ich sie brauche. Ich habe mir selbst noch nicht einmal eingestanden, dass ich Hilfe brauche – bisher. Ich kann ein Protokoll befolgen, Sicherheitsvorkehrungen treffen und Verstärkung anfordern, aber wenn es um das echte Leben geht – um das Hier und Jetzt –, habe ich immer die Einsamkeit vorgezogen und mich in allen Belangen jenseits meiner Arbeit ausschließlich auf mich selbst verlassen. Zumindest zeigt Danika den Menschen um sich herum, dass sie sie liebt. Ich gebe nichts.

«Um die Ecke gibt es einen Laden», sagt Charlie schließlich. «Dort könnten wir Gummihandschuhe kaufen.»

«Willst du mich gar nicht fragen, wofür wir sie brauchen?»

Er schüttelt den Kopf. «Wenn du meine Hilfe brauchst, bekommst du sie.»

Jetzt muss ich mich räuspern. «Du solltest Nein sagen. Ich war ein beschissener Bruder, und du solltest mich eigentlich zum Teufel jagen, damit du deinen Sonntag genießen kannst.»

Ich habe ihn schockiert. Vielleicht habe ich mich sogar selbst schockiert, doch es ist ein kleines bisschen von der Last von meinen Schultern gewichen, nachdem ich die Wahrheit laut ausgesprochen habe. Nachdem ich sie mir eingestanden habe.

«Willst du denn, dass ich das tue?»

Ich muss schlucken. «Nein. Ich will, dass du dich an meinen Anblick vor deiner Tür gewöhnst.»

Charlie rollt mit den Augen, aber ich kann ein feuchtes Glänzen darin erkennen. Und mir entgeht nicht, dass er ein Lächeln unterdrückt. «Solange deine Besuche nicht jedes Mal mit Gummihandschuhen verbunden sind, kann ich mich vermutlich daran gewöhnen.»

«Abgemacht.»

In stillem Einvernehmen gehen wir los, um Gummihandschuhe zu besorgen – da entdecke ich Danika. Sie hat uns noch nicht gesehen – und das ist auch gut so. Ich habe meine Züge nicht unter Kontrolle, und es ist darin wahrscheinlich nichts als die reinste Qual zu erkennen. Die Qual, sie in der Nähe zu wissen und nicht in die Arme schließen zu dürfen.

Ich bin nicht allein. Ich habe doch dich.

Nein. Das hast du nicht.

Wenn die Welt sich gegen dich stellt, hast du nichts als einen Baseballschläger und dein riesiges Ego.

Mein Magen zieht sich vor Reue schmerzhaft zusammen. Nein, sie zu berühren ist keine Option. Nicht, solange ich ihr das Vertrauen nicht wiedergegeben habe, das ich ihr am Freitag entrissen habe. Den Glauben an uns, an sich selbst. Ich werde mir den Versuch, sie zurückzugewinnen, nicht erlauben, solange auch nur der Hauch eines Zweifels daran besteht, dass ich sie genau so will, wie sie ist. Und solange sie mir nicht hundertprozentig glaubt, dass ich sie nie mehr allein lassen werde – egal, welcher Gefahr sie sich stellen muss.

Danikas Schritte werden langsamer, als sie uns schließlich entdeckt. Sie reißt die braunen Augen auf. Sie trägt Kopfhörer, und ihre Finger zittern, als sie einen der Ohrstöpsel entfernt. Was hört sie sich an? Gott, ich will zu der Nacht zurückkehren, als sie in meinem Bett geschlafen hat, und noch einmal von vorn beginnen – mit dem Wissen, das ich jetzt habe. Mit dem Wissen, dass ich sie liebe und ohne sie in meinem Leben genauso gut tot sein könnte. Diese Tatsache ist in diesem Moment, da mein Herzschlag bei ihrem Anblick vollkommen durchdreht, mehr als offensichtlich. Mein Mund ist staubtrocken, und ich kann nicht aufhören, sie anzustarren. Ich kann nicht aufhören, diese treue, wunderschöne, mutige Frau anzustarren, die mich in ihr Herz gelassen hat. Aber ich habe es vermasselt.

«Hey, Danika», sagt Charlie in die angespannte Stille hinein, «wo hast du gesteckt? Wir haben gedacht, du wärst noch im Bett.»

Erst jetzt wird mir klar, dass sie gerade nach Hause kommt. Mein Kopf droht zu explodieren, und meiner Kehle will sich ein Protestschrei entringen, als mir der Gedanke kommt, sie könnte die Nacht mit jemand anderem verbracht haben. Bis sie Charlie antwortet – und mir ein Stein vom Herzen fällt. «Ich habe heute Morgen eine Fahrradtour mit meiner Mom gemacht.» Sie geht an uns vorbei und achtet darauf, einen möglichst großen Bogen um mich zu machen. «Äh … Ich hoffe, ihr habt mir noch etwas Kaffee übrig gelassen.»

Sie hat nicht einmal vor, mich zu begrüßen. Das ist die schlimmste Qual von allen. Ihre Wangen sind von der Sonne etwas verbrannt, und sie trägt ein lässiges Sweatshirt, das ich noch nie zuvor an ihr gesehen habe. Ich muss mich zurückhalten, um mich nicht auf sie zu stürzen … während sie nicht mal ein Hallo für mich übrig hat. Nichts. Das ist es, was ich bekomme. Aber ich habe ihr Schweigen mehr als verdient. Ich bin einfach gegangen.

Aus den Augenwinkeln sehe ich, wie Charlie von Danika zu mir und wieder zurückblickt. «Danika, kannst du Ever bitte sagen, dass ich mit meinem Bruder unterwegs bin?»

«Klar.» Endlich sieht sie mich an, und für den Bruchteil einer Sekunde erkenne ich in ihrem Blick alles, was ich wissen muss. Ich sehe dort Wut, Trauer, Frust, Enttäuschung. Sie vermisst mich, und ich danke Gott dafür. Diese Erkenntnis wird mir die Kraft geben, die nächsten Tage zu überstehen. «Wohin wollt ihr?»

«Gummihandschuhe besorgen», entgegne ich mit rauer Stimme und bemerke zufrieden, dass sie abrupt innehält. «Vielleicht auch noch ein paar Nasenklammern.»

«Wow», meldet Charlie sich zu Wort. «Das ist das erste Mal, dass ich von Nasenklammern höre.»

Danika wendet sich wortlos ab, macht die Eingangstür auf

und geht ins Haus. Doch sie wirft noch einen letzten Blick über ihre Schulter. Und in diesem Moment passiert etwas zwischen uns. Es ist mehr als nur eine Andeutung, dass das längst nicht alles war. Es ist ein Versprechen.

KAPITEL 31

Danika

Die Umkleidekabine der Frauen ist mein einziger Rückzugsort.

Echt jetzt. Da wurde ein einziges Mal eine Waffe auf mich gerichtet, und meine Freunde verwandelten sich in psychotische Babysitter. Gestern Nacht bin ich aufgewacht, weil ich auf die Toilette musste, und als ich anschließend aus dem Bad kam, wartete vor der Tür schon Ever mit einem Glas Wasser in der Hand und einem freundlichen Lächeln auf den Lippen. Meine Bemühungen, meine Freunde zu überzeugen, dass es mir gutgeht, sind nicht von Erfolg gekrönt. Wahrscheinlich, weil es nicht wahr ist. Mir geht es nicht gut.

Vor allem, weil Greer heute den Unterricht auf der Akademie leitet.

Ich beuge mich auf der Bank nach vorn, stecke den Kopf zwischen die Knie, atme tief durch und versuche, mich zu beruhigen. Ja, ich habe ihn am Wochenende vor meinem Haus gesehen, aber das kam so plötzlich, dass ich keine Zeit hatte, vorher durchzudrehen. Jetzt hatte ich allerdings mehr als genug Zeit, nervös zu werden. Vor allem, weil es am Sonntag wie ein Tritt in die Magengrube war, ihn wiederzusehen. Ernsthaft. Hätte er mit der Trennung nicht bis nach dem Abschluss warten können?

Charlie kam nach seinem Treffen mit Greer nach Hause zurück und wirkte glücklich, wollte jedoch nicht darüber sprechen. Wofür brauchte er die Gummihandschuhe und die Nasenklammer? Ist er in die Wohnung der alten Dame mit den Briefmarken zurückgekehrt? Warum?

Es spielt keine Rolle. Er wird das Training in dieser Woche noch zweimal übernehmen, und dann wird er auf der Abschlussfeier sein. Nach dem kommenden Samstag wird es leichter werden, den Lieutenant zu vergessen. Ich werde ihm nur in dem unwahrscheinlichen Fall begegnen, dass er seinen Bruder Charlie besucht. Und wenn das passiert, wird es nicht schwierig, mich aus dem Staub zu machen. Ich schaffe das. Ich bin auf dem besten Weg, mich von meinem Herzschmerz zu erholen.

Achtet einfach nicht auf das hyperventilierende Mädchen in Reihe drei.

Als ich höre, wie die Tür zur Kabine geöffnet und dann wieder geschlossen wird, ehe die Stimmen einiger Mitrekrutinnen erklingen, setze ich mich auf und schüttele mich. «Um Himmels willen. Reiß dich zusammen, Silva.»

Ich stehe mit zittrigen Beinen auf und jogge auf der Stelle. Die irritierten Blicke der anderen ignoriere ich einfach. Die Uhr an der Wand sagt mir, dass die Inspektion in acht Minuten ist, also kann ich es nicht länger vor mir herschieben, mich umzuziehen. Ich hole tief Luft, öffne meine Spindtür … und ungefähr eine Million Briefmarkenheftchen ergießen sich wie eine Lawine über meine Füße.

«Verdammt, Silva. Bist du neuerdings zum Messie mutiert?»

Ich bin zu beschäftigt damit, zu verhindern, dass mein Herz aus meiner Brust springt, um etwas auf die spöttische Bemerkung zu erwidern. Es sind so viele Briefmarken, und auf den ersten Blick kann ich schon erkennen, dass es keine gewöhnlichen Allerweltsmarken sind. Nein, es sind Sammeleditionen dabei, die ich nur aus dem Internet kenne. Ausländische Briefmarken. Es gibt auch Heftchen mit Elvis-Marken – wie das, das Greer mir mitgebracht hat. Es besteht kein Zweifel daran, dass er die Briefmarken in meinem Spind deponiert hat.

Kommen alle diese Marken von der Katzen-Lady? Nein, das kann nicht sein. Einige dieser Marken sind gar nicht käuflich bei der Post erhältlich. Er hat wahrscheinlich einige der Sammelheftchen von ihr, doch den größten Teil muss er über das Internet besorgt haben. Nach intensiven Recherchen.

Was soll das bedeuten?

Will er mich zurück?

Mir bleibt keine Zeit, um jetzt darüber nachzudenken. Oder überhaupt. Glaubt er, er kann die Situation retten, indem er mir Hunderte von … unglaublichen, atemberaubenden Briefmarken schenkt, die ich unbedingt in meine Sammelalben sortieren möchte? Da ist er auf dem Holzweg. Ich habe keine Lust auf weiteren Herzschmerz. Ich muss mir ins Gedächtnis rufen, wie es sich anfühlte. Wie es sich anfühlte, als er sich umdrehte und ging, während ich zitternd dasaß und ihn brauchte.

Ich bin nicht allein. Ich habe doch dich.

Nein. Das hast du nicht.

Der Widerhall der Worte in meinem Kopf ist schmerzhaft. Ich gehe in die Knie. Mit aufeinandergepressten Zähnen sammle ich die Briefmarkenheftchen ein und lege sie zurück in meinen Spind, ehe ich mich in Rekordzeit umziehe. Kurz darauf gehe ich in die Sporthalle. Charlie ist sofort an meiner Seite, Jack an der anderen. Meine durchgeknallte Leibgarde.

«Ich habe dir Wasser mitgebracht», sagt Jack und drückt mir eine eiskalte Flasche Mineralwasser in die Hand. «Vergiss nicht, genug zu trinken.»

«Ever macht heute Abend Schokoladencremetorte», meldet Charlie sich zu Wort. «Rate mal, wer das größte Stück bekommt?» Er pikst mir mit dem Zeigefinger in die Seite.

«Leute.» Ich umfasse den Knöchel meines rechten Beins, um es zu dehnen. «Wenn ihr so weitermacht, werde ich eine neue Identität annehmen und nach Sibirien auswandern.»

«Wir könnten per FaceTime miteinander reden», entgegnet Jack.

«Nope. Dort, wo ich dann lebe, gibt es kein Internet.»

Charlie zwinkert. «Dann eben Rauchzeichen.»

Ich spiele mit dem Gedanken, ihre Köpfe gegeneinanderzuschlagen. Aber ich halte inne, als mir klarwird, dass sie mich davon abgelenkt haben, nach Greer Ausschau zu halten. Eine ganze Minute lang. Was eine Riesenleistung ist, nachdem ich ungefähr ständig an ihn denken muss. Schon seit wir uns zum ersten Mal begegnet sind, habe ich dauernd an ihn gedacht. So ein Arsch. Es muss Tage gedauert haben, um all die Marken aufzutreiben.

Arschloch.

Ein vertrautes Pfeifen ertönt, und wir stellen uns in Reihen auf. Ich bewege mich automatisch. Nur mein Magen tanzt aus der Reihe und versucht, sich unter dem Hallenfußboden zu verkriechen.

Ich zwinge mich dazu, den Blick geradeaus zu richten. Aus dem Augenwinkel sehe ich, wie Greer die Reihe abschreitet und sich mit seinem Bleistift auf dem Clipboard Notizen macht. Mein Kopf ist leer, sodass seine Schritte, die sich unaufhaltsam nähern, hohl klingen. Mein Bauch fühlt sich genauso hohl an. «Silva», sagt er, als er vor mir steht. Ich recke das Kinn vor und starre auf einen Punkt irgendwo hinter seiner Schulter. Doch dann bleibt mir der Mund offen stehen, als ich höre, was er im nächsten Moment sagt. Er macht sich noch immer Notizen auf dem Clipboard und murmelt: «So verdammt hübsch wie immer.»

Wow. Was?

Aus den Augenwinkeln sehe ich, wie die anderen die Köpfe drehen. Während der Inspektion ist es in der Sporthalle leise, und man hört nur das Surren der Lampen über unseren Köpfen. Also haben alle seine Worte gehört. Ausnahmslos alle.

Macht ihm das nichts aus? Ich weiß, dass er zu seinem Vorgesetzten gegangen ist, um eine Ausnahmeregelung für unsere Beziehung zu erwirken, solange ich noch Rekrutin bin. Aber ich nahm an, dass er diese Bitte zurückgenommen hat, nachdem wir uns getrennt haben. Heißt das, dass sie nun bewilligt wurde?

Ich sammele meine Kinnlade wieder auf und schließe den Mund. Es spielt keine Rolle. Es gibt keine Beziehung.

Aber mein Blut rauscht durch meinen Körper, während Greer mit der Inspektion fortfährt.

GREER

Ich verliere ohne sie den Verstand. Schlicht und einfach.

Sie heute Morgen vor mir zu sehen, bereit für die Inspektion, ruft mir all die Momente ins Gedächtnis, in denen wir uns genauso gegenübergestanden haben. Es macht mir nur noch bewusster, was ich verlieren könnte. Diese wundervolle Mischung aus forschem Mädchen und atemberaubender Frau. Meiner Frau. Ich hatte nicht vor, sie wunderschön zu nennen, doch die Worte ließen sich einfach nicht zurückdrängen. Es fühlte sich so gut an, sie zu überraschen. Ich sollte ein neues Hobby daraus machen.

Von jetzt an.

Ich habe Danika nicht mehr berührt, seit ich sie in der Wohnung ihrer Eltern geschüttelt und dann verlassen habe. Ich fing gerade erst an zu realisieren, wie elend es mir ohne sie geht, als sie vor Charlies Wohnung an mir vorbeilief. Und jetzt? Jetzt bin ich hin- und hergerissen zwischen dem Gefühl, als wäre mein Innerstes zerfetzt, und dem Gefühl, vollkommen taub und benommen zu sein. Mich von ihr fernzuhalten war die Hölle, aber ich musste mir die Zeit nehmen, einen Plan zu entwickeln. Zwei Dinge würden meinen Versuch, sie zurückzugewinnen, auf jeden Fall vermasseln: indem ich zu impulsiv bin oder indem ich mein berechenbares Selbst bin, das sich stets an die Vorschriften hält.

Zwei Dinge könnten mir hingegen helfen: das Überraschungsmoment und die Gewissheit, dass sie sich noch immer zu mir hingezogen fühlt. Nicht nur zu meinem Körper. Sondern zu mir. Zu uns als Paar. An dieser Überzeugung halte ich vor allem fest, um den Verstand nicht zu verlieren, während ich versuche, sie für mich zurückzugewinnen. Aber scheiß drauf. Ich glaube daran. Ich muss.

Die ersten beiden Stunden des Tages verbringe ich in einem der Hörsäle. Darüber zu sprechen, wie man die Beziehung zu den lokalen Gemeinden verbessert, ist nicht gerade leicht, wenn man die ganze Zeit an Liebe denken muss. Nach der Mittagspause blase ich in die Trillerpfeife, um die Rekruten zu mir zu rufen – inklusive Danika. Sie beginnen, sich in Gruppen aufzuteilen, weil sie annehmen, wir würden Konditionstraining machen. Doch abgesehen davon, dass ich einer gewissen Katzen-Lady Briefmarken abgeschwatzt und das Internet nach weiteren heißbegehrten Sondereditionen durchforstet habe, war ich in den vergangenen fürchterlichen Tagen auch noch anderweitig beschäftigt: Ich habe das hier geplant.

«Packen Sie Ihre Sachen zusammen. Draußen wartet ein Bus, der uns zu einem Schulungszentrum in Queens bringt. Wir werden an Ihren taktischen Fähigkeiten arbeiten.» Ich mache allen Ernstes eine dramatische Pause – was beweist, dass ich vor Erschöpfung nicht mehr klar denken kann. «Im Labyrinth.»

Es herrscht kurz Schweigen, ehe die Rekruten alle auf einmal zu sprechen beginnen. Die Aufregung ist deutlich zu spüren, alle sind aufgekratzt – bis auf Danika, die mich mit neugierigem Blick mustert. Das Labyrinth ist genau das, wonach es sich anhört. Aber es ist nicht zum Freizeitvergnügen erbaut worden. Es wurde konzipiert, um Polizisten darin zu trainieren, wie sie sich durch einen potenziellen Tatort bewegen. Rekruten werden für gewöhnlich in leerstehenden Häusern ausgebildet, in denen erfahrene Cops als Täter lauern. Die Rekruten haben diesen Teil des Lehrplans schon hinter sich. Das Labyrinth gehört nicht zu ihrer regulären Ausbildung. Es ist um einiges anspruchsvoller und wird meistens von den Sondereinheiten oder dem Militär genutzt. Manchmal schließe ich mich dem Training an, um etwas Dampf abzulassen, aber bisher habe ich noch nie Rekruten mitgebracht.

Ich habe ein paar Leute kontaktiert, die mir noch einen Gefallen schuldeten, um diesem Jahrgang kurz vor dem Abschluss zeigen zu können, was ihn möglicherweise erwartet. Sie werden beim ersten Mal scheitern – das ist im Labyrinth vorprogrammiert. Selbst ich habe versagt, als ich das erste Mal durch die verrauchten, engen und gewundenen Gänge geschlichen bin. Das Labyrinth soll einem Cop deutlich vor Augen führen, dass er nicht unbesiegbar ist.

Und dadurch wird es heute auch zu einer Prüfung für mich, eine, die ich bestehen muss. Unbedingt. Bin ich heute in meiner Funktion als Ausbilder dabei? Ja. Aber ich bin auch ein Mann, der versucht, seiner Frau etwas zu beweisen.

KAPITEL 32

Danika

Dieser Ort ist fies.

Nicht «fies» im Sinne von «ekelhaft» wie eine Müllkippe oder so. Es stinkt nicht wie in einem Abwasserkanal. Nein, es ist einfach respekteinflößend. Hohe, graue Betonmauern bilden eine Begrenzung um das Labyrinth. Feine Ranken klettern an den Seiten hoch und verschwinden in Rissen im Beton. Der wolkenverhangene Himmel trägt auch nicht gerade dazu bei, uns die Nervosität zu nehmen.

Als wir durch den breiten Eingang treten, grinsen uns aus dem schlichten, unbesetzten Empfangsbereich vier krasse Typen aus der Einheit für Sondereinsätze an. Sie stecken die Köpfe zusammen und lachen, während sie uns mit geübten Blicken abschätzen. Übersetzt bedeutet das: *Wir werden euch eure Ärsche auf dem Silbertablett servieren.* Lustig, ich glaube ihnen das sogar. In der Zwischenzeit werfen Jack und Charlie sich in Pose, als wollten sie direkt den größten der Typen herausfordern. Gott. Das passiert, wenn ihre Freundinnen nicht dabei sind. Die Blödmänner verwandeln sich in Neandertaler.

Greer kommt zu den Rekruten, und mein Puls beginnt zu jagen. Ist es albern zu denken, dass dieser spontane Ausflug ins

Labyrinth irgendetwas mit mir zu tun hat? Ich bin keine egozentrische Person – meistens jedenfalls. Wenn ich allerdings das Timing bedenke, gerate ich doch ins Grübeln. Ich wäre am Freitag beinahe erschossen worden. Greer hat sich daraufhin von mir getrennt. Und jetzt schickt er mich in eine besonders realitätsnahe und harte Simulation, während er von der Seitenlinie aus zusieht?

«Aufgepasst.»

Mein Herz zuckt genauso wie der Rest von mir zusammen, als ich Greers Stimme höre. Als wären wir in der Sporthalle, stellen wir uns, ohne zu zögern, in einer Reihe auf – wie zur Inspektion. In zwanzig Jahren werden wir alle wahrscheinlich noch genauso instinktiv auf Greers Befehle reagieren. Er ist einfach so verdammt selbstsicher und autoritär. Nur … Ich kenne ihn gut genug, um den Riss in seiner Schutzmauer zu bemerken. Auf seiner Stirn glitzern kleine Schweißperlen, und er umklammert das Clipboard so fest, dass seine Fingerknöchel weiß hervortreten.

«Das hier ist ein komplexeres Szenario als das, das Sie im Training kennengelernt haben», fährt Greer fort. «Ihre Fähigkeit, sich zu konzentrieren, wird stark eingeschränkt sein. Ihr Instinkt wird ihnen sagen, zu fliehen oder vorzupreschen. Kontrollieren Sie Ihre Angst. Lassen Sie sich nicht davon überwältigen.»

Ein Officer der Sondereinheit schlendert aus dem Empfangsbereich zu Greer herüber und bleibt mit grimmiger Miene neben ihm stehen. «Sie gehen in Teams von jeweils vier Personen ins Labyrinth», sagt Greer. «Ihre Aufgabe ist es, das Gebäude zu räumen und eine Geisel zu befreien. Sagen Sie Hallo zu Ihrer Geisel.» Der Officer der Sondereinheit winkt mit dem kleinen Finger, woraufhin die Rekruten widerwillig lachen müssen. «Die Officer, die sich bereit erklärt haben, uns heute zu assistieren, werden Gummigeschosse nutzen, um Sie aufzuhalten. Die Scheißdinger tun richtig weh, also behalten Sie die ganze Zeit über die Schutzbrille und die Schutzweste an. Ohne Ausnahme. Falls Sie es im Teamdurchlauf schaffen, nicht getroffen zu werden, können Sie zum Eingang zurückkehren und das Labyrinth noch einmal allein durchqueren. Falls Sie im Teamdurchlauf ausgeschaltet werden, nehmen Sie auf dem Rasen Platz und rufen Ihre Mama an, damit sie Sie tröstet.» Er zwinkert uns zu, was vollkommen untypisch für ihn ist. «Und falls es Ihnen gelingen sollte, eines dieser Arschlöcher zu treffen, dürfen Sie seine Mama anrufen, um damit anzugeben.»

Die drei restlichen Officer der Sondereinheit, die gerade mit unter die Arme geklemmten Waffen wie eine Gruppe von Dämonen ins Labyrinth schlendern, lachen, als sie das hören. Charlies Ziel ist es, sich durch die Dienstgrade nach oben zu arbeiten und irgendwann schließlich als Chief in Pension zu gehen – wie sein Vater. Aber Jacks Talent beim Schießen könnte ihm einen Platz in den Reihen der Sondereinheit einbringen. Ich werfe einen Blick auf meinen besten Freund. Ich kann mir sehr gut vorstellen, dass er es gleich beim ersten Mal schaffen und eines Tages selbst Rekruten das Fürchten lehren wird.

Greer ruft Namen auf und teilt uns in Gruppen von vier Personen ein. Ich bin mit Charlie, Levis Freund Nick und einem Mädchen namens Raquel in einer Gruppe. Raquel hat sich in den letzten Monaten genauso wie ich den Arsch aufgerissen. Es ist eine gute Truppe. Wir gehen in den Empfangsbereich und legen unsere Ausrüstung an. Wir beschließen, dass Charlie die Gruppe anführen soll, weil er schon ein paarmal mit der Sondereinheit trainiert hat und weiß, wie sie vorgeht, auch wenn er natürlich kein Experte ist. Noch nicht.

Im Laufe der nächsten halben Stunde beobachten wir, wie die Teams durch den Eingang ins Labyrinth hinein- und durch den Hinterausgang wieder hinausgehen. Die Lichter an ihren Westen, die anzeigen, ob sie getroffen wurden, leuchten wie eine Anzeigetafel der Schande. Von den zwanzig Rekruten, die das Labyrinth betreten haben, sind bisher nur zwei wieder herausgekommen, ohne getroffen worden zu sein. Ich bin erleichtert zu sehen, dass Jack einer von ihnen ist.

«Es gibt doch nicht nur den einen Zugang zum Labyrinth», flüstere ich meiner Gruppe zu. «Wenn zwei von uns durch den Ausgang hineingehen, könnten die Officer der Sondereinheit sich durch die zwei vorn am Eingang ablenken lassen. Wir teilen das Gebiet, das wir absuchen müssen, einfach in zwei Hälften auf.»

«Gute Idee.» Charlie prüft seine Waffe, die mit Gummigeschossen geladen ist. «Wenn die Geisel allerdings im vorderen Bereich des Labyrinths gefangen gehalten wird und die Kerle die zwei von uns ausschalten, die durch den Haupteingang hereinkommen, müssen die anderen die doppelte Arbeit erledigen, um die Geisel zu befreien.»

«Dann solltest du auf jeden Fall vorn reingehen», sagt Raquel zu Charlie. «So hat das Team am Vordereingang die beste Chance, durchzukommen.»

Charlie lacht. «Ich werde also geopfert, ja? Na gut.» Er legt eine Hand auf sein Herz und wirft mir einen todernsten Blick zu. «Sag Ever, dass ich sie geliebt habe.»

Ich schnaube. «Klar.»

Greer taucht im Eingang zum Empfangsbereich auf. Einige Herzschläge lang ist sein Blick auf mich gerichtet. «Sie sind dran.»

Wir laufen in Richtung des Labyrinths, doch ich werde langsamer, als mir auffällt, dass Nick nicht bei uns ist. Ich drehe mich um und entdecke ihn einige Meter hinter uns. Sein Blick ist auf Levi gerichtet, der das Labyrinth gerade verlassen hat. Levis hochgezogene Schultern und sein schiefes Grinsen sagen mir, dass er es wohl nicht geschafft hat. Er verzieht das Gesicht, als er Nick ansieht, und fährt sich mit dem ausgestreckten Zeigefinger über die Kehle. Nick lächelt ihn an. Und selbst als Levi weitergeht, bleibt Nick noch stehen und sieht seinem Freund hinterher, der sich einen Platz auf dem Rasen sucht.

Ich huste nicht besonders dezent. «Nick, kommst du?»

«Was?» Er wirbelt herum und kommt dann zu uns gelaufen. «Ja, sorry.»

Das ist zwar nur eine Trainingseinheit, aber das Blut rauscht in meinen Ohren, als wir vier uns dem Labyrinth nähern. Meine Waffe fühlt sich mit einem Mal ganz fremd an. Schweiß läuft mir den Rücken hinab. Es ist lächerlich, aber die Situation mit Greer belastet mich in diesem Augenblick noch zusätzlich. Als wäre ich ein Soldat, der in den Krieg ziehen muss, während er gerade mitten in einem Streit mit seiner Liebsten steckt. Wie dumm. Doch als Greer mich ansieht, spüre ich, wie sich in meinem Hals ein Kloß bildet. Es gibt so viele Dinge, die wir noch nicht ausgesprochen haben. Ich weiß zum Beispiel nicht, was die Briefmarken in meinem Spind bedeuten sollen. Der Riss in seiner Schutzmauer scheint größer geworden zu sein. Er presst die Kiefer aufeinander.

«Bereit?», fragt Nick in diesem Moment und stößt mir diskret den Ellbogen in die Seite. «Lass uns zum hinteren Zugang laufen.»

Ich reiße mich von Greers Anblick los und richte meine Aufmerksamkeit auf die bevorstehende Aufgabe. «Ja, lass uns gehen.»

Charlie und Raquel beziehen ihren Posten am Haupteingang des Labyrinths, während Nick und ich nach hinten zum Ausgang joggen. Die Rekruten, die darauf warten, selbst an die Reihe zu kommen, murmeln gespannt und beobachten uns neugierig, als ihnen unsere Strategie klarwird. Mir bleibt jedoch keine Zeit, um darüber nachzudenken oder mich aufzuregen. Denn es geht los. Es gibt keinen Pfiff, der uns signalisiert, anzufangen – dann wüssten schließlich auch unsere Gegner im Labyrinth Bescheid. Ein neutraler Beobachter aus dem Kontrollbereich öffnet einfach irgendwann die Türen.

Und das Spiel beginnt.

Nick und ich greifen auf das zurück, was wir gelernt haben: Er läuft hinein und sucht gleich rechts neben der Tür Deckung, ich gehe nach links und stelle mich dort mit dem Rücken an die Wand. Mit erhobener Waffe verschaffe ich mir so schnell wie möglich einen Überblick und erkenne, dass wir eine Reihe von Räumen vor uns haben. Okay. Okay, so etwas kennen wir. So etwas haben wir schon mal gemacht.

Nur noch nie, während im Hintergrund Musik aus Lautsprechern dröhnt und nicht weit entfernt Schüsse erklingen. Die Musik ist so laut, dass ich schreien müsste, um mir Gehör zu verschaffen. Meine Beine wollen losrennen, mein Verstand brüllt mich an, eine Lösung für dieses Chaos zu finden. Ein paar Sekunden lang scheint Nick gar nicht mehr zu existieren. Nur ich bin noch da. Aber … ich bin nicht allein hier. Ich bin Teil eines Teams. Es ist erschreckend, wie schnell ich den Impuls verspüre, mich allein auf den Weg zu machen, um die Geisel zu befreien, und mich einzig auf meinen Instinkt und nicht auf meinen Partner oder die vereinbarte Strategie zu verlassen. Das darf ich nicht machen. Ich darf es nicht. So verlieren Menschen ihr Leben.

Nutze das, was du in der Ausbildung gelernt hast.

Zuerst ist es Greers Stimme, die ich in meinem Kopf höre. Doch irgendwann wird sie zu meiner eigenen. Es ist meine

Stimme, die wiederholt, was ich gelernt habe, und die mir hilft, mich zu konzentrieren.

Im nächsten Moment setzen Nick und ich uns in Bewegung und sichern Raum um Raum. Einer von uns öffnet dazu jeweils die Tür, der andere schiebt sich in das Zimmer, stellt sich neben dem Eingang direkt an die Wand und stellt sicher, dass niemand hier ist. Wir sind noch nicht lange im Labyrinth, als unser Rhythmus plötzlich aus dem Takt gerät. Eine der Türen ist verschlossen.

Unvermittelt beginnt das Licht zu flackern und erlischt.

«Ach, kommt schon», stöhne ich. Meine Worte gehen im wummernden Bass der Musik unter. Wenn ich einen Polizeigürtel tragen würde, könnte ich jetzt die Taschenlampe anmachen, aber wir haben nichts dabei. Nur unsere Smartphones. Ohne dass wir ein Wort gewechselt hätten, haben Nick und ich die gleiche Idee, holen die Handys hervor und starten eine Taschenlampen-App. Wir halten die hell erleuchteten Displays über unsere Waffen, während wir versuchen, im Dunkeln Ruhe zu bewahren. Wir müssen in den verschlossenen Raum gelangen. Ich bin mir sicher, dass die Geisel dort gefangen gehalten wird.

Nick und ich nicken uns zu. Offenbar ist ihm der gleiche Gedanke gekommen. Weil er mein Teamkollege ist und weil wir das gleiche Ziel haben. So einfach ist das. Ich mache das hier nicht allein. Ich hoffe, dass Charlie und Raquel die harten Jungs von der Sondereinheit noch ein bisschen länger beschäftigen können, mache einen Schritt zur Seite, richte die Waffe auf die Tür und bedeute Nick, sie einzutreten. Er tut es.

Schüsse erklingen, und Nicks Weste leuchtet auf. Ich bin so verdutzt, dass ich den Bruchteil einer Sekunde brauche, um zu kapieren, dass der Schuss aus dem Inneren des Zimmers kam. Kurzerhand lege ich die Waffe an und feuere. Im Zimmer leuchtet eine weitere Weste auf – sie gehört zu einem der Officer der Sondereinheit. Mir bleibt keine Zeit, um mich über diesen Triumph zu freuen – ich werd's später nachholen –, denn die Geisel sitzt im Schneidersitz zu den Füßen des Officer. Und spielt *Candy Crush*.

GREER

Als Danika aus dem Labyrinth stolpert, erfüllen mich drei Emotionen.

Zuallererst Stolz. Gott, ich empfinde so viel Stolz, dass ich nicht weiß, ob ich lachen oder sie drücken soll, bis ihr die Luft wegbleibt. Sie hat es geschafft. Mein Mädchen hat es verdammt noch mal geschafft.

Zweitens bin ich unglaublich erleichtert. Sie war im Labyrinth zu keiner Zeit in Gefahr, doch fragt mal mein Herz, ob diese Tatsache eine Rolle gespielt hat. Mein Herz wiegt im Augenblick ungefähr tausend Pfund und ist mir bei der bloßen Vorstellung, dass sie im Labyrinth Angst haben oder die Kontrolle verlieren könnte, in die Hose gerutscht.

Die dritte und letzte Emotion ist Wut. Die «Geisel» tut so, als wäre sie ohnmächtig, lässt die Zunge heraushängen und zwingt Danika – die ungefähr halb so groß ist wie der Kerl –, sie zu tragen.

«Das reicht», belle ich. «Laufen Sie gefälligst selbst.»

Der Idiot erwacht zum Leben und grinst mich an.

Okay. Offensichtlich hat es im Department die Runde gemacht, dass Danika und ich ein Paar sind. Oder vielmehr: dass Danika und ich ein Paar waren.

Wenn ich wieder mit ihr zusammen sein will, muss ich mich daran gewöhnen, dass mir das Herz ab und zu in die Hose rutschen wird. Es geht nicht anders, wenn ich mein Herz nicht abtöten will. Denn es gehört ihr. Ganz und gar. Und während ich beobachte, wie sich ihre Miene erhellt, als sie nun angesichts ihres Triumphs zu strahlen beginnt, habe ich keinen Zweifel daran, dass es alle herzzerfressenden Sorgen wert sein wird, mit ihr zusammen glücklich zu sein. Mir mit ihr ein Leben aufzubauen. Und zuzulassen, dass ihre Warmherzigkeit und ihre Schönheit die kalte Hässlichkeit verdrängen, die mein Leben so lange beherrscht hat.

Gott, ich wünsche mir das alles so sehr, dass sie es mir bestimmt ansehen kann, als sie ihren Blick jetzt endlich auf mich richtet. Ihre lächelnden Lippen fangen an zu zittern, und sie bleibt stehen.

Wir sind allerdings noch nicht fertig. Das war längst nicht alles, und ich will, dass ihre Konzentration nicht nachlässt. Später. Später werde ich ihr sagen, wie stolz ich auf sie bin, und damit hoffentlich all die schrecklichen Dinge, die ich ihr vergangenen Freitag an den Kopf geworfen habe, vertreiben. «Okay, Silva. Zurück zum Eingang, wo die anderen Gewinner warten.» Ich richte meinen Blick wieder auf mein Clipboard, obwohl ich sie noch immer sehe. «Nick, setzen Sie sich auf den Rasen.»

Nachdem die restlichen Teams sich ebenfalls dem Labyrinth gestellt haben, sind vier Rekruten übrig, die sich das Recht erworben haben, allein durch das Labyrinth zu gehen. Überrascht es mich, dass Jack, Charlie und Danika drei der vier Rekruten sind? Eigentlich nicht. Charlie und Danika waren von Anfang an meine stärksten und engagiertesten Rekruten, und Jack holt die verlorene Zeit rasend schnell auf. Ich hätte Angst, dass ihre drei Egos nach dem heutigen Tag nicht mehr in die gemeinsame Wohnung passen, wenn ich nicht eines wüsste:

Die Männer von der Sondereinheit haben während des Teamdurchgangs längst nicht alles gegeben.

Mein Bruder, Jack und der andere Rekrut sind zuerst dran. Als sie nacheinander aus dem Labyrinth kommen, sehen sie so aus, als hätte jemand ihren Kopf in einen Mülleimer gesteckt und eine Stunde lang mit einem Hammer darauf herumgetrommelt. Als ich zum ersten Mal durch das Labyrinth musste, sah ich hinterher ungefähr genauso aus. Vielleicht werde ich es ihnen später erzählen, damit sie sich nicht ganz so schlecht fühlen. Vielleicht aber auch nicht.

Fuck, meine eigenen Gefühle sind auch gerade ziemlich angekratzt.

Danika ist die letzte Rekrutin, die ins Labyrinth geht. Ihr Selbstbewusstsein ist ein wenig angeschlagen, nachdem sie beobachten musste, wie die anderen versagt haben. Das Bedürfnis, etwas Ermutigendes zu sagen, ist beinahe überwältigend, doch genau in diesem Moment öffnet sich die Tür zum Labyrinth, und Danika geht mit gehobener Waffe hinein.

Als ich das Geräusch von Schüssen höre, verschwimmt mir alles vor den Augen, und mein Mittagessen droht mir wieder hochzukommen. Ich konzentriere mich so darauf, die nächsten paar Minuten zu überstehen, um Danika zu beweisen, dass ich es kann und an sie glaube, dass ich den kleinen Funkempfänger in meinem Ohr fast vergesse.

Bis ich ein Knacken höre und mir das Blut in den Adern gefriert.

«Lieutenant Burns, Sie sollten besser reinkommen.»

Danika

Schmerz pocht in meinem Fußknöchel – heiß, stechend. Ist der Knöchel überdehnt? Verstaucht? Ich weiß es nicht.

Ich bin gestolpert und hingefallen und müsste jetzt eigentlich vom Boden aufstehen. Allerdings bin ich wie gelähmt. Ich kann nichts sehen. Überall ist Rauch. Irgendwo in meinem Hinterkopf weiß ich, dass er Tränengas simulieren soll. Es ist natürlich kein echtes Tränengas. Aber das macht die Sicht auch nicht besser, oder? Es gelingt mir schließlich, auf dem Boden hinter eine halbhohe Wand zu robben, damit ich mich erst einmal orientieren kann.

Ha. Orientieren? Ich weiß nicht einmal, in welche Richtung ich ungefähr gehen muss, um zum Ausgang des Labyrinths zu gelangen. Ich bin schon von mehr als einem Gummigeschoss getroffen worden. Leider ist das Spiel deswegen nicht vorbei. Ich muss hier immer noch rausfinden. So fühlt es sich also an, allein zu sein. Ohne einen Partner, der einem den Rücken freihält oder Verstärkung ruft. Nachdem ich kaum noch auftreten kann, bleibt mir nicht mehr viel zu tun übrig. Praktisch nichts. Wenn das hier eine reale Situation wäre, wäre ich wirklich geliefert.

Mann. Mein Knöchel tut echt weh. Was soll ich tun? Mir treten Tränen in die Augen, aber ich kann meine Schutzbrille nicht abnehmen, um sie wegzuwischen. Verdammt. Ich habe es kapiert. Ich habe begriffen, wie wichtig es ist, nicht nur mir selbst, sondern auch meinem Team zu vertrauen. In Zukunft werde ich mich Situationen wie dieser nicht mehr allein stellen. Jetzt jedoch muss ich mich zusammenreißen. *Komm schon, Silva.*

Ich versuche, aufzustehen, und ein brennender Blitz schießt bis in meine Zehen und raubt mir den Atem. Unsanft lande ich wieder auf dem Hintern und stoße ein ersticktes Keuchen aus. Neuer Rauch erfüllt die Luft, Gummigeschosse treffen die Wand oberhalb meines Kopfes. *Krach, krach, krach.* Wo ist der Ausgang? Wo bin ich reingekommen?

«Danika.»

Greer. Er ist hier? Seine Silhouette zeichnet sich im Qualm ab, und ich schwöre, dass ich Kugeln von seinen Schultern abprallen sehe, bevor er sich neben mich auf den Boden setzt. Mit dem Rücken lehnt er an derselben Wand wie ich. Erstaunlich, dass mir selbst in einem verrauchten Kampfgebiet der Atem stockt, wenn Greer in der Nähe ist. Unwillkürlich straffe ich die Schultern. In meinem Innersten herrscht allerdings das totale Chaos. Und ich verspüre den dringenden Wunsch, Greer das zu sagen und ihn dann einfach die Kontrolle übernehmen zu lassen.

Sein Blick ist wild, als er mich von Kopf bis Fuß mustert. Seine Aufmerksamkeit richtet sich auf meinen geschwollenen Knöchel. Seine Brust hebt und senkt sich, als er zittrig durchatmet. Dann stößt er noch mal ganz langsam die Luft aus, während er den Blick zur Decke richtet. Als er sich zu mir beugt, bin ich nicht auf die Worte vorbereitet, die er zu mir sagt: «Steh auf.»

Tja. Und plötzlich will ich ihn wieder umbringen. «Was denkst du denn, was ich hier die ganze Zeit über versuche?»

«Dann streng dich etwas mehr an.» Mit einer kalten Hand hebt er mein Kinn an. Er scheint sich die richtigen Worte überlegen zu müssen. «Gott weiß, dass ich dich am liebsten hier raustragen würde, Baby. Wegen deines Knöchels würde es dir niemand verdenken. Aber ich will, dass du etwas verstehst. Ich weiß, dass du es schaffen kannst. Ich glaube an dich.» Als er schluckt, bewegen sich die Muskeln an seinem Hals. «Und wenn du dich beim nächsten Mal einer gefährlichen Situation stellst, kannst du darauf vertrauen, dass ich da sein werde, wenn es vorbei ist. Verstehst du das?»

Mann. Ich hatte vorher schon Tränen in den Augen, aber das war nichts im Vergleich zu den Sturzbächen, die jetzt losbrechen. Meine Schutzbrille wird wie ein Aquarium aussehen, wenn ich erst mal hier raus bin. Zum Teufel mit diesem Kerl. Ich wusste tief in meinem Innersten, worum es bei dieser Übung ging. Ich wusste es, oder? Er ist einfach so ein Idiot. So ein wunderbarer Idiot. Das hat er für uns getan, und ich werde die Chance, die er mir gerade bietet, die Chance, eine Brücke zu etwas Echtem zu schlagen, nicht ungenutzt verstreichen lassen. «Ich liebe dich», platze ich heraus. «Und … auf eine gewisse Art und Weise wirst du mich tragen, weil ich dich die ganze Zeit in meinem Herzen und in meinen Gedanken bei mir habe. Und bei dir ist es genauso, stimmt's?»

«Ja.»

Ich strecke die Hand aus, und er ergreift und drückt sie. «Partner?»

Ich frage ihn nicht, ob wir beruflich Partner sein wollen, und er ist sich dessen bewusst. Mit meinem Blick verspreche ich ihm, ihm zu vertrauen, ihm zu glauben, und ich bitte ihn, das Gleiche für mich zu tun. Ich verspreche ihm, vertrauenswürdiger zu sein. Punkt. Es ist ein Schwur, von dem ich mir nun sicher bin, ihn auch tatsächlich erfüllen zu können. «Partner», entgegnet er mit heiserer Stimme, und seine Miene wirkt im schummrigen Licht wild und entschlossen.

«Gut.» Ich atme tief durch. «Und nun geh bitte.»

Er stößt einen Laut aus und wendet den Blick ab, bevor er mich wieder ansieht. Kugeln krachen oberhalb seines Kopfes gegen die Wand. «Gott, Danika. Du hast es mir nicht gerade leichter gemacht, jetzt ohne dich hier rauszugehen.»

«Du liebst mich auch», flüstere ich ihm ins Ohr. «Deswegen wirst du es schaffen.»

Greer drückt mir einen stürmischen Kuss auf die Lippen, und ich höre ein Johlen aus der Dunkelheit. Mit gespreizten Fingern fährt er mir durchs Haar, haucht mir einen Kuss auf die Stirn und verweilt dort einen Moment. Dann ist er verschwunden, und ich bin allein im Rauch.

Es ist nicht leicht, und ich werde noch zweimal getroffen, doch ich schaffe es, aufzustehen. Mit der Waffe im Anschlag erwidere ich die Schüsse, wo ich nur kann, schiebe mich mit dem Rücken an die Wand gelehnt vorwärts und zucke vor Schmerz immer wieder zusammen, wenn ich meinen Fuß zu sehr belaste. Doch endlich erkenne ich die Räume wieder, die Nick und ich während des Teamdurchlaufs durchsucht haben, und humpele hastig Richtung Ausgang. Kurz darauf stürze ich in das Licht der untergehenden Sonne hinaus.

Alle warten auf mich. Jack und Charlie sehen aus, als wollten sie mich auf der Stelle umbringen. Ich habe allerdings bloß Augen für Greer. Er ist kreidebleich im Gesicht, und sein Clipboard hat nicht überlebt – er hat es zerbrochen. Aber er ist da. Und er wartet auf mich, verspricht mir ohne Worte, von jetzt an immer für mich da zu sein. All das, was er im Labyrinth zu mir gesagt hat, hallt in meinem Kopf wider. Ich glaube ihm.

Jede Faser meines Körpers befiehlt mir, zu Greer zu gehen. Also gehorche ich. Drei humpelnde Schritte in seine Richtung – das ist alles, was ich schaffe, bevor er einen Satz macht, das zerbrochene Clipboard fallen lässt und mich in die Arme schließt. «Du kannst mich nicht daran hindern, Eis auf deinen Knöchel zu packen und mich wie ein Arschloch zu verhalten, falls du das Bein zu früh wieder belastest. Also versuch es erst gar nicht.»

«Nein», erwidere ich lachend an seinem Hals. «Das werde ich nicht.»

«Ich liebe dich, verdammt noch mal», haucht er und hält mich noch etwas fester. «Ich liebe dich, ich bin stolz auf dich, und ich brauche dich. Willst du mit mir zusammen sein?»

Pures Glück lässt mich schweben. «Ja.»

EPILOG

Danika

Als ich noch ein Kind war, nahm mein Vater mich mit zu einem Spiel der *Knicks* im *Madison Square Garden.* Es war der gigantischste, hellste Ort, den ich je gesehen hatte. Als erwachsene Frau erscheint er mir nicht mehr ganz so groß, aber mein Herz rast trotzdem, während ich mich darauf vorbereite, im gleißenden Licht der Scheinwerfer und im Blitzlichtgewitter der Kameras auf die Bühne zu gehen und mein Diplom entgegenzunehmen. Ich wollte auf gar keinen Fall auf Krücken auf die Bühne, also habe ich meinen Knöchel in den letzten Tagen geschont. Zwar humpele ich noch immer, doch glücklicherweise bin ich in ein oder zwei Wochen wieder fit. Rechtzeitig zum Dienstbeginn bei der Polizei.

Und wo habe ich meinen Knöchel geschont? Tagsüber in meiner Wohnung. Sobald Greers Schicht allerdings zu Ende war, kam er in mein Zimmer, hob mich hoch und trug mich in seinen wartenden Dienstwagen. Ich hätte die Uhr danach stellen können.

«Ich muss wiedergutmachen, dass ich dich nicht aus dem Labyrinth tragen konnte», knurrte er beim ersten Mal. An jedem der folgenden Tage lächelte er jedoch bloß und brachte mich nach Hause.

Nach Hause.

Es ist verrückt, aber seine Wohnung fühlt sich tatsächlich jetzt schon wie … unsere Wohnung an. Vielleicht liegt es daran, dass er so ziemlich jede Küchenschublade mit Schokoriegeln gefüllt hat. Oder daran, dass er Dekokissen mit Blumenmuster für sein Bett gekauft hat. Gott, wie gern hätte ich bei diesem Shopping-Trip Mäuschen gespielt. Vielleicht fühle ich mich auch deshalb so willkommen, weil er mich die ganze Zeit so ansieht, als könnte er kaum glauben, dass ich tatsächlich da bin. Oder es liegt daran, dass er mir, wenn ich schlafe, ins Ohr flüstert, dass er immer bei mir bleiben wird. Ja, ich glaube, das ist der Grund.

Gott, er sieht dort auf der Bühne in seiner Uniform einfach unglaublich aus. Er schüttelt Hände und verteilt die Diplome. In diesem riesigen Stadion bin ich die Einzige, die weiß, dass er nichts als Boxershorts und ein Lächeln auf den Lippen trägt, wenn wir zu Hause sind. Zu Hause. Da ist der unfassbare Begriff wieder. Ich hatte das große Glück, dass ich in meinem Leben drei Orte so nennen durfte. Die Wohnung meiner Eltern, an die ich immer unzählige wertvolle Erinnerungen haben werde. Das Drei-Zimmer-Apartment, in dem meine Mitbewohner und ich wohnten, während wir die große Liebe fanden. Und jetzt Greers Wohnung. Angesichts der Tatsache, dass er gestern, als ich schlief, einen seiner Schlüssel an meinem Schlüsselbund befestigt hat, glaube ich nicht, dass es ihm etwas ausmacht, wenn auch ich diese Wohnung mein Zuhause nenne.

Jack, der in der Reihe vor mir steht, muss mein verträumtes Seufzen gehört haben, denn er dreht sich um und zwinkert mir zu. Ich zeige ihm den Mittelfinger, und wir müssen grinsen.

Die Reihe bewegt sich weiter, und ich humpele vorwärts.

Man sollte meinen, dass mein Selbstvertrauen gelitten hätte, nachdem ich im Labyrinth verletzt wurde, doch es ist stärker als je zuvor. Es macht mir nichts aus, zuzugeben, dass Greer etwas damit zu tun hatte, weil ich weiß, dass ich auch seinen Glauben wiederhergestellt habe. An das Universum. An das Schicksal. Daran, mit dem Wissen leben zu können, dass niemand diese Dinge kontrolliert. Wir müssen das Glück beim Schopfe packen, wenn es sich uns bietet. Wir haben es getan. Und wir tun es auch weiterhin.

Charlie ist an der Reihe. Ich jubele, so laut ich kann. Er haucht Ever im Publikum einen Luftkuss zu und schüttelt Greer die Hand. Tränen verschleiern meinen Blick, als ich die beiden Brüder zusammen sehe. Zwei mutige Männer, die mein Leben auf unterschiedliche Art und Weise verändert haben. In den nächsten Jahren wird sich mein Leben noch öfter ändern – und sie werden an meiner Seite sein, wenn es passiert.

Sie posieren zusammen für ein Foto, und Greer überreicht seinem Bruder das Diplom. Aber bevor Charlie die Bühne verlassen kann, tut Greer etwas, das mir schlicht den Atem raubt. Er ruft seinen Bruder noch einmal zurück und umarmt ihn. Zuerst ist Charlie offensichtlich zu erstaunt, um zu reagieren, doch dann erwidert er die Umarmung fest. Schließlich wird aus der Umarmung das für Männer so typische Schulterklopfen, und ich muss trotz meiner Tränen lachen. Irgendetwas sagt mir, dass ihre Beziehung von jetzt an eine andere sein wird.

Ein paar Minuten später läuft mir ein Schauer über den Rücken, als Jack Greer die Hand schüttelt und sein Diplom entgegennimmt. Ich kann Katie im Publikum pfeifen hören. Sie sitzt neben Jacks Mutter, und beide Frauen strahlen den neuen Menschen an, der er in so kurzer Zeit geworden ist. Einer der Besten. Ich bin so stolz auf ihn, dass ich bis unter das Dach des *Madison Square Garden* schweben könnte. Und, was noch besser ist: Er ist stolz auf sich selbst. Es steht in diesem viel zu hübschen Gesicht, das ich seit Kindertagen kenne.

Ehe ich mich's versehe, sagt Greer meinen Namen ins Mikrophon. Die Stufen hinaufzusteigen macht echt Spaß – blöder Knöchel. Ich kann sehen, dass Greer sich auf die Innenseite seiner Wange beißt, weil er am liebsten zu mir laufen und mir helfen würde. Am Ende schaffe ich es jedoch ganz allein. Meine Schritte wirken sogar fast normal, als ich nun über die Bühne schreite. Und nennt mich eine liebeskranke Idiotin, aber ich könnte auf meinem Weg zu Greer nicht mal stehen bleiben, wenn ich es wollte. Die Liebe, die in seinem Blick zu lesen ist, ist wie ein unsichtbares Laufband, das mich unaufhaltsam zu dem Ort bringt, an dem ich am glücklichsten bin.

«Hi», forme ich lautlos mit den Lippen, als ich mich ihm nähere.

«Hi, Baby», erwidert er.

Direkt ins Mikrophon.

Das laute Grölen meiner Mutter ist im Gelächter des Publikums nicht zu überhören.

Ich würde ihn am liebsten küssen, als wir nun voreinanderstehen – vor allem nach der Sache gerade. Allmählich habe ich mich daran gewöhnt, ihn so zu begrüßen. Es wäre ganz einfach, diesen Moment zu etwas zu machen, wo es um uns als Paar geht. Doch Greer tut das nicht. Er schüttelt mir die Hand und überreicht mir das Diplom, als wäre ich jemand, der gerade eine sehr schwierige Ausbildung hinter sich gebracht hat, um ein bestimmtes Ziel zu erreichen. Denn genau das habe ich.

Ich bin jetzt Polizistin.

Ich blicke ins Publikum, entdecke meine Eltern und nehme mir einen Moment, um das Erreichte zu genießen. Der Stolz, den Greer verströmt, macht alles nur noch besser.

GREER

Es ist seltsam, die Kontrolle abzugeben.

Nun ja. Wir wollen nicht übertreiben – ich bin immer noch Lieutenant Hard-Ass, und Danika kann bezeugen, dass ich den Ton angebe, wenn wir zusammen im Bett sind. Wenn es allerdings darum geht, mich vor dem Leben zu verschließen, damit ich nicht noch einen bitteren Verlust erlebe, dann bin ich damit durch. Als ich Danika verlor, blieb mir nichts anderes übrig, als die Vergangenheit loszulassen. Jetzt fühle ich mich leicht und schwer zugleich. Leicht vor Erleichterung. Schwer vor lauter Liebe zu ihr.

All die entsetzlichen Bilder sind noch immer da. Diese Hässlichkeit wird nicht verschwinden, weil sie zu meinem Job gehört. Aber jetzt sehe ich mehr Schönheit als Hässlichkeit, weil ich aufgehört habe, die schönen Dinge davon abzuhalten, in mich zu dringen.

Inzwischen ist diese Schönheit überall. Auf dem Kissen neben mir, sobald ich am Morgen aufwache. Oder unter mir, in der Nacht, meinen Namen keuchend. Danika. Und die Art, wie sie das Gesicht in meiner Halsbeuge vergräbt, als ich sie in dieser Sekunde die Treppe zu unserer Wohnung hinauftrage.

Ja, zu unserer Wohnung. Sobald wir wissen, wo genau sie stationiert wird, werde ich sie fragen, ob sie zu mir zieht. Die Entscheidung, ob wir in der Wohnung bleiben oder in ein anderes Viertel ziehen, hängt davon ab, wie weit sie zum Dienst fahren muss, also werde ich das erst einmal abwarten. Aber mir gefällt die Vorstellung, noch einmal zusammen von vorn anzufangen.

Sie isst gar nicht so viele Schokoriegel, wie ich gedacht hätte. Sie scheint Joghurt lieber zu mögen als Schokolade. Zumindest dachte ich das, bis ich vierzig verschiedene Sorten besorgte und sie plötzlich lieber Müsli essen wollte. Ich kann, wenn es ums Essen geht, tatsächlich kein Muster bei ihr erkennen. Aber ich werde sie weiterhin beobachten und versuchen, vielleicht doch noch eines zu entdecken.

Langsam stelle ich sie vor der Tür ab, schließe auf und lasse uns herein. «Hast du Hunger?»

Ihr schläfriges Summen umhüllt mich. «Ich werde uns gegrillten Käse machen.»

Das meine ich. Wie soll ich für sie einkaufen, wenn es kein Muster gibt? «Wir haben die Zutaten dafür nicht im Haus.»

«Wir haben Käse, Butter und Brot.»

«Haben wir?»

Gott, ihr Lächeln ist so sexy. «Haben wir.»

Das ist übrigens ein Spielchen, das wir spielen und in dem es darum geht, wer die Wörter «unser», «wir» und «uns» am häufigsten in einem Satz unterbringen kann. Das ist ein lustiges Spiel, okay? Ich möchte niemals damit aufhören, es zu spielen. Außerdem gewinne ich meistens, was dazu führt, dass sie so tut, als würde sie schmollen. Was zu zärtlichen Küssen führt und anschließend zu leidenschaftlichem Sex.

Seht ihr? Ein tolles Spiel. «Willst du dich an unseren Tisch setzen oder lieber auf unsere Couch?»

Sie geht Richtung Küche und wirft mir über die Schulter hinweg einen verführerischen Blick zu. «Beides ist okay für uns.» Sie bückt sich, macht einen Schrank auf und holt die Bratpfanne heraus, wobei sie mir einen perfekten Blick auf ihren strammen Po in der Uniformhose gewährt, die sie zur Abschlussfeier angezogen hat. Ich wollte sie nie mehr küssen als heute Abend auf der Bühne, aber es war auch verdammt erfüllend, sie strahlen zu sehen. Ich werde für immer dankbar sein, dass ich das Privileg hatte, ihre Rückschläge und ihre Triumphe auf dem Weg bis zu dem Moment miterleben zu dürfen. Ich liebe diese Frau. Ich habe sie vom ersten Augenblick an geliebt, doch inzwischen geht diese Liebe so tief, dass niemand den Grund, den Boden, je finden wird.

Als könnte sie spüren, wie ernst meine Gedanken mit einem Mal sind, stellt Danika die Pfanne ab und dreht sich zu mir um. Die Zurückhaltung, die ich auf der Bühne an den Tag gelegt habe, kollidiert mit dem Verlangen, das sie jedes Mal in mir auslöst, wenn ich sie sehe ... Und ich will sie jetzt nur noch Haut an Haut spüren. Ich werde niemals genug von ihr bekommen, und ich scheine mir genau das immer wieder aufs Neue zu beweisen.

«Wir sollten ... später essen», knurre ich.

Sie humpelt bereits in Richtung des Schlafzimmers. «Wettrennen zu unserem Bett?»

Ich schnappe sie, hebe sie hoch und stöhne leise. «Wage es ja nicht.»

Einen Moment später lege ich Danika aufs Bett und beginne, sie auszuziehen. Aber sie umfasst mein Gesicht mit beiden Händen und legt ihre Stirn an meine. Alles fokussiert sich auf sie. Auf diesen Augenblick. Es ist, als würde sie einen Zauberstab schwingen und mich von jedem Kummer und jeder Sorge erlösen, die ich je empfunden habe, sodass es im Hier und Jetzt nur noch uns gibt. «Dieses Mal habe ich das Spiel gewonnen. Du lässt nach.»

«Tatsächlich?» Ich tauche mit der Zunge in ihren Mund ein, steigere unser Verlangen mit langsamen, tiefen Liebkosungen. «Für mich fühlt es sich an, als hätte ich gewonnen. Es fühlt sich jede Sekunde des Tages so an.»

«Ich habe auch gewonnen», flüstert sie und nimmt mich mit

ihrem Blick gefangen. «Wir sollten uns auf ein Unentschieden einigen – ein Unentschieden für immer.»

Mein Lächeln fühlt sich so natürlich, so selbstverständlich an. «Einverstanden.»

«Ich liebe dich, Sensenmann.»

«Gott, ich liebe dich auch.» Meine Finger streichen an ihrem Körper hinab und finden ihr Ziel. Danika hebt mit einem Stöhnen die Hüften an. «Ich werde dir zeigen, wie sehr.»

– Ende –

DANKSAGUNG

Ich danke euch dafür, dass ihr das Buch gelesen habt, Leute. Ich weiß. Bei mir ist es immer so, dass ein Pärchen schon ab Band 1 wartet, bis die Zeit reif ist. Danke, dass ihr mit mir zusammen gewartet und euch in Geduld geübt habt. Greer und Danika haben einen riesengroßen Platz in meinem Herzen. Jetzt gerade kuscheln sie vermutlich, und Greer sagt mit dem Mund das Eine, während er in Gedanken dem Schicksal immer wieder dafür dankt, dass es ihm Danika geschickt hat. Und sie tut das Gleiche.

Ich bedanke mich bei meiner Redakteurin Nicole Fischer, die mir dabei geholfen hat, der Geschichte und der gesamten Reihe den Feinschliff zu geben – vom Anfang bis zum Ende. Was für ein wundervolles, stressfreies Arbeitsverhältnis wir doch haben. Das soll sich bitte niemals ändern. Ich danke auch meinem Ehemann und meiner Tochter dafür, dass sie ab und zu das Haus verlassen, damit ich in Ruhe arbeiten kann – manchmal ist das alles, was nötig ist! Danke auch an meine Facebookgruppe namens «Bailey's Babes», weil sie so großartig und filterlos ist. Und ein riesiges Dankeschön geht an die Blogger und Leser, die sich die Zeit nehmen, um Rezensionen über meine Bücher zu schreiben und zu meinen Autogrammstunden zu kommen. Ich weiß das wirklich sehr zu schätzen.

Ich liebe euch alle! x